"江苏古代交通历史文化"丛书

诗词里的运河
江苏运河交通史话

江 苏 省 交 通 运 输 厅
"江苏古代交通历史文化"丛书编委会　著

人民交通出版社
北 京

中国大运河全长近 3200 千米

"六千里运河,二十一座城"

是一部书写在华夏大地上的宏伟诗篇

前
言

诗词里的运河
江苏运河交通史话
≈≈≈

　　千年运河,奔涌不息;诗词长河,文脉绵延。浸润在古风今韵里的大运河,2500年来,文脉绵绵不绝,诗歌代代传颂。作为大运河的起源地与申遗牵头省份,江苏自古便是运河文化的摇篮与交通发展的枢纽。从春秋时期邗沟的开凿,到隋唐运河的贯通,从元朝的取直疏浚,到明清漕运的繁盛,千百年来,古老运河与沿岸人家日夜相伴,缔造无数商贾传奇,也留下文人墨客平平仄仄的吟哦。从古时"苏杭班"夜航船的熙攘,到如今绿色生态航道与智慧港口的建设、"水运江苏"的绿色复兴,漕运、港口、船闸、舆图等一个个交通元素,勾勒出江苏运河交通的演进脉络。这既是文艺创作的活水源头,也是文化自信的底气所在,更体现了江苏"敢为天下先"的创新精神。

　　京杭大运河是承载中国南北经济和文化交流的大通道,其跨越时空之长、流经地域之广、历史遗存之丰、文化底蕴之厚,举世闻名、全球瞩目。2014年6月22日,中国大运河申遗成功,让世界"通过中国的运河,理解运河里的中国"。十载蝶变,再塑繁华。航运是千年运河的核心功能,也是运河文化的逻辑起点。肩负起"保护好、传承好、利用好"的时代使命,10年来,江苏省交通运输厅联合省发展改革委,在京杭大运河沿线八省(市)中率先印发《江苏省大运河现代航运建设发展规划》,制定《江苏省推进京杭运河绿色现代航运发展实施方案》,顺畅运河、绿色运河、文化运河"三个运河"正在加快打造。10年来,运河沿线城市遗产点段焕发新生,江苏运河图景已然成形,运河沿线城市名片格外闪亮。10年来,绿色航运示范区、生态护岸工程打造"流动的山水画",智慧船闸与多式联运枢纽引领现代水运转型,更具特色的"水运江苏"正从蓝图走向现实。

2023年,由江苏省交通运输厅策划编纂的首部江苏古代交通文化与科普类图书《路上的家国——江苏古代交通文化钩沉》付梓。时隔两年,我们再次启动编撰《诗词里的运河——江苏运河交通史话》,以诗词为引,以江苏运河交通发展史为经,以江苏交通文化资源为纬,向读者展现一幅跨越时空的江苏运河交通画卷。千年运河,千里诗香。期待读者们能透过诗词的婉约与交通的恢宏,感受运河如何从"古代工程奇迹"蜕变为"现代发展动脉"。更期待本书成为一座桥梁,连接历史与未来、学术与大众、本土与世界,一起读懂"何以中国"。

"江苏古代交通历史文化"丛书编委会

2025年5月

序章 ·· 001

第一章　至今千里赖通波:江苏运河的前世与今生 ······················· 005

　　一、齐公凿新河,万古流不绝:作为世界文化遗产的大运河

　　　　江苏段 ·· 009

　　二、千里长河一旦开:江苏运河的文化源流 ···························· 012

　　三、千载繁华梦不收:水路与文脉并存的"水运江苏"交通体系 ····· 037

第二章　不知静里千帆过:水运交通济天下 ································· 043

　　一、明月长流万里光:苏北运河与苏南运河的交通网络 ·············· 046

　　二、治粟舳舻衔尾入:运河漕运安天下 ································· 052

　　三、钞关门外彩层层:天下七大运河钞关江苏居其三 ················ 068

　　四、扈跸乘文舸,沿流阅运河:客运与货运 ··························· 080

第三章　水关发船如走马:千古留存的运河交通设施 ···················· 085

　　一、南船来较北船多:运河船舶与千年国计 ··························· 089

　　二、吴门水驿按山阴:驿站相连总关情 ································· 108

三、满耳雷声动地来:节制水流以利舟行的运河船闸 ················ 116

四、此中自与银河接:星桥飞架挽舟之路 ···························· 124

五、长有扁舟依渡口:烟渚渡津与兰棹码头 ························· 135

第四章　灯火沿流一万家:运河两岸有人家(上) ···················· 149

一、汴泗交流郡城角,筑场十步平如削:徐州 ····················· 153

二、淮水北吞黄水入,汶河西带泇河流:宿迁 ····················· 167

三、襟吴带楚客多游,壮丽东南第一州:淮安 ····················· 176

四、二十四桥明月夜,玉人何处教吹箫:扬州 ····················· 187

第五章　灯火沿流一万家:运河两岸有人家(下) ···················· 201

一、地雄吴楚东南会,水接荆扬上下游:镇江 ····················· 204

二、船头更鼓打两声,如何未到常州城:常州 ····················· 214

三、两水回环抱一洲,不通车马只通舟:无锡 ····················· 223

四、扬州驿里梦苏州,梦到花桥水阁头:苏州 ····················· 232

第六章　日落孤村系客船:运河长卷里的众生行 ···················· 265

一、龙舟彩舸映天来:巡游帝王与治运人物 ························· 269

二、寒星无数傍船明:宦游者与赶考生 ······························ 277

三、客梦长到江淮间:商贾客与旅行家 ······························ 282

四、古渡月明闻棹歌:闺秀行吟与榜人船歌 ························· 288

五、倦客关山万里遥:运河上的东西方文化使者 ··················· 292

附录一　古今中外江苏运河相关诗词选 ···························· 300

附录二　江苏省交通船闸一览表 ·································· 370

附录三　江苏运河城市水运交通谚语俗语 ························· 372

编纂后记 ··· 383

序章

中国有条大运河,舟楫交通,水脉相连,国运所托。在历史的长河里,运河随风雅颂载千秋史册,交通连九州地济万世太平。

《左传》有记,"吴城邗,沟通江、淮"。回望公元前486年那第一锹撬动运河修筑的土壤,运河"交通万物、运济天下"的使命就已经被定格。从中国大运河数千年的生长历程来看,正是这项体现了中国人认识自然、利用自然、改造自然的文明智慧的宏伟交通工程创举,激发了中华民族多元共生的内在活力,促进和支持了中国历史上多次大一统局面的形成。而当中国大运河由隋唐两宋的东西走向主脉转为元明清以来的南北走向主脉,运河历史的交叉在江苏境内落下了浓墨重彩的绚丽篇章。沿着历史的足迹,江苏运河交通建设成就辉煌而瞩目。从北向南,江苏段运河水,从徐州流经宿迁、淮安、扬州、镇江、常州、无锡和苏州,各个点段的江苏运河交通现场实践值得被看见、被知晓、被称颂。

中国,是一个诗词的国度。诗可以"兴观群怨",具有现实主义的作用;诗又可以"灿若银河、想象天外",是浪漫主义的源头。中国人走到哪里,哪里就有了诗,哪里就成了诗,诗是中国人的文化情感基因。中国的大运河,是一条交通工程的理性之河,是古代中国人伟大工程的创造,是促进家国一统与民族交流融合的主动脉。千百年来,南船北马的人们开拓于斯、兴修于斯、岸居于斯、往来于斯。运河更是一条凝聚起中国人崇高情感的人文之河。借助运河交通,行驿于运河之上的人们,用"一路水程"写下"一路诗篇"。

江苏,是一个多元文化并蓄的省份,"吴文化""金陵文化""淮扬文化""徐淮文化"美美与共。省会南京是"世界文学之都"。京杭大运河全长 1794 千米,流经江苏境内者长达 687 千米,约占总长度的 2/5。大运河流经 21 个地级以上城市,其中江苏占 8 个,江苏是运河沿线城市最多的省份,也是运河沿线全国历史文化名城名镇最多、保存运河文化遗产最丰富的省份。跟着诗词走一走江苏的运河,无论是"姑苏城外寒山寺,夜半钟声到客船"的苏州,"两水回环抱一洲,不通车马只通舟"的无锡,抑或是"二十四桥明月夜,玉人何处教吹箫"的扬州,"汴泗交流郡城角,筑场十步平如削"的徐州,以及"襟吴带楚客多游,壮丽东南第一州"的淮安,诗歌记录下的是江苏运河城市舟楫交通的变迁。从古代邗沟开挖的军事河到现代水运体系中的"水上高速公路",从漕运到现代航运体系建构,从运河交通构筑的江苏沿运城市的发展到城市带的形成……诗歌里的江苏运河交通,"穿经插纬"织就江苏运河数千年繁华,是血脉,亦是文脉,在现代是人文与经济相辉映的典型样板。

古运悠悠鉴春秋。在诗词的国度里,大运河是一条时间的河。漫长的岁月里,吴王夫差开凿了邗沟,而隋炀帝让大运河实现了第一次全线贯通,构筑了全国性的运河交通体系。虽然在万千诗篇中,隋炀帝成了"箭垛式的人物",受千夫指;但是,京杭大运河成了隋代给九州中国留下的最为重要的历史遗产。"尽道隋亡为此河,至今千里赖通波。若无水殿龙舟事,共禹论功不较多。"晚唐诗人皮日休的这首《汴河怀古二首•其二》,难得冷静客观地让我们重新去审视隋炀帝的功与过,让运河交通的意义彰显于纸端。

大江南北济天下。在诗词的国度里,"水运连着国运"。江苏,集大江大河大湖大海于一体,水运资源自古得天独厚,水运总体规模全国领先。古往今来的交通运输管理制度保障使得江苏运河交通一直很先进,一直很发达。通江达海与襟江带湖,苏北运河与苏南运河在交通勾连间,在江苏大地上绘制了一幅立体"水系交通图",由此,长江、淮河、黄河、太湖等大江大河大湖,共同构成了一架辽阔的"水立交",纵贯南北。难怪诗仙李白要慨而慷地吟诵"齐公凿新河,万古流不绝。丰功利生人，天地同朽灭"这样气势恢宏、大气磅礴的诗句了。而运河上的漕船漕仓漕运与権关税收，更是"运济天下"的鲜活证明。

"十里长街市井连，月明桥上看神仙。人生只合扬州死，禅智山光好墓田。"诗词里的大运河，运河两岸有人家。江苏有众多历史悠久、文脉昌盛的古城与名城。扬州、苏州是最好的例子。处于大运河与长江的交汇点上，自隋炀帝南游以来，扬州便脱颖而出，成为全国水陆交通中心和中外贸易的重要港口，于是便有了"扬一益二"之称。"君到姑苏见，人家尽枕河。"枕河姑苏，"枕"的是一段历史，更是一种生活范式。而大运河则是勾连过去、体味现在、通达未来的联结纽带。从长时段的历史维度来看，大运河苏州段处在中华文明内部"上中原"与"下江南"交通交汇点上。运河之肇，始于江南，始于吴地。枕河而居，苏州城便是一座大运河博物馆，是江南雅致文化的典范。"水陆并行、河街相邻"的"双棋盘"城市布局，在很大程度上依赖于水运河道的规划和布局。"夜市卖菱藕，春船载绮罗"，是古代苏州极具美感的鲜活的生活场景；"清芬拟入芝兰室，博雅如游书画船"，运河岸旁星星点点的书画船是江南文人诗性人生的一部分；"每到斜阳村色晚，板桥东泊卖花船"，卖花船上那一个个婀娜的卖花女，也是苏州运河边真真切切的亮丽风景。城市，在交通水运系统的串联中发展繁荣。

一帆风正过津渡，浅唱沉吟伴我行。大运河的交通要素中，有科技、有特色、有历史。沟池、渡口、桥梁、亭驿、堤坝、闸口等，在诗词的想象世界里，有了丰富的意象，或恢宏，或具体。而这些意象与人的活动结合在一起，便有了流动的符号，是水的流动、船的流动、物的流动、人的流动乃至于情思的流动、生命的流动。诗词里的巡游帝王与治运人物、诗词里的宦游者与赶考生、诗词里的商贾客与旅行家、江苏运河上的闺秀行吟与榜人船歌，让理性的江苏运河交通史有了鲜活的烟火气和生命力。"月落乌啼霜满天，江枫渔火对愁眠。姑苏城外寒山寺，夜半钟声到客船。"城渐远，山寺渐近，听觉与视觉的交错置于大运河的背景中，是运河夜航船上的羁旅与乡愁，更是姑苏城千百年来的诗意名片。

第 一 章

至今千里赖通波

江苏运河的前世与今生

黄金水道

汴河怀古二首·其二

唐·皮日休

尽道隋亡为此河，至今千里赖通波。
若无水殿龙舟事，共禹论功不较多。

[编者按]游国恩等主编的《中国文学史》评论《汴河怀古二首·其二》"在批判隋炀帝开运河的主观动机的同时，也不抹杀他在客观上所起的积极作用，并把这个历史上有名的暴君和治水的大禹相比，是很有见地，也很有胆量的。"①诚然，修建运河在当时看来兴师动众、劳民伤财，但从历史发展的眼光来看，运河千载，造福万民。故而"至今千里赖通波"一句确是对隋炀帝开运河"过在当代、利在千秋"的中肯评价。

"交通为空间发展之首要条件，盖无论政令推行，政情沟通，军事进退，经济开发，物资流通，与夫文化宗教之传播，民族感情之融和，国际关系之亲睦，皆受交通畅阻之影响，故交通发展为一切政治经济文化发展之基础，交通建设亦居诸般建设之首位。"②交通是影响一个地区乃至一个国家发展的重要因素，常被称为"路上的家国"。江苏是中国大运河的发祥地。江苏运河贯穿全省南北8个地级市，全长687

---

① 游国恩、王起、萧涤非等：《中国文学史（二）》，北京：人民文学出版社，2002年第2版，第212页。
② 严耕望：《唐代交通图考》，上海：上海古籍出版社，2007年，序言。

千米,是大运河河道最长、文化遗存最丰富、保存状况最好和航运利用率最高的区段。它连接了长江与淮河水系,沟通了南北交通,在促进地区间的经济交流、文化融合以及国家的统一稳定等方面发挥了不可替代的作用。江苏运河在中国乃至世界的历史文化、经济发展和现代物流体系中都占有重要地位。

一、齐公凿新河,万古流不绝:作为世界文化遗产的大运河江苏段[①]

在中国,有两项举世瞩目的人造工程:一个是横亘东西的长城,雄伟壮丽,是凝固的历史;另一个是纵贯南北的大运河,博大灵动,是流动的文化。它们在中国的版图上画下一撇一捺,写下一个顶天立地、大大的"人"字。

2014年6月22日,第38届世界遗产大会在卡塔尔首都多哈召开,会上宣布:中国大运河项目成功入选《世界遗产名录》,成为中国第46个世界遗产项目。

作为世界文化遗产的中国大运河,由京杭大运河、隋唐大运河和浙东大运河三部分构成,全长近3200千米。其中:隋唐大运河包括永济渠和通济渠等段;浙东大运河主要指杭州至宁波段运河;京杭大运河部分,主要包括通惠河、北运河、南运河、会通河、中运河、淮扬运河以及江南运河七部分河段,全长1794千米,穿越北京、天津、河北、山东、江苏、浙江等省(市),贯通海河、黄河、淮河、长江、钱塘江五大水系。中国大运河的建造,创下了多个世界之最,即修建最早、工程量最大、里程最长。它

> **Tips**
>
> ### 关于运河的不同称呼
>
> 关于中国古代运河的称呼很多,南北方各不相同,如沟、渠、渎、塘、水、河、市河、运粮河等。随时代变化,名称也随之变化,如运河、大运河、南北大运河、京杭大运河、京杭运河等。在不同的河段,名称也各有特色,如邗沟、汴渠、通济渠、会通河、通惠河、御河等。正史中最早出现"运河"二字,出自北宋史学家欧阳修编纂的《新唐书·五行志》:"开成二年夏,旱,扬州运河竭。"自此,"运河"便成为专有名词沿用至今。在江苏,各段运河的名称则有邗沟、山阳渎、淮扬运河、江南(运)河、河漕、湖漕、江漕、苏北运河、苏南运河等。

---

① 大运河江苏段,通常指的是作为世界文化遗产点段组成部分的江苏运河段。为了行文方便,本书将"大运河江苏段"称为"江苏运河"。

历经2500多年历史,在见证国家政治、社会更替及民众价值观念演变的同时,还为中国南北交通与互动作出了巨大贡献。

中国大运河的主体工程主要集中在三个时期。一是春秋战国时期(前770—前221年),各诸侯国出于战争和运输的需要纷纷开凿运河,但都各自为政,且规模不大,没有形成统一的交通体系。这一时期,最为著名的事件是邗沟的开挖,它沟通了长江与淮河,成为中国大运河河道成形最早的一段,并作为重要的区域性交通要道得到不断的维护与经营。二是隋朝时期(581—618年),为了满足北方的军事需要,同时连通南方经济中心,在王朝统一的规划、建设和管理下,先后开凿了通济渠、永济渠,并重修江南运河,疏通浙东航道。于是,前一时期开挖的各条地方性运河纷纷连接起来,形成了以国都洛阳为中心,北抵涿郡、南达宁波的大运河体系,这是中国大运河建造史上的第一次全线贯通,形成了自唐宋以来"开封—长安"这条东西向的中国经济文化重心轴线。这条以运河铺开的重心轴线在唐朝和宋朝得到维系和发展。三是元朝时期(1206—1368年),由于中国的政治中心从中原地区迁移到大都(今北京),忽必烈组织开凿了会通河、通惠河等河道,裁弯取直,将大运河改造为直接沟通大都与江南地区的内陆运输水道,形成中国大运河的第二次南北大沟通。明清两朝(1368—1911年)总体上维系了大运河的这一基本格局,并进行了多次大规模的维护与修缮,使大运河一直发挥着漕粮北运、维系国家稳定繁荣等重要功能。

2500多年来,作为活态的遗产,中国大运河沟通融汇京津、燕赵、齐鲁、中原、淮扬、吴越等地域文化,以及水利文化、漕运文化、船舶文化、商事文化、饮食文化等文化形态,形成了诗意的人居环境、独特的建筑风格、精湛的手工技艺、众多的名人故事以及丰富的民间艺术和民风民俗,至今仍散发勃勃生机。各类文化遗产与区域内的名山大川深度融合,浑然天成、相得益彰。沿线8省(市)水工遗存、运河故道、名城古镇等物质文化遗产超过1200项,是我国优秀传统文化高度富集的区域。

江苏,是大运河的起源地,区域地位举足轻重。江苏运河北起徐州沛县,途经宿迁、淮安、扬州、镇江、常州、无锡,南至苏州吴江区,沟通长江、淮河、故黄河,串联太湖、高邮湖、洪泽湖、骆马湖等湖泊,是连接南北水系交通的重要通道。其坐拥运河漕运、盐运管理中心和南船北马转换之地，自古以来，经济发达、城镇密集、人口众多。

作为大运河沿线河道最长、流经城市最多、运河遗产最丰富的省份，江苏运河7个世界遗产区面积95.7平方千米、遗产河段长度325千米、遗产点段28处，分别占全线的1/2、1/3、1/3。其列入中国大运河申遗点段的河道达6段，分别为：中运河宿迁段、淮扬运河淮安段、淮扬运河扬州段、江南运河常州城区段、江南运河无锡城区段和江南运河苏州城区段。全线有历史遗存22处，分别为：宿迁龙王庙行宫、总督漕运公署遗址、淮安清口水利枢纽、淮安双金闸、淮安清江大闸、淮安洪泽湖大堤、宝应刘堡减水闸、高邮盂城驿、江都邵伯古堤、江都邵伯码头、扬州瘦西湖、扬州天宁寺行宫和重宁寺、扬州个园、扬州汪鲁门住宅、扬州盐宗庙、扬州卢绍绪宅、无锡清名桥历史文化街区、苏州盘门、苏州宝带桥、苏州山塘历史文化街区（含虎丘塔）、苏州平江历史文化街区、吴江运河古纤道。淮安清口水利枢纽、苏州宝带桥柔性墩工艺等均代表着当时行业建设的先进水平。运河沿线分布有众多的国家历史文化名城、中国历史文化名镇和中国历史文化名村，演绎出漕运文化、盐业文化、水工文化、工商文化、园林文化、水乡人居文化等各具特色的文化形态，人文荟萃、高峰迭代。

另外，江苏运河历来水运发达、交通便捷、商贸繁盛，航运水利泽被古今。它至今仍是京杭大运河通航条件最好、船舶通过量最大、经济社会效益发挥最显著的区段。其通航里程达687千米，占京杭大运河通航里程近3/4。江苏运河作为内河运输的黄金水道，货运量仅次于长江主干道，是电煤、黄沙、水泥、钢材、矿石等大宗物资运输的最佳选择。如江南运河苏州段，它是京杭大运河"黄金水道"的重要组成部分，是太湖流域腹地和下游地区重要的洪涝调节和转承河道，具有航运、防洪、排涝、灌溉、文化、景观、旅游等多种功能。目前，苏州段仍是运河最繁忙的河段之一，每天通行船舶约6000艘，约占运河全年通航总量的1/5，是大运河沿线对经济社会发展持续产生积极贡献的重要河段。以2025年春运为例，长江三峡通航管理局统计数据显示，1月14日至2月22日，三峡水利枢纽累计安全运行1313闸次，通过船舶3931艘次，货运量1551万吨，同比增长9.83%，其中民生物资疏运量超400万吨。

40天内,三峡升船机通过旅客超3.35万人次,同比增长93.94%;葛洲坝船闸通过旅客13万人次,同比增长39.05%;三峡通航辖区安全渡运11.50万人次,同比增长23%,春运水上游较往年更为火爆。而从交通运输部长江航务管理局获悉,春运期间长江干线累计客运量达728.81万人次,同比增长25.04%。其中,重庆、武汉、南京、宜昌等沿江城市车客渡船累计客运量达628.72万人次,同比增长26.56%。水上旅游持续升温,沿江主要城市滨江游轮累计客运量达100.08万人次,同比增长16.28%。货运方面,春运期间长江干线船舶进出港货运量达3.78亿吨,完成8147.74万吨煤炭、1236.12万吨石油天然气、979.81万吨粮食的安全运输。

再看江苏运河的春运成绩单,以苏北运河为例,2025年春运期间,苏北运河十个梯级船闸累计开放闸次32502个,放行船队5112个,放行货轮71927艘,累计船舶通过量21785万吨,同比增长8.2%;苏北运河完成货运量3253万吨,同比增长9.4%,其中煤炭运量1163万吨,同比增长13.8%,矿建材料运量870万吨,同比增长16.2%,运输集装箱68577标箱,同比增长10.5%,完成货物周转量68.4825亿吨·千米,同比增长8.5%。这些鲜活的数字都表明,时至今日,江苏运河仍担负着我国长三角地区经济重地物资中转集散及北煤南运战略任务。

二、千里长河一旦开:江苏运河的文化源流

千里长河一旦开,亡隋波浪九天来。

锦帆未落干戈起,惆怅龙舟更不回。

这是唐代诗人胡曾著名的《咏史诗·汴水》。

关于隋炀帝开凿运河的功过,千年以来,常有争论。大运河的开凿是一项规模空前的水利工程,它连接了海河、黄河、淮河、长江和钱塘江五大水系,形成了贯通南北的水上交通要道。这一工程的完成,不仅极大地便利了南北交通,还促进了南北经济文化的交流和发展。大运河的开通,使得南方的粮食、丝绸等物资能够更便捷地运往北方,同时也为北方的商品打开了南方的市场,有力地推动了全国经济的繁荣。当然,站在历史的角度,反观隋炀帝开凿运河过程中所产生的矛盾,后世也

都有较为公允的评价,或许可以说,这是"过在当代,利在千秋"的一个历史事件。

　　江苏,是大运河的发祥地,也是大运河所流经省(市)中里程最长的地区。境内河段包括京杭大运河江苏段,以及隋唐大运河(通济渠江苏段)现有和历史上最近使用的主河道。前者由北向南穿越徐州、宿迁、淮安、扬州、镇江、常州、无锡、苏州8个设区市,至苏州吴江区入浙江,流经江苏全境。后者由苏皖省界入境,经宿迁市泗洪县流入洪泽湖。从作为世界文化遗产的江苏运河分段看,江苏段主要包括中运河、里运河和部分江南运河,在韩庄运河、古邗沟、古江南河等古运河基础上修建而成。

苏州运河江枫洲　朱剑刚摄

中运河、里运河和江南运河

中运河：京杭大运河江苏北段、淮河流域沂沭泗水系人工河流，是在明、清两代开挖的泇运河和中河基础上拓浚改建而成。西段发源于江苏、山东两省交界的台儿庄二级坝，东至淮阴船闸与里运河相接处，沿线经过沛县、铜山、邳州、新沂、宿迁、泗阳、淮阴等区域，总长186千米。它起源于明隆庆年间（1567—1572年）至清康熙年间（1662—1722年）的"避黄开泇"工程。清康熙年间，为了使运河与黄河彻底分离，靳辅主持开挖中运河。中运河的开通结束了元朝以来"借黄行运"的局面。

里运河：京杭大运河江苏段的中段，北接中运河，南过长江接江南运河，在里下河地区西侧，古称邗沟、漕渠、中渎水，俗名里河，因北至淮阴、南至扬州，故也称"淮扬运河"。北端自江苏省淮安市淮阴水利枢纽起，经淮阴区、淮安区、扬州市宝应县、高邮市、江都区、广陵区等地，由扬州市邗江区六圩入长江，长168千米。里运河是一条沟通长江、淮河交通的人工运河，始建于周敬王三十四年（前486年），自古为苏中至苏北重要航道。建成以后，历经多次裁弯取直，分开湖河，改道。特别是南端原在瓜洲古渡入长江，新中国成立后绕开扬州市区，偏东开新道自六圩入江。

江南运河：曾称江南河、浙西运河，为京杭大运河的南段。因全部在长江以南而得名。春秋战国时期（前770—前221年）开始，历代开凿、疏浚，至隋大业六年（610年）重新疏凿和拓宽长江以南运河古道，形成今江南运河。江南运河，自长江南岸镇江谏壁口经丹阳、常州、无锡、苏州、吴江至杭州连通钱塘江。其中，吴江平望至杭州有3条航线，即东、中、西线，若以东线计算，全长323.8千米，中线全长318千米。江南运河是京杭大运河运输最繁忙的航道。

江苏运河历经数千年的发展演变，从最初的邗沟到如今的京杭大运河，见证了中国古代水利工程的伟大成就和交通方式的变革。纵观江苏运河开凿、使用与维护的漫长历史，是一部水运与诗韵交织的交通发展史。

（一）先秦时期：江苏运河的发端与分段奠基

前486年，吴王夫差开邗沟，连通了长江与淮河水系，这是京杭大运河的开端，也是现在京杭大运河的淮扬运河段。邗沟的开通不仅在军事上具有战略意义，也为后来大运河的形成奠定了基础。

历史学家徐中舒曾言："至于吴、楚尤为水利事业最适宜发达区域。盖江、淮之域,土地平衍,水域遥广,无惊涛激岸之险,无雍遏阻塞之祸,其地最宜行舟。"①

　　江苏自然环境得天独厚,地形以平原为主,平原面积达7万多平方千米,占江苏省面积的70%以上,比例居中国各省(区、市)首位,主要由苏北平原、黄淮平原、江淮平原、滨海平原、长江三角洲平原组成。江苏地势低平,河湖较多,平原、水面所占比例占江苏省的90%以上,比例仍居中国各省(区、市)首位。江苏境内有长江岸线1160千米,沿海岸线1090千米,构成T形黄金水道。同时,江苏地跨江淮,北接山东,与京津冀相通;西连安徽,沟通中原腹地;东邻上海,南临浙江,直达闽粤,溯江而上,可进入皖赣两湖四川。江苏与中国最大的金融、航运中心上海接壤,商业贸易发达,基础设施健全,运输成本相对较低。此外,江苏的航道资源丰富、港口众多,亦是全国之最。在江苏境内,有淮河、沂河、沭河、泗河、秦淮河、盐河、苏北灌溉总渠等大小河流2900条。全国五大淡水湖,江苏有其二,其中太湖位居第三,洪泽湖位居第四,此外还有大小湖泊290多个。

　　因此,江苏地区的运河开发是较早的。据史书记载,前11世纪殷商末期,岐山周部落首领古公亶父(即周太王)长子泰伯,为了遵从父亲的心愿,让位给三弟季历,泰伯与弟仲雍从北方迁居到无锡梅里(今江苏无锡梅村一带)。在那里,为了便利灌溉与泄洪,他率领当地民众修建了一条从梅里到苏州的人工河道,后世称之为"泰伯渎"。文献记载"泰伯渎"的有《新唐书·地理志》"无锡"条:"无锡。望。南五里有泰伯渎,东连蠡湖。"②据清代顾祖禹《读史方舆纪要》的记载,泰伯渎在无锡县(今江苏无锡)东南五里,西枕运河,东连蠡湖,入长洲县(今江苏苏州)界,渎长八十一里。今无锡伯渎港是其遗迹。到了春秋战国时期,因军事征战和经济交流的需要,吴、越、楚三国在江南兴修水利,运河开凿更为频繁,他们疏浚、

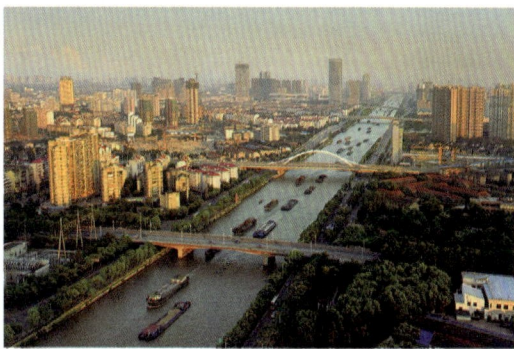

无锡运河　王君瑞摄

　　①　徐中舒:《古器物中的古代文化制度》,北京:商务印书馆,2017年,第205页。
　　②　欧阳修、宋祁:《新唐书·地理志》,北京:中华书局,1975年,第1058页。

开挖河道，为这一地区的运河航运打下了最初基础。

无锡梅村泰伯庙后立有"泰伯开凿
伯渎纪念碑"　吴恩培摄

　　周敬王十四年（前506年），吴王阖闾为运输伐楚所用的粮食，命伍子胥开挖了东连苏州、中通太湖、西入长江的运河，即胥渎（又称"胥溪"）。吴王阖闾亲自督役，胥溪的开凿，至苏州通太湖，经宜兴、溧阳等地至安徽芜湖以达长江，大大缩短吴楚之间的水路里程。明韩邦宪所著《广通坝考》载："广通镇，在高淳县东五十里，世所谓五堰者也。西有固城、石臼、丹阳、南湖，受宣、歙、金陵、姑孰、广德及大江水；东连三塔荡、长荡湖、荆溪、震泽（即太湖）；中可三五里，颇高阜。春秋时，吴王阖闾伐楚，用伍员（子胥）计，开河以运粮，今尚名胥溪。"①

　　周敬王二十五年（前495年），吴王夫差为了讨伐越国，令伍子胥开凿了一条由苏州通向钱塘江的运河，称为胥浦。大约同期，苏州到常州段的运河也开始建设。据《越绝书·吴地传》记载："吴古故水道，出平门，上郭池，入渎，出巢湖，上历地，过梅亭，入杨湖，出渔浦，入大江，奏广陵。"②这条出江水道大致走向是，从苏州平门北上，经古泰伯渎，至无锡北行，穿越古芙蓉湖，在常州北面的江阴利港入长江，溯江而上直达扬州。有人认为，这是从苏州到江阴、常州一段江南运河的前身。

①　胡渭：《禹贡锥指》，上海：上海古籍出版社，2006年，第161页。
②　袁康、吴平：《越绝书》，上海：上海古籍出版社，1985年，第10页。

在春秋战国时期开凿的河道中,真正具有奠基作用的是周敬王三十四年(前486年)开挖的邗沟。邗沟,南起扬州蜀冈下,北迄今淮安城北末口,系里运河前身。春秋末期,周王朝对各诸侯国失去控制,诸侯国之间争夺霸权的斗争十分激烈,地处太湖水网地区的吴国,想要北上伐齐,开凿沟通江淮的运道显得十分重要。而江、淮之间,虽系湖泊沼泽地区,但地势西高东低,天然排水沟渠均为东西走向,众多湖泊之间南北并不通连。从长江进入淮河和泗水,需由江入海,再顺海岸线往北航行至淮河入海口进入淮河,向西溯流而上,至淮阴入泗水,所以有"扬州贡道,沿于江、海,达于淮、泗"[①]之说。

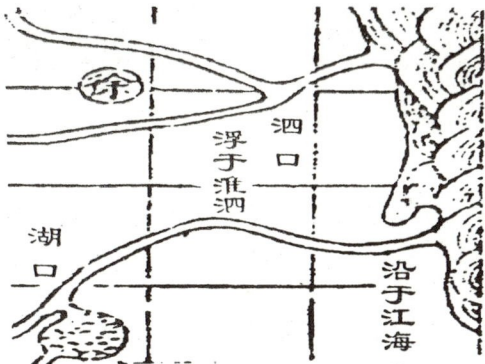

春秋时期扬州贡道图(《禹贡图注》)

周敬王三十四年(前486年),吴国在今扬州蜀冈南沿筑邗城(遗址在今扬州蜀冈上)。为了北伐齐国,在附近开沟,挥动运河开挖第一锹,引江水北出武广(今邵伯湖)、陆阳(今渌洋湖)两湖之间,下注樊良湖(今高邮湖),东北流至博支(今广阳湖)、射阳两湖,再西北到现在淮安北古末口入淮,以通粮道。利用当时江、淮之间的潟湖加以连缀,形成最古老的京杭运河段——邗沟,也是淮扬运河的前身。《左传》有云,"吴城邗,沟通江、淮"[②]。此为中国历史上最早沟通长江与淮河的人工运河。历史上,邗沟有过许多名称。唐代以前名邗沟,亦名渠水、邗江、韩江、邗溟沟、中渎水、合渎渠、山阳渎等,宋元时称楚扬运河,尔后称淮扬运河、里运河。

由于邗沟是中华传世文献中有确切纪年的人工运河,且作为大运河干道的使

---

① 阿克当阿修,姚文田纂:《扬州府志》卷九《河渠一》,清嘉庆十五年刻本。
② 《左传·哀公九年》,见《春秋左传正义》,北京:北京大学出版社,1999年,第1650页。

用历史最为悠久,具有后世运河的主要功能与特征,所以人们通常将邗沟的开凿视为"中国大运河的滥觞",江苏也因此成为中国大运河的起源地。

古邗沟碑　吴恩培摄

扬州"京杭大运河·古邗沟故道"文物保护碑　吴恩培摄

Tips

邗　　城

现代考古发掘中根据文化层判断,邗城为方形,版筑城垣,周长约十华里。城南有两道垣,外城垣和内城垣之间有濠,外城外还有濠环绕。传说城没有南门,北面为水门,只有东、西面有城门。这种形制与江南的越城、淹城相似。邗城遗址位于蜀冈尾闾之上。当时的邗城,西可抗强楚,北上可争霸中原,东临大海可控江淮入海口,南连长江可以直达吴国腹地,邗沟连接江淮,贯穿其境,整座城就是一处军事重地。因此,吴王夫差在此筑城开沟,戍军屯粮。

（二）秦汉至魏晋南北朝时期：江苏运河的全线贯通与交通网络初成

秦汉统一全国后，重视南方水运建设，承先秦江淮运道的基础上，进一步加快开发，江苏地区运河交通网络体系初步形成。

秦统一六国后，为加强对东北和江南地区的控制，开始大规模修筑运河，沟通了济、汝、淮、泗等水道。秦始皇三十七年（前210年）第五次东巡，在今镇江与丹阳之间开山辟岭，凿丹徒水道。据《太平御览》引南朝宋刘桢《京口记》载："秦王东游，观地势云此有天子气，使赭衣徒凿湖中长冈使断，因改为丹徒，令水北注江也。"[1]又据《世说新语注》引《太康地记》载："曲阿本名云阳。秦始皇以有王气凿北坑山以败其势，截其直道使其阿曲，故名曲阿也。"[2]其东南可通古江南河达会稽郡（当时郡治在江苏苏州），后改直为曲，成为江南运河北端入江的河道雏形。

之后，又在百尺渎等古运河的基础上，修建了钱塘至嘉兴的陵水道。查阅文献可知，百尺渎是一条以吴地为核心区往南开通的渠道，建渠道的初衷是运送粮食，最初它是由吴国主持开凿的。在此基础上，"秦始皇造通陵，南可通陵道到由拳塞，

---

① 李昉辑：《太平御览》卷六十六《地部三十一》，民国二十四至二十五年上海商务印书馆四部丛刊三编景宋刻配补日本聚珍本。

② 刘义庆撰，刘孝标注：《世说新语》卷上之上，民国八年上海商务印书馆四部丛刊景明袁氏嘉趣堂刻本。

同起马塘,湛以为陂,治陵水道到钱唐越地,通浙江"①。"造通陵"的意思是修筑由水乡通陆地的路。南面陆路可到嘉兴(古由拳县)。"治陵水道",即修筑陆路和水道。用的人力是会稽郡谪戍兵卒。这基本上奠定了隋代江南运河的大体走向。

西汉文帝元年(前179年),吴王刘濞为获渔盐之利,开挖了茱萸沟(又称"运盐河"),西接邗沟,东达滨海地带,将海陵仓(今江苏泰州市区)的盐粮转运到广陵(今江苏扬州)。

汉武帝时(前140—前87年),为解决福建、浙江贡赋物资的运输,继秦代后,从苏州以南沿太湖东缘地带拓浚了苏州至嘉兴之间的运河,史有"开河通闽越贡赋,首尾亘震泽东百余里"的记载。

东汉建安二年至五年(197—200年),鉴于邗沟舍近求远,曲折迂回,广陵太守陈登对邗沟进行了改道和疏通。裁弯取直,拉直了原樊良湖(今高邮湖)至末口的弯曲水道,开凿了从樊良湖向北,穿宝应津湖,再向北达马濑(今白马湖),至山阳末口入淮河的"邗沟西道"(吴王夫差开凿的旧道又称"邗沟东道")②,从而使江淮间的运道更为畅通,史称"陈登穿沟"。

到了三国时期,东吴孙权自京口迁都建业(今江苏南京),为避大江风涛之险,于赤乌八年(245年)令校尉陈勋凿破岗渎。"吴大帝赤乌八年,使校尉陈勋作屯田,发屯兵三万,凿句容中道,至云阳西城,以通吴会船舰,号破岗渎,上下一十四埭。上七埭入延陵界,下七埭入江宁界。于是东郡船舰不复行京江矣。"③这样,就将秦淮河、句容河与江南运河连接起来。

到了东晋时期,长江南移,江都(今属江苏扬州)城南沙洲淤涨,邗沟至长江的出口被淤堵。东晋永和年间(345—356年),朝廷改修邗沟南段,从上游开凿支河,使其与长江连通。即从今仪征境内的欧阳埭引长江水,向东行至今三汊河、扬子桥,北上广陵(今江苏扬州)。这条长达60里的新河,就是如今仪扬运河的前身。

整体来看,秦汉到魏晋南北朝时期,江苏境内形成的以邗沟、江南运河为中心的水运骨架,构成了整个江苏范围的区域性水运网络体系,初步形成了北起徐州、

---

① 袁康撰:《越绝书》卷二《外传记吴地传三》,清光绪四年金山钱氏重刻小万卷楼丛书本。

② 毛锋、吴晨、吴永兴等:《京杭大运河时空演变》,北京:科学出版社,2013年,第24页。

③ 马光祖修,周应合纂:《建康志》卷十六《疆域志二》,清嘉庆六年金陵孙忠潘祠刻本。

中通扬州、南抵苏州、西连南京、东至海滨的一个由人工运河、天然水道(如苏北地区的泗水)以及众多湖泊等构成的贯穿江苏全境的运河交通网络。运河的开凿与运行,带动了沿线城镇的兴起。江南的吴都(今江苏苏州)、江淮之间的广陵、淮北地区的彭城(今江苏徐州)等因运河而兴的城市仿佛运河上璀璨的明珠点缀其间。

(三)隋唐至宋元时期:日渐融入全国运河体系及交通网络

隋朝开通的以洛阳为中心的南北大运河,标志着中国古代区域发展开始进入"运河时代",大运河成为维系中央王朝的生命线。大运河的开通,使江苏纳入全国统一的运河体系。唐代、五代十国及宋代,江苏运河不断得到整治与维护,运河开凿技术也日益进步,漕运出现了繁荣的景象。在这一过程中,江苏运河的"水运中枢"地位亦日益明显。

随着国家经济中心逐渐南移,隋唐时期,江苏地区成为北方粮盐等战略物资最重要的供给地,江苏运河的建设也因此受到朝廷的高度重视。隋朝虽然享国短促,但在运河开凿方面有重大突破。开皇七年(587年),隋文帝杨坚为统一天下,任次子杨广为帅,统兵攻打陈国。为方便水师南下,杨广首先疏浚了古邗沟,开凿了北起山阳(今江苏淮安)、南至扬州城南入江的山阳渎。山阳渎开凿后,邗沟南段从扬子(今扬州城南扬子桥附近)入长江。

隋大业元年(605年),隋炀帝杨广即位。他将都城从大兴(今陕西西安)迁至洛阳。为方便江南物资运到北方,他征发河南、淮北诸郡百余万人,开挖了从洛阳至

> **Tips**
>
> ### 运河时代
>
> 所谓运河时代,指的是以隋唐时期的南北大运河和元明清时期的京杭大运河沿岸地区为经济重心的时代。这个时代,大致从589年隋完成统一到1855年黄河铜瓦厢决口并导致大改道,前后约1266年。运河时代分为两个阶段:第一阶段从589年隋完成统一到1279年元灭南宋,即南北大运河时代。这个阶段从755年安史之乱以后,中国经济重心开始南移,黄河时代转变为运河时代。第二阶段从元朝统一中国到清咸丰五年(1855年)铜瓦厢大决口、大改道,即京杭大运河时代。在这个阶段,京杭大运河走向全盛并开始由盛而衰。❶

---

① 王健等:《江苏大运河的前世今生》,南京:河海大学出版社,2015年,第70页。

山阳的通济渠,亦称汴渠、汴水、南汴。通济渠自洛阳城西引谷水洛水入黄河,再自板渚(为板城渚口的简称,在今河南荥阳汜水镇东北黄河侧)引黄河入汴河,经今河南开封东南入淮河。因通济渠引汴水在泗州入淮,故入淮处又称汴河口。在开挖通济渠的同时,杨广"又发淮南民十余万开邗沟,自山阳至扬子入江。渠广四十步,渠旁皆筑御道,树以柳"[1],这是对旧有邗沟(山阳渎)的又一次大规模扩建。

唐代诗人白居易《长相思·汴水流》中的汴水

汴水流,泗水流,流到瓜州古渡头。吴山点点愁。

思悠悠,恨悠悠,恨到归时方始休。月明人倚楼。

按:词中的汴水,源自陕西秦岭嵋山一带,隋炀帝开凿古运河通济渠的时候,河南部分走的就是汴水水道。元代以前的运河是借汴水为道,而汴水又是借了黄河为道。因此,流经徐州的"汴水"也就是未改道之前的黄河,即今仍在作为徐州胜景的"黄河故道"。汴水与黄河,合二为一于徐州之后继续向东南流入安徽宿县(今安徽宿州)、泗县,与泗水合流,入淮河,继续南流,入长江。词中的泗水,源自山东沂蒙山,走鲁西南,转安徽,经江苏徐州,入淮河。元代以后的运河便是借了古泗水这条水道,于徐州与古汴水(黄河)交流,共同注入淮河,继续南流注入长江。从今天的山东济宁泗水、安徽宿州泗县、江苏宿迁泗洪、江苏宿迁泗阳地名称谓就可约略知道,它们都是古泗水所经的遗迹。只是后来由于黄河的频繁决口,洪水侵入汴水、泗水河道,这两条古河消失,变成今天的废黄河。词中的"瓜州",在今江苏扬州市南,为运河注入长江的入江口,对面即是素有"南徐州"之称的镇江。

隋大业三年(607年),征发黄河以北民工,开凿永济渠,"引沁水,南达于河(黄河),北通涿郡(今北京西南部)"[2]。大业五年(609年),下令整修江南运河,"自京口(今江苏镇江)至余杭(今浙江杭州)八百里,广十丈余,使可通龙舟"[3],连通了长江以北到浙江地区的航运。之后,江南运河路线大体确定,历代没有大的改变。[4]至此,形成了以洛阳为中心,北抵涿郡、南达余杭的总长2000多千米的Y形河道,实

---

① 严衍撰:《资治通鉴补》卷一百八十《炀帝上之上》,清光绪二年盛氏思补楼木活字印本。

② 魏徵等撰:《隋书》卷三《炀帝纪上》,清乾隆四年武英殿校刻本。

③ 卢宪纂修:嘉定《镇江志》卷六,清嘉庆宛委别藏本。

④ 吕娟:《中国运河志·河道工程与管理》,南京:江苏凤凰科学技术出版社,2020年,第685页。

现了中国大运河的第一次南北大贯通,史称"隋唐大运河"。

唐代基本保持了隋朝运河的格局,主要是进行河道的疏浚和修缮,首要任务是维持通济渠与山阳渎的通航[1],以保障唐都长安的漕粮供给。同时,对江苏境内的运河网络也有所拓展。唐武德七年(624年),为运输军需粮饷,尉迟敬德在徐州开凿了百步洪、吕梁洪。唐开元二十七年(739年),润州(今江苏镇江)刺史齐浣开凿了瓜洲至扬子(今江苏仪征)之间的伊娄河。

Tips

题瓜州新河饯族叔舍人贲

齐公凿新河,万古流不绝。丰功利生人,天地同朽灭。

两桥对双阁,芳树有行列。爱此如甘棠,谁云敢攀折。

吴关倚此固,天险自兹设。海水落斗门,潮平见沙汭。

我行送季父,弭棹徒流悦。杨花满江来,疑是龙山雪。

惜此林下兴,怆为山阳别。瞻望清路尘,归来空寂灭。

按:这是唐代诗人李白的一首五言古诗,是写给李贲(唐许王李素节的孙子)的送别诗。诗歌的前两联"齐公凿新河,万古流不绝。丰功利生人,天地同朽灭"就是对齐浣开凿伊娄河、畅通大运河的赞赏。

唐元和二年(807年),观察使韩皋、李素开挖了从苏州齐门北到常熟、总长90里的常熟塘;元和八年(813年),常州刺史孟简在奔牛镇西开凿了长41千米的孟渎,引长江之水流入江南运河。

唐代运河的通行促进了沿线城市的繁荣。盛唐时期,扬州、润州、苏州、常州、徐州等都是编户超过5万的大州,其中尤以扬州为甚。北宋司马光所撰《资治通鉴》中记载:"先是,扬州富庶甲天下,时人称扬一益二。"[2]由上文可知,扬州位于长江和运河交汇之处,交通便利,商业繁盛。它不仅是江淮地区的中心,也是全国水路交通的重要枢纽。唐代时,扬州因运而兴,以其丰富的物产、发达的手工业和繁荣的商业活动闻名于世,其富庶程度甲天下,也就因此有了"扬一益二"的说法。

---

① 朱偰:《大运河的变迁》,南京:江苏人民出版社,2017年,第16页。

② 严衍撰:《资治通鉴补》卷二百五十九《昭宗上之中》,清光绪二年盛氏思补楼木活字印本。

Tips

扬一益二

唐代时,扬州、成都成为全国最繁华的工商业城市,经济地位超过了长安、洛阳,所以有"天下之盛,扬为首"的说法。扬,即扬州;益,为蜀地,成都。《成都记序》载,"大凡今之推名镇为天下第一者曰扬益"[1]。宋代洪迈的《容斋随笔》称:"唐世盐铁转运使在扬州,尽斡(掌管)利权,判官多至数十人,商贾如织。故谚称'扬一益二',谓天下之盛,扬为一而蜀次之也。"[2]《元和郡县志》记,扬州"与成都号为天下繁侈,故称扬、益"[3]。

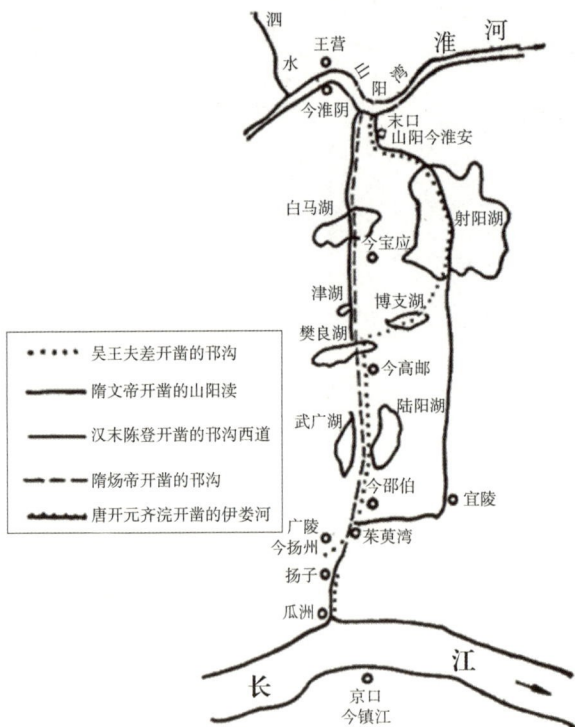

邗沟历次开凿线路图（《扬州古港史》）

---

① 袁说友辑:《成都文类》卷二十三,清乾隆文渊阁四库全书本。

② 洪迈撰:《容斋随笔》卷九,明崇祯三年马元调刻本。

③ 王象之撰:《舆地纪胜》卷三十七《淮南东路》,清道光二十九年惧盈斋刻本。

晚唐时期，藩镇割据，各地连年混战，大运河很多河段因此难以通航，但江苏段仍然是区域性运输的主要干道。北宋王朝定都汴梁（元明两宋时对今开封的称呼，又称汴京、东京），充分利用、疏浚、治理隋唐留下来的运河，建立了以首都汴梁为中心的三个水运网，促进了王朝经济社会的发展。《清明上河图》就是对这一时期运河两岸百姓安居乐业生活的生动反映。

《清明上河图》（局部）

北宋时期，由于楚、泗两州之间淮河运道上漕运量增加，过往舟楫增多，每年损失的舟船猛增到170艘左右。为避淮河风涛覆溺之患，在北宋雍熙元年（984年）至元丰七年（1084年）的100年中，朝廷以淮河右岸的淮阴、洪泽、龟山三大城镇为分野，分期分段，陆续完成了在淮河右岸开凿复线运河的避淮工程。

首先开凿的是楚州到淮阴的沙河运河。雍熙年间（984—987年），淮南转运使乔维岳开挖了从楚州末口至淮阴磨盘口总长40里的沙河，解决了山阳湾（淮河在江苏淮安山阳县的一段河湾）的行船之险。之后，"乔维岳继之，开河自楚州至淮阴凡六十里，舟行便之"[1]。因沙河在淮扬运河之西，故称"西河"。由于沿途地势渐高，为延缓河床比降，保证河道水位，乔维岳因地制宜，在沙河上设置了两个斗门，即船闸，保证船舶通过。

继沙河运河之后，在北宋皇祐元年（1049年）至至和元年（1054年），由马仲甫首倡、许元实施、皮公弼复浚，开凿了淮阴西至洪泽镇长约60里洪泽新河，又称洪泽渠。

---

① 脱脱撰：《宋史》卷九十六《河渠志》，清乾隆四年武英殿校刻本。

最后开凿的是从洪泽镇至龟山镇的运河。北宋元丰元年(1078年)正月,朝廷调夫十万,从洪泽镇傍淮水开渠50里,西南至龟山镇(今江苏淮安盱眙县东北),称龟山运河。这条复线运河,一直使用至元代运河改道之初。

古邗沟最北端的这三段运河统称淮南运河。它的开凿,使之与汴河的联系免遭楚州山阳湾和淮河风涛之险。江南、淮南、两浙、荆湖诸路漕粮,由淮南运河沿岸真(今江苏扬州仪征)、扬(今江苏扬州)、楚(今江苏淮安)、泗(今江苏淮安盱眙县东北)四州置仓受纳,分船入汴水而抵汴京(今河南开封)。

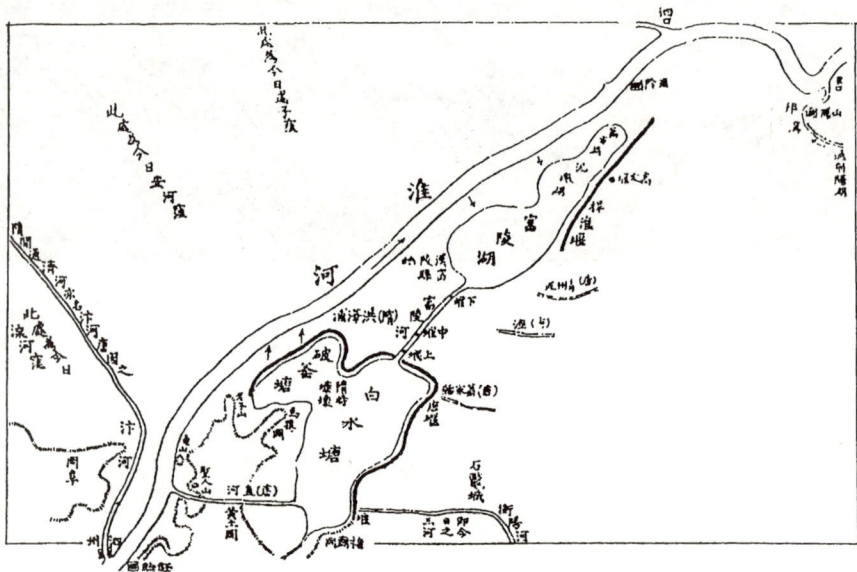

洪泽河与龟山运河

元统一全国,定都大都(今北京),结束了宋辽金几百年的南北分裂局面,同时也是中国历史上的政治中心第一次迁到华北地区,国家庞大的开支和赖以生存的粮食,依然依赖南方,到了明清时期亦是如此。南北的交通和漕运问题,是国家的头等大事。这就是隋唐以来形成的以东西方向漕运为目的的运河,向真正以南北方向贯通全国为目的的"京杭大运河"改造的首要原因。[1]这项中国大运河重心的大转变,是由元初的水利专家郭守敬规划并实施的。

---

① 蔡蕃:《京杭大运河》,北京:北京人民出版社,2019年,第36页。

郭 守 敬

郭守敬(1231—1316年),字若思,邢州邢台县(今河北邢台)人,曾任太史令,元朝著名的天文学家、数学家、水利工程专家。郭守敬父亲的情况史传未载,有可能是早逝。他是由祖父郭荣抚养成人的。郭荣是金、元之际一位颇有名望的学者。郭守敬幼承祖父郭荣家学,早年师从刘秉忠、张文谦,精通五经,熟知天文、算学,擅长水利技术。大蒙古国中统三年(1262年),因张文谦的推荐,郭守敬在开平府受到忽必烈召见。他面陈关于水利的建议六条,得到忽必烈的赞赏,并被任命为提举诸路河渠,掌管各地河渠的整修和管理工作。元世祖至元二十八年(1291年),郭守敬任都水监,负责修治元大都至通州的运河。耗时一年,工程顺利完工,定名通惠河,发展了南北交通和漕运事业。他一生致力于天文、历法和水利方面的研究和工作。1970年,国际天文学会以郭守敬的名字为月球上的一座环形山命名,称"郭守敬环形山"。1977年,国际小行星中心将小行星2012命名为"郭守敬小行星"。中国科学院国家天文台将国家重大科技基础设施大天区面积多目标光纤光谱天文望远镜(LAMOST)命名为"郭守敬天文望远镜",以示对他的纪念。

河北邢台郭守敬纪念馆雕像

元世祖至元十三年(1276年),右丞相伯颜伐宋回京,建议全面开凿江南至大都的运河。"都邑乃四海会同之地,贡赋之入,非漕运不可,若由陆运,民力惫矣。"①他主张,"江南城郭郊野,市井相属,川渠交通,凡物皆以舟载,比之车乘,任重而力省。今南北混一,宜穿凿河渠,令四海之水相通,远方朝贡京师者,皆由此致达,诚国家永久之利。"②

---

① 苏天爵撰:《元朝名臣事略》卷二,清乾隆武英殿木活字印武英殿聚珍版书本。
② 蔡蕃:《京杭大运河》,北京:北京人民出版社,2019年,第37页。

当时全国南北水上运输大致有三条路线：一是江南物资沿近海北上到达直沽（今天津），再沿北运河到通州；二是由淮扬运河北溯泗水、洸水至山东东平，转入大清河至利津出海转海运到直沽，或转陆运至御河（卫河），再水运经北运河抵通州；三是由淮水入黄河，溯河至河南封丘县中滦镇转陆运几十里，至淇门入御河北上转北运河。这些运输路线困难重重，简言之，海运风险极大，运河经过山东绕行很远，物资到达通州后必须转陆路运输才能到达大都城。

为解决这些问题，元政府对隋唐大运河进行了一次大规模的整治与开发，裁弯取直，重新开通了大运河河道，自南而北先后开凿了三条新河。元世祖至元二十年（1283年），开济州河，自济州（今济宁市）至东平之安山。元世祖至元二十六年（1289年），开会通河，从山东梁山县安山西南至临清。后又将临清与徐州之间的运河，包括安山以北至临清的原会通河、安山与微山县西北鲁桥之间的原济州河以及鲁桥至徐州间的泗水，统称为会通河。元世祖至元二十八年（1291年），开通了从元大都（今北京）到城东通县（今北京通州）的通惠河。

重新开通的南北大运河以大都为中心，自大都经通惠河至通州，由通州沿御河至临清，入会通河，南下入济州河至徐州，由泗水和黄河故道至淮安入淮扬运河，由瓜洲入长江，再由丹徒入江南运河，直抵杭州，沟通河、海、江、淮、钱塘五大水系。至此，大运河完成了"弃弓走弦"的过程，缩短航程千余里，形成了以大都为北端、杭州为南端的I形运道，大运河实现了第二次南北大贯通。①

由于这条运河的两端是北京和杭州，因此后人也称之为京杭大运河。其时漕船可从杭州出发，入江南运河，再由丹徒入长江进瓜洲，再由淮扬运河入黄河再北上徐州入济州河，再入会通河至临清，然后沿御河上通州，再转通惠河到达大都。不过由于山东段运河（特别是南旺段）水源不足问题没有得到有效解决，其承运能力有限，因此元朝漕粮还是以海运为主。但大运河的裁弯取直，为明清时期进一步的开发与利用奠定了坚实基础，也让江苏段成为承上启下、关系国家命脉的战略性枢纽河段。

（四）明清时期：京杭大运河的基本定型与漕运中枢地位的确立

明清时期，运河"南粮北运"的任务更为艰巨与繁重，江苏运河也成为政府运道

① 邹逸麟、张休桂：《中国历史自然地理》，北京：科学出版社，2013年，第466页。

治理和漕运管理的核心河段。而黄河、淮河、运河交汇的淮安清口一带更成为核心中的核心。明朝是京杭大运河开凿与利用的最重要时期之一。明初沿袭元朝办法，漕粮水陆兼运，海运占有一定地位。明永乐年间（1403—1424年），京杭大运河全线通航。明清时期，京杭大运河江苏段在大运河运输体系中居于枢纽地位。

明初以南京为首都，三四十年间并不重视淮河以北的京杭大运河，因此山东和北京段运河本不能通航。明朝时，北方有被赶走的北元势力经常入侵，海上有倭寇的侵犯骚扰，初期的海运被迫停止，南粮北运只有依靠内河航运。永乐初年，明成祖朱棣准备迁都北京，首先要打通京杭大运河，恢复大运河功能。

Tips

江苏省名称的由来

江苏在明朝时为京畿所在，明初属于直隶（包括今江苏、上海、安徽），永乐年间迁都北京后称南直隶。清朝初年，改南直隶为江南省，康熙六年（1667年）分江南省为江苏省（包括今上海）和安徽省，江苏省正式建省并确定名称。

总体上，明朝维持京杭大运河运行投入最多，也因此，工程设施、维修制度等的发展达到高峰。同时，黄河、淮河与运河交叉重叠，黄河夺淮的现象时常发生，而"善淤、善决、善徙"的黄河对运河的威胁主要集中在苏北地区，因此，当时朝廷高度重视江苏段运河的维护和治理，以实现"治黄"和"保运"的双重目的。同时，由于明朝的祖陵在泗州，又是不能被洪水淹没的重点地区，国家经济命脉所系的运河，成为首先必须保障的重点。

在江苏，明永乐十三年（1415年），漕运总兵官陈瑄主持开凿清江浦运河，借助北宋所开的沙河为渠，在山阳城西马家嘴引管家湖水，西北流至鸭陈口入淮，减免盘坝过黄河之苦以及避山阳湾之险。[1]关于陈瑄的功绩，明末清初史学家谈迁在他的诗歌《平江侯陈恭襄祠》中有很好的描述：

江淮漕运力，其事赖恭襄。

绿京书元使，黄头歌櫂郎。

何人敢折柳，无岁不思棠。

郑伯渠今在，区区未足方。

---

① 邹逸麟、张休桂：《中国历史自然地理》，北京：科学出版社，2013年，第470页。

恭襄是陈瑄的谥号,绿京是传递朝廷文书的使者,黄头是指运河船上的船老大。在诗歌意象中,"甘棠"往往被用来称颂地方官吏有惠政于民者。全诗非常坦率、直白地表达了对陈瑄的称颂之情,在文末用秦国重要的水利工程"郑国渠"作比,认为郑国的治水功绩比不上陈瑄。

经过对会通河的一系列治理,较好地解决了元代时制约京杭大运河发挥重要作用的症结,开始起到南北交通动脉的作用。"自是,漕运直达通州,而海陆运俱废。"①

此外,京杭大运河中间有360多里需要借用黄河航运,这是大运河中间的一大问题。为了减少借黄行运的困难,明隆庆元年(1567年),督理河漕尚书朱衡开凿完成南阳新河,自鱼台县(今山东济宁境内)至沛县留城,长140余里,避开了黄河对沛县到徐州这段运河的侵扰。

明万历六年(1578年),时任总理河道都御史的潘季驯为"治黄保运",在继承前人治水经验的基础上,上疏《两河经略疏》,创立了"束水攻沙"的治黄方略与"蓄清刷黄"以保漕济运的策略,且用于实践中,令黄河、淮河、运河数年无大患,黄河主河道三百年间较为稳定。明万历三十二年(1604年),工部右侍郎李化龙总理河道,开通了北起夏镇(今山东济宁境内)南迄邳州直河口(今江苏徐州睢宁县北古邳镇)长260余里的运河,以避开黄河险要地段。②但此河开凿之后,从直河口到清河县(今江苏淮安西南)的运道仍走黄河。

清代沿用前明之旧,继续实行漕运制。为了让运河彻底摆脱黄河控制,清政府大力修治苏北段运河。康熙十九年(1680年),河道总督靳辅开宿迁皂河,长40里,上接泇河,下通黄河。由于黄河与皂河相交的皂河口易淤,靳辅又在皂河以东开支河至张庄(今江苏宿迁境内),使泇河来水从张庄入黄河。③由于从张庄运口到淮安清口还有200里路程要借道黄河,行运风险很大。康熙二十五年(1686年),靳辅以骆马湖南端为起点,沿黄河北岸,在遥、娄二堤之间开渠,往南经宿迁、桃源(今江苏宿迁泗阳县)、清河(今江苏淮安淮阴区)三县后,由仲庄运口入黄河,经两年完工,

---

① 张廷玉撰:《明史》卷八十五《河渠志三》,清乾隆四年武英殿校刻本。
② 吕娟:《中国运河志·河道工程与管理》,南京:江苏凤凰科学技术出版社,2020年,第388页。
③ 吕娟:《中国运河志·河道工程与管理》,南京:江苏凤凰科学技术出版社,2020年,第391页。

史称"中河"。

经过明清两代的艰苦努力,终于实现了运河线路与黄河河道的完全分开。只剩下清口处穿越黄河河道。后来,中河经过于成龙、张鹏翮的两次修整,最后形成比较稳定的运河路线。"粮船北上,出清口后,行黄河数里即入中河,直达张庄运口,以避黄河百八十里之险。"[①]黄河专司泄洪,运河专司漕运,兼泄沂、泗洪水,结束了"黄、运合一"的历史。此时,京杭大运河基本定型。

Tips

康熙所撰治理黄河、淮河、运河的诗歌

览黄淮成

[清]爱新觉罗·玄烨

殷勤久矣理淮黄,几度风尘授治方。

九曲素称天下险,回来实为兆民伤。

使清引浊须勤慎,分势开疏在不荒。

虽奏安澜宽旰食,戒前善后奠金汤。

自宿迁解缆一日夜达山东境

[清]爱新觉罗·玄烨

千里南程几日回,轻舟直下溯濛洄。

天风更假帆樯便,一夕山东境上来。

按:这两首诗,前一首写出了重用治水能臣治理黄河,减轻水患,以保京杭运河通畅的艰辛和时时警惕的态度。后一首则言自李化龙治理泇河,南来漕船可由淮阴入黄河北上,由直河口入山东泇河,经泇口至夏镇,穿微山湖抵济宁。避黄河三百里风涛之险,一夕可至鲁境。通过诗歌,既可以感到黄淮治理的劳苦,也可以感受到运道初成后的自豪与喜悦。用现在的话来说,天子家原来也是需要时时晒一下和炫一下的,只是古人用诗,现代人大多用"朋友圈"。

中运河稳定后,由于明清两代京杭大运河是国家南北交通的大动脉,淮安清口区域成为黄河、淮河、运河的交汇点和京杭大运河的咽喉地带,因此自然也成了最受关注的地点,做好此处的治理就成为确保漕运畅通的关键。

---

① 赵尔巽撰:《清史稿》卷一百三十三《河渠志》,民国十七年清史馆排印本。

清口,古代是泗水入淮口,又称泗口,在今江苏省淮安市淮阴区西。泗水又称清水,清口由此而得名。作为古淮水、泗水交汇处,在人类交通的启蒙时代,清口便在天然航道的框架中处于交通枢纽、咽喉要地。

宋代以前,泗水是北方通淮的重要通道之一。古泗水,唐代以后在今淮阴三岔分成两支入淮:北侧为主流大清河,入淮口称大清河口或大清口;南侧为支流小清河,入淮口称小清河口或小清口。明嘉靖初年,大清口淤浅,黄河主流出小清口,为黄河、淮河交汇处。因此,通常所指清口就是小清口。

明清时期,清口地区包括黄淮交汇口、洪泽湖引河口、南运口(清江浦口)、北运口(中河口)在内的水域,是大运河航道中地理格局最为复杂的河道之一,有"清口通则全运河通、全运河通则国运无虞"之说。

处于大运河黄金节点,清口是南接淮河、长江、钱塘江,北连黄河、海河的重要孔道,是运河上的重要转轴、漕运盐运的咽喉,为沟通中国南北方与东西部水道的重要枢纽,更是军事战略重镇、经济繁盛之地、人才荟萃之处、文化昌盛之区。清口枢纽的建设和清口治理也是明清两代帝王均关注的问题。

有歌曰:

黄河夺淮得清口。六百年,水难休。两朝明清,汪洋十几州。淮扬二府不碰头,高家堰,君王愁。南船北马轻转轴。漕运兴,在枢纽。

清代乾隆皇帝在他的《即事二首·其二》中曾写道:"去年数坝未过水,泽国因之幸告丰。黄弱全淮出清口,却教嫁祸宿灵虹。"宿、灵、虹分别指的是宿迁、灵璧和泗虹三县。这首诗通过描绘淮河流域的水利状况和民情,充分表达了乾隆皇帝对治水迫切性的关注和思考。他通过实地考察和了解,对当地的水利设施和民情有了深入的认识,并在诗中表达了对黄河和淮河洪水给下游地区带来灾害的关切。而"治河、导淮、济运三策,群萃于淮安清口一隅"[1],清口水系治理的复杂性使之成为国家治运中心。康熙皇帝曾把"三藩、河务、漕运"六个大字,亲自书写成条幅,悬挂于宫中大柱上,以夙夜轸念。

针对黄河泥沙、黄河倒灌、济运通航、防洪保堤保运等难题,明清两代在此建设

---

[1]　赵尔巽撰:《清史稿》卷一百三十三《河渠志》,民国十七年清史馆排印本。

了包括清口与引河、陶庄运河、高家堰、入海水道、御黄坝和束清坝运口等河道与水工设施在内的特大型水利工程——清口枢纽。

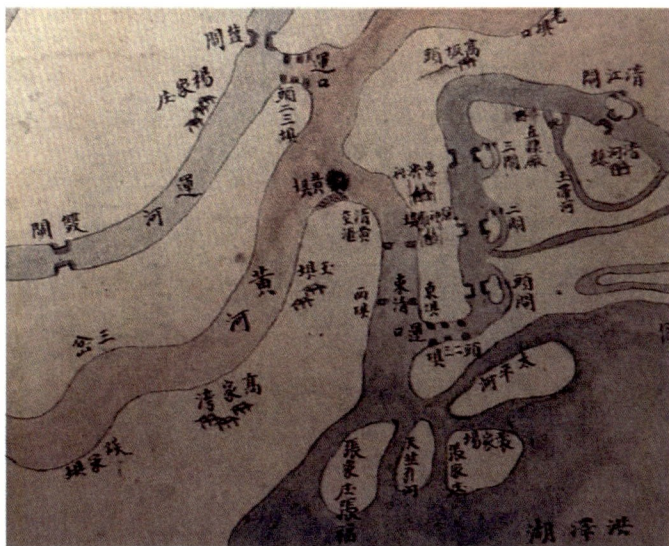

清乾隆后期苏北运河段清口枢纽、束清运口（中国国家图书馆所藏《岳阳至长江入海及自江阴沿大运河至北京故宫水道彩色图》，后简称国图藏《运河图》）

清口枢纽横跨里运河、中运河、黄河故道、淮北盐河、洪泽湖区（含洪泽湖大堤、张福河等7条引河、窑河等），位于淮阴区临近洪泽湖约50平方千米的范围内，包含河道、堤防、闸、坝、堰、墩等水工设施。如明宣德五年（1430年）陈瑄筑高邮、宝应、氾光、白马湖长堤，以保护运河航道。①清康熙三十九年（1700年），河道总督张鹏翮为治理清口，开通了7条引河，大修了洪泽湖大堤（即高家堰大堤）。清乾隆二十九年（1764年），开挖了不牢河，担负徐州运西地区行洪排涝。这一系列措施，既调节了水位，也保障了运道的畅通，完整地体现了明代水利专家潘季驯"筑堤束水、束水攻沙、蓄清刷黄、济运保漕"的工程意图。清口枢纽工程是大运河全程最为复杂、最具科技价值的主要节点，是古代世界治理多沙河流最高技术水平的代表，是人类水运水利的杰出范例。也因此，该工程被誉为"体现了人类农业文明时期东方水利水运工程技术的最高水平"。

---

① 朱偰：《大运河的变迁》，南京：江苏人民出版社，2017年，第43页。

此外，明清两代也非常重视对运河的管理，先后设置了漕运总兵、漕运总督和河道总督等高级别官职，掌管漕运管理和水利事务。明清两代是江苏运河最为兴盛的时期，每年经过此处的漕粮达到400万石以上[①]，其他商品难以计数，沿线一片"舳舻相接，帆樯栉比"的繁忙景象。大运河的长期通行和巨量的物资运输，促进了沿线地区的商品经济繁荣，吸引了大量商贾，出现了苏州、无锡、镇江、扬州、淮安等繁华大都市。同时，大运河不仅是经济交流的重要通道，也是文化交流的重要纽带。明清时期，江苏运河沿线地区的文化交流日益频繁，促进了不同地区文化的融合与发展。同时，明清时期，政府加强了对大运河的管理和维护，确保了其作为南北交通大动脉的畅通无阻，亦大大提升了其在国家战略布局中的地位。

（五）清末到当代：功能变迁与创新发展[②]

"晴雨楼台今胜昔，手扶琼花感慨多"，随着时代的发展，运河在功能上也相应地发生着重要变迁。19世纪末20世纪初，铁路、公路等先进运输方式开始逐步传入中国并发展。1912年11月，北起天津、南达南京浦口，长1000余千米的津浦铁路全线建成通车，南北交通运输有了更加便捷的通道，京杭大运河漕运功能开始弱化。而这一时期，中国处于社会动荡和变革之中。战争、起义等事件频发，对运河建设产生了严重冲击。许多工程都是临时性、应急性的措施，缺乏系统性的规划和布局，并且这些工程也相继因战乱而停工或损毁，难以及时得到修复。加之清政府面临严重的财政困难，导致对运河建设的投入不足。这直接影响了运河的维护与疏浚工作，使得部分河段出现淤塞和破损。

清咸丰五年六月（1855年8月），黄河在河南兰阳（今兰考）北岸的铜瓦厢决口。黄河洪水先流向西北，后折转东北，夺山东大清河入渤海。这是黄河距今最近的一次大改道。决口之初，清政府正全力镇压太平天国运动，无暇顾及河工，只能在"因势利导""设法疏消"的幌子下任其泛滥。漕粮河运被迫中止，改由海运，这一时期，江苏运河勉强保持境内通航。

---

① 钟行明：《经理运河：大运河管理制度及其建筑》，南京：东南大学出版社，2019年，第44-45页。
② 卜希霆、熊海峰：《大运河文化辞典·江苏卷》，北京：北京联合出版公司，2024年，第8-9页。

清同治十一年(1872年),李鸿章主办的招商局开始承运江浙漕粮,由火轮船与沙船运输漕粮遂成定例。[①]清光绪二十六年(1900年),漕粮改折现银;二十七年(1901年),清廷颁布停漕令,裁撤漕运总督及各省粮道等官;二十八年(1902年),京杭大运河漕运全线停止,漕运停止后,运河进一步衰败;三十四年(1908年),沪宁铁路建成。1912年,津浦铁路全线通车。此后,大运河漕运功能被铁路与海运替代,其承载的漕粮运输的历史使命也走向了终结。但这并不意味着运河价值的消失,直至今日,江苏运河仍然发挥着运输、行洪、灌溉、输水等方面的重要作用。

新中国成立后,国家高度重视航运核心功能的恢复,先后开展了多次大规模整治,大运河历经恢复建设、起步发展,全线整治、加速发展,全线提升、跨越发展,转型升级、高质量发展四个阶段。第一个五年计划时,京杭大运河航道开发与治理就被列入国家规划。第二个五年计划期间,京杭大运河的整治被列为国家重点工程。

1950年,实行导沂整沭工程。1951年,毛泽东同志发出"一定要把淮河修好"[②]的号召。1958年4月,时任交通部部长王首道,在上海主持召开鲁苏两省有关负责人会议,研究恢复和沟通京杭大运河南北航运,实现大吨位拖轮船队运输。同年5月,国务院成立大运河建设委员会,编制整治开发京杭大运河的规划,并确定了"统一规划、综合治理、分期建设、保证重点、依靠地方、依靠群众"的治运方针,动员100多万群众,对大运河进行全面整治;并制定了"延伸山东段,扩能苏北段,提高江南段"的京杭大运河航道建设目

Tips

航道等级划分

航道等级划分主要依据船舶通行能力,从高到低分为一级至七级。一级航道可容纳3000吨级船舶,通航能力较强。二级航道可通航2000吨级船舶,通航能力稍逊于一级航道。三级航道允许1000吨级船舶通行,其最小尺度为水深3.2米、底宽45米。四级航道能通航500吨级船舶,尺度标准下限为水深2.5米、底宽40米。五级航道适合300吨级船舶通航,通航能力低于四级航道。六级航道适用于100吨级船舶通航,通航能力比五级航道低。七级航道仅能通行50吨级船舶,是通航能力最弱的航道。

① 李文治、江太新:《清代漕运》,北京:中华书局,1995年,第445-446页。
② 中共中央党史和文献研究院:《中国共产党一百年大事记》,《人民日报》2021年6月28日1版。

标。由此,江苏省大运河工程指挥部成立,对江苏省境内航道进行了系统且持续的治理。尤其是1959年以后,结合南水北调工程,重点扩建了徐州至长江段400余千米的河段,使运河单向通航能力达到近8000万吨,取得了多方面的效益。[①]

改革开放以来,江苏运河成为"北煤南运""南粮北运"等重货运输的重要通道,同时苏北段还承担着"南水北调"东线主线的输水任务。2011年,苏南运河、苏北运河已分别完成四级航道改三级航道、三级航道改二级航道的扩容工程,运输能力进一步提升。

截至2024年底,江苏运河687千米全年通航,占全线全年通航里程的78%,其中二级航道462千米,占全线二级通航里程的100%,三级航道225千米,占全线三级通航里程的58%。京杭大运河苏北段全线实现2000吨级船舶通航,苏南运河全线实现1000吨级船舶通航。全线12道船闸均实现二线或三线船闸运行。大运河沿线港航设施绿色发展水平明显提升,沿线环境大幅改善,智慧安全水平不断提高。大运河滋养万千百姓,活化百态文化,如今,古老的运河重新焕发了生机,已成为沟通南北、贯通古今的中华文脉。

> 吴沟遥接汴河开,江上春潮日日回。
>
> 夜半桨声听不住,南船才过北船来。

清代诗人李国宋的这首《广陵竹枝词》(选一)不仅描述了运河上的繁忙景象,还还原了古代水上交通的重要性。大运河自古以来就是中国南北交通的大动脉,对经济、文化的交流起到了重要作用。吴王夫差开凿的邗沟,经过多次扩展和疏浚,形成了现在的大运河体系。根据江苏省交通运输厅的数据,运河常年有13个省(市)的2万艘船舶往来,年货运量约5.3亿吨,是莱茵河全年货运量的2倍左右;扬州邵伯船闸年过货量是长江三峡船闸的近2倍,是京沪高速公路的8倍;苏北运河是全球最繁忙的内河航段,货运密度位居世界内河第一。

自2014年中国大运河成功列入《世界遗产名录》以来,江苏省加紧推进大运河的保护与利用,编制出台了全国首部地方性法规,编纂出版了全国首部运河通志

---

① 杨静、张金池、吴永兴等:《京杭大运河沿线典型区域生态环境演变》,北京:电子工业出版社,2014年,第98页。

《中国运河志》，创新设立了全国首个大运河文化旅游发展基金，完成了大运河文化保护传承利用规划体系。在交通建设方面，制定了《江苏省大运河现代航运建设发展规划》。

面向新时代，江苏运河交通建设正努力进一步发挥江苏运河的国家水运主通道功能，在保护文化和生态的前提下，统筹协调大运河货运与客运的关系，加快提升运河现代航运水平，积极发展多式联运，构建顺畅高效的沿运河综合交通运输大通道，着力打造京杭大运河绿色航运示范区，建成"世界内河航运之窗"。

三、千载繁华梦不收：水路与文脉并存的"水运江苏"交通体系

江苏运河地跨南北地理分界线，纵贯长江、淮河、黄河三条河流，连通了楚汉文化、淮扬文化、吴文化三大文化区，是中国大运河中起源最早、流经里程最长、文化遗产最为丰富的河段，在长期的历史发展演进中形成了自己的鲜明特点。历史学家徐中舒指出："吴、楚之运河，原较他处发达。就现存之记载言，亦以吴、楚境内之运河为最早。"[1]地理学家顾祖禹在《读史方舆纪要》中认为"漕河始于扬州"[2]。时至今日，扬州已被公认为是中国大运河的原点城市。

2004年，扬州率先投入申遗行动中，2007年成为大运河申遗的牵头城市，2014年联合运河沿线35个城市成功申遗。在大运河27段遗产河道和58处遗产点中，扬州拥有6段遗产河道和10处遗产点，足见其在大运河历史发展中的地位。同时，苏州、无锡、常州、镇江、淮安、宿迁、徐州等点段各有特色，美美与共。

2023年3月，江苏省政府印发《关于加快打造更具特色的"水运江苏"的意见》，积极推动二级航道网规划建设，建设现代化水运体系。2024年是"水运江苏"建设全面启动的第一年。3月19日，"水运江苏"建设工作推进会暨苏南运河无锡段航道"三改二"工程开工活动在无锡举行。至此，为加速构建畅通高效的干线航道网络，苏南运河"三改二"工程已全线开工。2024年，常州段、镇江段、苏州段的整治工程

---

① 徐中舒：《古器物中的古代文化制度》，北京：商务印书馆，2017年，第195页。

② 顾祖禹撰：《读史方舆纪要》卷一百二十九《川渎六》，清嘉庆十七年敷文阁刻本。

也相继开工,并确保在2025年实现全线竣工。届时,2000吨级船舶将能够在江苏运河全天候自由通行,长江与京杭大运河将共同形成纵横交错、等级在二级及以上的航道十字形主轴,极大地提升江苏水运的通行能力。

江苏运河交通建设,是落实国家战略,促进区域协调发展的重要手段。江苏地处"一带一路"交汇点、长江经济带龙头地带、长三角北翼,资源丰富,经济发达,交通便利。水运作为支撑江苏省内经济发展、连通省内外的重要通道,在促进经济社会发展、优化资源开发和产业布局、提升对外贸易和国际竞争力等方面发挥了重要作用。大运河是长江经济带发展战略、共建"一带一路"等红利向内陆地区辐射的重要通道,也是江苏省最重要的内河航道,沟通南北、辐射沿海,担负着长三角地区经济重地大宗物资及时中转集散及南北能源运输重任,是长三角区域一体化发展的重要支撑。大运河现代航运的发展,实现运河航运转型提升,有利于更好地发挥江苏内河水运优势,提升内河航运供给能力,更好地服务以国内大循环为主体、国内国际双循环相互促进的新发展格局和国家重大战略实施落地,提升江苏核心竞争力,促进区域协调发展。

江苏运河交通建设,是建设大运河文化带,引领全国内河航运高质量发展的必然选择。大运河文化带及大运河国家文化公园建设离不开运河本体发展支撑,而运河本体发展首先应当是航运发展。江苏运河处于中国运河体系骨架中心,主体河段千年来始终保持畅通,是货运量仅次于长江主干道的黄金水道,在促进全省乃至全国内河航运发展中发挥着重要作用,特别是大运河淮扬段和苏南段,一直是大运河通航条件最好区段,是"活的运河"的代表。例如,古籍中记载,淮安地区在夏朝就已"水行乘船"。东周时,燕齐通向吴楚的陆路,穿过淮安,称作"善道"。秦朝修"驰道",有两条经过淮安境内。周敬王三十四年(前486年),吴王夫差为了争霸中原,开凿古邗沟,沟通江淮,自成"万里长城横天带,一贯邗沟通九河"的气势。长江流域的军旅乘船北上,到淮安下船后上车马;黄河流域的军旅乘车马南下,到淮安下车马后上船,"南船北马"汇聚淮安的局面开始形成,正如著名作家汪曾祺先生在《盂城驿》一诗中所说,"遥想幡旗飘日夜,南船北马何喧喧"。隋开皇七年(587年),隋为兴兵伐陈,从淮安到扬州开山阳渎。此前的运河开凿,均以军事为主要目的,隋炀帝即位后,都城由长安迁至洛阳,经济上要依靠江淮,于是开凿了自洛阳、经淮安、至扬州的大运河,举世闻名的京杭大运河开始全线贯通。京杭大运河沟通了海河、黄河、淮河、长江和钱塘江五大水系,而淮安由于地处南北,成为漕运的重要孔道。唐初,淮安成为全国四大盐场之一,盐运事业又开始兴旺发达。随着运河交通发展而来的就是南北人口的会聚以及经济、文化的繁荣。"酒酣夜别淮阴市,月照高楼一曲歌。"淮安逐渐发展成为运河沿线的一座名城,有着"淮水东南第一州"的美誉。时至今日,淮安也是江苏运河的交通要冲。因此,更高质量发挥好江苏运河的航运功能,对于打造极具江苏特色的大运河文化带具有重要意义。交通运输部印发的《内河航运发展纲要》明确提出要推动内河航运高质量发展,服务国家战略实施,助力中国特色社会主义现代化强国建设。江苏运河需要高起点再出发,充分发挥黄金水道综合功能,为江苏省大运河现代航运高质量发展先行探路,积累发展经验,让大运河更好地融入当代、服务于民、造福于民,为引领全国内河航运高质量发展作出江苏示范。

江苏运河交通建设,是贯彻习近平生态文明思想,保障南水北调清水廊道建设运行的重要环节。习近平生态文明思想是习近平新时代中国特色社会主义思想的重要内容。习近平总书记提出"绿水青山就是金山银山"的发展理念,并在党的十九大报告中提出"以共抓大保护、不搞大开发为导向推动长江经济带发展",指明了"生态优先、绿色发展"的新路径。推动江苏省大运河现代航运建设发展,树立绿色航运理念,是具体落实习近平生态文明思想的有效举措。除了航运功能以外,江苏运河还担负着向沿线城市和居民供水的重要功能,是南水北调东线工程的主要输水通道。江苏运河在发挥航运具备节能减排等传统优势和比较优势的基础上,通过主动配合清水廊道的建设,积极推进大气、固体废物及水污染防治,鼓励清洁能源利用,严格落实饮用水源地保护、水土保持和生态保护措施,在生态基础设施建设、清洁化运输装备、高效化运输组织模式等方面积极实践,将绿色航运理念贯穿规划、建设、管理和养护全过程,助力江苏水运提质增效和转型升级,有力保障南水北调清水廊道建设运行。

江苏运河交通建设,更是有利于交通强国建设,加快构建现代综合交通运输体系的必需环节。建设交通强国是党的十九大作出的重大战略部署,是交通运输行业的神圣职责和崇高使命。《交通强国建设纲要》明确提出要"构建安全、便捷、高效、绿色、经济的现代化综合交通体系"。水运作为综合立体交通网络的重要组成部分,既是建设交通强国不可或缺的关键环节,也直接关系到现代综合交通运输体系的构建。为贯彻落实交通强国战略部署,江苏省委、省政府制定印发《交通强国江苏方案》,其"十大样板"之一就是"打造航运特色鲜明的大运河文化带样板——重点建设京杭大运河绿色航运示范区"。江苏以江苏运河为代表的内河航运总量与成效在全国名列第一,有条件进一步发挥绿色、经济优势,强化港口枢纽与公路、铁路等其他运输方式衔接融合,降本增效,促进运输结构调整,打造智能、平安、绿色、高效、经济的航运体系,为江苏构建现代综合交通运输体系、加快建设交通强国和建设交通运输现代化示范区提供支撑。

"千载繁华梦不收",古老诗词里的诗路与水运,一路见证着江苏运河交通的发展,那些先贤在诗词里寄予的或憧憬或向往的运河交通建设蓝图,在今日江苏运河交通建设的版图上,正在擘画成美丽的图卷,真可谓是"彩带运河千里曲,而今是处通幽"。

江苏运河,是支撑现代经济发展的重要引擎。如前文开头所述,江苏运河以全线8个省(市)12%的面积,集聚了全线16%的常住人口,贡献了全线24%的地区生产总值。江苏运河自古就与沿线经济社会发展同生共长、兴衰与共,古有扬州、淮安等运河城市成为四通八达的盐运、漕运枢纽;如今,沿线各种产业和劳动力要素受到运河航运的吸引,向轴线积聚,沿着大运河流动扩散,形成了以江苏运河为依托,融合人口、产业、城镇、物流、信息流的线状空间地域综合体,使得江苏运河沿线经济带效应明显,电力、钢铁、工程机械、装备制造、新材料、新建材等传统、特色产业基础雄厚。江苏运河沿线两侧2千米范围内共集聚了近40个国家级、省级开发区,超过20家规模以上电厂和钢铁厂,创造就业人数35万人以上。涉水产业及城镇开发的原材料、产成品有相当一部分通过运河运输,为沿线经济社会发展提供了源源不断的物资保障。

江苏运河,是保障物资交流的核心通道。江苏运河是整个京杭大运河中航运功能最强、通航条件最好、船舶通过量最大、功能发挥最为显著的区段,担负着我国长三角地区物资中转集散及北煤南运战略任务。江苏运河作为内河运输的黄金水道,货运量仅次于长江主干道,是电煤、黄沙、水泥、钢材、矿石等大宗物资运输的最佳选择。2023年,苏北运河货运量、煤炭运量、集装箱运量创历史新高。苏北运河十个梯级船闸累计开放闸次31.3万次,完成货运量3.5亿吨,其中煤炭运量1.04亿吨,矿建材料运量1.26亿吨,集装箱运量58.5万标箱,完成货物周转量706.7亿吨·千米。2024年,苏北运河十个梯级船闸累计开放闸次30.4万次,完成货运量3.27亿吨,其中煤炭运量1.05亿吨,集装箱运量73.2万标箱。

江苏运河,是促进绿色发展的重要载体。航运作为综合交通运输体系中最为绿色的运输方式,具有能耗低、用地少、污染小等显著优势。2020年,江苏运河的货运量相比公路或铁路运输,节约燃料消耗约70万吨,节约污染成本240亿元,减少新建公路用地约40万亩或铁路用地约19万亩。同时,近年来,江苏运河在全国率先建设岸电设施,推动内河船舶应用液化天然气(LNG),粉尘治理、油气回收、船舶污染物接收转运设施建设成效显著,进一步减少了大气污染,改善了水环境,提升了大运河的绿色发展水平。

江苏运河,是展现历史风貌的文化窗口。航运是千年运河的核心功能,也是运河文化的逻辑起点,航运文化与其他文化共同构成了江苏运河的丰厚文化内涵。航运功能演绎出的漕运文化、盐业文化、水工文化、工商文化、园林文化、水乡人居文化等文化形态各具特色,人文荟萃。江苏运河遗产点段类型齐全,其中纳入《世界遗产名录》的运河水工遗存达16处,见证了漕运演变,反映了当时先进的治水思想与技术。在文化延续保护方面,沿线各市大运河城区段几乎都曾实施改线,把新运河留给交通,把老运河留给城市,还水于城,还绿于民。江苏运河沿线船闸最早建成于1957年,后期大运河航运扩容均采用新建复线及三线船闸方式,老闸全部予以保留。如今,江苏运河已成为历史大运河的延续和发展,大运河文化也已成为航运文化的凝练和升华,这些文化使城市因运而生、经济因运而兴、社会因运而盛,历久弥新。

正如《古运河游春》一诗中所言:"繁华不令随波去,河上清明历历真。"江苏运河交通的建设,是践行新发展理念,推动"强富美高"新江苏建设再出发的号角。作为纵贯江苏全境的南北水运主通道,大运河沿线生态环境优美,更串联全省近40个国家级、省级开发区(占全省总量的1/4以上),对优化沿线城镇空间布局与生产力配置发挥重要纽带作用。同时,大运河及其连通航道辐射全省绝大多数的经济腹地,极大地促进了区域间的经济交流。推动江苏省大运河现代航运建设发展,不仅能进一步提升江苏运河航运自身发展水平,更对贯彻生态优先、绿色发展理念,统筹生态保护、城镇布局、产业发展和交通基础设施建设,促进减污降碳,高质量推进经济强、百姓富、环境美、社会文明程度高的新江苏建设,打造"水运江苏"交通体系、美丽中国江苏样板具有重要支撑作用。

第二章

不知静里千帆过

水运交通济天下

苏州望虞河水利枢纽（右为大运河苏州段）　朱剑刚摄

南旺湖夜泊

明·宗臣

落日孤舟下石梁，蒹葭寒色起苍茫。

青天忽堕大湖水，明月长流万里光。

中夜鸬鹚回朔气，南来鸿雁乱边霜。

他乡岁暮悲游子，涕泪时时满客裳。

[编者按]明人宗臣的《南旺湖夜泊》一诗记录了运河行旅途中的所思所想，与其他羁旅诗相同，诗人抒发了旅途中的孤独与乡愁。但不同的是，千里运河的长度将这种孤独与愁绪在物理空间上无限延长。"明月长流万里光"，恰似一江春水，人生长恨。旅客南北通航，漂泊运河，借运河之力到达远方，一路上，孤独的旅人身边只有静静的运河为伴。而运河水，千里蜿蜒，这条长长的水脉，静静地流淌着，串联起南北的繁华与沧桑，见证着无数的兴衰与更替。

一、明月长流万里光：苏北运河与苏南运河的交通网络

"行人来往日南北，惟有水声千古流。"苏北运河与苏南运河构建起的交通网

络,延续千年,静静的水流声诉说着时间的诗语,承载着无数过往的行人船只的凡尘俗事。"青天忽堕大湖水,明月长流万里光。"运河中河湖交叠的多维水系为人们的衣食住行提供赖以谋生的便利,也让行人船只在地理距离和时间中丈量着运河,感受着运河。

苏北运河和苏南运河是目前江苏省内最为重要的运河河段,其以水陆联运、互联互通为特点的交通网络和以航道标准提升、桥梁建设更新、港口物流发展为主要内容的航道建设与维护,为运河的发展增添了生机与活力。

苏北运河,是京杭大运河江苏境内长江以北河段,全称京杭大运河苏北段。北起徐州蔺家坝,南至扬州六圩口,全长404千米,纵跨徐州、邳州、宿迁、淮阴、扬州等11个县市,沟通微山湖、骆马湖、洪泽湖、高邮湖等水系。

苏北运河,古为泗水。南宋绍熙五年(1194年),黄河夺淮后为黄河所经。明清时期实行黄运分立,北凿南阳新河与泇河,南开皂河与中河,均为人工运河。徐州至邳州段运河,自泇河通流后已日益衰落,清咸丰五年(1855年),黄河北徙,此段河道逐渐淤废。淮阴杨庄至淮安的古运河,乃宋代乔维岳所开之沙河故道。淮安以南至扬州,是春秋末期吴王夫差所开邗沟和东汉陈登所开邗沟西道。现在的苏北运河,包括西线航道、不牢河、中运河、里运河等主干河道。

中运河、里运河前文已述。西线航道,自苏鲁交界的大沙河口至徐州蔺家坝,长71.35千米,水深1.2~2.9米,其间大沙河口处因泥沙淤积,是全线浅窄段。大屯至沿河段长9.3千米,是结合红旗三闸新挖的引河。北来船舶可经蔺家坝船闸入不牢河南下。自山东省于南四湖建二级坝后,运河改从二级坝南下至蔺家坝56.5千米。不牢河,自徐州蔺家坝经大王庙汇入中运河,建有蔺家坝、解台、刘山三座船闸。徐州,北扼齐鲁,南临江淮,五省通衢要冲,交通四通八达。穿越徐州市境的不牢河,是1958年京杭大运河第一期扩建工程中新辟的河段,因历史原因,工程未能按标准完成。1983年京杭大运河续建工程中又进行人工疏浚,已达二级航道标准。

总体而言,苏北运河是京杭大运河上等级最高的航道,也是江苏省"两纵四横"干线航道网的重要组成部分,目前全线已基本建成二级航道。如前文所述,康熙皇帝在《自宿迁解缆一日夜达山东境》一诗中所说"千里南程几日回,轻舟直下溯漾洄",诗中写从苏北运河宿迁段出发,只需一日便可到达山东境内,可见航运速度之快。

苏北运河沟通了江、淮、沂、泗水系,是京杭大运河全线运输最繁忙的航段,常年可行驶2000吨级船舶,徐州段最大可通行5500吨级船舶。它更是我国重点物资运输的交通大动脉,担负着长三角地区大宗物资中转集散及北煤南运的战略任务,在长三角地区经济社会发展中的地位十分突出。1958—1961年,实施运河一期整治工程,包括蔺家坝至邳州大王庙,在原不牢河基础上开辟新航道;中运河窑湾至曹甸子段9千米新开运河,余下利用老运河拓宽浚深;里运河淮阴至淮安、扬州湾头至六圩都天庙段(俗称"苏中运河")另开新河。

进入21世纪后,实施航道的二期整治工程,包括加建复线船闸、改造扩建煤港等。二期整治分段进行,其中,淮阴至淮安段整治工程长22.22千米,整治后为二级航道,2006年建成;高邮至邵伯船闸段整治工程长29.937千米,整治后为三级航道;大王庙至皂河船闸段整治工程长48.05千米,整治后为二级航道;此外,还整治了京杭大运河邵伯湖区段航道,自邵伯船闸引航道出口至槐泗河口10.5千米。整治后,苏北运河北煤南运的运量增加了1000万吨,年货物通过能力达到3000万吨。

在漫长的岁月里,苏北运河凭借其得天独厚的地理位置,形成了水陆联运的独特优势,运河沿线不仅水路畅通,还与多条铁路、公路干线相连,形成了立体化的交通网络。例如,运河与京沪铁路、沪宁城际铁路等多条重要铁路干线交汇,实现了货物在多种运输方式之间的快速转换,大大提高了运输效率。近些年来,持续不断的航道整治工程,使得苏北运河的航道标准不断提升。通过疏浚拓宽航道、兴建复线船闸等措施,运河的通航条件也得到了显著改善。加之持续的桥梁建设,实现了与周边地区的紧密连接。苏北运河沿线建有跨河桥梁52座,码头、栈桥306座,为货物的快速集散提供了有力保障。这些桥梁不仅为运河两岸的居民提供了便捷的交通条件,还成为运河沿线一道亮丽的风景线。

运河网络四通八达,水流构建起的物流网延伸至全国各地。随着现代物流业的高速发展,苏北运河沿线的港口物流也取得了长足进步。以淮安港为例,该港已成为苏北地区重要的内河港口之一,年吞吐量超过亿吨。港口内设有多个现代化码头和集装箱堆场,配备了先进的装卸设备和信息管理系统,为货物的快速集散提供了有力保障。同时,港口还积极拓展多式联运业务,实现了公路、铁路、水路等多种运输方式的无缝对接。

Tips

苏北运河工程局

苏北运河工程局,苏北地区运河管理机构,1949年1月成立,前身是江北运河工程局。下设南北运河工程处,并于运河沿线的县中均设置了公务所。1949年4月21日,苏北行政公署成立,苏北运河工程局隶属于苏北行政公署农水处。1950年10月,治淮委员会下游工程局成立,苏北运河工程局随即并入治淮委员会下游工程局。1952年,治淮委员会苏北工程指挥部改为苏北治淮总指挥部。1953年,江苏省人民政府成立,苏北治淮总指挥部更名为江苏省治淮指挥部。

苏南运河,北起镇江谏壁,南至江浙交界的苏州鸭子坝,全长212千米,流经镇江、常州、无锡、苏州四市。宋末元初诗人方回在《奔牛吕城过堰甚难》中写道:"君不见,奔牛吕城古堰头,南人北人千百舟。"诗中描写的即是元朝时大运河的镇江段和常州段,千人百舟聚集过奔牛堰、吕城堰,可见当时的苏南运河已经是重要的运输河段。

京杭大运河苏州段　伊志明摄

苏南运河是长三角高等级航道网"两纵五横"中最重要的"一纵",也是江苏省干线航道网的主要轴线,承担着大宗货物的运输任务。正如明人欧大任在《送灵璧汤五侯督运漕河四首·其三》中所写:"岁岁江南百万来,飞帆扬子急如雷。"漕运中的大宗粮草从江南地区大量运出,沿江南运河经扬州向京畿北上或向内陆西去,如今已是连接长三角地区与内陆地区的重要通道。

苏南运河同样具备水陆联运的独特优势,运河沿线与沪宁城际铁路、京沪铁路等多条重要铁路干线相连,形成了便捷的水陆联运网络。通过运河与铁路的无缝对接,货物能够快速地从内陆地区运往长三角地区,再通过公路、铁路等方式分发到全国各地。通过不断的航道整治和桥梁建设,苏南运河实现了与周边地区的紧密连接,运河沿线建有多座跨

Tips

丹徒水道

丹徒水道是中国古代的一项伟大工程,起点在镇江谏壁。秦始皇三十七年(前210年),秦始皇命令征用三千名刑徒,从现今的江苏镇江起始,沿着丘陵地区开凿出一条曲折的河道。该水道设计精妙,向东南方向延伸,最终与吴王夫差开凿的古江南河相接,直通当时的会稽郡,也就是如今的江苏苏州。此外,它还从浙江崇德西南方向引出,开辟出一条新水道,直抵钱塘,即现在的浙江杭州。经过各朝代的不断改造与整治,这条最初天然的水道逐步转变为人工运河,为隋代江南运河的形成提供了坚实基础。

河桥梁和隧道,为车辆的快速通行提供了有力保障。

近年来,苏南运河不断进行航道整治,提升航道标准。通过疏浚拓宽航道、建设复线船闸等措施,运河的通航条件得到了显著改善。目前,苏南运河已达到三级航道标准,能够通航1000吨级船舶。为了进一步提升运河的运输能力,江苏省还启动了苏南运河"三改二"工程,计划将航道标准提升至二级,以适应更大吨位船舶的通航需求。随着运河通航能力的提升和周边地区经济的快速发展,苏南运河沿线的桥梁建设也日新月异。近年来,运河沿线新建和改建了多座跨河桥梁和隧道,注重桥梁和隧道的美观性和实用性,也提高了通过能力。这些桥梁和隧道的建设,为运河两岸的居民提供了便捷的交通条件,也促进了周边地区的经济发展。苏南运河沿线的港口物流发展同样迅猛,以无锡港为例,该港已成为苏南地区重要的内河港口之一,年吞吐量超过亿吨。此外,苏南运河沿线的其他港口也在不断发展壮大,为区域经济的持续发展提供了有力支撑。

在推进运河发展的过程中,江苏省高度重视绿色智能航运的建设,通过实施绿色现代航运综合整治工程等措施,运河的生态环境得到了显著改善。同时,运河沿线还广泛应用新材料、新工艺和新技术,提高了航道的通航能力和服务水平。例如,在大运河徐扬段部分航道建设中,采用了成片的芦苇生态护坡和格宾护岸等新材料、新工艺,不仅增强了航道的生态功能,还提升了航道的景观效果。

运河不仅是一条重要的交通要道,还是一条承载着丰富历史文化的河流。在推进运河发展的过程中,江苏省注重挖掘和传承运河文化,打造了一批具有地方特色的运河文化景点和旅游项目。例如,在淮安、扬州等地建设了运河文化博物馆和

Tips

苏南行署交通处

苏南行署交通处是江苏省南部地区运河管理机构。苏南行政区是新中国成立前夕,中国共产党在今江苏省南部和上海市西部设置的一个省级行署区。1949年6月2日,在无锡成立苏南人民行政公署交通运输管理局,7月以后又在苏州、常州、镇江、松江等地设置航政办事处。1950年5月机关整编后,苏南行署交通运河管理局改为行署交通处。1952年4月,苏南行署交通处决定各地航运管理机构仍分两级设立,各专区和无锡市分别设航政管理处,各县设船舶管理所。

运河风光带等景点,吸引了大量游客前来观光旅游。这些景点的建设不仅丰富了运河的文化内涵,还促进了当地旅游业的发展。运河的发展不仅促进了自身运输能力的提升和服务水平的改善,还带动了周边地区经济的协同发展,通过加强运河与周边地区的交通联系和产业合作,实现了资源共享和优势互补。例如,在运河沿线的无锡、常州等地建设了一批现代化的工业园区和物流园区,吸引了大量企业入驻和发展。这些园区的建设不仅促进了当地产业的升级和转型,还带动了周边地区的经济发展。

Tips

无 锡 港

无锡港由无锡(江阴)港和无锡内河港组成,其中无锡内河港处全国28个内河主要港口之列。该港口主要承担矿建材料、煤炭、油品及液体化工等货物的运输任务。历史上,无锡港曾闻名遐迩,有"米码头""布码头"之称。经过多年的持续发展,无锡港规模日益壮大,如今已发展成为上海国际航运服务中心的重要喂给港、区域综合运输的关键换装港以及经济腹地的货物集散港,对无锡市的经济社会发展以及综合运输体系的完善发挥着至关重要的作用。

"北来南去雁还飞,四十年间万事非。惟有航船歌不改,夜深老泪欲沾衣。"千年时间不过弹指一挥间,一切世事皆变化,但一切又都仿佛如常,运河亦是如此。苏北运河与苏南运河作为京杭大运河的重要组成部分,承载着重要的交通与物流功能,通过航道整治和桥梁建设等措施,运河的通航条件得到了显著改善,运输能力实现了大幅提升,同时,绿色智能航运的推进和运河文化的传承与发扬也为运河的发展注入了新的活力。未来,随着区域经济的持续发展和交通网络的不断完善,苏北运河与苏南运河将继续发挥其在交通与物流领域的重要作用,为区域经济的协同发展作出更大的贡献。

二、治粟舳舻衔尾入:运河漕运安天下

说到运河,不得不说漕运。漕,原指以水道运粮。许慎《说文解字·水部》载:"漕,水转谷也。"秦汉以来,历朝政府所需粮食主要靠水路运输,因此称为漕运。但漕运并不仅仅指漕粮的运输,其所涉及的内容包括粮食的征收、兑运和交仓,漕运制度和船制,运丁和屯田,漕粮运道的修治,运河河政等。因此,可以将漕运理解

为:中国古代政府将征收来的粮食中的一部分,通过水路,水路不通之地辅以陆运,将其运往京师或其他指定地点所形成的一整套组织和管理制度。这种制度又称为漕转(转漕)。①应该说,因为运河,漕运、漕船、漕帮、漕粮、漕丁、漕夫和漕军便联系在了一起。

> 大淮东下接黄河,功比当年瓠子多。
>
> 治粟舳舻衔尾入,黄旗珠纛照烟波。

这是明人欧大任《送灵璧汤五侯督运漕河四首》中的第二首诗歌,全诗展现了明代漕运的繁荣景象。漕运在中华文明的发展过程中占据着十分重要的地位。湛若水在《送都宪高先生总督漕运》一诗中甚至略带夸张地写道"圣皇制国计,全功在漕河"。事实上,漕运确实是历朝定国安邦的民生大计。

(一)江苏运河漕运发展概况

漕运的出现,主要目的是解决王权中心消费、兵饷支出以及供给官吏薪俸的需要。随着中央集权,首都人口不断增加,宫廷消费日益增多,军饷供给繁重,首都所在地区的经济发展远远跟不上京师日益膨胀的需求。要很好地解决这一供需矛盾,就得从农业经济发达地区调运粮食。

然而这些农业发达地区往往离京师千里或数千里,如何把远在千里或数千里之外的粮食运往京师? 陆路运输是一种解决办法,但花费人力多,运费高,运量也小,并不可行。河运运输量大,运费较低,只要有水就能运输,是上上之策。而当时国内几条主要河流都各成一个系统,要由这个系统的水道到另一系统的水道,则要大费周章,有的因地理位置关系问题,甚至不可能实现。因此,需用人力开凿运河,沟通原本不连贯的水道,使舟楫得以直接往还。运河便应运而生。这也就不难理解,开凿运河是中国古代人民的一个创举。

江苏是名副其实的运河大省,江苏的漕运随着运河兴废而浮沉千年。简言之,江苏漕运的历史可以分为形成、发展、兴盛、衰落和复兴五个阶段,每个阶段各具特色,汇集了诸多统治阶层、文人士大夫、劳苦大众的点滴智慧,是中华文明不断赓续

---

① 江太新、苏金玉:《漕运史话》,北京:社会科学文献出版社,2011年,第1页。

发展的重要体现。

春秋战国到六朝时期,是江苏漕运的初期形成阶段。公元前486年,吴王夫差在今扬州蜀冈一带筑城,开挖邗沟沟通了江、淮,奠定了江苏运河和漕运的基础。此阶段中,以邗沟、江南运河系统等运河为骨架的航运网络初步形成,此时的运河成为漕运、军事征战等方面需求的必备设施。杜预《春秋左传注》中记载:"于邗江筑城穿沟,东北通射阳湖,西北至末口入淮,通粮道。"①这说明在春秋时期,邗沟已经是非常重要的运粮通道。

唐人崔颢在《维扬送友还苏州》中写道"长安南下几程途,得到邗沟吊绿芜"。崔颢在扬州送友人返回苏州,友人从长安经水路南下到达扬州,与崔颢相聚又别离,崔颢想到友人必然会经过邗沟,于是想起了南朝宋人鲍照所写的《芜城赋》,芜城即扬州。《芜城赋》中写扬州"柂以漕渠,轴以昆岗。重江复关之隩,四会五达之庄。当昔全盛之时,车挂轊,人驾肩。廛闬扑地,歌吹沸天。孳货盐田,铲利铜山。才力雄富,士马精妍。故能侈秦法,佚周令。划崇墉,刳濬洫,图修世以休命。"②鲍照以描写加想象的方式重现了西汉初年的扬州胜景,彼时邗沟和昆岗的陆路构成了当地的水陆交通,使得扬州成为"重江复关之隩,四会五达之庄"。而发达的交通繁荣了经济,从"廛闬扑地"可以看出,当时扬州的住宅密密麻麻,人口众多,"孳货盐田,铲利铜山"说明此地的财货物资十分丰富,包括盐巴、铜矿等。这些财货物资又经由邗沟和陆路运往别处,这说明在西汉初年,吴王刘濞通过建高墙、开邗沟支线的方式,将扬州建设为一座富庶之城。

"霜落邗沟积水清,寒星无数傍船明",邗沟的开凿和拓展为苏北漕运网的初步形成奠定了基础。在邗沟开凿之前,若想从长江进入淮水和泗水,只能沿着长江东行至黄海,再沿着黄海北上进入淮河,然后再逆淮河而上进入泗水或沂水。也就是说,邗沟大大缩减了从长江进入淮水和泗水的漕运航程和时间,泗水深入齐鲁腹地,这也间接地加强了苏北地区与齐鲁地区的联系。除邗沟外,江苏的胥溪运河也是春秋时期开凿的。此运河西接固城、石臼湖连通长江,东接荆溪奔向太湖,是沟通长江

---

① 王在晋撰:《通漕类编》卷一《漕运》,明万历刻本。

② 鲍照著,钱仲联校注:《鲍参军集注》,上海,上海古籍出版社,2021年,第13页。

越来溪 曾海摄

和太湖的水道，在江南地区初步形成了以吴国都城为中心的漕运网。江南运河，即京杭大运河江浙段，在春秋时期也初具雏形，例如当时建设阖闾大城时所修建的护城河就是现在江南运河苏州段的一部分。另外，沟通钱塘江与太湖的越来溪，是吴越争霸时越国所挖的战时水道，用于运送军士和漕粮，成为江南运河浙江段的前身。

关于越来溪，《石湖志》卷二记载："越来溪在越城，东南与石湖通，溪贯行春，越城二桥以入横塘，清澈可鉴，越兵自此溪来入吴，故名。[1]"春秋晚期，周敬王四十二年（前478年），越王勾践率军攻吴国，越国主力从太湖开河（此河就是现在的越来溪）北上，并在石湖东北筑土城屯兵，隔湖与西面山上的吴军相峙。当时的石湖有

---

[1] 莫震撰：《石湖志》卷二，明刻本。

巨大的水面，越人于是横截山脚，凿石掘溪，所以称之为越来溪。

周元王三年（前473年），越军乘太湖水涨之机，由越来溪、胥江直逼姑苏城下，吴国灭亡。因此，越来溪作为人工运河，是具有运河最早期的功能，即军事性的。历朝历代对越来溪的歌咏不绝于耳。如元末明初著名诗人，与杨基、张羽、徐贲同称为"吴中四杰"之一的高启曾作诗《越来溪（在横山下）》：

> 溪上山不改，溪边台已倾。
>
> 越兵来处路，流水尚哀声。
>
> 昨日荷花生，今朝菱叶死。
>
> 亡国不知谁，空令怨溪水。

越来溪是吴越兵戎相向、吴国覆灭的见证。如今，在苏州市职业大学1号门里，还有一块碑，上面写着"越来溪"三个大字。两岸杨柳依依，晴时婉约，雨时迷蒙。如今这波澜不惊的溪水，有谁能够想到数千年前，曾经是金戈铁马的古战场？

越来溪碑铭　曾海摄

隋唐宋三朝，是江苏漕运的发展阶段。此时期，南北大运河形成，以都城洛阳或开封为中心的漕运网络得以建构，邗沟和江南运河成为连通东南和西北的咽喉要道。经济中心在隋唐时期逐步南移，东南地区在宋代时成为名副其实的经济中心，成为主要的漕粮供应地区。江苏运河也便成为连通长江、淮河、太湖等地区漕运的交通枢纽。隋唐宋三朝的统治者为将东南地区的漕粮源源不断地运往京畿地区，于是在运河整饬和开凿方面用力甚深。在隋朝，隋炀帝于大业元年（605年）下令开凿通济渠,旨在连通洛阳与江淮地区;大业四年(608年)又下令开凿永济渠,目的是"南达于河,北通涿郡",形成了"穿地凿山开御路,鸣笳叠鼓泛清流"的盛景。

同时,隋炀帝还下令疏浚邗沟和江南运河,这极大地增强了漕运能力,为经济地区增加了诸多漕粮来源。在唐朝,连接淮河、长江和钱塘江三大水系水运干线的山阳渎和江南运河受到政府的高度重视。随着长江三角洲的向外推移和长江江面的逐渐变窄,山阳渎和江南运河的河渠最容易被泥沙淤塞。唐朝初年,扬子江以南河道已不能行舟,漕船只好绕道瓜步(今江苏仪征市东),而后溯旧官河始能进入扬子斗门,不但多走了60里航程,而且风急浪高十分危险。唐开元二十七年(739年),润州刺史齐浣开伊娄河25里,于京口直趋渡江。于是"岁利百亿,舟不漂溺"[1],可惜这条新河在唐上元年间(760—761年)再次淤塞,江南漕船驶过长江后,只得"陆运至扬子"[2],始能上漕北运。

后刘晏主持漕政时,经过再次开凿疏浚,恢复沟通江北漕路。加上改进船米装卸方法,运费大大减少,由原来斗米费19钱,降至斗米费4钱,节省了15钱。唐贞元四年(788年),淮南节度使杜亚又自江都(今江苏扬州)西循蜀冈之右,引陂趋城隅以通漕,在渠口还修了"爱敬陂水门"以调节水势,改变附近"漕渠庳下,不能居水"的状况。唐元和(806—820年)年中,节度使李吉甫又在高邮湖附近加高渠岸,并筑了富人、固本二湖,保证了山阳渎的水量。唐宝历二年(826年),盐铁转运使王播又于扬州南阊门西7里港处,向东开渠19里,取智寺桥通旧官河,由于开凿较深,漕运无阻,为后来漕运提供大便利。[3]

关于江南运河江苏段的治理,主要工程有:唐肃宗(756—762年)时,刘晏修治丹扬湖,以解决江南运道北段水源不足问题;唐元和八年(813年),常州刺史孟简又在武进(今江苏常州)开旧渠40里,引长江水南注通漕,又于无锡南开泰伯渎使东连丹湖。这些工程的修建,其目的是蓄水济运,增强枯水期运河的通航漕运能力,还有古孟渎的重开、吴江塘路的开辟等,都成为唐朝时江苏漕运的重要配套设施。这些运道的有效治理,使得中唐以后,长安能够得到江南粮食和布匹的充分供应。

① 欧阳修撰:《新唐书》卷四十一《地理志》,清乾隆四年武英殿校刻本。
② 欧阳修撰:《新唐书》卷五十三《食货志》,清乾隆四年武英殿校刻本。
③ 江太新、苏金玉:《漕运史话》,北京:社会科学文献出版社,2011年,第64页。

吴江塘路 倪浩文摄

真 州 闸

真州闸是北宋时期一项重要的水利工程,记载于沈括《梦溪笔谈·真州复闸》一文中,原闸今已不存。此闸原位于今江苏仪征长江与大运河交汇处,其建设始于北宋天圣年间(1023—1032年),由监管真州排岸司的右侍禁陶鉴主持建造,最初为木构内、外闸,后在南宋嘉泰元年(1201年)改建为石闸,使其更加坚固耐用。闸口采用复闸设计,即在河道上大落差的地段修建两道闸门,用以节制水流。真州闸是世界上建成最早的复式船闸之一,比欧洲荷兰运河上最初出现的船闸早180多年,其设计原理与现代船闸十分相似,对后世的航运技术发展产生了深远影响。

除了官方修建的设施,也有私人募资修建的漕运设施,如苏州的宝带桥即是一例。宝带桥对于秋冬时节的漕运船只的顺利通航帮助甚大。北宋时期,江苏运河的发展主要包括扬州运河的整治、真州闸的修建以及江南运河支线的开辟。其中以真州闸为例,在真州闸建立前,真州运输漕粮的漕船只有300石,而在真州闸修建后,漕船的运输量从300石涨到400石,又涨到700石。江南运河支线中的锡澄运河、溧金运河、梁溪等皆是在宋代开通。在宋代,复式船闸兴起,这种船闸克服了因河流水位差导致的漕运不便问题,如吕城闸、奔牛闸、京口闸等。

元代、明代、清代前中期,是江苏漕运的兴盛阶段。这一阶段,京杭大运河全线贯通。由于漕运的重要地位和江南地区赋税地位的极大提高,三朝政府都推行治河保运政策,以确保漕运活动的正常进行,并且国家层面开始完善漕运制度,此时期的内河漕运进入全盛时期。元明清三代在运河方面有诸多建树。元代时,京杭大运河初步形成,开凿了济州河、会通河等新河道。如明人李东阳在《送平江伯陈公漕运还淮安二首·其二》中写道,"朝廷漕运仰南东,百里官河属会通",即是强调会通河的重要作用。济州河、会通河连通了汶水、泗水等水系,使得杭州至通州间的水路全线贯通,不再由陆路转运。明代时,为避开黄河河道难测的自然风险,又为避开徐州洪、吕梁洪等地势落差极大的天险,开凿了迦河、通济新河等运河;清代时开凿了皂河、中运河等运河,延续了明代时黄河与漕河分离的策略。两朝的运河治理,使得京杭大运河不再经过今天的徐州市区,避开徐州洪、吕梁洪二险,挽船工性命于激浪,保证了运河漕运的正常进行。而且在两朝延续性的河漕整治观念下,今徐州段、宿迁段的漕河彻底避开了黄河,不再受黄河水势等因素的限制,完成了淮河以北运河的渠化工程,"河漕"随之消失,再不见李东阳在《漕运参将郭彦和镇苏松时有巨舟张东海名曰海天一碧为赋长句》中所写"君不见清淮上与黄河接"的场景,而"中有漕舟千万叶"的景象却日益繁盛祥和,确保了"治粟舳舻衔尾入"的漕运活动稳定且安全地进行。

Tips

徐州三洪

徐州三洪,又称古泗三洪,即徐州洪、秦梁洪、吕梁洪三处激流险滩,"三洪之险闻于天下"。泗水在徐州城东北与西来的汴水相汇后继续向东南流出徐州,其间因受两侧山地所限,河道狭窄,形成了徐州洪、秦梁洪、吕梁洪三处急流。洪是方言,石阻河流曰洪。

徐州洪,位于泗水之上,是明代运河著名的险滩之一,因位于徐州而得名,河道中乱石峭立,水流湍急,长百余步,故亦名百步洪。明万历后漕运改道,遂不复经此险。徐州洪,位于现在徐州市区故黄河和平桥至显红岛一带,长约百步。苏轼任徐州知州时与弟苏辙分别有歌咏百步洪的多首诗词传世,故后人多以百步洪名之,徐州洪反而无人提起了。

徐州和平桥百步洪广场　刘召禄摄

　　秦梁洪之所以得名和闻名于徐州及周边，与秦始皇泗水捞鼎有关，汉画像石记载了泗水捞鼎的壮观场面。《史记》对此段历史也有明确记载："禹贡金九牧，铸鼎于荆山下，各象九州之物。历殷至周赧王五十九年，秦昭王取九鼎，其一飞入泗水，余八入于秦中。"[1]"（始皇）过彭城，斋戒祷祠，欲出周鼎泗水，使千人没水求之，弗得。"[2]秦始皇泗水捞鼎没有成功，捞出的石头在两岸堆成长长的石梁，秦梁洪由此得名。

运河边的村庄　薛晓红摄

---

① 司马迁撰，裴骃集解，司马贞索隐，张守节正义：《史记》卷五《秦本纪》，清乾隆四年武英殿校刻本。
② 司马迁撰，裴骃集解，司马贞索隐，张守节正义：《史记》卷六《秦始皇本纪》，清乾隆四年武英殿校刻本。

吕梁洪,位于徐州城东南50里处的吕梁山下(今坷拉山,海拔146米),因处在古吕城南,且水中有石梁,故而称"吕梁洪"。文献有"吕国"之记载,泗水即经吕国之南。古吕国早已沉沦黄沙,近年夸大头村之下曾挖出古城墙遗址,或为吕国废墟。《水经注》卷二十五有载:"泗水之上有石梁焉,故曰吕梁也……悬涛湔涍,实为泗险,孔子所谓鱼鳖不能游。又云,悬水三十仞,流沫九十里。"[1]今附近倪园村旧称悬水村,或与此有关。

吕梁洪曾流经地之下洪村处黄河故道　刘召禄摄

　　元明清时期,太湖流域是天下的漕粮基地。为确保漕粮能够顺利北上,为京畿地区提供持续不断的物资支持,江苏运河的漕运、盐运等运输活动日益繁荣。作为全国最为核心的"输血泵",江苏运河向北方输送以粮草、盐巴为主的"新鲜血液"。在此时期,朝廷改革并完善了漕运组织制度、漕运方式,设立了淮安钞关、浒墅钞关等重要的漕运榷关,并加强了对漕船夹带运输、商运管理等业务的管理,淮盐的生产、运输、销售等也日益规模化、规范化。

　　晚清至民国时期,是江苏漕运的衰落阶段。随着京杭大运河的整体衰落,南北中断,内河漕运逐渐荒废。此阶段运河荒废的原因主要是河道淤塞、漕政腐败等,而且此时海运兴起。海运在货运量、货运周期等方面的优势远超内河漕运,因此内河漕运呈现衰落态势。京杭大运河的南北中断,部分地区的漕运中止,使得以运河为依托的南北经济文化交流活动严重受挫,运河周边的城市亦是几多欢喜几多忧。

---

　　① 戴震校:《戴校水经注》卷二十五,清乾隆武英殿木活字印武英殿聚珍版书本。

如无锡、苏州、常州等地，受南北断航影响较小，且内河漕运使得当地的财富积累甚多，而海运又为其带来近代民族资本主义工商业的新鲜血液，因此发展为经济发达的重要城市，而如宿迁、淮安的河下古镇以及扬州的高邮、邵伯、瓜洲等地，因为运河的断航而呈现衰落态势，再加上清末至民国时期其他运输方式，如铁路、海上航线的发展，漕运需求的逐渐缺失使得运河的发展受限，从此日渐衰落。

江苏漕运的复兴是在新中国成立之后。在这一阶段，完成了治淮、导沂、分沭工程，从根本上治理了淮河的水患，并且通过疏导太湖等河湖要道奠定了大运河复兴之基石。经过1949年至1978年持续30年的综合治理，江苏运河的航运条件得到大大提升，不仅航道拓宽、运河水量稳定、水患减少，而且船只也实现了由木船到轮船的转换，真正意义上建立了具有现代化特色的漕运模式和体系。20世纪80年代后期，随着中国改革开放的不断推进，公路、铁路等陆路交通不断发展，使得内河的客运业务受到严重冲击，而内河货运由于成本低、载货量大等优势备受重视。1982年至1988年，对京杭大运河徐扬段进行了持续治理，总计投入6.5亿元，重点疏浚了徐州至大王庙、淮安至高邮等河段。1992年至1997年，开始集中对江南运河进行全面治理。苏南运河于2001年4月率先建成第一条国家文明示范样板航道，兼具航运、防洪、环保、旅游、文物古迹保护性开发等方面的内容。在此过程中，江苏的古运河得到保护和修缮，部分穿城运河从城市中分离，江苏漕运也在大运河的复兴大潮中重焕光彩。

（二）漕运制度与漕官

"年年漕运无穷已，谁谓东南力不任。"漕运这一中国古代重要的运输方式，不仅维系着国家的命脉，更在政治、经济、军事、文化等各个层面产生了广泛而深远的影响。作为实物赋税运输形式的漕运，是历代中央政权不可或缺的交通运输基础，只有"漕运年年无穷已"，才能维持王朝的正常运转。

清人李惺在《庚戌元日日食一百二十韵》中写道，"无米入漕运，何以实京仓"，强调漕运对宫廷粮草储备之重要性。漕运之货物供宫廷消费、百官俸禄、军饷支付和民食调剂，供应着京城所有居住人员的日常食粮，漕运的畅通与否，直接关系到封建王朝的政治稳定。如宋人王禹偁形容的那样，"江南江北接王畿，漕运帆樯去似飞"，漕运体系的良好运转为每个朝代提供了强大的物资调动支撑。历史上，各朝统治者都高度重视漕运，通过设立专门的机构和官员来管理漕运事务。

其实，从东汉末年到南北朝时期，中原地区战乱频繁，百姓大量南逃，促进了江淮、江南等地的经济迅猛发展，江南财富在历代财政收入中占有极大的份额。到了明初，虽海陆兼运，但大量财富都是通过大运河南北运输的。明成祖迁都北京，实行南粮北运。为了保证漕粮及时安全运输，明代开始至清代，逐渐形成了一套较为完整的漕运制度。正是有了这些制度的保证，才出现了明清两朝漕运的繁盛局面。

淮安楚州是南北水运的枢纽、东西交通的桥梁。据同治《山阳县志》载："凡湖广、江西、浙江、江南之粮船，衔尾而至山阳，经漕督盘查，以次出运河，虽山东、河南粮船不经此地，亦皆遥禀戒约。故漕政通乎七省，而山阳实咽喉要地也。"[①]千万艘粮船衔尾而至淮安楚州由末口入淮北上。粮船卸载之后，再从河下装满盐运往南方各地。这样既解决北方粮米缺乏之苦，又大大缓解南方粮食年年丰收，食用不完，米价很低，百姓苦于"米赢而钱绌"的窘态。

在当时，南粮北调、北盐南运都要途经淮安楚州。因此，淮安楚州成为漕运、盐运集散地，客观上导致了其在漕运史上的特殊地位。自隋代起，朝廷在淮安楚州设漕运专署，宋代时设江淮转运使，东南六路的粮食皆由淮入汴而至京师，明清时在楚州设总督漕运部院衙门。总督漕运部院衙门是历史上曾主管全国漕运的唯一机构，以督查、催促漕运事宜，主管南粮北调、北盐南运等筹运工作，是朝廷的派出机构，总督都由勋爵大臣担任。

淮安市总督漕运部院遗址　刘召禄摄

明景泰元年（1450年）十一月，户科都给事中马显认为，供给京师的粮动辄百万计，应选派一名官员总督漕运，协同都督金事徐恭处理。经过户部商议后，推选时

---

① 张兆栋修，何绍基纂：同治《山阳县志》卷四《漕运》，清同治十二年刻本。

任都察院右金都御史王竑担任此职,负责对私自役使运粮官的都指挥等官员进行监督。景泰二年(1451年)十月,任命王竑为漕运总督,兼巡抚淮安、扬州、庐州三府并徐、和二州,治淮安,兼理两淮盐课。景泰四年(1453年)十月,王竑升任左副都御史。景泰六年(1455年),令总督漕运都督兼理河道。

公王書尚部兵

王竑像

Tips

王 竑

王竑(1413—1488年),字公度,号休庵、戆庵。湖北江夏(今湖北武汉)人,生于河州(今甘肃临夏)。明朝名臣。王竑为明正统四年(1439年)进士,授户部给事中,豪迈负气节,正色敢言。明英宗土木之变后奋臂率众击毙王振党羽、锦衣指挥马顺,名震天下。也先入犯,受命受御京城,后提升为右金都御史,负责督理漕运,为漕运总督,再任淮、扬巡抚。明宪宗初年,官至兵部尚书。致仕后居家二十年。明弘治元年(1488年),王竑去世,年七十五岁。明武宗时追赠太子少保,谥号"庄毅"。

漕运总督,是明清时期负责统管全国漕运事务的官职,又称"总督漕运",简称"总漕"。也有文献称漕运宪臣、漕运都御史和漕帅。漕运总督的职责主要包括:第一,负责监管漕粮运输事务,对违背各种法律法规规定的,轻则量情惩治,重则拿送巡按、巡河御史及原差问刑官处问理,照例发落。第二,管理自通州至扬州运河河段的用工筑塞疏浚事务。第三,兼任巡抚凤阳、淮安、扬州、庐州四府,徐、滁、和三州地方,抚安军民,禁防盗贼,清理盐课,赈济饥荒,修理城垣,操练守城官军。如果有盗贼强横,则要设法抚剿。①

漕运总督职责大部分与明初漕运总兵官重叠,王竑初任总漕,为正四品,升任左副都御史后为正三品,在品级上不及漕运总兵官,但权势慢慢超过前者。不但管

---

① 倪玉平:《中国运河志·通运》,南京:江苏凤凰科学技术出版社,2019年,第144页。

理漕运,而且还兼巡抚,因此也称漕抚。嘉靖元年(1522年),俞谏担任漕运总督,同时提督山东、河南、北直隶和南直隶等省军务,又兼理海防,总督漕运部院成为河道漕运管理的最高部门。明代时陈瑄、李肱、李三才、史可法,清代时施世纶、琦善、穆彰阿、恩铭、杨殿邦等人,都先后任漕运总督之职。

总督漕运部院机构庞大,文官武将及各种官兵达270余人;下辖储仓、造船厂、卫漕兵厂等,共20000余人。总督漕运部院统领漕运管理,并在沿运河各处设立漕粮的检验、中转、储存等机构,使漕运成为维系庞大帝国正常运转的不可或缺的关键部件之一。漕运不仅满足了京城和军事要地的物资需求,还通过加强对地方基层的管理,在社会救济等方面发挥了重要作用。

位于淮安的总督漕运公署遗址纪念碑　刘召禄摄

漕督以下,按不同职责又有领运、攒运、监兑等官。

领运,由各有漕省卫所军士承担。领运之官为把总或指挥。其中,南京2员,中都(即凤阳)留守司1员,浙江2员,江西1员,湖广1员,山东1员,江北直隶2员,南直隶2员,共12员,领12万军卫运丁。

攒运,由户部侍郎、户部郎中或御史充任。其职责是督催漕船如期开行,以防拖延迟误,同时,漕督、河总及沿运各省巡抚等官都兼负有催攒漕船的任务。

监兑,由户部主事充任。每岁于漕事议事后,令户部主事5人分别前往山东、河南、浙江、江西、湖广、南直隶,督同各地官府州县正官及管粮官徵兑。凡米色美恶,兑运迟速,皆监兑之官职责。并对起运、征收中的诸弊负有监督之责,上报漕督或总兵官。[1]

---

[1]　安作璋:《中国运河文化史》,济南:山东教育出版社,2006年,第1072页。

到了清代，依旧沿袭明制，逐渐建立起庞大的专事管理漕运事务的官僚机构。各级官吏按其职责分别负责，从漕粮征收、运输到交仓，制度严明，自成一个独立体系。主管漕运的最高长官为漕运总督，顺治元年(1644年)置官秩从一品，长驻淮安，"掌督理漕挽，以足国储。凡收粮起运、过淮、抵通，皆以时稽覈催儹，而综其政令"①。"直隶、山东、河南、江南、江西、浙江、湖广等省文武官员经理漕务者，咸属管辖。"②

应该说，清代漕运在承袭明制的基础上，形成了自己独特的组织网络，较明代更细致、更严密。无论是漕运总督、粮道，还是运丁，都有严格的职责范围，环环相扣，有条不紊。与此同时，为保证漕粮的安全北运，清廷制定了十分严密的漕运法规，对司运官吏进行严格的考成。正是有了这些漕运组织的空前严密，规模巨大、路途遥远的漕运才能够年复一年地顺利进行。但是，随着政治腐败，到清代中后期，漕运体制内部矛盾逐渐加剧，成为无法医治的社会痼疾。

(三)漕运文化的影响与后世发展

明清时，漕运管理机构设在淮安，驻有大批理漕官吏、卫漕兵丁。漕船到达这里后，需接受漕台衙门的盘查，千万艘粮船的船工水手、漕运官兵在此停留，南来北往的商人在此进行货物交易，旅客也在此盘桓，更加之在这里设常盈仓2处、常平仓2处、预备仓3处、庄仓5处，这些都大大提高了淮安的商品需求量，促进了商业的发展。当时，淮安城内外店肆酒楼鳞次栉比，"市不以夜息"。淮安特殊的地理位置，促进了城市的繁荣。

应该说，漕运带动了运河交通业的发展，促进了南北经济的交流和融合。运河沿岸的城市如杭州、苏州、扬州、淮安、济宁、德州、天津等，因漕运而繁荣，成为南北货物和人文的集散地，形成了各自的文化特色；漕运的兴盛还带动了沿岸地区手工业和商业的发展，促进了商品经济的繁荣。漕运在军事上的作用同样不可忽视。在古代社会，战争频繁，而兵马未动，粮草先行，漕运成为支撑军事体系的重要物质力量，历朝历代，无论是北征匈奴，还是南讨蛮夷，都离不开漕运的支持，漕运为军

---

① 嵇璜纂：《皇朝通典》卷三十三《职官十一》，清光绪八年浙江书局刻本。
② 潘世恩修：《漕运全书》卷二十一《督运职掌》，清道光二十四年官刻本。

队提供了充足的粮草和物资保障,使得军队能够在远离本土的地方进行长期作战。例如,唐代时,唐太宗在远征高句丽时就利用了永济渠的漕运,为大军补给粮草;明代时,为了维护统治,大规模的军队驻扎在全国主要地区和军事要地,漕运成为这些军队最重要的粮食供给手段。

漕运不仅促进了经济的繁荣和军事的胜利,还推动了文化的交流与融合。运河沿岸的城市因漕运而兴,文人墨客和商贾云集,形成了独特的文化氛围。扬州八怪、淮扬美食、《西游记》、昆曲徽班等成为运河沿岸各城市鲜明的文化符号。漕运还促进了南北文化的交流与融合,使得不同地区的文化得以相互借鉴和吸收,丰富了中华文化的内涵。漕运对社会的影响也是深远的,漕运的畅通带动了沿岸地区的社会经济发展,提高了人民的生活水平。同时,漕运还促进了人口的流动和迁徙,使得不同地区的人口得以相互交流和融合。此外,漕运也促进了教育、科技、艺术等各个领域的发展,使得社会更加文明和进步。

漕运作为中国古代特有的运输方式,不仅在政治、经济、军事、文化等方面产生了深远影响,还在技术与创新方面取得了显著成就。漕运的兴起和发展离不开运河的开凿与整治。早在春秋时期,吴王夫差就开凿了邗沟,这是中国有历史记载的最早的运河。此后,随着历史的发展,各个朝代都不断开凿和整治运河,以满足漕运的需求。例如,隋代开凿了通济渠与永济渠,元代开挖了会通河、通惠河,明代开挖了南阳新河、泇河,清代开挖了中运河等。这些运河的开凿和整治,不仅改善了交通条件,还促进了南北经济的交流和融合。

漕运的组织与管理也是一项复杂而系统的工程。为了保障漕运的顺利进行,历代统治者都设立了专门的机构和官员来管理漕运事务。明清两代更是设立了"总督漕运部院"来统领漕运管理,并在沿运河各处设立漕粮的检验、中转、储存等机构。漕运的组织与管理不仅涉及粮食的征集、运输、储存等各个环节,还涉及人员的调配、船只的维护、经费的筹措等多个方面。为了保障漕运的顺利进行,朝廷还制定了严格的规章制度和奖罚条例,对漕运过程中的各个环节进行严格把控。在漕运过程中,人们还不断创新和改进技术,以提高运输效率和安全性。例如,在船只制造方面,人们不断改进船体结构和材料,使得船只更加坚固和耐用。在航行技术方面,人们利用天文、地理等知识来预测天气和水流情况,以便选择合适的航线和时间。在粮食储存方面,人们发明了各种存储设备和方法,防止粮食受潮、发霉和虫蛀。此外,人们还利用水利工程来改善运河的水位和流速,以便更好地适应漕运的需求。

漕运文化作为中国古代文化的重要组成部分,不仅具有重要的历史价值和文化价值,还具有重要的现实意义。为了传承和弘扬漕运文化,各地纷纷举办各种活动和展览,以展示漕运文化的魅力和内涵。例如,淮安地区就举办了漕运文化节等活动,通过表演、展览、讲座等形式宣传漕运文化。同时,各地还加强了对漕运文化遗产的保护和利用,使得漕运文化得以在新的历史时期焕发出新的光彩。

"滞雨浓云黯不收,漕歌声动木兰舟。"漕运在古代与国家的安危、官员的俸禄、人民的生计等息息相关,从古人描写漕运的大量诗歌中,我们可以感受到漕运在古人生活中的重要地位。虽然漕运如今已经渐渐淡出了人们的视野,但是其遗留下来的跨越千年的文化遗产仍能够回溯历史,让我们重新感受古人的辛勤与智慧。

三、钞关门外彩层层:天下七大运河钞关江苏居其三

"钞关门外彩层层,三月烟花见未曾。张得水嬉还望幸,船船弦索上红灯。"这是清初著名诗人查慎行所作的《三月二日扬州作》。此诗作于康熙四十七年(1708年),查慎行途经扬州,正值康熙帝南巡。扬州作为运河沿岸的重要城市,官吏们为迎接圣驾,极尽铺张之能事。"钞关门外彩层层,三月烟花见未曾"描绘了扬州钞关门外的繁华景象,三月百花盛开,美不胜收;"张得水嬉还望幸,船船弦索上红灯"则进一步描绘了扬州为迎接康熙帝南巡而准备的盛大场景,船上灯火通明,热闹非凡。诗歌里提到的"钞关",指的就是扬州钞关。

(一)榷关与钞关

关隘,是每个古代旅人路途中的必经之所。关税是传统封建国家财政收入的重要方面。中国的关税制度有着悠久的历史。据考证,春秋时期,已有关税制度。

秦汉两朝,关税制度发展很快,当时的潼关、函谷关和玉门关等关口都非常有名。隋唐两代,经济的发展带来了税收的快速增长。唐玄宗时期,设置广州市舶司,负责征收外国货物税。北宋初年,颁布中国历史上第一个商税税则——《商税则例》。宋代延续市舶司制度,并赋予市舶司官员检查货物、购买官府所需商品、出售特定商品给民众的权力。关税成为宋朝廷财政收入的重要来源。在宋代,官府还在北方边境设立名为"榷场"的特殊税口(这也是"榷关"的来历),用以管理与东北、西北各民族之间的贸易,其中征税最多的商品为茶和马。元代征收商品的税率为1/30,亦延续了市舶司制度。

明清两朝在水陆交汇之处设立税关,征收商船货税。明成祖迁都北京后,经济发达区与行政中心的分离亦使朝廷格外重视漕运。明代漕运主要依靠运河,因此明朝廷多次疏浚运河,并开挖了一些新运河。明朝廷的海禁政策,使得南北物资交流只能通过运河进行。运河沿线的商业不断发展。为了推行宝钞,明宣德四年(1429年),开始在全国水陆交汇、商贾辐辏之地设置钞关。随着税收的增加,钞关所征的关税,逐渐成为朝廷重要的财政收入。清朝承袭了明朝的钞关制度,在全国设立了更多的税关。这是大运河与国家财政发生的直接联系。[1]

榷关与钞关,是各类关隘中的两种,不仅作为古代国家专设的税务机构,用于征收关税,增加国家财政收入,也成为旅人歇脚、唱和的重要场所。两者既有联系,又有区别。

榷关与钞关是古代中国税收体系中的两类重要关卡,尤其在运河沿线发挥着关键作用。两者在设立背景、职能范围及管理方式上存在显著差异。钞关是明清两代专为征收过往船只货物税而设的机构,因早期以"钞"(纸币)纳税得名。其职能主要为征收船钞(按船宽度分级征税)和商税(货物通过税)。明代八大钞关中,七个位于运河沿线,形成了"陆路与水路互补的关税网络"。清初精简为仪征、瓜洲等五处,后扩展并纳入榷关体系。榷关是广义的税收机构,涵盖对商品、盐、铁等专卖品的征税。"榷"原意为"独木桥",后引申为"专营、专卖"和"赋税、税收"之意。汉代始有"榷"的概念,最初用于酒、盐、铁的专卖。金朝设"榷场",明清时期榷关制度

---

① 倪玉平:《中国运河志·通运》,南京:江苏凤凰科学技术出版社,2019年,第304-305页。

正式形成,成为政府税收的重要来源。清代榷关所征税收成为继田赋、盐税之后的第三大国家财政收入,榷关的职能管理范围也更广,包括征收关税、市税、竹木税等。运河上的榷关(如淮安榷关)兼具征收商品税、漕运物料税(如造船原料)及盐税职能。

从空间分布看,钞关集中设于运河、长江等水运枢纽,明代八大钞关中有七个均沿运河分布。榷关的分布更广泛,涵盖运河、陆路及沿海,清代增设海关后形成"钞关、海关并存"格局。

从管理方式看,钞关由户部或工部直接管理,明代监督多为皇帝亲信,清代由内务府司员或地方巡抚代管。榷关则分户部关(主商品税)与工部关(主物料税),清代中央集权加强,重要榷关由皇帝钦定监督管辖。

从历史演变和地位看,钞关为明宣德四年(1429年)首设于运河,万历年间(1573—1620年),运河沿岸以北新、浒墅、扬州、淮安等为代表的七大钞关的税收占当时全国八大钞关总额的90%,江西的九江钞关独占10%;清代时逐渐被纳入榷关体系;民国后因漕运衰落被裁撤。榷关则形成于明代钞关发展后,清代时成为第三大财政收入来源(仅次于田赋、盐税)。相关联系和区别见下表。

钞关与榷关的联系和区别

维度	钞关	榷关
核心职能	船钞、商税(运河为主)	商品税、专卖品税、关税等
设置范围	运河、长江等水运枢纽	运河、陆路、沿海及海关
管理主体	户部/工部直接管理	中央与地方分层管理(清代强化集权)
历史角色	明代榷关制度的基础	综合性税收体系的核心组成部分

简言之,钞关是榷关制度中专门负责水运商品税的机构,而榷关则是涵盖多领域税收的综合性系统。两者在运河经济中共同构成古代中国早期关税体系的支柱。

(二)明清钞关的设立

上新河畔结新梁,南国争夸粉署郎。涉险不劳忧竞渡,行人何止便征商。

凌风画鹢冲舻近,锁岸晴虹亘水长。有志济川身更壮,远期功业重鹓行。

这首诗是明代诗人程敏政所作,名为《南京户部主事王君彦奇作浮桥于上新河之钞关》。诗名中提到的王彦奇时任南京户部主事,他涉险在上新河建造桥梁,使得行人们无须再担忧如何渡过河流,而商人们也借桥实现更加便捷的往来。程敏政作诗赞扬了他的功绩。上新河又名上河、新河,位于南京江东门(明代所建外郭城墙)外,是明清时期从长江中上游向南京运输物资的主要水道。自明代开凿上新河后,一直到清朝末期的1899年南京开埠,上新河都是运输竹、木、油、麻等物资的主要水道。由于当时所处地位重要,上新河钞关也成为明代最早设立的钞关之一。

钞关的设立,最早是因为明初朱元璋推行钞法。当时的商贩拒用正在贬值的大明宝钞,明朝廷准许商人在商运中心地点用大明宝钞缴纳商货税款,以疏通大明宝钞并趁机增税。

明宣德四年(1429年),在南京至北京沿线正式设立征收商货税款的税关,钞关之名由此而来。《万历会计录》卷四十二《钞关船料商税》载:宣德四年,令南京至北京沿河客商辐集处所设钞关。在京崇文门分司收取商税;在外浒墅县钞关、济宁钞关、徐州钞关、淮安钞关、扬州钞关、上新河钞关、浒墅钞关、九江钞关、金沙州钞关,各收船料。临清钞关、北新钞关各收船料兼收商税。各差御史及户部主事监收。①

Tips

大明宝钞

大明宝钞是明朝官方发行的唯一纸币,也是世界上面积最大的纸币之一。它于明洪武八年(1375年)开始发行。大明宝钞以桑皮纸为印钞材料,票面尺寸较大,一贯钞的尺寸为36.4厘米×22厘米。票面设计简洁,上端横书"大明通行宝钞",中间有钱贯图案,两侧为篆书"大明宝钞""天下通行"字样。宝钞分为六等:一贯、五百文、四百文、三百文、二百文、一百文。

钞关,作为大运河上重要的税收机构,其历史地位和作用不可忽视。据记载,首批开征钞关税的钞关有七个,分别是浒县、临清州、济宁州、徐州、淮安府、扬州府、上新河。其中,除了位于南京的上新河是位于长江沿线,其他六处钞关都位于运河沿线。此后,钞关制度历经多次变化,各地钞关也历经裁革。

作为明代设立的税务机构,钞关特点鲜明。其一,钞关主要是对通过大运河的

---

① 张学颜撰:《万历会计录》卷四十二《钞关船料商税》,明万历九年刻本。

船只征收税款,这是其最核心的功能,税收种类包括船料税、商税等,为国家财政收入提供了重要来源。其二,钞关由户部直接管理,设有专门的官员负责税收征管,钞关对过往船只进行严格检查,确保税收的公平与公正。其三,钞关的地理位置优越,多设立在大运河的重要节点上,如交汇处、繁华城镇等,便于对过往船只进行监管和征税。

明代禁海后,大运河成为全国商品流通的主通道,钞关也随之在大运河沿线广泛设立。至明代结束时,明朝廷共设有崇文门宣课司、河西务、临清、淮安、扬州、浒墅、北新、金沙洲、九江、正阳、芜湖十一处钞关。运河沿线的有崇文门、河西务、临清、淮安、扬州、浒墅、北新七处钞关,其中淮安钞关、扬州钞关、浒墅钞关皆在江苏境内。具体见下表①。

明代江苏境内钞关一览

钞关	创置时间	兴废时间				裁废时间
		首次罢革	首次复设	再次罢革	再次复设	
徐州	宣德四年(1429年)					正统四年(1439年)
淮安	宣德四年(1429年)	正统十四年(1449年)	景泰元年(1450年)	成化元年(1465年)	成化二年(1466年)	
扬州	宣德四年(1429年)	正统十四年(1449年)	景泰元年(1450年)	成化元年(1465年)	成化二年(1466年)	
浒墅	景泰元年(1450年)	成化元年(1465年)	成化三年(1467年)	成化四年(1468年)	成化七年(1471年)	

清代沿袭明制,但亦有一些创新。按照隶属部门划分,清代关税可以分为户部关和工部关。清代运河沿线的税关,自北向南的户关分别是崇文门、天津关、临清关、淮安关、扬州关、浒墅关、北新关,工关分别是临清砖板闸、宿迁工关、由闸工关。这些税关的设立,为清政府提供了大量的财政收入。

---

① 此表根据邹逸麟总主编、倪玉平主编的《中国运河志·通运》第416页表格整理形成。

户部储粮关与工部抽水关

户部储粮关是明清时期淮安地区设立的重要税收机构之一。它最初设立于清江浦(现淮安市清江浦区),主要负责征收粮食税。这一关的设立与当时的漕运制度密切相关,用于管理漕粮的运输和税收。明永乐年间(1403—1424年),随着漕运的发展,淮安成为重要的漕粮中转地,储粮关的设立旨在规范粮食运输过程中的税收管理。

工部抽水关同样是明清时期淮安地区的重要税收机构之一,设立于清江浦。它的主要职能是征收船料税,即对造船和修船所需的竹、木、铁钉、麻、油等物资进行征税。清江浦在明清时期是重要的造船基地,工部抽水关的设立旨在为造船业提供资金支持,同时也为河工经费提供补充。随着需求增加,工部抽水关逐渐扩展到对船只和货物进行全面征税。清康熙九年(1670年),工部抽水关与户部储粮关一起被并入板闸的淮安钞关,其职能也由淮安钞关统一管理。

(三)江苏运河流域的钞关

1.淮安钞关

"独客微吟夜不眠,官航初换宿淮埠。烟深灯火津桥市,月下帆樯贾客船。千里河流长不息,两城更鼓互相传。含情未得询陈迹,韩信祠荒草满阡。"这是明代诗人王绂《夜次淮安西关》的诗句。诗人当时夜宿淮安西关,淮安西关即是指淮安西北方向板闸镇的钞关。诗人看到此时钞关灯火通明,烟火气十足,夜晚的集市中人群熙攘,来往的商船众多,有的停泊于河港,有的则趁着月色明亮,沿着大运河开往下一站。从诗中可以看到设立淮安钞关所带动的周边经济的发展盛况,钞关不仅是税收机关,也是一种有号召力的聚集符号。在钞关的影响之下,明代时期淮安的地方经济得到极大发展。

淮安钞关,民间俗称淮安榷关、淮关,是"中国运河之都"江苏省淮安市的历史文化遗迹之一,也是全国重点文物保护单位。淮安钞关设置于明清两朝,是当时的中央政府设在地方的税务机构,负责向大运河上来往的船只收税。从明正统年间(1436—1449年)到明成化年间(1465—1487年),淮安钞关曾数次被撤销或重置,但此后长期设置,并成为全国最大的钞关之一。民国时期,淮安钞关被裁撤。淮安钞关位于淮安府城(今淮安市淮安区)城北板闸,即明代平江伯陈瑄开清江浦河时所建四闸之一。

板闸镇,位于今淮安市淮安区西北,面湖背海,左江右河,明清时为南北舟车要道。同治《山阳县志》记载:"凡湖广、江西、浙江、江南之粮艘,衔尾而至山阳,经漕督盘查以次出运河,虽山东、河南粮艘不经此地(淮安板闸),亦皆遥禀戒约,故漕政通乎七省,而山阳实咽喉要地也。"①这个距离淮安城西北约十二里的小镇,是明清时期淮安地区著名的三大古镇之一。板闸古称"凤里",意为凤凰的故乡,寓意吉祥与美好。板闸镇的名字来源于明代在此修建的水闸,该水闸以木桩为基,上铺木板,因此得名"板闸"。

淮安钞关由三部分组成,一是淮关监督署衙门,二是淮安大关,这两部分组成了淮安榷关的主体,三是因淮安榷关而形成的板闸古镇。《淮关小志》有诗云:"板闸人家水一湾,人家生计仗淮关。婢赊斗米奴骑马,笑指商船去又还。"这人家依淮关生活,连婢女都能借出一斗米、仆人都以马代步的景致,生动地描写了淮安钞关所在地板闸古镇当时的繁荣。

淮安钞关最早见于史籍记载是在明宣德四年(1429年)。走进现在复建后的淮关监督署衙门,可以看到有大仪门,门旁是一对有屋檐高的波斯大石狮。门里是左、右鼓亭,是每天早晚奏乐的地方;紧挨着鼓亭的是左、右辕门;背对着仪门,在左辕门外东南角有一座三窗十二门的更楼,这是供更夫休息的地方;仪门前有一块写有"楚水司储"四个大字的照壁,照壁左右各有一根近20米高的旗杆。大门内东边还有土神祠三间,对面有戏台一座。另有头役班房四间。大门内西边则有关帝殿三间,对面有戏台一座。另建有快班房两间。

Tips

石质驳岸

石质驳岸是指使用石材作为主要材料,对水体边缘(如河流、湖泊、池塘等)进行加固和美化的一种工程形式。它在建筑学和景观设计中应用广泛,主要用于防止水体对岸坡的冲刷和侵蚀,同时兼具景观装饰功能。

走进淮关监督署衙门的二门,东侧有文武二帝祠三间、官兵宿舍,西侧是钱粮、

① 张兆栋修,何绍基纂:同治《山阳县志》卷四《漕运》,清同治十二年刻本。

商税等办公用房。中间有大堂三间,上有"厘革宿弊""公平正大"等匾,有二堂三间,写有"为臣不易"之匾,配有正房、内宅、耳房、厢房、游廊、书房等。

淮安大关(关卡)则设在运河大堤之畔。它由一座两层的关楼和其他附属建筑组成,楼顶上写有"淮安大关"四个大字,远远地就能看见。大关具体办理货船的查验、报关、收税等事宜。现在,由板闸街转上大运河大堤,仍能看见当年淮安大关的石码头。

淮关监督署衙门,规格为道台级,建筑规模当在3万平方米以上,比淮安府署要雄伟。监督为淮安権关的最高长官,一般为旗人,也有由宗亲担任的。清代著名学者、诗人王士禛(后官至刑部尚书)与近代古文三大家之一的冒广生均任过淮关监督。史载,淮关监督的月薪仅为20两银子,不过一年办公经费却有1万两。淮关衙门和大关之中,有官吏及夫役千余人。

淮安钞关设有三关十八卡。三关为板闸关、宿迁关(在今宿迁市)和海州关(在今连云港市)。十八卡为上一铺(在今淮安市淮安区河下)、下一铺(在今淮安市淮安区南角楼)、清河闸(在今淮安市清江浦区)、码头(在今淮安市淮阴区)、高良涧(在今淮安市洪泽区)、顺河集(在今淮安市淮安区)、东沟(在今盐城市阜宁县)、益林(在今盐城市阜宁县)、流均沟(在今淮安市淮安区)、车桥(在今淮安市淮安区)、老坝头(在今淮安市盱眙县)、蒋坝(在今淮安市洪泽区)等。

清朝开始设的关有三,一是户部钞关,就是设在板闸的淮安钞关,专收商品货物税。二是户部储粮关,设在清江浦,专收粮食税。三是工部抽水关,设在清江浦,专收船料税,因为当年清江浦造船业发达,竹、木、铁钉、麻、油等均可抽到税的。清康熙九年(1670年),户部储粮关和工部抽水关均并入了板闸的淮安権(钞)关。至此,淮安権关管辖区域达4万平方千米,成为全国最大的钞关之一,上缴的关税占全国关税的一半之多。

2.扬州钞关

明代诗人陆深在《送黄子和主事赴扬州钞关》中写道:"潮弄船声发建康,计程明日到维扬。官桥夜锁初来客,辇道春摇故国杨。傍斗五云常捧日,横空一剑独飞霜。政成不隔来年路,儒雅风流日绕肠。"陆深于建康送友人黄子和到扬州钞关任职，黄子和沿长江东下，从润州沿京杭大运河北上扬州，只需一天便可到达，可见当时"水上高速之路"的速度之快。"官桥夜锁初来客"是陆深想象友人到达扬州钞关时的场景。明朝实行严格的宵禁制度，时间一般是一更三点到五更三点，即晚上的六时十二分开始，到第二天凌晨五时十二分结束，因此陆深猜测友人到达的时间正好是钞关不放行的宵禁时间。对于友人赴扬州钞关任职一事，从陆深所写的诗来看是积极向上和充满祝福的，他写"傍斗五云常捧日，横空一剑独飞霜"即是祝愿黄子和的仕途有如日中天、气贯长虹之势。

诗文中提到的扬州钞关原位于扬州旧城南门，后随城市发展和防倭寇需要，明嘉靖年间（1522—1566年）迁至新城挹江门（今埂子街附近），并成为钞关的新址。它位于古运河与小秦淮河的交叉口处，地理位置十分重要。

扬州钞关在历史上经历了多次兴废。例如，明正统年间（1436—1449年）曾被撤销，但随后在明景泰年间（1450—1457年）又复设。直至明朝灭亡，扬州钞关作为明朝政府的政治和经济机构，一直发挥着重要作用。清朝沿袭明制，继续在扬州设立钞关。然而，随着近代交通方式的变革和运河航运的衰落，扬州钞关逐渐失去了其原有的功能。

扬州钞关的主要功能是征收过往船只的关税，包括货税和船料等。货税源于衣物、食物、杂类等商品，按类别重量收税；船料则按船只的梁头数目征收。扬州钞关的税收在明清时期非常可观。据记载，康熙、雍正、乾隆年间，扬州钞关年均货税白银达18万两以上，在全国钞关中排名第二。这些税收为明清两朝的国库收入提供了重要来源。

扬州钞关还兼管工部税关——由闸关。由闸关初设于瓜洲，后移至扬子桥，清雍正五年（1727年），由闸关并入扬州钞关。太平天国时期，扬州钞关毁于战火，长期停征。扬州钞关是运河与长江的连接处，实属运河沿线非常重要的关口。如今，扬州钞关虽然已不再作为税收关卡

Tips

船　　料

　　船料是明清时政府对内河（主要是运河）商船征收的一种税。其名称来源于造船所需的物料，包括木材、钉子、锅、油、麻等，其中木材最为重要。随着船只规模的增大，造船所需的物料也递增，因此史籍中常用"料"的数量来表示船舶的大小。

使用,但其遗迹仍存留在原址附近。这些遗迹包括古城门、钞关码头、石质驳岸等,是研究明清时期社会经济和文化状况的重要资料。

3. 浒墅钞关

明代诗人饶与龄在《过杭州北关主正陈君浒墅钞关主正朱君俱未会面各惠程仪口占志之》中写道:"两向关头驻短艭,寒篷宁比拥旌旄。荷君不遣讥津吏,更把兼金贲小舠。"饶与龄从杭州北新钞关沿运河北上,到达苏州浒墅钞关时写下了此诗。在行程中,饶与龄获得了好友陈君和朱君的帮助,他们因为公务繁忙未能与饶与龄碰面,但是赠盘缠与饶与龄,表现了二人对饶与龄的关照。饶与龄在诗中写道,"荷君不遣讥津吏,更把兼金贲小舠",其中"荷君"代指陈君和朱君,"兼金"指别人赠予的贵重礼物,"小舠"则是指自己乘坐的小船,因为两位好友的慷慨解囊,饶与龄在运河的行程中才不至于囊中羞涩被人讥笑,他借此表达了对友人的感激之情。

浒墅钞关,是一个有王者之气的地方。原本是水乡荒郊,偏偏就和历史上许多帝王逸事真真假假地纠缠在了一起,让往来的舟客旅人路经此地时平添了多少烟水苍茫、古今兴衰之慨。先秦时,吴国一意进取中原、北上争霸的雄主夫差落败了,卧薪尝胆的越国君主勾践赢得了最终胜利。公元前473年,夫差兵败国亡,逃到了浒墅钞关境内的秦余杭山(今阳山)。东汉赵晔应该是有感于兴衰无凭,在《吴越春秋》中对这一幕做了生动的描绘:"吴王率群臣遁去,昼驰夜走,三日三夕,达于秦余杭山。胸中愁忧,目视茫茫,行步猖狂,腹馁口饥,顾得生稻而食之,伏地而饮水。"[1]一代霸主竟落得如此狼狈,最终被勾践葬在了阳山。

在浒墅钞关旧志中,建置沿革一开头就言明此地原名虎疁,是因秦始皇统一六国后为求得吴王剑,派人马掘阖闾墓,有一只蹲守其上的白虎逃逸至此而得名。到了唐代,为了回避李氏先祖李虎的名讳,于是把第一个"虎"字改成了"浒";到了五代吴越立国,因要回避吴越王钱镠的名讳,第二个"疁"字又被改成了"墅"。而在民间,老百姓直接把"浒"念成了"许"。

---

① 赵晔:《吴越春秋》卷五《夫差内传》,南京:江苏古籍出版社,1986年,第72页。

Tips

乾隆误读"浒墅关"

乾隆皇帝受他祖父康熙皇帝的影响，也曾六下江南。到了苏州以后，作诗题词，留下不少佳话。当然也有很多有意思的故事传说。很多"老苏州"都知道，浒墅关原来叫"浒（音虎）墅关"，因为乾隆皇帝到了这里，念了白字，才被叫作"浒（音许）墅关"。那么，饱读诗书的一代天子明君，怎么会平白无故念了白字，把"水浒"的"浒"读成"许"字呢？

原来，当地传说，乾隆登高远望关隘上的旗幡时，正巧吹起一阵风，卷了旗的一角，这旗角正好挡住了"浒"字的三点水，乾隆皇帝脱口而出"许墅关"三字。皇帝金口玉言，周边的大臣也不敢纠正，于是，将错就错，"浒墅关"也就读成了"许墅关"。

乾隆误读浒墅关插画 毛翰音绘

明宣德四年（1429年），"浒墅"这个地名后面开始多了一个"关"字。浒墅关也是苏州历史上因运河而兴的重要古镇，京杭大运河穿镇而过，为浒墅关带来了"商船往来，日以千计"的红利，古镇内钞关、文昌阁、龙华寺（遗址）、桑蚕学校（旧址）等历史遗迹见证了浒墅关的繁荣与变迁。

浒墅钞关是明代始建于运河上的征收内地关税的关卡，曾长期保持着"运河第一钞关"的地位，是运河上名副其实的钱匣子。浒墅钞关的年税收量在全国钞关中名列前茅。

清道光七年（1827年），时任苏州织造兼理浒墅钞关税务的文祥在由其主持重修的关志序言里讲到浒墅关时，有一段意气风发的话："自前明设立钞关，历四百载以来，衿领闽浙，控引江淮，商贾之所骈凑，帆舶之所攒萃，岁输税有定额。关之民比屋连甍，街衢阗噎，缣贿云屯，阛阓鳞次，诚东南之管键，川涂之吭嗌，商旅之渊薮，津梁之雄巨也。"大体意思是，浒墅钞关自明朝建立，历经400余年，控制着福建、浙江、江淮等地的税收，商贾船舶云集，每年纳税有定额，百姓聚居，房屋鳞次，街道热闹，成为东南的要津。应该说，由于钞关的设置，从运河往来南北的各式船只无论是过关通行还是沿岸停泊,都极大地促进了浒墅钞关运河两岸的繁华。

浒墅钞关还有一个颇具特色的地方是其在河道上设的是浮桥关卡,既是关又是桥,所谓"关口巨舟也,关以桥启闭"。在苏州评弹《三笑》故事中,解元唐伯虎因秋香三笑留情追佳人。他从虎丘山塘上船,经枫桥到浒墅钞关,遇到晚上放关,被误认为是跟着华府大船的备用便船而蒙混了过去。旧时有丰富人生阅历的说书先生每说及此,都能将开关解锁的过程交代得十分详尽。

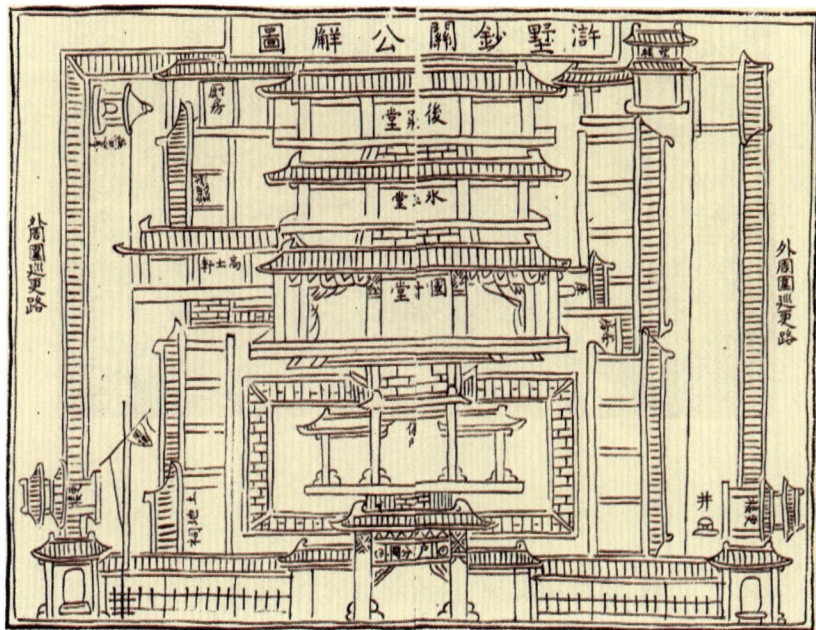

浒墅钞关公廨图

钞关榷关作为大运河交通要道上重要的历史遗迹,特点鲜明,地域分布广泛,历史地位显著。通过对钞关榷关的研究,可以更加深入地了解大运河交通运输发展的脉络和历史文化内涵,也可以更好地理解古代中国税收制度、交通运输和社会变迁。同时,钞关榷关也是研究中国古代城市发展、漕运史、关税史等的重要实物资料。

新时代,一些重要的钞关榷关遗址得到了较好的保护和修复。例如淮安钞关遗址(淮安榷关遗址)就得到了修缮和保护,目前尚存钞关码头6处、石质驳岸以及钞关旗杆遗址1处。为塑造"千年漕运看淮安"品牌,推进里运河文化长廊风光带建设,2018年,淮安傍河开建板闸遗址公园(钞关遗址在其范围内)。扬州钞关、浒墅钞关等都在恢复历史原貌的基础上进行了很好的修缮和功能更新。这些曾经矗立在运河上、见证着南北货物交通的钞关与榷关,是新时代运河沟通现在、连接未来的美好见证。

鸟瞰浒墅钞关　朱宏摄

四、扈跸乘文舸,沿流阅运河:客运与货运

长淮渡头杨柳春,长淮市上酒旗新。

系船沽酒折杨柳,还是去年西渡人。

运河带来了商业的繁荣,以集市为代表的商业交易区出现于很多诗歌中,而集市中出现较多的当属"酒肆",于是便有了明人章士雅在《柳枝词》中所写的"长淮市上酒旗新"。元人张养浩在《水仙子·咏江南》一曲中写道:"一江烟水照晴岚,两岸人家接画檐。……画船儿天边至,酒旗儿风外飐。爱杀江南!"张养浩在描写江南美景时无意间诗意化的烟水、人家、画船、酒旗,是大运河边上最常见的风景。大运河上的客船种类与规模随着历史的发展而不断变化。

在明清时期，运河上的客船种类繁多，既有用于官员、文人出行的豪华游船，也有供普通百姓使用的普通客船。史料记载，明代漕运繁忙时，每年有百余万艘船只往来于运河之上，其中就包括大量的客船和货船。这些客船大小不一，有的装饰华丽，有的则简朴实用。

到了现代，大运河的客运服务虽然不如古代那么繁荣，但依然保持着一定的规模。目前，大运河上的客船主要以普通型为主，用于满足沿线居民的出行需求，这些客船通常具有舒适的座椅、良好的通风采光条件以及必要的安全设施，确保乘客的舒适与安全。在规模方面，现代大运河上的客船相对较小，以适应内河航行。这些客船通常能够容纳数十名乘客，满足节假日或特定时期的客运需求。历史上，就有苏州到杭州的苏杭班次。

明·袁尚统《晓关舟挤图》

Tips

串接两个"天堂"的苏杭线班轮

"日落起锚去姑苏,宿夜桨声到钱塘。"在苏州的南门,有个轮船码头。1949 年 8 月,苏州到杭州的苏杭客船航线开辟。改革开放后,旅游业日趋兴旺,苏州轮船运输有限公司的苏杭线夜班轮成为旅游热门线路。这一时期,苏州轮船运输有限公司发售苏州至杭州夜班的卧铺客票并试行对号入座。1980 年,卧铺增至 390 客座,到 1985 年,卧铺为 1045 客座。周末的夜航班最受欢迎,京杭大运河苏州至杭州段,连接着苏州、杭州这两个历史文化名城。夜航班途经松陵、平望、乌镇、新市等古镇,沿途有觅渡桥、宝带桥等古桥及古纤道、古驳岸。1992 年后,农村汽车客运通达率不断提高,轮船客运逐年萎缩。苏州轮船运输有限公司经营的航线绝大部分被撤销,仅留苏杭线 1 条,后又改为水上旅游专线,2005 年 11 月停航。曾经坐过这趟航班的人们,对它定有满满的回忆。

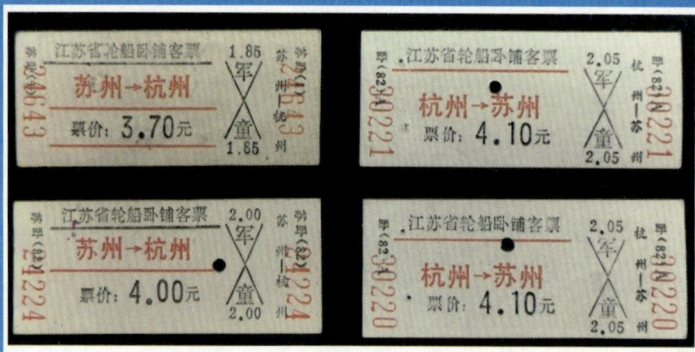

苏杭线班轮旧船票

此外,无锡至杭州也开设过航线客船。1980 年 10 月开辟杭州游览日班时,有"新梁""新惠"2 艘客轮,其中"新梁"轮有客座 215 个、卧铺 13 张。1981 年 4 月,"龙井""虎跑"双层豪华客船投入运营,船长 32.81 米,型宽 6.4 米,型深 1.1 米,双层全卧80 人,下层为 4 人间卧铺。船尾上层前部为餐厅,设有吧台、电视机,后部为 4 人间卧铺,船尾设露天观光平台。1984 年、1987 年,由杭州船厂相继建造的"玉泉""九溪"号姐妹双层杭锡客船投入运营,两船分别于 1998 年、2005 年报废。2003 年 3月,杭锡线无锡方因难以维持而停止营运,4 月杭州方也停止营运。2008 年,杭锡线客船仅剩"龙井""虎跑"2 艘,承担一些省内零星客运,如春季的香客运输、塘栖枇杷采摘游、运河一日游等。

"舳舻转粟三千里,灯火沿流一万家",大运河的客运线路主要沿着运河的走向分布,连接了运河沿线的各大城市和乡村。目前,大运河的客运服务主要集中在节假日和旅游旺季,以满足游客和沿线居民的出行需求。这些航线不仅连接了运河沿线的重要城市,也带动了当地的旅游经济发展。游客们可以乘坐客船游览运河风光,体验古老的水上交通文化。此外,随着大运河文化保护传承利用工作的推进,一些新的客运线路也在逐步规划和建设中。例如,京杭大运河通州城市段已经实现了旅游通航,为游客提供更加便捷、舒适的运河游览体验。

大运河的客运量随着历史的发展而不断变化。在明清时期,运河上的客船往来频繁,客运量巨大,正如杨万里在描述运河兴盛期时的舟船往来之景象时所说,"两岸舟船各背驰,波痕交涉亦难为"。然而,随着现代交通工具的兴起,如今运河的客运量逐渐下降,舟船减少,很难再见两岸舟船背驰之景了。

大运河作为南北交通的大动脉,其货物种类与流向一直是中国经济的重要组成部分。在历史上,大运河运输的货物主要以粮食、锡矿、盐、铁、丝绸等物品为主。其中,粮食是最为重要的一类货物,由于北方地区的粮食产量不足以满足当地人的需求,因此需要从江南地区运输大量的粮食过来。而锡矿则是江南地区的主要出产物之一,需要运往北方地区进行加工。盐、铁等物品也是大运河上的主要货物之一,因为它们在当时的社会生产和生活中都有着极其重要的地位。在现代,大运河的货物运输种类与流向依然保持着多样性。

随着经济的发展和全球化的推进,大运河的货物运输逐渐从传统的农产品、矿产品向现代化的工业产品、消费品转变。目前,大运河上运输的货物种类繁多,包括煤炭、矿石、钢材、粮食、化肥、石材、橡胶等大宗商品和原材料。在货物流向方面,大运河的货物运输依然保持着南北双向的特点。一方面,北方地区的煤炭、矿石等大宗物资通过大运河运往南方地区,为南方地区的经济发展提供了重要的物资保障。另一方面,南方地区的粮食、水果、棉花等农产品以及工业品也通过大运河运往北方地区,满足了北方地区的市场需求。

大运河上的运输船舶类型随着历史的发展而不断变化。在古代,运河上的运输船舶主要以平底船等为主,这些船具有吃水浅、载货量大的特点,适合在内河航道上行驶,颇有"一声客枕江头雁,数点商船雨外灯"的画面感。随着时代的发展,运河上的运输船舶逐渐向大型化、标准化的方向发展。

Tips

平底船

平底船的历史可以追溯到中国古代,其中最著名的类型是"沙船"。这种船型起源于唐代的江苏崇明地区,因其适应浅水和滩涂环境而被广泛使用。沙船在明清时期成为长江口地区的主要船型,甚至在郑和下西洋的船队中也得到了大量应用。

在现代,大运河上的运输船舶种类繁多,包括散货船、集装箱船、拖船等多种类型。这些船舶具有载货量大、航速快、安全性高等特点,能够满足不同货物的运输需求。其中,散货船是大运河上最常见的运输船舶之一,主要用于运输煤炭、矿石、粮食等大宗物资。集装箱船则是近几十年来兴起的一种新型运输船舶,它将货物装入标准化的集装箱中进行运输,提高了运输效率和安全性。值得一提的是,随着大运河沿线港口和航道的不断升级改造,一些现代化的港口设施和运输技术也被引入到运河运输中。例如,济宁港航龙拱港就率先将海港理念全面引入内河,投用了自动化岸桥、全自动化场桥等先进设备,实现了全流程自动化无人码头作业。这些现代化设施和技术的引入,不仅提高了运河运输的效率和安全性,也推动了运河运输向标准化、示范化方向发展。

"扈跸乘文舸,沿流阅运河。"大运河已流淌千年,生生不息,作为中国南北交通的大动脉和经济文化交流的纽带,在现代依然发挥着重要的作用。随着全球化的推进和经济一体化的发展,大运河的客运服务与货运物流体系也在不断变化和演进,展现出新的生机与活力。随着大运河沿线港口和航道的升级改造工作不断推进,运河交通也在不断提高运输效率和安全性;与此同时,大运河的生态环境保护和文化遗产保护工作,推动江苏"水运交通"赋能"水韵江苏"的可持续发展。另外,随着新的客运服务和货运物流模式的不断探索,江苏运河的客运和货运体系将更好地适应市场需求的变化和发展趋势。

水关发船如走马

千古留存的运河交通设施

邵伯闸行船

泛龙舟

隋·杨广

舳舻千里泛归舟，言旋旧镇下扬州。

借问扬州在何处，淮南江北海西头。

六辔聊停御百丈，暂罢开山歌棹讴。

讵似江东掌间地，独自称言鉴里游。

[编者按]这首诗描绘了隋炀帝扬州行舟游江都的场面。此诗以"舳舻千里泛归舟，言旋旧镇下扬州"起笔，以宏大空间叙事展现帝王巡游的壮阔气象。诗中"千里"与"扬州"的地理坐标勾勒出隋代运河的通达，而"六辔聊停御百丈，暂罢开山歌棹讴"则通过"六辔""百丈"等细节，具象化呈现巡游队伍的浩荡阵势。尾联"讵似江东掌间地，独自称言鉴里游"以反问句式，暗含对江南地域局限的轻蔑，强化了隋帝国的自信与威严。此诗语言畅达典雅，无雕琢之气，却暗藏奢华铺张的隐喻。杨广以"千里"之远、"四层龙舟"之高、"锦缎障泥"之奢，将巡游升华为权力美学的极致表达。其笔下的运河不仅是交通动脉，更是帝王权力的延伸——通过掌控水系，实现对疆域的丈量与征服。这种将自然地理纳入权力叙事的写法，与唐代皮日休"若无水殿龙舟事，共禹论功不较多"的批判形成鲜明对照，

揭示出运河交通工程在功过评价中的复杂
性。王夫之评此诗"神采天成,此雷塘骨在壮
年犹有英气"[1],恰指其以雄浑笔力掩盖历史
争议的巧思。

江苏运河是中国大运河的重要组成部分,其历史可追溯至春秋时期,距今已有
2500多年。运河沿线分布着众多历史文化遗产,如古闸、古桥、古码头等,体现了中
国古代水利工程的智慧和技艺。江苏运河系统发达,形成了以京杭大运河为主干,
淮河、长江等水系为支流的密集水运网络,其航道等级高,部分航段可通行2000吨
级船舶,通航能力居全国前列。江苏运河交通设施包括船闸、桥梁、航标、港口等,
现代化程度较高。例如,苏北运河沿线建有多个大型船闸,实现了船舶的梯级通
航;运河航道配备了先进的导航和监控系统,保障了航行安全。江苏运河是中国大
运河的精华段,沿线分布着世界文化遗产点。"水运江苏"是"水韵江苏"的重要组成
部分,运河交通设施的保护与利用,传承了中华文明的水利智慧和商贸文化,增强
了民族自豪感和文化自信。

一、南船来较北船多:运河船舶与千年国计

大运河作为中国古代重要的交通要道,承载着丰富的历史与文化内涵。其中,
船只作为大运河上不可或缺的交通工具,其类型多样,功能各异。南方因江河湖泊
众多,自古便将船作为重要的交通工具;北方则陆地占主要部分,车马是自古以来
重要的交通工具,因此便形成了"南船北马"的说法。清人陆世楷《马船行》中写"南
人使船如使马,北人用马还用船",强调了船只在南方的重要交通价值。"南船来较
北船多"一方面指出自宋代以来经济中心南移后,南方经济的繁荣程度远高于北

---

[1]　王夫之:《古诗评选》卷一《古乐府歌行》,见《湖湘文库·甲编·船山全书》第十四册,长沙:岳麓书
社,2011年,第564页。

方,另一方面亦是江苏运河流域繁荣的商品贸易状况的真实反映。同时,也反映了此时的造船中心在南方。而造船业由于地域的影响,在唐代时专门设立了水部郎中和舟楫署令等官职,专门管理造船、航运和水上防务。从全国看,南方地区是造船业的中心地带,其中涉及的地区主要有金陵(今江苏南京)、岭南、南昌、鄱阳、九江等地。宋代的造船地点比唐代多,主要分布在长江流域和东南沿海一带,据《宋会要辑稿》记载,宋代的造船地点有20多个,如江州(今江西九江)、吉州(今江西吉安)、洪州(今江西南昌)、饶州(今江西鄱阳)、赣州、潭州(今湖南长沙)、衡州(今湖南衡阳)、鼎州(今湖南常德)、温州、明州(今浙江宁波)、秀州(今上海和浙江嘉兴一带)、平江(今江苏苏州)、镇江、松江、建康(今江苏南京)、楚州(今江苏淮安)、泗州(今江苏盱眙)、真州(今江苏仪征)、叙州(今四川宜宾)、眉州(今四川眉山)、嘉州(今四川乐山)、泸州、泉州、漳州、福州等,因此,南方造船业的发达可见一斑,"南船来较北船多"也就顺理成章。

> **Tips**
>
> ### 水部郎中
>
> 水部郎中是唐代工部水部司的长官,主要负责管理全国的水利、航运、桥梁、堤堰等事务。水部郎中为正五品上官员,其副手为水部员外郎,从六品上。水部郎中与工部其他三司(工部、屯田、虞部)郎中共同协助工部尚书和侍郎,管理全国的工程事务。

(一)运河流域的古代造船业

战国秦汉时期,运河区域的造船业已经较为发达,有两个方面的原因。经济方面,社会经济进步,各个经济区域间联系加强,需要开辟四通八达的交通路线,开发各种各样的交通工具,特别是随着商品经济发展,富商大贾"周流天下",大宗的货物在全国流转运输,要求有一种比车载马驮更能承重、更为省力的运输工具。在古代社会中,借助水运的舟船是较之人力畜力更为理想的运输工具。经济的发展为造船业提供了物质的和生产技术上的保证,运河的开凿和大量水利工程的兴修,为船运提供了必备的基础设施。政治方面,统一的多民族王朝的建立,迫切需要将农业发达地区的粮食漕运至都城,也迫切需要尽力建构一个四通八达的交通水运网,以便及时运送兵士和军需物资,加强对边远地区的控制。[1]

因此,秦汉时期的造船业发展十分迅速。根据《汉书·百官公卿表》,可以推断出秦汉之际就有了船司空一官。同时,在京师附近的运河区域曾经设置过专门主管造船的官吏。

战国时期有了水军作战用的楼船。1955年在河南辉县赵固镇战国墓中出土的铜鉴和1964年在成都百花潭出土的铜壶上,都刻有楼船的图像。船分两层,下层有水手在划桨,上层有战士击鼓、持枪、放箭。

楼船,顾名思义,是船体上架有楼层的战船,它因船高首宽,外观似楼而得名。楼船的主要特征是具有多层上层建筑,这种设计不仅使其外观巍峨威武,还能增强其攻防能力。船上列矛戈,竖旗帜,戒备森严,攻守得力,宛如水上堡垒。楼船分多层(这里的层是指甲板之上建筑的层数),各层建筑物都有专名。第一层称"庐",是船员起居室;第二层因高居于上,所以称"飞庐",弓弩手就藏于其中,发射箭矢,负责远距离进攻;最上层称"雀室"或"爵室",是船上的瞭望台或指挥室,在高处探查敌情或指挥作战。楼船甲板上的战卒手持刀剑,与敌人短兵相接,进行接舷战。

西汉的楼船使用更普遍,船只也更加先进。汉武帝征战时期,动辄出动楼船之士数十万人。拥有这样庞大的一支水军,长期进行大规模的战争,没有发达的造船工业作为后盾是不可能的。在李白的《古风五十九首》中就有"徐市载秦女,楼船几时回"的诗句。《史记·平准书》中亦有"治楼船,高十余丈,旗帜加其上,甚壮"[2]的感叹。

北宋《武经总要前集》中的楼船

更为知名的则是宋代陆游的诗歌名篇《书愤》中对楼船的描写。时年61岁的陆

---

① 安作璋:《中国运河文化史》,济南:山东教育出版社,2006年,第149页。

② 司马迁撰,裴骃集解,司马贞索隐,张守节正义:《史记》卷三十《平准书》,清乾隆四年武英殿校刻本。

游赋闲于老家山阴,听到宋军节节败退,不禁悲从中来,奋笔疾书写成《书愤》,组诗其一便写道"楼船夜雪瓜洲渡,铁马秋风大散关"。这里就写到宋绍兴三十一年(1161年)冬天,金主完颜亮欲自瓜洲(今江苏扬州邗江区)渡江侵犯南宋,当时的将领虞允文等造楼船战舰击退金兵的进犯;同年秋天,吴璘率部与金人激战于大散关(位于今陕西宝鸡),最终取胜,大散关失而复得。此联雄放豪迈,高度概括地表现了诗人的生活经历和英雄形象,抒发了诗人杀敌报国、收复失地的豪情志气。然而,南宋终究在偏安一隅中被逐渐蚕食。南宋名臣文天祥在《二月六日海上大战国事不济孤臣天祥坐北舟中向南恸哭为之诗》中写道,"楼船千艘下天角,两雄相遭争奋搏",借助"楼船"这一意象,描写了宋军与元军激烈的战争场景。写此诗时,文天祥已身陷元营,想当时遭受的必是椎心之痛。

明《武备志》里的楼船

三国初期,由于频繁的水上作战和内外贸易的需要,政府加大了对造船业的投入。而南北各地运河的广泛开凿,也为造船业的发展提供了契机。曹操很早就重视制造战船,训练水军,使得曹魏的造船业迅速发展。曹魏景元三年(262年),司马昭"敕青、徐、兖、豫、荆、扬诸州,并使作船,又令唐咨作浮海大船,外为将伐吴者"[1]。由此可知,曹魏的造船基地大都分布在运河及自然水道通畅的青、兖、幽、冀等州及淮、邺等地。

孙吴所占据的江东地区河道纵横,交通多依靠水路,治军也以水军为主,所以造船业在鼎立的三国之中最为发达。"吴王浮江万艘,带甲百万",孙吴的造船基地遍及长江运河流域。同时,还设立了"典船校尉",主要作用是"主谪徙之人作船于此"。孙吴造船业的兴盛,使造船规模和技术不断发展。最大的楼船有上下五层,可载3000余人。另有"蒙冲舰""斗舰"专门做进攻之用,船体狭长,速度快。有"走舸""油船""胸舻"等各种船,用于战斗或运送

---

[1] 陈寿撰:《三国志·魏志》卷二十八《钟会传》,清乾隆四年武英殿校刻本。

军需物资。除战船外,还有客船、货船和官船,其中官船工艺精美。《太平御览》卷七百七十引《江表传》记载,"作小舡三百余艘,饰以金银,师工昼夜不息"[1]。到了东晋南朝时期,造船业继续发展,有"楼船""拍舰""火舫""水车"等样式。综上,战国秦汉时期,北方运河区域的手工业十分发达,而南方运河区域则相对落后。到了魏晋南北朝,南北方运河区域的手工业生产各行业都有一定的发展,并取得了突出的成就,是中国手工业发展史上的重要阶段。

隋唐时期,太湖地区自然河道与湖泊交错纵横,又有江南运河横贯其间,沟通江海,水路交通便利,造船得到发展。南北大运河沟通之后,由于漕运的兴起和水上交通运输的发展,江南造船业进入了一个新的发展时期。不论官府还是民间,造船的规模、数量、种类以及造船技术方面,都有很大的进步。如隋大业元年(605年)三月,隋炀帝遣黄门侍郎王弘等"往江南造龙舟及杂船数万艘"。这年八月,隋炀帝幸江都,王弘便"遣龙舟奉迎"。当时有一段十分精彩的描述:

龙舟四重,高四十五尺,长二百尺。上重有正殿、内殿、东西朝堂,中二重有百二十房,皆饰以金玉,下重内侍处之。皇后乘翔螭舟,制度差小,而装饰无异。别有浮景九艘,三重皆水殿也。又有漾彩、朱鸟、苍螭、白虎、玄武、飞羽、青凫、陵波、五楼、道场、玄坛、楼船、板舳、黄蔑等数千艘……共用挽船士八万余人,其挽漾彩以上者九千余人,谓之殿脚,……又有平乘、青龙、艨艟、艛艒、八櫂、艇舸等数千艘,……触舻相接二百余里……[2]

隋炀帝这次下江南动用了各种类型的船只上万艘,这是在王弘的监督之下,从三月到八月仅半年时间赶造出来的。此后,隋炀帝又曾两次下江都,并且从大业七年(611

隋代龙舟

① 李昉辑:《太平御览》卷七百七十《舟部三》,民国二十四至二十五年上海商务局印书馆四部丛刊三编景宋刻配补日本聚珍本。

② 司马光撰:《通鉴》卷一百八十《炀帝上之上》,民国八年上海商务印书馆四部丛刊景宋刻本。

第三章 ◆ 水关发船如走马:千古留存的运河交通设施

年)开始,三次进兵辽东,又动用了大量的船只。由此可以想见隋代造船业的发达。而前文那首隋炀帝所作的《泛龙舟》中"舳舻千里泛归舟""六辔聊停御百丈",也无比生动地描绘了运河上龙舟行驶的壮观场景。

Tips

翔 螭

翔螭是皇后乘坐的凤舟。比龙舟稍小,其他装饰没有区别,亦是极尽奢华。一同出游的妃嫔、诸王、公主各有相应等级的座船。随行的医、卜、侍卫、宫娥侍女以及僧尼、道士等也分乘不同的船。各种船只前后相接、浩浩荡荡,两岸更是骑兵护驾,"旌旗蔽野"。

凤舟

随着造船业的发展,造船技术也在不断提升。隋代的龙舟体型庞大,因此建造时必须解决船体结构的强度问题。当时的造船工匠总结前人制造大型船舶的经验,采用在船底铺龙骨,沿船舷纵向铺设大橑,并用多根大木连接的办法,形成船体的主要受力构件。[1]

在唐代,江南地区是造船业的主要地区,江南运河和浙东运河流域是唐代的重要造船基地。当地不仅有官营,也有大量民营造船场。唐贞观二十一年(647年)八月,"敕宋州刺史王波利等发江南十二州工人造大船数百艘,欲以征高丽"[2]。这十二州是:宣(今安徽宣城)、润(今江苏镇江)、常(今江苏常

唐代如皋木船

[1] 安作璋:《中国运河文化史》,济南:山东教育出版社,2006年,第395页。

[2] 司马光撰,胡三省音注:《资治通鉴》卷一百九十八《唐太宗纪》,清嘉庆二十一年鄱阳胡克家覆元兴文署刻本。

州)、苏(今江苏苏州)、湖(今浙江湖州)、杭(今浙江杭州)、越(今浙江绍兴)、台(今浙江临海)、婺(今浙江金华)、松(今浙江丽水)、江(今江西九江)、洪(今江西南昌)。扬州也是唐代造船业的重要基地之一。唐朝后期,刘晏整顿漕运时,在扬州设置船场修造大船。这些船只不仅可用于漕运,还可用于划船竞技。文献记载,唐代船舶已普遍采用钉接榫合法。如江苏如皋出土的唐代木船,底部采用3块木料榫合相接。1960年江苏扬州施桥镇出土一唐代大型木船,内有水密封舱壁。唐代的水密舱技术是造船技术的重大革新,有两个明显的优点:一是如果某舱不幸破损,在船体漏水的情况下也可保证全船安全,不至于立即沉没;二是隔舱板横向支撑船舷,增强了船体抗御侧向水压、风浪的能力,有效地保持了船的抗沉性,成为我国木船建造的典范。同时,船外板和船底平接工艺,使得连接不易松动、脱落,船体的阻力减小,一直沿用至今。

除此以外,在唐代乃至中国造船史上值得一提的,是唐德宗时李皋创造的车轮战船。这种船不用风帆,而是用人力踏动转轮,由轮带动桨叶拨水推进,在欧洲到15世纪才出现。总之,隋唐时代造船业取得了辉煌成就和高速发展,在我国及世界造船史上书写了光辉的一页。

明清时期,由于漕运的兴盛,漕船的发展得到了长足的进步。"三代以下,国用之资莫大于漕运,漕运之器莫大于舟楫。"[1]舟船是漕运得以开展的基础。江苏运河自古以来便是漕运的重要通道,承载着南北物资交流的重任。漕运船作为漕运体系的核心工具,其种类多样、设计精巧,在漕运史上发挥了不可替代的作用。运输漕粮的舟船,明代史籍中称为漕船、粮船或运船;也有与民船相对而称为军船;又把运粮北上的称为重船,归返的称为回空船,或简称为回空;或因其船式称为浅船、遮洋船。[2]

具体来说,江苏运河漕船,根据不同的历史时期和运输需求,类型也各不相同。比如,官船是漕运中最重要的船舶类型,主要用于运输朝廷专用的物资,如丝织品、建筑材料、粮食等。官船在漕运体系中享有优先通行权,其体型较大,运载能力较

---

① 谢纯撰:《漕运通志》卷五《漕船表》,明嘉靖七年杨宏刻本。
② 倪玉平:《中国运河志·通运》,南京:江苏凤凰科学技术出版社,2019年,第304页。

第三章 ◆ 水关发船如走马:千古留存的运河交通设施

095

强。在明清时期,官船的数量和规模达到了顶峰,成为漕运体系中的主力军。而商船是漕运中另一类重要的船舶,主要用于短途运输农产品和手工业品。商船的体型相对较小,但数量众多,在漕运体系中起到了重要的补充作用。商船的运营方式灵活多样,既可以私人经营,也可以由官方委托经营。

明代无锡快船

除此以外,还有黄船和马船。这是专门用于运输时鲜贡品的船只,体积小、速度快,享有优先通行权。黄船和马船的设计注重速度和灵活性,以确保时鲜贡品能够及时运抵目的地。

沙船也是明清漕运中常见的船舶类型,其船底平、上部轻,适合在沙洲和浅滩上航行。沙船的设计充分考虑了内河运输的特点,具有较强的适应性和运载能力。

江苏运河漕船在建造过程中,特别注重船体的加固和防潮处理。船底采用厚实的木板,船身则采用多层木板叠加的方式,以增强船体的承重能力和防潮性能。

明清沙船

同时,形成了严格的建造工艺。漕船的建造从底部开始,逐步构建船身和上层结构。首先,工匠们会确认主龙骨的长度,以支撑船身。其次,按照规定的尺寸和曲线,拼接船底板和船侧板,形成船体的基本框架。最后,在船体上安装上层建筑和桅杆等部件,完成整艘船的建造。

漕船的运载能力根据船舶大小和类型而异。一般来说,官船的运载能力最强,每艘船可载数百石至数千石不等的物资。商船的运载能力相对较弱,但数量众多,起到了重要的补充作用。黄船和马船的运载能力较小,但速度快、灵活性高,适合运输时鲜贡品等紧急物资。明清时期,随着漕运体系的成熟和完善,漕船的运载能力也有所提高。

据文献记载,明嘉靖年间(1522—1566年),淮安曾有一座绵延23里、工匠6000余名的"清江漕船厂",位于今天淮安市清江浦区韩信城西至三亚路对面的里运河南岸。当时,清江漕船厂制造了全国近六成的漕船,其规模之大、建制之高、产量之多,堪称全国漕运造船业中心。

明正统之前,清江、卫河漕船厂分造各省漕船及遮洋海船,但具体数目没有严格的规定。正统年间(1436—1449年),额定天下船数11775余艘(内河漕船为多,遮洋海船500余艘),官军12万人以上。每年清江漕船厂额造漕船532艘8分(注:漕船十年换一次,分到每个卫所不一样,所以除10会有分),卫河厂147艘5分,合计680艘3分,所造漕船占全国漕船的近六成。

明弘治三年(1490年)到嘉靖二十三年(1544年),《漕船志》对清江漕船厂所造船舶数目进行了详细的记载,每年造船数目400~700艘不等,50余年间造船27031艘。加上嘉靖三年(1524年)卫河漕船厂归并后造的2125艘,近半个世纪间,清江漕船厂造船近3万艘。

漕船厂不仅要造船,还要负责修船。明天顺二年(1458年),为严格漕船使用年限,保证漕船质量,按造船使用的材料规定:"松木二年小修、三年大修、五年改造。杉木三年小修、六年大修、十年改造。小修者军士自备修理,大修及改造者,拨支木料,于各卫运粮官军数内,摘留在厂,同清江、卫河二提举司官匠修造。"[1]

与漕船使用年限一样,船舶式样也有严格规定。平江伯陈瑄督漕时,粮船初制"底长五丈二尺,其板厚二寸,……头长九尺五寸,梢长九尺五寸,底阔九尺五寸"[2],载米可近2000石。后来漕军所造之船私自增加船身两丈,船头宽增加两尺多,载重可达3000石。但受限于运河闸口宽度,加之后来闸、河淤浅,不得不又缩小规制。不过,无论规制如何变动,船型的特点始终是底平仓浅,"底平则吃水不深,仓浅则负载不满",由此以适应内河的运输条件。[3]

---

① 申时行修,赵用贤撰:《大明会典》卷二十七《户部十四》,明万历十五年内府刻本。
② 宋应星撰:《天工开物》卷中,民国十五年至二十年武进陶氏涉园石印喜咏轩丛书本。
③ 《淮安——曾经的全国漕船制造中心》,江苏经济报,2017年6月30日A4版。

中国漕运博物馆内漕船制造场景

　　江苏运河漕船作为漕运体系的核心工具,其种类多样、设计精巧、运载能力强,在漕运史上发挥了不可替代的作用。通过运河,漕船不仅保证了京师的粮食供应,促进了南北物资交流,还推动了商业和手工业的发展,促进了文化交流,维护了国家统一和安全。漕船不仅是古代物流技术的结晶,更是中央集权体制下的治理能力象征,其兴衰折射出王朝的兴衰轨迹。宋人韦骧在《汴河》一诗中说"年年漕运无穷已,谁谓东南力不任",东南地区的漕运活动无穷无尽,循环往复。从维持国家正常运转的需求来看,漕运不能停,也停不下来。而运河沿岸的繁荣市镇、多元文化交融,则成为今天共建"一带一路"等的早期实践参照。漕船的千年航程,终化为中华文明的深厚积淀。

　　除了漕船外,还出现了因漕运而生的民间组织——漕帮。漕运在古代最初由政府主导。明代中期,民间力量渗入漕运行业,出现水手罗教、水手行帮等漕帮组织。明清两代,运河沿线特别是江苏等漕粮大省的运河码头,集聚了大量的社会人员,为民间宗教的传播和民间组织的发展提供了有利条件。明正德初年,山东即墨人罗清创立罗教。明末,罗教南传到苏州、杭州等地,在钱坚、翁岩和潘清三人(后被奉为"三祖")的传播下,漕运水手皈依者众多,陆续建立七十二座庵堂。清乾隆三十三年(1768年),乾隆帝对罗教采取严厉的处置措施,拆毁苏杭一带的庵堂。水手们突破宗教外衣,向着更有实际意义的民间秘密组织演化,转变成为漕运水手行帮组织,基本控制了漕运的水手、舵工、纤夫等人员。清咸丰三年(1853年),由于太平天国运动,漕运遭到重大打击,光绪二十七年(1901年)完全停止。依托漕运而生的水手、舵工和纤夫纷纷失业,其中一大部分聚集到江苏安东、清河,组成新的帮会组织——安清道友(又称"安庆道友""安庆帮""安清帮"等)。清帮在上海被称为青帮,出现了张啸林、黄金荣、杜月笙等大亨,一手遮天,直到新中国成立才结束。

(二)近现代造船业的发展

民国时期,内河航运主要还是依赖木帆船。按营业性质,木帆船可以分为航船、快船、民船、客船和划船5种。航船及快船主营客运,兼载商货;民船以货运为主;客船、划船专营载客。

这一时期,京杭大运河苏北段行驶的木帆船,有泰州关驳、邵伯划子、粮划子、米仓子、侉粮划、淮船、淮摇子、鸦梢船、高邮湖船、洪泽湖船、兔儿灯、淮斗子、南湾子、荷花子等各种船型。其中泰州关驳系泰州北郊渔行地区制造,是苏北地区主要木帆船船型之一,已有200多年历史。其优点是稳定性良好,适应装载要求,船户生活方便,结构坚固,一般可使用60~70年。

邵伯划子,载重量大,形似蜘蛛,头小尾大,栈高、舱深、底窄、腹阔,后舱载重量占船的40%。此船行驶时,速度慢,但丈量报税时可以多报少,在关卡林立的年代深受船户欢迎。

淮阴粮划子,原产于安徽及两淮一带,19世纪初在江苏两淮地区制造时结合当地特点加以改进,载重量为10~80吨

邵伯划子

不等,以载重量大、稳定性好而受到船户欢迎,成为京杭大运河苏北段航行的主要木帆船船型。

据文献记载,1913年,苏南运河沿线聚集的木船总数约为12800艘,按船帮分类为淮河帮500艘、西河帮3000艘、湖北鸦梢帮3000艘、南湾内载帮300艘、邵伯划子

帮 1000 艘、宝应板船帮 500 艘、高邮湖船帮 200 艘、下河鸦梢帮 2000 艘、苏河帮 300 艘、茅篷摇船帮 200 艘。另无锡拥有大航船 1500 艘、小航船 400 艘、班船 200 艘,总吨位达 1 万吨以上。这些木船各以其常装货物设计船型,自然成帮,停靠于某种货物的集散地。到 1937 年,无锡木帆船增加到 2050 艘(小航船不在内),其中西漳船型已成为江南水网地区的主要船型之一。

苏州、镇江 1936 年时的木船数也分别达到 1116 艘和 1290 艘。全民族抗战时期,苏南地区木船业遭到严重破坏,无锡木船损失在 1200 艘左右。1939 年,镇江被强制登记的木船也只有 700 余艘。苏州木船损失略小,且有别地木船陆续向该地集聚,约为 1200 艘,船型主要有关驳、常熟米包船、绍兴杭驳船、无锡西漳船、川船等,总吨位达 16 万吨。

无锡西漳船

抗日战争胜利后,随着经济的短暂复苏,苏南地区的木船有所增加。1948 年,常州木船达 2000 余艘、1 万吨位,无锡木船达 3000 多艘、4 万多吨位,苏州木船为 1248 艘、1.7 万吨位。但是这些木船由于长期失修,质量普遍很差[1]。

新中国成立后,苏州、无锡、常州、镇江的木船进行了改造,并先后组织成立合作社。1956 年以后,这些合作社又先后组建为各市的航运公司,购置了轮船,实行拖带化,靠扬帆、撑篙、摇橹的自航船基本被淘汰。1960 年前后,由于船舶超负荷运行,使用性能普遍下降,失修失养情况严重。以镇江专区为例,全区木帆船使用性能较好、能够装运粮食的数量,由 1959 年的 165 艘下降到 1960 年的 57 艘。1951 年,苏北地区有木帆船 5.3 万艘,载重量约 25 万吨,承担社会物资总运量的 97.15%。20 世纪 60 年代是推行轮船拖带化的大发展时期,到 20 世纪 70 年代,运河上木帆船已渐由机动船所代替。

---

① 倪玉平:《中国运河志·通运》,南京:江苏凤凰科学技术出版社,2019 年,第 892 页。

（三）运河船舶的种类

根据历史文献记载和考古发现,大运河上的船舶大致可以分为以下几类。第一类是漕船,也是大运河上最为重要的船舶类型,主要用于运输漕粮。明清时期,漕船的数量庞大,明代漕船数量多达1万~1.2万艘,清代虽有所减少,但仍有6000~1万艘。漕船不仅承载着国家的经济命脉,也见证了南北经济文化的交流与融合。明人李东阳在《漕运参将郭彦和镇苏松时有巨舟张东海名曰海天一碧为赋长句》中写道,"君不见清淮上与黄河接,中有漕舟千万叶",正是通过对众多漕船的描写,展现明代繁盛的漕运情况,这与汤珍的"南船来较北船多"有异曲同工之妙。

除漕船外,大运河上还有大量的民船和商船。这些船只一般由民间自行打造,运载量虽不及漕船,但装载的货物种类多样,包括粮食、水果、棉花、瓷器、丝绸、布匹、杂货等。它们南来北往,不仅满足了京城市场对各类商品的需求,也促进了沿河城市的兴起与繁荣。宋末元初诗人方回所写组诗《听航船歌十首》,便记录了运河中船家的生活,如组诗其二写道"莫笑船家生事微,新红米饭绿蓑衣",呼吁统治者关心劳苦大众的日常生活;组诗其六写道"南到杭州北楚州,三江八堰水通流。牵板船篙为饭碗,不能辛苦把锄头",描写了从杭州一路向北到楚州(今江苏淮安)的运河航段。"三江"是指钱塘江、吴淞江、扬子江;"八堰"是指杭州萧公闸、北关堰,常州奔牛堰、吕城堰,润州海鲜河堰,扬州瓜洲闸、邵伯堰,楚州北神镇堰八处。为了生活,民船与商船由杭州一路向北,穿行于三江八堰之间,到达当时经济发达的楚州,可见当时大运河已成为很多人赖以谋生的生命航线,对民生起着至关重要的作用。

大运河上航行的还有官用船只,其种类繁多,如黄船是专门供皇帝巡幸所

Tips

海鲜河堰

海鲜河堰的修建与海鲜河的疏浚密切相关。根据至顺《镇江志》记载,海鲜河位于京口闸外,南宋嘉定八年(1215年),郡守史弥坚请求朝廷,开通海鲜河,以泊防江之舟。《大明一统志》也明确其走向:"海鲜河在府城西北,宋郡守史弥坚开,西北通京江,东南接漕渠。"这表明海鲜河的开凿,旨在连接京江(长江)与漕渠,便于船只停泊和航行。

用,也负责皇宫御用物品的采购;快马船既可作为装载进贡器物的运输船,也可用作传递官方信息的哨船;使节船供外国使节乘坐;巡船供巡漕御史及官军乘坐等。这些船只不仅体现了古代官方的权威,也展示了古代中国在政治、外交、军事等多方面的综合实力。官用船只的存在,不仅保障了皇室及官府的物资需求,还加强了中央对地方的控制与管理,同时促进了国内外文化的交流与融合。如快马船由明初专门运送马匹的船只演变而来,由于运输速度很快,被称为快马,上文提到的陆世楷的《马船行》即是描写快马船的诗歌。

Tips

快 马 船

快马船是明代重要的运输船队,其名称来源于"马船"和"快船"两种船队的合称。快马船的起源可以追溯到明代初期,明成祖朱棣迁都北京后,南京仍保留了一些直属机构,其中负责管理快马船的部门隶属于南京兵部车驾清吏司。马船最初的功能是运送马匹,而快船则用于运输军队的辎重。随着时间的推移,这两支船队的功能逐渐转变为运送宫廷生活物资。

大运河沿岸水域丰富,自然生态多样,因此也孕育了众多的渔民与渔船。这些渔船一般体积较小,灵活轻便,适合在内河及沿岸浅水区作业。渔民们以捕鱼为生,不仅为大运河沿岸的居民提供了丰富的水产品,也丰富了当地的文化与生活。如清人顾嗣立《望亭书所见》一诗中的"拔剌鱼上叉,咿哑橹相语"[1],望亭是大运河进入苏州的第一站,顾嗣立通过渔人船上叉鱼场景的描写,展现了苏州渔民的生活,"咿哑"是划动船桨时的拟声词,为整首诗赋予了动人的声色和动态之感,也是对清代苏州地区运河沿岸渔民生活的一次生动记录。

在古代,大运河也是重要的军事通道,曾出现过许多军事船只,通常装备武器和防御设施,用于保卫运河的安全,进行水上巡逻与作战。历史上的许多战役中,战船都发挥了重要的作用,如在赤壁之战中,曹操的水军由江陵顺流经公安(今湖北荆州公安)东南至巴丘(今湖南岳阳),转向东北行进,抵达赤壁(今湖北赤壁西北),大军压境,舳舻千里,其气势可谓浩荡,大有直捣建业(今江苏南京)之势。然而曹操军队中的士兵以北方人为主,不擅游泳,因此在水战中将船只用锁链相连,

---

[1] 朱栋霖:《苏州诗词三百首》,苏州:苏州大学出版社,2022年,第207页。

而这也使得孙刘联军借助东风，火烧战船，曹军只得仓皇逃走。古代战船中最为著名的当属"楼船"，前文已经详细介绍过。

望亭望运阁　蒋峥摄

（四）江苏运河流域的船舶修造企业

唐人皮日休在《汴河怀古二首·其一》中有这样的描述："万艘龙舸绿丝间，载到扬州尽不还。应是天教开汴水，一千余里地无山。"诗中描绘了造船业繁荣的景象，船只如龙舸般穿梭，反映了明代江南地区造船业的发达。而在宋人周麟之所作的《造海船》中，亦有同样的描述："造海船，海旁朴斲雷殷山。大船辟舰容万斛，小船飞鹘何翩翩。"虽然内容是建造海船，却也从一个侧面可以看出中国的造船业兴起和发展由来已久。而江苏因为通江达海的地理条件，造船发展史更是全国领先。

新中国成立初期，京杭大运河沿线各地木船失修失养严重，例如苏州1951年在检的2600多艘木船中，质量完好的只有506艘。为了满足社会对运力的需求，交通主管部门着手组建京杭大运河沿线地区船舶修造基地。改革开放以来，京杭大运河沿线的船舶工业，随着经济和水运的发展而不断壮大，经历以修为主、修造并举到以造为主的发展过程，其造船能力在全国造船行业中具有一定地位。①

---

① 倪玉平：《中国运河志·通运》，南京：江苏凤凰科学技术出版社，2019年，第930页。

江苏运河沿线主要的船舶修造厂有南京船舶修理厂、镇江船厂、常州船厂、无锡船厂及苏州造船厂等。

南京船舶修理厂。1955年,南京除"长航局第三修理厂"(金陵船厂前身)外,只有一家私营华兴机器厂,无力承担本市的修船任务。为了在南京创建修造船基地,南京市交通主管部门决定将不景气的华兴机器厂等6家私营工厂进行改组合并,筹建新的船舶修理厂。1955年12月,公私合营南京船舶修理厂正式成立。建厂初期,生产车间分设于商埠街、中山北路、定淮门3处,1956年夏迁并到城北定淮门外,设备、厂房十分简陋。1957年7月,该厂归属江苏省航运厅领导,企业性质改为国营,定名为"江苏省南京船舶修理厂"(即江苏省新华船舶修造厂前身),主要承担南京地区航运企业和社会船舶修理任务。

镇江船厂。江苏省镇江船厂始建于1951年,老厂区位于北固山古甘露寺下。建厂初期,镇江船厂便承担起船舶制造与维修任务,并于1951年建造了江苏省第一艘钢质船舶,奠定了其在江苏船舶工业中的重要地位。其前身是1950年2月公营建华轮船运输公司在无锡筹建的船舶修理所,1951年3月迁入镇江,改名为国营华东内河轮船公司镇江船舶修理厂(因隶属关系几经变更,以下简称"镇江船厂"),同年兼并了由当地顺记、恒记、赵福兴、李孝荣4家私营小厂联营的同益船厂。1953年初,南京修船厂也并入镇江船厂,1955年又有镇江协众锅炉厂、肖顺兴翻砂厂、协兴电焊厂等单位并入,工厂初具规模。但此时工厂拥有的设备却十分简陋,除承担镇江、淮安、盐城、泰州等地100多艘轮、木船的大、中修理任务外,同年还建成328客位的木质客轮1艘,次年又自行设计建造了省内第一艘308客位钢质蒸汽机客轮"新苏"号。自此,该厂由以修为主转为修造并举,并为钢质船取代木船开辟道路。1986年,交通部在镇江船厂定点研发全回转拖船,首批为南京港、南通港和张家港港建造3艘,开启了其在特种工程船舶领域的深耕之路。

镇江船厂以"特色经营、差异竞争、错位发展"为理念,专注于特种工程船舶的研发制造,并以全回转拖船为核心产品。截至2024年底,镇江船厂的全回转拖船建造总量突破700艘,创造了61项"中国第一",覆盖常规动力、混合动力、纯电池、氢能等多种能源类型,成为全球第二大全回转船舶制造商。2003年4月,镇江船厂整体搬迁至润扬长江公路大桥东侧的新厂区,占地近500亩,配备5万吨级、2万吨级和5000吨级船台各1座,以及现代化码头和车间,形成"壳、舾、涂一体化"的船舶总装生产体系。

常州船厂。常州船厂始建于1958年,是常州地区历史最悠久、规模最大的船舶制造企业之一,隶属于常州交运集团有限公司,长期专注于内河及近海船舶的设计与建造。经过数十年的发展,该厂从传统船舶建造逐步扩展至工程船舶建造、钢结构制造等领域,成为江苏省内河造船业的标杆企业。常州船厂以工程船舶为核心产品,涵盖打捞船、挖泥船、拖轮等。其建造的40吨拼接式打捞船被江苏省交通厅鉴定为"国内首创",60吨打捞/1立方米挖泥两用船填补省内空白,彰显技术突破能力。此外,该厂采用计算机辅助设计、数控切割、自动焊接等先进工艺,拥有全数字化铝焊设备,可生产80米以下各类钢质、铝质船舶,机械化程度居于行业前列。

除此之外,常州在20世纪70年代初还建有常州玻璃钢造船厂。该厂于1970年8月成立,生产的"982"边防巡逻艇于1979年获国家银质奖。常州玻璃钢造船厂生产的玻璃钢船舶,不仅产量和质量居全省同行之首,而且是亚洲地区规模最大的同类船舶专业生产厂。

自2002年起,常州船厂积极拓展钢结构市场,参与常州市多座大型桥梁建设,如65米连江桥、300吨钢结构汽车桥等,推动城市交通升级,并顺应行业发展趋势,规划建设钢结构制造中心。从传统内河造船到多元化工程服务,常州船厂以技术积淀与创新活力,持续书写行业新篇章。其与武进第二造船有限公司、常州玻璃钢造船厂等企业共同构建的产业生态,使常州成为全国内河船舶制造的高地,为航运与城市建设提供了坚实支撑。

无锡船厂。无锡船厂的历史可追溯至1956年,其是江苏省造船工业的骨干企业,也是中国外贸船舶出口的重要基地。其前身可关联至更早的无锡造船业——17世纪初,由杨、蒋、尤、徐、邵五姓家族开创的民间造船传统,至江苏解放后逐步整合为无锡船厂与红旗造船厂两大主力,技术实力雄厚。

1956年,由于水运运量日益增长,船舶维修力量不足的矛盾十分突出,江苏省交通厅决定以无锡为中心建设一个船舶修理厂,负责苏州、无锡、常州地区轮船的维修任务和无锡地区的船舶保养工作。同年5月,以国营江苏省内河轮船公司无锡分公司与公私合营申锡轮船运输公司合并的船舶保养场为基础,将私营合兴轮船修造工厂和大鑫机器铁工场、金华翻砂工场、信义淬火工场、合兴轮船修造工场以及个体油漆、铁工、捻工场等单位并入,筹建江苏省无锡船舶修理厂,由国家投资19.9万元。

1958年底,由于当时木材、钢材供应紧张,无锡船厂在上海船研所的协助下,试制成功5813型29千瓦钢丝网水泥拖轮1艘。该轮以29千瓦木质拖轮的船型为基础,采用钢骨架钢丝网水泥壳板制造(通过改进后定型为5815型29~44千瓦钢丝网水泥拖轮),成为全国试制成功的第一艘钢丝网水泥拖轮。1959年初,该船投入营运,使用正常。根据交通部指示,无锡船厂又建造1艘配用6110型柴油机,采用可变螺距螺旋桨,并加装导流管的5990型钢丝网水泥拖轮。该拖轮建成后,开赴长沙供参加1959年5月召开的全国水运技术革新会议的代表们参观。

后来,随着国家钢材产量的增加和江苏造船工业的发展,无锡船厂开始生产钢质船和玻璃钢船,以取代水泥船。其中,735.5~993千瓦VEN系列海拖是1990年11月受江苏省机械进出口公司委托为新加坡建造的,共计6艘,通过美国船级社(ABS)检验后自航抵新加坡,受到外商的好评,这也是江苏省首次批量出口的机动船舶。2003年,无锡船厂实行整体改制,企业改名为江苏省无锡船厂有限公司,仍以造船和钢结构制作为主。

此外,无锡市还有无锡红旗船厂,以生产特种用途的船舶见长。受无锡市外事办公室委托设计建造的仿古游船"春秋"号龙舟,获1987年江苏省优秀产品"金牛奖"。该船设计构思新颖,尤其是驾驶室设于龙头内,并有回转装置,舱室布置合理,全船古色古香,使内河旅游更显现江南水乡特色。另外,该厂根据公安部要求建造的18吨内河消防艇,由于动力装置采用双轴同向输出齿轮箱、推进系统双速比传动,实现消防泵与推进系统的功率合理配置,保证了灭火作业时船体的稳定,具有快速、机动、稳定、可靠且有多种灭火功能等优越性能,属国内首创。

苏州市造船厂。苏州市造船厂是1958年12月由公私合营山塘出租修造船厂,娄葑修造出租船社,苏州造船生产合作一社、二社,船橹生产合作社合并组建而成的,为集体所有制企业。该厂始建时有职工369人,年生产能力为修造木质驳船4000吨,木质拖轮353千瓦。1960年7月起,因木材供应紧张,以生产水泥船为主。

1982年迁至拥有6408平方米船体车间的新厂址,年造船能力为100艘、10000综合吨。至1985年,累计生产钢质船47个品种、865艘、60365吨、7614.6千瓦。其中,自行设计的有油驳、拖轮、客轮、游艇、挖泥船、氨水驳等13种。2002年,企业进行改制,更名为金港造船公司,为独立核算单位,

1959年苏州市造船厂南门工坊工人合影

隶属于通港有限公司。随着市场的变化,该厂已不再经营造船业务,专为上海港机厂配套生产港机构件。

如今,苏州造船业以多元化和"传统工艺+现代科技"双轨发展为特色,涵盖木船非遗传承、现代船舶制造及高端船舶配套系统,形成了以苏州市东吴造船有限公司、苏州市苏明船厂、苏州船用动力系统股份有限公司等企业为代表的以"非遗传承+现代创新"双轮驱动、从木船工艺到高端动力系统的全产业链生态。

如位于吴中经济开发区,依托京杭大运河的地理优势的东吴造船有限公司,专注于游艇、执法艇、工程船及专用船的设计与制造。核心产品包括LPG环保游艇、太湖游览船、液压挖泥船、散装水泥船等,覆盖旅游、执法、工程等多领域。该造船公司拥有6座船台(500吨级3座、200吨级3座),配备自动化焊接、数控切割、X射线探伤等先进设备,并采用船舶CAD辅助设计系统,实现数字化生产。

作为苏州市非物质文化遗产保护单位,苏明船厂专注传统木船制作,保留手工技艺的同时融入现代需求,代表作品包括仿古画舫船、"乾隆御船"复刻版、影视道具船等,曾成功修复浙江宁波博物馆的宋代古船。如"乾隆御船"复刻版,成为运河文化的重要载体,远销国内多地及荷兰、马来西亚等国,广泛应用于江南古镇景区、湿地公园及城市河道保洁领域。同时,苏明船厂等企业还通过改造旧厂区(如无锡红船场活力园区),将工业遗产转化为文旅地标,融合餐饮、文创与现代艺术,推动

城市更新与运河文化传播。

苏明船厂古船制作　陈璇摄

而前身为苏州船用机械有限公司的苏州船用动力系统股份有限公司,专注于舰船特种推进器制造,如全回转舵桨、调距螺旋桨等,国内市场占有率领先。产品通过CCS、ABS等船级社认证,出口至美国、日本、新加坡等20余国。

因此,东吴造船有限公司、苏明船厂等企业不仅支撑了区域经济发展,更通过文化输出与技术突破,成为江南船舶工业的独特名片,为航运业与城市发展注入持续活力。

悠悠千古,似水东流。大运河上的船舶种类繁多,功能各异,它们不仅承载了古代中国的经济、文化、政治、军事等多方面的历史信息,也见证了大运河的兴衰变迁与沿河城市的兴盛。这些船舶不仅是古代交通的重要工具,更是中国古代历史与文化的重要载体。通过对这些船舶的研究,我们可以更加深入地了解大运河的历史与文化内涵,从而更好地传承和弘扬中华民族的优秀传统文化。

二、吴门水驿按山阴:驿站相连总关情

"吴门水驿按山阴,文字殷勤寄意深。"唐宝历元年(825年),在和州担任刺史的刘禹锡写下了这首诗,诗名为《和浙西李大夫霜夜对月听小童吹觱篥歌》。这是一首唱和诗,诗中"李大夫"是指时任润州刺史的李德裕。当时元稹在山阴担任浙东观察使,白居易在苏州担任刺史,因此这首诗中的"吴门"既代指李德裕所在的润州,也代指白居易所在的苏州,属于一语双关,展现了四人深厚的友谊。关于

"吴门"历来自有争议,有学者认为唐朝时期"吴门"是指润州,而"吴中"是指苏州,如李德裕在《平泉草木记》中记载"余二十年间,三守吴门,一莅淮服"①,其中的"吴门"即是指润州。润州和苏州自古以来是水上交通要地,自然少不了诸多水驿,其中最为著名的当属京口的向吴亭、丹阳馆和苏州的横塘、枫桥、望亭、平望、松陵五驿。除此以外,常州毗陵驿、无锡县锡山水马驿等,都是江苏运河段上著名的驿站。

镇江的向吴亭,又名通吴驿,是唐代修建的著名运河驿站。据宋人卢宪纂修嘉定《镇江志》记载:"向吴亭,在府治之南三里,唐陆龟蒙诗'秋来频上向吴亭'。其更号通吴驿,不知始于何时。"②"向吴亭"

位于镇江府治之南三里处,具体地点可能在今天的虎踞桥到南水桥一带运河的岸边。有学者认为,向吴亭最初可能只是一个小型的行人宿会之所,后来逐渐发展成具有一定规模的驿站,并曾被称为"通吴驿"。关于其改称"通吴驿"的具体时间,历史记载并不明确,但应在晚唐之后。

作为运河上的驿站,向吴亭在历史上吸引了众多文人墨客前来游览并留下诗篇。如晚唐诗人杜牧在《润州二首》中写道:"句吴亭东千里秋,放歌曾作昔年游。青苔寺里无马迹,绿水桥边多酒楼。"诗中的"句吴亭"即是向吴亭,镇江古有"三山五岭八大寺"之说,"三山"指日精山、月华山、寿丘山,"五岭"指乌风岭、骆驼岭、梅花岭、燕支岭、凤凰岭,"八大寺"指罗汉寺、青苔寺、水陆寺、普照寺、龙华寺、惠安寺、弥陀寺、灵建寺,其中青苔寺兴建于唐代,位于"万古一人路"内。据研究,大运

① 董诰辑:《全唐文》卷七百八,清嘉庆十九年武英殿刻本。
② 卢宪纂修:嘉定《镇江志》卷十二,清嘉庆宛委别藏本。

河镇江府城段开凿于隋大业六年(610年),发展至明朝初年,此段运河水道长期稳定在今南水桥、酒海街、梦溪园巷、梳儿巷、第一楼街西侧、万古一人路南侧、旧大西路北侧、钓鱼巷、北水关、会莲庵街、拖板桥、今古运河河道、中华路一线,"绿水桥"与青苔寺、惠安寺毗邻,横跨于镇江的关河之上。关河之名源自元代,但在唐代,这条河渠已经修建,由北水关入城,在南水关汇入运河,可见杜牧所写句吴亭、青苔寺、绿水桥等景物皆与京杭大运河有关。而且从"绿水桥边多酒楼"一句可知,当时向吴亭周边集市酒肆聚集,人头攒动,是非常繁华的商业街区,运河为此地带来了繁荣的贸易,促进了经济发展。

丹阳馆位于长江与运河的交汇处,因此水陆交通便利,成为宋朝重要的行程中转站。据嘉定《镇江志》卷十二载:"丹阳馆,在千秋楼之侧。绍兴甲子,守臣显学郑滋被旨建,南为中门,东西列二馆,皆向南,每北使往来,朝廷遣接伴、送伴使至此,则主居东馆,客居西馆。时弗启。若泛命使指及监司按部,亦憩于此。"[1]可见丹阳馆是为金国使者提供住宿等接待服务的休憩之地,据学者考证,丹阳馆的馆址在今镇江的千秋桥之西,秦潭驿之南,皇华亭之北,北临漕渠,坐北朝南。丹阳馆因靠近运河,水运非常发达,据至顺《镇江志》卷十三记载:"丹阳驿,旧名丹阳馆,在千秋桥之西。……混一后,屡加缮葺。馆舍共一百九楹。使客之驰驿而至者,则西馆处焉。其乘舟而至者,则东馆处焉。马厩在西馆之西,凡四十五楹,马八十匹,船三十只。"[2]一个有着30条船运力储备的驿站,按每条船可乘坐4人来计算,丹阳馆每次可同时运送120名乘客,足见其运力之强大。

宋代诗人毛珝在《丹阳馆》一诗中写道:"渡江第一南来驿,几度华堂延雁客。"[3]丹阳馆是渡过长江后旅人们经过的第一个重要驿站,"雁客"比喻远方的来客,此处是指丹阳馆接待过来自诸多地方的人,与其接待金国使者的功能相契合。"南徐今日古阳关,不断歌声祖离席"[4],"南徐"是京口的古称,古阳关在今甘肃敦煌,此处将南徐比作古阳关,以此点明丹阳馆是重要的水陆旅客集散地,众多的商人、官员、士

---

① 卢宪纂修:嘉定《镇江志》卷十二,清嘉庆宛委别藏本。

② 脱因修,俞希鲁纂:至顺《镇江志》卷十三,清嘉庆宛委别藏本。

③ 杨棨撰:《京口山水志》卷十一《丹徒水》,清道光二十七年赵氏刻本。

④ 杨棨撰:《京口山水志》卷十一《丹徒水》,清道光二十七年赵氏刻本。

卒等在此地相遇，又在此地分离。他们身份各异，或为生活奔波，或为国事劳顿，丹阳馆见证了他们的悲欢离合，运河则以滔滔不绝的运力将他们送至终点。对于丹阳馆来说，这些人是暂时驻足的过客，但放眼物外，谁又不是这茫茫大荒中难驻一瞬的过客呢？

目光跳转至苏州，横塘驿站作为大运河江南段沿线仅存的一处古驿站建筑，承载着丰富的历史与文化价值。横塘在苏州古城的西南侧。南宋苏州昆山人龚明之的《中吴纪闻》记载："铸有小筑在姑苏盘门之内十余里，地名横塘。方回往来其间。"[①]方回是北宋词人贺铸的字。《青玉案》是贺铸晚年退隐苏州期间所作，因最后一句"一川烟草，满城风絮。梅子黄时雨"而得名"贺梅子"，而横塘，也自此平添了几分委婉缠绵的情致。地处横塘的古驿站便自然地氤氲着几分诗意。

虽然现在的横塘驿站只剩下一座古驿亭——原来驿站的大门，但丝毫不影响它的重要性。早在1990年，邮电部为祝贺中华全国集邮联合会第三次代表大会召开，发行了一枚纪念邮票小型张，图案就是这座横塘驿亭，题名为"姑苏驿"。历史上，苏州有过许多著名的驿站，如望亭驿、姑苏驿、松陵驿、平望

姑苏驿邮票（1990年发行）

驿等。"姑苏驿递南接行省，北抵大江，东南贡赋并两浙、闽海之供，悉由兹道，是以送往迎来，岁无虚日。"[②]古时东南各省上缴贡赋和获得供给都要经过姑苏驿，由此就造就了姑苏驿的繁忙。除了运输物资，驿站还为往来官员提供交通工具和食宿，并具有传递官府文书等功能，对于维系中央集权的统治，有着举足轻重的作用。

横塘驿站始建时间不明，它的设置情况、地位、业务等也不见于史料。有专家认为它是姑苏驿的前哨或者关口，是姑苏驿下面的子单位。古驿亭南面的两侧石柱上刻着一副对联："客到烹茶旅舍权当东道，灯悬待月邮亭远映胥江。"下方题款为"同治十三年六月"。由此联可大致猜测此亭初建，西侧的大运河道尚未形成气

---

① 朱彝尊纂，汪森增：《词综》卷七，清康熙十七年汪氏裘杼楼自刻本。

② 李铭皖修，冯桂芬纂：《苏州府志》卷二十三《公署三》，清光绪九年刻本。

候，驿站主要还是服务于出入太湖方向、经胥江的信息物资传递与旅客通行，是为"远映胥江"。驿亭坐北朝南，地处横塘，位于苏州城西的水路要津之地，也是旧时

明·文徵明《横塘图》

出入苏州城的必经之处——沿胥江往西过横塘、经木渎出胥口可入太湖；沿胥江东去，可南下北上，通江达海，这也是太湖水的流向。驿站是漕运、政令通达北方中央政权以及南下浙赣闽粤等地的中枢，更是洞庭商帮出入太湖、通江达海的一个重要节点。

现在的驿亭呈长方形，南北深5.5米，东西宽4.2米，五架梁，歇山卷棚式瓦顶，两条屋脊南端各有一只小石狮，东西外墙顶部皆绘有牧牛图。驿亭四角皆为石柱，南北皆有栅栏门，东西皆为墙并有窗洞，两面墙里共砌有大大小小9块碑刻，分别记述同治后的几次集资修葺、保护的情况。1955年，文物部门在普查中发现了这座残存的、已倾斜破旧的驿亭；1961年10月—1962年2月，进行了大修；1963年被列为苏州市文物保护单位；1980年再度整修；1982年以"横塘驿站"之名被公布为江苏省文物保护单位；

修葺一新的横塘驿站　李政摄

1990年第三次整修；2016年6月—2020年9月第四次修缮，才有了今日样貌。驿亭据守胥江小岛的最西端，大运河与胥江在其两侧汇聚又分流。在晚清遭受天灾、兵燹及现代邮政兴起的多重冲击后，苏州的驿站逐步凋零，相继退出历史舞台，只剩横塘驿亭，茕茕独立于两水间，让我们还能追忆起古时驿站的繁忙与喧闹。

明代诗人虞堪在《横塘》一诗中写道："越来溪头暮雨，姑苏城外横塘。黄帽就船炊饭，绿鬓隔岸鸣榔。"诗中提及的越来溪穿过横塘。民国《吴县志》载："越来溪

与木渎水合流出横塘桥,其东北流入胥门,运河为胥江正道。"①横塘镇有越来溪、运河、胥江3条河道交汇,是重要的漕运、客运基地。

大运河、彩云桥与横塘驿站　汪俭摄

贺铸《青玉案》问世800多年后,清人赵允怀在《横塘》中写道:"掠波小艇出吴闾,领受黧风首夏凉。唱遍贺家青玉案,一天飞絮过横塘。"②赵允怀描写了初夏游古横塘时的所见,他想到了当时贺铸游历横塘时的情景,并借用了《青玉案》中的"飞絮"意象。南宋诗人范成大在《横塘》中写道:"南浦春来绿一川,石桥朱塔两依然。年年送客横塘路,细雨垂杨系画船。"这一"送别"的意象,把横塘与古代送别的驿站相联系。诗中虽未直接提到横塘驿

Tips

普 明 塔

普明塔位于苏州市姑苏区寒山寺内,是寒山寺的重要标志性建筑之一。寒山寺始建于南朝梁代天监年间(502—519年),已有1500多年历史。普明塔的历史可追溯至北宋时期,最初名为"妙利普明塔院",后因战乱多次被毁。现存的普明塔是20世纪90年代重建的仿唐风格佛塔。

站,但是关于"送客""客船"等意象,让人处处都想到横塘驿站。而在诗歌的上阕中写到的"石桥朱塔",则将我们的目光引到了另一处驿站上,即枫桥驿,范成大《横塘》中的"石桥朱塔",即是指枫桥和寒山寺的普明塔。

---

① 吴之秀等修,曹允源等纂:民国《吴县志》卷二十《舆地考》,民国二十二年铅字本。
② 朱栋霖:《苏州诗词三百首》,苏州:苏州大学出版社,2022年,第246页。

寒山寺普明塔　李孝祥摄

　　《枫桥夜泊》是家喻户晓的名篇。唐朝安史之乱后,诗人张继途经寒山寺时,写下了这首羁旅诗。诗人精确而细腻地讲述了一位客船夜泊者对江南深秋夜景的观察和感受,勾画了月落乌啼、霜天寒夜、江枫渔火、孤舟客子等景象,有景有情,有声有色。

　　在7世纪,隋炀帝实现了江南运河与大运河的贯通,而枫桥镇恰好坐落于这条关键水道的交汇点,从而崛起为水路及陆路交通的咽喉要地。昔日,此地设立有一处重要的驿站,即枫桥驿,它肩负着接待过往官员、传递官方命令、迅速通报军情、承运使节与各类物资的重任,并为传递信息的使者提供换乘马匹或船只的服务,以及处理相关的交接事宜。枫桥驿的诞生与枫桥镇息息相关,而枫桥镇的发展又与运河兴衰紧密相关。枫桥镇的繁荣得益于漕运的兴盛,它在京杭大运河沿岸以商贸重镇和粮食交易中心的身份闻名遐迩,至明清两代,更是发展成为全国范围内规模最大的米粮与豆类市场。

　　枫桥原名"封桥",是封锁大运河的渡口,其对岸是重兵把守的铁铃关,唐天宝十四载(755年),安史之乱爆发,这是唐朝由盛转衰的转折点,战乱导致北方及中原地带遭受重创,大量人民流离失所。为了避难,许多文士选择逃往相对安定的江南地区,张继便是其中之一。据《唐才子传》记载,张继于唐天宝十二载(753年)考取了进士,然而,安史之乱的爆发,迫使他为了避难沿着大运河南下,逃往江南地区。

在途经苏州时,正值夜半时分,恰逢寒山寺有客人来到,寺院的知客僧敲起迎客钟,这也正好被暂时停靠在枫桥驿站旁边的张继听到。张继在沿运河而下的过程中经过了江村桥、枫桥,还得知寒山寺旁的一座山名为"愁眠山",遂写下了"江枫渔火对愁眠"和"夜半钟声到客船"等名句。

苏州运河十景之枫桥夜泊

从诗中"夜半钟声到客船"一句可以推断,张继并未夜宿寒山寺或枫桥驿,而是在船上听到了钟声。但他之所以能对枫桥留下如此深刻的印象,其一是因为他来到了名人辈出的姑苏城外,其二则是因为当时因运河的开凿,枫桥的发展已经初具规模。行船至此,张继和船家都要休整片刻再出发,而灯火温馨的姑苏城内和灯火阑珊的渔家客船,让长途行驶于运河之上、漂泊不定的旅人有了一丝安全感和慰藉。枫桥"梦诗亭"的石柱上刻有"水驿邮程游子梦,霜钟渔火古人诗"一联,不仅将张继的《枫桥夜泊》作为枫桥的标志和符号,也把枫桥驿站的"水驿邮程"作用与枫桥这一地区相结合。"枫桥"到底是指枫桥镇还是枫桥驿? 也许我们对此不必深究答案,真正值得关心的,是这一片运河流经的土地上留下的佳话和供人体会的历史余味。

毗陵驿设于明正德十四年(1519年),位于江苏常州篦箕巷内,专供传递公文的差役和官员途经本地时停船休息或换马住宿。常州在汉代称为毗陵,因此这里的驿站被称为毗陵驿,在当时是仅次于金陵驿的江南大驿。到了清乾隆年间(1736—

1795年），毗陵驿也被称为皇华馆，因此大码头旁也就有了皇华亭。

康熙《常州府志》载："武进县毗陵驿，走递马草料银一千七百二十八两，走递马价银九百两。槽、铡、棚厂、鞍辔等银一百八两，马夫工食银八百六十四两。支应银七百两。走逆水夫工食银三千四百五十六两，快船水手工食银三百二十四两。快

常州皇华亭毗陵驿碑　刘召禄摄

船岁修银九十九两，以上岁共支银八千一百七十九两。"①此段记载中提及的马料、马价、马夫、走递水夫、快船水手、修船银，皆为水马驿的配置，也因此可以推断毗陵驿为水马驿。据史料记载，乾隆南巡途经常州时，三次从篦箕巷的这个大码头登岸进城。篦箕巷自古以来

就是御用珍品宫梳名篦的生产制作基地和主要集散地。皇华亭内的碑刻"毗陵驿"，为现代大书法家武中奇先生所写。《红楼梦》一书中贾宝玉与贾政的最后一面，便是被安排在毗陵驿处的文亨桥顶，可见毗陵驿在明清时期便具有很高的知名度。

大运河中的驿站作为古代交通与信息传递的重要节点，其历史地位和作用不可忽视。通过对驿站的特点、地域分布、名驿以及古典诗歌中的驿站等方面的研究，可以更全面地了解这一历史遗产的价值与意义。同时，驿站也是研究古代政治、经济、文化等方面的重要实物资料，是了解古代社会通运制度的重要路径。

三、满耳雷声动地来：节制水流以利舟行的运河船闸

"满耳雷声动地来，窥窗银浪打船开。练湖才放一寸水，跳作冰河万雪堆。"（南宋杨万里《练湖放闸二首·其一》）南宋淳熙十六年（1189年）十一月，时年63岁的杨万里，受皇帝旨意，负责陪同金国派遣至南宋的贺正旦使节，一行人自临安（今浙江杭州）启程，沿运河一路北上，目的地是淮阴地区，以迎接金国的使臣。在北上途

---

① 康熙《常州府志》卷之八，清康熙三十四年刻本。

中，杨万里一行人经过了桐乡、无锡、常州等多地。冬至过后，他们抵达丹阳县，途经吕城船闸、陵口石刻、丹阳县城、练湖水闸、七里古庙以及石人夹岗等名胜古迹，最后在新丰小镇离开丹阳县境，继续他们的北上之旅。

行至丹阳县的杨万里，有幸见证了练湖开闸放水的壮观场面，闸口水势之浩大，仿佛能撼动天地。练湖是古太湖流域中的一片广阔水域，杨万里在《练湖放闸二首·其二》中写道"相传一万四千顷，老眼初惊见练湖"，表现了自己初见练湖对其广阔的惊叹。练湖在唐宋时期经历了多次兴废变迁。在宋代，经过疏浚整治，练湖成为灌溉农田和漕运通航的重要水源，《宋史·河渠志》中记载的"湖水寸，渠水尺"[1]以及"湖水一寸，益漕河一尺"[2]，都生动地描绘了练湖对周边水系的巨大影响：练湖的水位每上涨一寸，周边的水渠就会相应地上涨一尺；而练湖每下放一寸水，漕河中的水则会涨高一尺。这些记载都充分证明了练湖在当地灌溉和漕运中的重要地位。面对如此震撼人心的景象，杨万里即兴创作了两首《练湖放闸》，以记录这一难忘的时刻。前文的《练湖放闸二首·其一》便描绘了练湖闸放水时声势浩大的壮观景象，成为流传后世的佳作。

"闸"字，据明人张自烈《正字通》解释："按今漕艘往来，甃石左右如门，设版潴水，时启闭以通舟，水门容一舟，衔尾贯行，门曰闸门，河曰闸河。设闸官司之。说文：开闭门也。"[3]《说文解字》最初将其释为可以开闭的门，之后"闸"字用于水利漕运中，代指可以蓄水放水、通舟的闸门。

由此可见，闸门的主要作用便是调节河流水位和确保船只安全通行。

大运河自北向南流经多个省（市），其沿线的船闸也相应地分布在这些地区。

---

① 脱脱：《宋史》卷九十七《河渠七》，北京：中华书局，1977年，第2405页。

② 脱脱：《宋史》卷九十六《河渠六》，北京：中华书局，1977年，第2390页。

③ 张自烈、廖文英：《正字通》卷十一《戌集上》，北京：中国工人出版社，1996年影印康熙九年（1670年）序弘文书院刊本，第1224页。

根据历史文献和现代研究资料,大运河沿线的船闸数量众多,分布广泛。从北到南,如北京通州,天津武清,河北沧州,山东德州、济宁,江苏徐州、淮安、扬州、常州、无锡、苏州,浙江杭州等地,都分布着不同历史时期建造的船闸。这些船闸共同为大运河的通航能力提供了重要保障。

在运河行舟,很多时候会面临水位落差大的情况,如京杭大运河苏北段水位落差达31米以上。为确保航道畅通,必须人工渠化。人工渠化的建筑物最早为埭堰,后发展为斗门船闸。运河线上的斗门船闸最早出现于南朝刘宋景平年间(423—424年)。二斗门船闸出现于唐代开元年间(713—741年),比12世纪荷兰出现的船闸约早400年,比有明确记载的1481年出现在意大利伯豆河上的船闸则早700余年。

宋代,斗门船闸得到迅速发展和完善,但船闸多为土木结构,年久易腐朽,因而"潮涨于外,颓决罔测,水潴于内,走泄弗留,补罅苴漏"[1]。南宋嘉泰元年(1201年),仪征改建斗门船闸为石结构。其闸门有两种形式:一种是整体闸门配以辘轳和启闭架,用人力或畜力升降闸门;另一种为叠梁式闸门,用人力逐块升降方木。明永乐年间(1403—1424年),于清江浦建新庄、福兴、清江、移风、板闸5个船闸,统一管理,递互启闭,解决了航道比降过大的问题。这种多级船闸亦出现于江口和徐州至沛县间。

民国时期,导淮工程中引用了西方先进技术,并利用庚子赔款的减免部分,兴建邵伯、淮阴、刘老涧船闸,时称"新式船闸"。新式船闸变人力绞电为机械(手摇)启闭,节时省力,通过能力远非旧有船闸所能比拟。新中国成立后,为适应国民经济发展需要,曾两次大规模整治京杭大运河苏北段,并先后兴建了19座内河大型船闸(含复线船闸),其闸室容量之大、船闸设施之先进,又远远超过民国时期所建的新式船闸(后称之为老船闸)。[2]

苏南运河一线,时而废埭堰为闸,时而又废闸为埭堰,或于埭堰旁建闸,堰闸并用,在较长时期内,埭堰与船闸并存。1952年,在苏南运河流经锡澄运河的通江运口江阴兴建船闸,后又在申张线航道通江口门兴建张家港船闸,在苏南运河镇江通

---

① 王检心修,刘文淇纂:道光《重修仪征县志》卷十《河渠志》,清光绪十六年刻本。

② 京杭运河江苏省交通厅苏北航务管理处史志编纂委员会:《京杭运河志(苏北段)》,上海:上海社会科学院出版社,1998年,第157-158页。

江运口兴建谏壁船闸。水利部门亦在九曲河、德胜河、藻港、夏港、白屈港、望虞河等通江口门先后兴建船闸。未建船闸的通江口门的节制闸设有通航孔，亦可通航。

邵伯埭与邵伯船闸。邵伯埭位于江苏省扬州市江都区邵伯镇，其渊源可追溯至东晋时期，是由谢安在镇守广陵（今江苏扬州）之际所倡建。谢安在扬州东北方向约20里处的步邱（今邵伯镇）筑城布防，并留意到该地地势西高东低，会引发西部干旱而东部水涝频繁的问题。为此，他亲率民众修筑堤坝，从而调节水流，缓解旱涝问题。然而，堤坝的建成给船只通行带来了困扰，于是谢安又创造性地设置了绞关装置，利用绞关的力量辅助船只越过堤坝。当地民众深感谢安的恩德，将其比作春秋时期以德行著称的召伯（召与邵同音），因此，这座堤坝被命名为"邵伯埭"，以纪念谢安的功绩。然而，拖曳船通过土坝既耗时又费力，于是后人萌生了将土坝改为船闸的想法，利用船闸来调节水位、方便通航，这无疑是船闸发展史上的重大突破。在唐代后期，邵伯埭首次出现了斗门单闸；到了北宋天圣七年（1029年），钟离瑾在邵伯埭旁建起邵伯斗门闸，为三门两室的船闸结构，即具备两个梯级的双闸室船闸，使得上下游的水流更加平稳，通行也更为便利。

邵伯埭旁有很多著名的景点，如斗野亭，吸引了许多文人前来游览唱和。北宋名臣孙觉在登临风光旖旎的邵伯埭旁的斗野亭时，即兴挥毫创作了《题邵伯斗野亭》一诗。邵伯闸重要的作用之一即是蓄水灌溉，诗中写到的"一渠闲防潴，物色故不清"即是指因邵伯闸口流出的水流缓慢，导致水渠的水质浑浊。此诗一出，立刻吸引了文坛上的众多名流，包括苏轼、苏辙、秦观、黄庭坚、张耒、张舜民等在内的七位大家，纷纷追寻着孙觉的足迹来到斗野亭，并相继吟咏唱和，共同留下了《题斗野亭》的系列诗篇，传为文坛佳话。苏轼在《次韵孙莘老斗野亭寄子由在邵伯堰》中写道："落帆谢公渚，日脚东西平。孤亭得小憩，暮景含余清。""孙莘老"即是指孙觉，"谢公渚"是指谢安修筑的邵伯埭。苏轼行船至此，已经夕阳西下，在斗野亭稍事休息，欣赏美景，后作诗以附和孙觉；苏轼之弟苏辙在《和子瞻次孙觉谏议韵题郡伯闸上斗野亭见寄》中写道："扁舟未遽解，坐待两闸平。"这是指当时邵伯闸还未开启，因此船夫还未急着解开拴在水边的缆绳。秦观在《次韵子由题斗野亭》中写道："满市花风起，平堤漕水流。不堪春解手，更为晚停舟。古埭天连雁，荒祠木蔽牛。杖藜聊复尔,转盼夕烟浮。"其中的"漕水流"是指邵伯镇在当时已经是非常重要的运河节点。邵伯埭一端连接今邵伯湖西北方向的高地,另一端连接今邵伯镇东南方向的高地,古邗沟从中间横穿,故而此处的漕运发达,船只众多。

从上述三位诗人的诗歌唱和中可以看出,当时的邵伯镇因其深厚的历史底蕴和便利的交通条件,引得众多名人慕名游赏,这就形成了一种名人效应,使得更多游览者前往。不可忽视的是,流经邵伯镇的运河为诗人的宦游唱和提供了重要的交通条件。邵伯埭地区的繁华,与帝王们的巡视也密切相关。据史书记载,隋大业元年(605年)、大业六年(610年)、大业十二年(616年),隋炀帝三下扬州,皆经过邵伯埭。清乾隆十六年(1751年),乾隆帝第一次下江南,经过邵伯镇,写下《邵伯镇》一诗。乾隆二十二年(1757年),乾隆帝第二次下江南,写下《邵伯湖》一诗:"东南西北四湖通,谢傅遗休拟召公。我适乘舟经泽国,修防宜蓄虑何穷。"诗中强调了邵伯湖连同众多湖泊的特点和邵伯湖重要的交通地位,并歌颂了谢安修建邵伯埭对于当地堤防、蓄水等方面的作用。在后来乾隆二十七年(1762年)、三十年(1765年)、四十五年(1780年)、四十九年(1784年)乾隆四次南下江南的行程中,皆经过邵伯,可见此地位置的重要性。

邵伯船闸在民国时期以及新中国成立后均有过重修和重建。邵伯拥有包括邵伯老船闸、邵伯一线船闸及复线船闸3座船闸。邵伯老船闸,在民国时期被称为"新式船闸",是中国最早的现代化船闸之一,由国民政府的导淮委员会工程处设计,主任工程师为林平一,总工程师由须恺代理,建闸资金则来自庚子赔款减免的部分款项。为建设邵伯老船闸,特建立邵伯船闸工程局。1934年动工,1936年竣工,同年8月船闸放水验收,12月船闸正式通航。1946年船闸部分设施遭战火摧毁,1947年大修。1956年,过闸芦苇船起火,烧毁人行便桥一截,因此前船闸也有部分损坏,再次大修。1963年,邵伯一线船闸建成,为服务江水北调工程,邵伯老船闸开启第三次大修,即调尾工

邵伯船闸　阮忠摄

程。1967年,因两闸之间的高水河与老船闸闸室水位相差过大,闸室西岸护坡出现严重裂缝沉陷,人行便桥位移,故进行第四次大修。1979年,因始终未解决高水河水位压力问题,又考虑江水北调大局,决定拆除邵伯老船闸。2014年成为世界文化遗产中国大运河遗产点。

瓜洲船闸。淮扬运河伊娄河段系列节水通航设施,位于瓜洲运口至扬子津的伊娄河道之上。唐开元二十七年(739年),润州刺史齐浣开伊

邵伯船闸高水河大桥　刘召禄摄

娄河,建伊娄埭节水,立二斗门船闸通航。唐代《水部式》也有"扬子津斗门二所"的记载。一个河段上连续建2座通航斗门,且统一管理,随次开闭,这是我国有据可考的最早的二斗门船闸。北宋元祐四年(1089年),瓜洲曾建斗门船闸。南宋淳熙十四年(1187年),瓜洲尚有上下二闸,扬州守臣熊飞曾下令修理。明嘉靖六年(1527年),漕运都御史高友玑移建密潮闸于瓜洲西江嘴,改名瓜口闸,因筑造不得法废而不用。明隆庆六年(1572年),建瓜洲通江闸2座,上闸名通惠闸,下闸名广惠闸。明万历元年(1573年),议准二闸每年仅开3个月,运船过完即闭。万历二年(1574

瓜洲船闸·刘召禄摄

年),修通惠闸时广惠闸又损坏,于是改上闸通惠为下闸,于詹家洲建中闸,万历三年(1575年)又修建扬子桥闸。清代多有兴废。1975年建瓜洲船闸。

江南运河第一闸"京口闸"。"京口瓜洲一水间,钟山只隔数重山。"诗句出自北宋文学家王安石的《泊船瓜洲》。京口,古城名,故址在江苏镇江。瓜洲,镇名,在长江北岸,扬州南郊,即今扬州市南部长江边,京杭大运河分支入江处。如今,在镇江还留存着京口闸遗址。镇江地处长江与运河交汇处,是江南运河的起点。古有"五口通江",大京口曾是江南运河的主要入江口,也是历代漕运交通咽喉。京口闸是古代江南运河第一闸,亦是

重要的水工设施。宋代修筑的京口澳闸,由京口闸等5座水闸组成,与积水澳和归水澳配合形成集通航、蓄水、引水、引潮、避风等于一体的系统工程,是宋代运河水运工程的璀璨明珠,中国运河史上的一大杰作。至顺《镇江志》记载:"开元二十五年,齐浣迁润州刺史。州北距瓜步尾,纤汇六十里,舟多败溺。浣徙漕路,由京口埭治伊娄渠以达扬子,岁无覆舟,减运钱数十万。"[1]两宋时期,因江南运河依赖京口闸引水,故多次进行修筑。北宋淳化元年(990年)二月,废弃。绍圣年间(1094—1098年),京口改为堰闸。元符二年(1099年),两浙转运使曾孝蕴改堰为闸,建成集航运、拦潮、供水和仓储于一体的多级澳闸。此时的京口闸是由5座闸门和4个闸室组成的多级船闸,最外侧的潮闸距江约500米,直接接纳江潮。往南为腰闸,与潮闸组成一座二斗门船闸,为引潮段,是船只的停泊地。再折向东为下闸、中闸和上闸,组成一座三门两室船闸。同时,在运河一侧建积水澳与归水澳各1座,并建有闸门控制,与下、中、上三闸一起,组成一座二级澳闸。

京口闸遗址,位于镇江市润州区中华路古通江运河遗址上,2012年经考古出土,包括已发现的半边和现埋藏于中华路下的部分。已发现的一半遗址由明清京口闸东闸体、明清时期石岸、明清道路、清代碑亭基及龟趺座、清代码头等遗迹组成。遗址脉络清晰,内涵丰富,保存较为完整,是大运河遗产的重要组成部分,具有重大价值。

京口闸遗址　陈璇摄

---

[1] 脱因修,俞希鲁纂:至顺《镇江志》卷二,清嘉庆宛委别藏本。

谏壁船闸。谏壁船闸位于镇江市谏壁镇西南、京杭大运河江南运河段,地处长江和京杭大运河这两道黄金水道交汇口,是沟通长江与南北运河的咽喉,也是江南运河唯一直达通江的船闸。如果说京口闸是江南运河古代第一闸,那么谏壁船闸则当之无愧为现代船闸建设"江南第一闸"。它与谏壁节制闸、谏壁抽水机站组成航运水利枢纽。谏壁船闸由一线船闸和二线船闸2个闸口组成。谏壁一

镇江的运河行船

线船闸于1976年2月开工建设,1980年11月正式通航运行。闸室长230米、宽20米,门槛水深4米,下游引航道长800米,并设有锚泊区,上游引航道长1500米,与长江交汇,年设计通过能力2100万吨。随着水运的发展,急剧增加的船舶通过量使谏壁一线船闸处于超饱和状态。1999年6月,谏壁二线船闸开工建设,并于2001年12月29日建成试通航。闸室长230米、宽23米,门槛水深4米,最大设计船型为1000吨级,年设计通过能力2333万吨。它的建成使得船闸年设计通过能力由原来的2100万吨提高到4433万吨,基本满足了苏南运河整治通航后船舶大量过闸的需求。

谏壁船闸常年担负着苏、鲁、皖、沪、浙、鄂、川等13个省份船舶过往、航行的任务,其货运量及船舶的密集度使其在我国水运主通道中占有极为重要的地位。谏壁船闸也是沟通南、北两段京杭大运河最便捷和最安全的水运主通道。

谏壁船闸 田冰摄

在常州,也有一座历来为诗人们所歌颂的运河船闸,即位于奔牛镇西面的奔牛闸。宋代诗人杨万里在《过奔牛闸》中写道:"春雨未多河未涨,闸官惜水如金样。聚船久住下河湾,等待船齐不教放。忽然三板两板开,惊雷一声飞雪堆。众船遇水水不

去，船底怒涛跳出来。下河半篙水欲满，上河两平势差缓。一行二十四楼船，相随过闸如鱼贯。"该诗描绘了奔牛闸开闸放水时的场景，响声如惊雷一般，积蓄已久的河水奔腾而下，上游的河水水势变得平缓，下游则波涛汹涌，24条等待已久的大船鱼贯通过闸门，秩序井然，沿着运河奔赴远方。奔牛闸前身为奔牛堰，宋人陈造在《奔牛堰》中写道"挽舟下奔牛，挽丁已疲极"，说明陈造在运河中航行的时间之久，同时也说明奔牛堰的水势迅猛，需船工耗费很多心力才能安全行船。

自隋代运河开通，因为奔牛镇位于水路交通要冲而设置奔牛闸，目的是控制运河水位，便于运河功能的正常运行。后奔牛闸几经兴废，经历多次重建。北宋元祐四年（1089年），常州府请建奔牛澳闸为上闸，名为天井闸，明天顺三年（1459年）奏请筑下闸，名为天禧闸，二闸为宋代以后奔牛闸的组成部分，对沿途的灌溉、航运产生了重要影响。明代诗人史鉴在《渡奔牛闸》中写道："下河水低上河漫，春雷吼闸奔流悍。鼓声鼕鼕催发船，百丈牵连若鱼贯。船头水涌沉且浮，顺风张帆那可留。行人来往日南北，惟有水声千古流。"其中船只的鱼贯而入说明明代奔牛镇漕运的发达，而漕运带动经济的发展，促进了两岸文化的繁荣。"行人来往日南北，惟有水声千古流"，描述了运河流淌千年的时间里，无数人顺运河水而逝去，只有运河仍在不停奔流，既抒发了对人生短暂的感慨，也肯定了运河长久且宏大的运力。

明洪武初年，奔牛闸已废，为坝取代。洪武三年（1370年），常州知府孙用重建。清代对奔牛闸亦多次维修重建。至咸丰以后，奔牛闸被废弃。

大运河上的船闸作为古代水利工程的杰出代表，不仅体现了古代人民的智慧和创造力，也见证了大运河的繁荣与变迁。通过对运河船闸的特点、地域分布、知名船闸以及古典诗歌中的船闸等方面的研究，可以更深入地了解这一历史遗产的价值与意义。

四、此中自与银河接：星桥飞架挽舟之路

舟楫交通，水脉相连，国运所托。在历史的长河里，江河湖海随吴风雅颂载千秋史册，舟楫交通连九州大地济万世太平。

许慎《说文解字》说："桥，水梁也。从木，乔声。骈木为之者。独木者曰杠。"[1]段玉裁《说文解字注》说："梁，水桥也。梁之字用木跨水、则今之桥也。"[2]也就是说，"梁"是架在水上、用于跨水的工具，而"桥"则是两根"梁"组成的架在水上、用于跨水的工具，因此形成"桥梁"一词。

桥梁使人们可以跨水而不用泅水，担负起沟通河道两岸经济与文化的重要作用。它们以物质的形式存在，但其寓意已经超脱出物质本身，进而转变为一种精神性、符号化的象征。我们经常会使用"桥"来形容某种交流关系，像"文化之桥""汉语桥"等。古代的诗人们早已认识到桥梁的重要作用，故而留下了很多关于桥梁的诗文，与运河桥梁相关的诗文也尤为丰富。

> 三百栏干锁画桥，行人波上踏灵鳌。
>
> 插天螮蝀玉腰阔，跨海鲸鲵金背高。
>
> 路险截开元气白，影寒压破大江豪。
>
> 此中自与银河接，不必仙槎八月涛。

这是宋代诗人郑獬的《题垂虹桥寄同年叔楸秘校》，是描写苏州垂虹桥壮丽景色的名篇。垂虹桥原名为利往桥，当地人称其为"长桥"，坐落于苏州市吴江区松陵街道的东门外。宋代诗人戴复古亦写道："垂虹五百步，太湖三万顷。除却岳阳楼，天下无此景。"垂虹桥始创于北宋，原为木桥。后毁于兵乱，同年重建为85孔桥。元大德八年（1304年）增建至99孔，不久桥又垮塌。后改建为联拱石桥，全用白石垒砌，长500多米，设72孔。据史料记载，当时垂虹桥三起三伏、环如半月、长若垂虹，故而得名。且桥孔更高，便于行舟，利于泄洪。桥两堍各有一亭，并有四大石狮，栩栩如生，雄踞桥堍，甚为壮观。桥身中央建有桥亭1座，名垂虹亭。亭子为平面正方形，

垂虹桥　倪浩文摄

---

① 许慎、徐铉校定：《说文解字》卷六上，清嘉庆间兰陵孙氏刻平津馆丛书本。

② 段玉裁撰：《说文解字注》卷六上，清道光九年广东学海堂刻咸丰十一年补刻皇清经解本。

九脊飞檐,前后有拱门二道,可通行人,别具一格。后来,由于年久失修,1967年5月时,垂虹桥大部分塌毁,所幸现在尚存东西两端20余孔,其中东端10孔,西端7孔、另有数孔埋在地下。2019年10月,垂虹断桥被列为全国重点文物保护单位。

大运河纵贯南北,是连接中国南北的重要水道,而吴淞江是大运河在苏州地区的重要支流。垂虹桥横跨于吴淞江之上,不仅方便了当地百姓的往来,也促进了苏州与大运河沿线其他地区的经济文化交流。因此,垂虹桥与苏州的大运河密不可分,是大运河文化带上的重要遗产点之一。

Tips

吴 淞 江

吴淞江,古名"松江",又因流域在古代吴国境内,故称"吴淞江"。它是太湖流域的重要水道,也是上海境内仅次于黄浦江的第二大河。吴淞江西起江苏省苏州市吴江区的东太湖瓜泾口,东至上海市花桥四江口,最终汇入黄浦江。在苏州境内,吴淞江东西横贯阳澄淀泖区,流经吴江区、吴中区、工业园区和昆山市,全长约61.7千米。吴淞江是苏州历史上最古老的河流,留下了自然和人文环境变迁的众多记录。

吴淞江

自垂虹桥落成后,此地便形成了一个大渡口,供往来船只停靠歇脚,因此成为苏杭驿道上不可或缺的交通要道,吸引了众多商贾会聚,文人雅士也纷纷慕名而来,使得吴江逐渐发展成为车船往来的繁华都市。众多文人墨客对垂虹桥怀有深厚情感,在此留下了众多广为流传的诗文。如宋人张先在《吴江》(亦称《游松江》)中写"桥南水涨虹垂影,清夜澄光照太湖",描绘了吴淞江作为太湖的主要支流,一路流向太湖的场景。元人萨都剌在《中秋前二夜步至吴江垂虹桥盥漱湖渚而归倚篷望月清兴翛然因成数语》中写道:"万顷太湖风浪静,玻璨倒浸虹蜕影。瀼瀼露滴金波流,一筇独立秋云冷。步回长啸倚篷窗,月华正在青霄顶。""插天蠕蛃势嵯峨,截断吴江一幅罗。江北江南连地脉,人来人往渡天河。龙腰撑出渔舟去,鳌背高驰驷马过。桥上青山桥下水,世人曾见几风波。"萨都剌认为垂虹桥连接了江北江南两地,虽有夸张之嫌,但是从整条运河路线来看,垂虹桥所在的吴淞江运河段确实是起到了这一重要作用。假使没有这"江南第一长桥"横跨吴淞江,那么沿途的车马行人便需绕路南下或北上,航行于吴淞江中的船只也不能借助垂虹桥形成的渡口避开风浪。"龙腰撑出渔舟去,鳌背高驰驷马过",形容垂虹桥桥下有渔舟通行,桥上则有马车奔驰,可见当时垂虹桥繁荣熙攘的场景。

苏州的另一座与运河相关的著名古桥当属宝带桥。宝带桥是大运河沿线现存最长、桥孔最多、结构最轻巧的联拱古石桥,以桥代堤,沟通陆路。53孔设计既有利于太湖水泄洪,又保证了运河航道稳定。如同玉带般的长桥横卧在大运河西侧,构成了桥浮于水的独特运河景观。

宝带桥始建于唐元和十一年(816年),竣工于元和十四年(819年)。隋炀帝开凿大运河,开启了苏浙一带的漕运之路,然而京杭大运河流经苏州城南七八里处,有三四百米的缺口,使得拉船的纤夫无法通行,寒冬腊月甚至要涉水拉纤。澹台湖是太湖水流向运河与吴淞江出海口的主要通道,自然也不能"填土作堤以为挽舟之路"。有文献记载,唐元和年间(806—820年),苏州刺史王仲舒为保证漕运顺畅,决定造桥代道,在澹台湖上修筑长桥作为纤道。为了筹措建桥资金,王仲舒带头捐献了一条据说是御赐的玉质宝带。当地豪绅深受感动,纷纷慷慨解囊,很快解决了建桥资

宝带桥　王建男摄

金。为纪念这位刺史的义举,苏州百姓遂将此桥命名为"宝带桥"。宝带桥的营造体现了古代造桥匠师对结构力学的认知深度,是桥梁史上的杰出范例。

历代文人歌咏宝带桥的名篇佳作不胜枚举。明人王世贞在《送沈司训之仁和·其一》中写道:"七百里多平水面,江南大抵是仙官。宝带桥头别亲旧,莺花一路到临安。"诗中记录了王世贞在宝带桥送友人沈司训到临安一事。沈司训南下路线长约110千米,先从宝带桥出发,经吴江所属松陵、八坼、平望、盛泽等镇,于王江泾出省境至嘉兴,这是京杭大运河的苏嘉段,长约50千米。以嘉兴西丽桥为起点,直向西南,穿过桐乡濮院镇、石门镇、崇福镇等地,到达杭州境内,长约60千米,这是京杭大运河的嘉杭段。

明人史鉴在《和张东海韵》中写道:"墨花成阵醉题诗,宝带桥头客散时。记得松陵南下路,驿楼听雨鬓丝丝。"诗人记述了与好友张东海醉后题诗、宝带桥头客散、回忆松陵南下路等场景。从宝带桥乘船沿运河南下,会经过吴江地区的松陵驿。宋人马彝在《次吴江驿》中写道"兰舟东下泊吴江,暂寄邮亭看渺茫",元人郑元祐在《赠朱君复秀士》中写道"松陵驿里雨骚骚,剪拂谁甄汗马劳",可见宋元时期,松陵驿作为江南运河进入吴江的第一站,客流量较大,而宝带桥则是北部离松陵驿最近的一站,两地相距仅15千米左右。大运河与宝带桥相辅相成,大运河孕育了宝带桥,使得宝带桥一带成为大运河沿岸经济最为发达的地区之一,宝带桥作为大运河沿线的重要文化遗产,见证了大运河的历史变迁和文化传承。因此,也难怪清代乾隆皇帝会写下"匪伊垂之玉有条,两湖春水绿如浇。印公豪敚苏公物,飞作吴中第一桥"这样的壮丽诗篇了。

江苏省运河沿线的古桥还有很多,如无锡的清名桥、伯渎桥,常州的文亨桥、西仓桥,镇江的西门桥、尹公桥,扬州的五亭桥,淮安的运河大桥等。这些桥梁作为大运河的重要组成部分,不仅具有实用性的交通功能,更承载着丰富的历史文化和诗意韵味。

无锡清名桥。清名桥位于无锡市南门外的古运河与伯渎港交汇处,飞架运河两岸。这座单孔石拱桥全长43.2米,宽5.5米,高8.5米,桥孔跨度13.1米,由坚固的花岗岩砌成,是无锡古运河上规模最大、保留最完好、历史最悠久的单孔石拱桥。清名桥初建于明代万历年间(1573—1620年),由寄畅园主秦耀的两个儿子捐资建造。因兄弟俩分别名为太清和太宁,故而各取名字中的一字,命名为清宁桥。桥建成后,不仅方便了两岸居民的交通出行,也成为当地的一大景观。清康熙八年(1669年),无锡县令吴兴祚重建此桥,并进行了加固,使其更加坚固耐用。道光年间(1821—1850年),因避讳道光皇帝旻宁,改名为清名桥,又称"清明桥"。咸丰十年(1860年),清名桥被毁。同治八年(1869年),清名桥再次重建,并保存至今,成为无锡的历史文化名桥。

1986年3月,日本著名作曲家中山大三郎游览清名桥后,被其古朴秀美的风貌深深吸引,回国后创作了歌曲《清名桥》和《无锡旅情》,使无锡和清名桥在日本乃至世界的影响力大为提升。

清名桥不仅是一座飞架在运河上的桥梁,更是无锡历史文化的象征,承载着无锡人民的集体记忆。如今,桥两岸古色古香的建筑和悠悠流淌的运河水,仍然保留着昔日的风貌,吸引着众多游客前来观赏。清名桥见证了无锡的历史变迁和繁荣发展,成为无锡的一张亮丽名片,展现了无锡深厚的文化底蕴和悠久的历史传承。

无锡清名桥　刘召禄摄

　　常州文亨桥。位于常州市大运河与西市河交汇处,跨西市河南口,在篦箕巷东首。它原是常州老西门(即朝京门)外京杭大运河上的第二座大型三孔薄墩石拱桥,造型与西仓桥(广济桥)相同。桥为东西向,与运河平行。文亨桥始建于明嘉靖二十七年(1548年),距今已有470余年。文亨桥在历史上一直是水陆交通要道上的重要桥梁,也被认为是常州桥梁之冠冕。因比西仓桥晚建30余年,百姓都称它为"新桥",久而久之,它的真名反而被大家忘记。据光绪《武阳志余》载:"邑人吴龙见记曰:毗陵郡西,朝京门外有桥曰'文亨',跨东西运河,在古驿东南隅。"[①]新桥与西仓桥两桥相距不甚远,堪称姐妹桥。

　　文亨桥为对置排列式石拱桥,全部用青石构筑。桥高9.92米,全长49.2米,是常州石拱古桥中最高和最长的一座。文亨桥横跨常州古运河,连接石龙咀与土龙咀,成为城隅附近的交通要道,船只往来频繁。光绪《武阳志余》中记载:"文亨为南北锁钥,粮艘上下,轮蹄交错。"[②]这一记载表明,文亨桥的地理位置极其重要,是南北通行的关键节点。清乾隆时期,常州府是苏州府、松江府到南京的必经之地,因此许多官员都会途经该桥。文亨桥象征着文运亨通,学子们在此祈愿顺利考取功名。

---

① 　光绪《武阳志余》卷二之二,清光绪十四年活字本。
② 　光绪《武阳志余》卷二之二,清光绪十四年活字本。

古桥造型挺拔雄杰，三个圆弧状拱形桥洞倒映入水面，形成三个大圆环。每当秋夜时分，明月倒映，三个洞环中均能看到迷人景色，这就是闻名遐迩的"文亨穿月"。

20世纪80年代，文亨桥依旧繁荣，是水陆交通和贸易的中心。各地乡民通过水路将本地物产运到文亨桥畔的运河船市进行交易，呈现出一派繁华景象。桥头两岸商铺林立，集市热闹非凡，买卖之声不绝于耳。桥上行人络绎不绝，桥下船只穿梭，形成了一幅生机勃勃的水乡画卷。文亨桥至今仍保留着古朴的风貌，青石桥身历经风雨，依然坚固如初。站在桥上，可以感受到那段繁华的历史，体会到桥梁作为常州城市发展中

常州文亨桥　刘召禄摄

重要角色的独特魅力。文亨桥不仅是交通要道，更是人们交流、交易、生活的重要场所，承载了常州数百年的历史和文化记忆。

镇江虎踞桥与拖板桥。虎踞桥因位于明清时期镇江城虎踞门外而得名。明弘治十年（1497年），虎踞桥与千秋桥同时毁坏，知府王存中进行了重建。明万历四年（1576年），虎踞桥被改建为木桥，但由于木桥影响行船交通，明万历二十二年（1594年）再次改建为单孔石桥，这便是现今的虎踞桥。清咸丰年间（1851—1861年），太平军为了守城，凿断桥面以阻止清军通行。清同治九年（1870年），桥面被修复。全民族抗战初期，虎踞桥遭受日寇轰炸，桥面被彻底摧毁，但桥身依然保存完好。战后，国民党政府对虎踞桥进行了修复。1961年，为适应现代交通的需求，对该桥进行了大规模改造。此次改造不仅将桥面的坡度放缓，还拆除了原有的桥面栏杆和块石，改用混凝土桥面，使之能够承载机动车辆的通行。

虎踞桥作为镇江古城的重要交通枢纽，见证了多次战争和历史变迁。它不仅蕴含着古代的建筑智慧，也体现了近现代工程技术的发展。从最初的木桥到如今的混凝土桥面，虎踞桥的每一次修复和改建，都适应了时代的发展需求。虽然经历

了多次毁坏和重建,虎踞桥依然屹立在镇江城外,成为连接古今的重要纽带。

如今的虎踞桥,不仅是镇江城的交通要道,也是历史文化的见证者。每一块石头,每一段桥梁,都记录着这座城市的辉煌与沧桑。虎踞桥向人们展示了古代与现代工程的完美结合,也象征着镇江人民坚韧不拔的精神和对美好未来的向往。

镇江虎踞桥

拖板桥位于宋元粮仓(朝廷储运粮米的大型仓库)中轴线的大门外,横跨在穿城运河上,是连接粮仓与外界陆路的唯一通道。最初桥为木结构,桥面可灵活收放,平时收起,公事需要时才放下通行,因此得名"拖板桥"。该桥的独特设计不仅保障了粮仓的安全,也便利了物资运输。到了元代,随着粮仓规模的缩小,拖板桥也从粮仓专用桥梁转变为公用桥梁。元至顺二年(1331年),拖板桥被重建为石桥,更加坚固耐用。明正统年间(1436—1449年),拖板桥再次重建,并更名为镇西桥。随着时间的推移,这座桥在民国时期逐渐废弃,湮没于地下,消失在历史的长河中。

2010年,考古学家在宋元粮仓遗址的考古发掘中发现了元代拖板桥的遗迹。拖板桥为单拱石桥,南北长35米,东西宽度在8~9米之间,桥拱跨度达8.7米。虽然桥拱部分已遭破坏,但桥体仍保留了南、北两处桥墩及部分桥拱石。这一发现不仅为研究古代运河和仓储系统提供了重要的实物资料,也让人们得以窥见当时繁忙的漕运景象和精湛的桥梁建筑技术。

拖板桥的存在见证了古代粮食储存和运输系统的发达,以及宋元时期扬州作为重要粮仓和运河枢纽的辉煌历史。随着考古工作的深入,更多关于拖板桥及其所在的运河系统的历史细节将被揭示,为我们了解这一时期的社会经济发展提供更加丰富的材料。

扬州五亭桥。五亭桥,别名莲花桥,位于瘦西湖水道之上,是扬州市的地标建筑之一,也是中国古代十大名桥之一,有"中国最美的桥"之称。

五亭桥是清代扬州两淮盐运使为了迎接乾隆南巡,特雇请能工巧匠设计建造的。该桥始建于清乾隆二十二年(1757年),仿北京北海的五龙亭和十七孔桥而建。其造型秀丽,黄瓦朱柱,配以白色栏杆,亭内彩绘藻井,富丽堂皇。桥下列四翼,正侧有15个券洞,彼此相通。每当皓月当空,各洞衔月,银光闪烁,众月争辉,倒挂湖中,妙趣横生。清人黄惺庵赞道:"扬州好,高跨五亭桥,面面清波涵月镜,头头空洞过云桡,夜听玉人箫。"最知名的当属唐代杜牧的《寄扬州韩绰判官》:"青山隐隐水迢迢,秋尽江南草未凋。二十四桥明月夜,玉人何处教吹箫。"

扬州瘦西湖公园
阮忠摄

五亭桥所在的瘦西湖景区没有北京北海的开阔水面,无法照搬五龙亭的建筑形式。但聪明的工匠别出蹊径,将亭、桥结合,分之为五亭,群聚于一桥,亭与亭之间以短廊相接,形成完整的屋面。桥亭秀,桥基雄,为了使两者配置和谐,工匠们费尽心机,将桥基建得纤巧,与桥亭比例适当。造桥者把桥身建成拱券形,由3种不同的券洞联系,桥孔共有15个,中心桥孔最大,跨度为7.13米,呈大的半圆形,直贯东西,旁边十二桥孔布置在桥础三面,可通南北,亦呈小的半圆形,桥阶洞则为扇形,可通东西。正面望去,连同倒影,形成5孔,大小不一,形状各异,这样就在厚重的桥基上,安排了空灵的拱券。五亭桥也因此被誉为扬州风景线的标志。

五亭桥
阮忠摄

在江苏这片钟灵毓秀的土地上，大运河如一条碧玉带，蜿蜒穿过岁月的长河，滋养了两岸的繁华与梦想。而运河之上的桥梁，则是这历史长卷中不可或缺的点睛之笔。它们不仅是连接两岸的纽带，更是承载着无数故事与情感的见证者。晨曦初照时，第一缕阳光轻拂过桥面，给古老的桥梁披上了一层淡淡的金辉。这些桥梁，或古朴典雅，如一位位历经沧桑的老者，静静地诉说着往昔的辉煌；或雄伟壮观，似一群年轻的勇士，屹立于波光粼粼之上，守护着这片土地的安宁。它们以石为骨，以水为魂，跨越了时间与空间的界限，让南北的商旅得以畅通无阻，文化的交流因此更加频繁，经济的繁荣由此也愈发昌盛。

古往今来，无数文人墨客在此驻足，被桥梁的壮丽所震撼，被运河的柔情所打动，挥毫泼墨，留下了脍炙人口的诗篇。诗人们以桥为媒，将心中的感慨与赞美，化作一行行灵动的文字，镌刻在历史的长廊之中。他们赞桥梁之坚固，如"长桥卧波，未云何龙？复道行空，不霁何虹"的壮丽景象，让人仿佛置身于梦幻之中；他们颂桥梁之便民，如"一桥飞架南北，天堑变通途"的豪情壮志，展现了人类智慧与自然和谐共生的美好图景。

江苏运河的桥梁，就这样静静地躺在岁月的怀抱中，见证着时代的变迁，承载着文化的传承。它们不仅是物理上的连接，更是心灵的通道，让每一个过往的行人,都能感受到那份跨越时空的温暖与感动。在这里,每一座桥梁都是一首无言的诗,一幅流动的画,让人在欣赏美景的同时,也能深刻体会到中华文化的博大精深。

五、长有扁舟依渡口:烟渚渡津与兰棹码头

在江苏的悠悠水乡,大运河宛如一条灵动的绸带,穿梭于广袤大地。而运河之畔的渡口与码头,恰似这绸带上熠熠生辉的明珠,串联起两岸的烟火与希望,在历史的长河中闪烁着独特而迷人的光芒。

渡口,是指道路越过河流以船渡方式衔接两岸交通的地点。古代渡口往往位于江河、湖泊、海洋等水域与陆地之间的交通要道,是古代水路交通的枢纽,具有较高的战略地位和经济价值,统治者往往将修筑渡口、加强对渡口的管理作为维护国家统一、保障国家安全的重要手段。总的来看,渡口主要有经济功能,是商品流通的重要节点,承担着货物运输、贸易往来的任务。渡口的繁荣与衰落,往往反映了当地经济的发展状况。古代著名渡口的繁荣,甚至成为经济中心,如四川成都的锦江渡、湖南的岳阳湖渡等,都是由于地理位置优越、商品丰富。

古代渡口是各种文化交流的载体,连接着不同的地域、民族、宗教文化。在渡口,各种文化、观念、技术等交流、碰撞、融合,形成了独特的渡口文化。如古代的丝绸之路、茶马古道等,都是通过渡口进行文化交流的通道。古代渡口还具有重要的军事功能。在战争时期,渡口作为交通线、供给线的重要节点,在保障物资供应、兵员调动等方面具有关键作用。

无论是在文学作品、宗教教义还是艺术作品中,渡口一直是重要的题材。如清代沈复在《浮生六记·闺房记乐》中写道:"是日早凉,携一仆先至胥江渡口,登舟而待。"明代薛瑄的《渡口》诗有云:"长有扁舟依渡口,行人莫道往来难。"

渡口是交通的节点,也是文化传承的载体,许多古典诗词都与渡口紧密相关,它们丰富了当地的文化内涵,成为人们精神生活的一部分。江苏运河中著名的渡口有苏州的横塘渡、扬州的瓜洲渡以及镇江的西津渡等。

在苏州乃至江南多水的地区,有一种被称为"义渡"的渡口。义渡历史悠久,顾

名思义,是由官方或民间捐资兴建,供行人免费或低价渡江、渡河的渡口。这种渡口的存在,不仅方便了人们的出行,也促进了地区间的经济文化交流。随着科技的进步和现代交通网络的发达,渡口的重要性逐渐降低。但在一些地区,渡口仍然是重要的物流和交通枢纽。在苏州,重要的古渡依然具有很高的文化价值。

苏州兴隆桥摆渡口旧影

横塘渡,位于苏州市西南,是大运河沿线的重要节点。据《大清一统志》记载,横塘在吴县西南十里,经贯南北之大塘,南极鳖塘,北抵枫桥,分流东出,故名"横塘"。这一地区自古以来就是交通要道,水路发达,为苏州的经济发展和文化交流提供了便利条件。横塘渡不仅因其地理位置而著名,更因文学作品中的描绘而声名远扬。明代诗人袁宏道的《横塘渡》便是其中的代表作。

横塘渡,临水步。

郎西来,妾东去。

妾非倡家人,红楼大姓妇。

吹花误唾郎,感郎千金顾。

妾家住虹桥,朱门十字路。

认取辛夷花,莫过杨梅树。

这首诗通过描写一对青年男女在横塘渡的邂逅,展现了江南水乡风情和人物细腻的情感。袁宏道以其独特的笔触,将横塘渡的诗意与人文情怀完美地融合在一起。

瓜洲渡,一个承载着深厚历史文化底蕴的古老渡口,位于长江北岸,南距扬州

15千米,与镇江市隔江相望,宋人王安石留下了"京口瓜洲一水间"的名句。瓜洲既是长江与大运河的交汇点,也是古代中国最重要的交通枢纽之一。早在晋代,由于长江入海口向东延伸,泥沙不断淤积,江中逐渐形成了沙洲,这便是瓜洲的前身。随着时间的推移,沙洲逐渐露出水面,与长江北岸的扬子津相连,成为一个渡口,因其形状如瓜,故名瓜洲。瓜洲渡的诞生,为南北交通提供了便利,成为古代漕运和盐运的重要节点。瓜洲渡的历史可以追溯到晋代,但真正兴盛是在唐代。唐开元二十七年(739年),润州刺史齐浣为了保障漕运通畅,在瓜洲开凿了伊娄河,将古运河与扬子津相连。这一举措大大缩短了江南漕船渡江的距离,使瓜洲成为扼古运河与长江黄金水道的咽喉。瓜洲渡从此成为南方粮食北运京城和沿海两淮盐场的海盐西运内陆的水路要冲,政治、经济和军事地位显著提升。

瓜洲古渡
刘江瑞摄

宋代,瓜洲渡进一步繁荣。北宋乾道四年(1168年),当地人在原先的城镇基础上修建瓜洲城池,称为"簸箕城"。此后,瓜洲城经历了多次修建,日趋完善。南宋绍兴三十一年(1161年),金兵南侵,瓜洲渡成为抗金的重要战场。抗金名将刘锜在此拒敌于皂角林,最终获胜。瓜洲渡的历史地位在南宋时达到了新的高度。元代,瓜洲渡成为商旅云集的大镇,市场繁荣,百业兴旺。马可·波罗在他的行记中曾提到"瓜洲市",足见其当时的繁荣景象。然而,从清康熙五十五年(1716年)开始,瓜洲渡屡经江流冲击,岸城陆续坍塌。到了清光绪二十一年(1895年),瓜洲老城最终全部坍入江中,街市里巷、园亭楼阁湮灭殆尽。尽管如此,瓜洲渡的历史和文化依然被后人铭记。

瓜洲渡与大运河是密不可分的。隋唐大运河的开凿，使得瓜洲渡成为连接长江与大运河的重要枢纽。运河与长江的交汇点，自古以来就是在扬州以南的瓜洲渡。唐开元二十七年(739年)开凿的伊娄河，北起高旻寺，南至瓜洲长江口，全长约12千米。这条运河的开通，大大缩短了江南漕船过江的距离，也方便了船只在瓜洲休整补给。瓜洲渡因此成为沟通长江南北的重要渡口，乃至历代漕运与盐运的要冲。大运河与瓜洲渡的紧密关系，不仅体现在交通上，更体现在文化上。千百年来，大运河一路播撒文明种子，流经处造就了无数个码头、集镇和商埠，同时也哺育、滋润、发展了扬州。可以说，大运河便是扬州的"根"，而瓜洲历来就是它的门户。瓜洲渡与西津渡是大运河与长江的交汇点，一北一南，隔水相望，是古代中国最重要的交通枢纽。瓜洲渡在历史上具有重要的政治、经济、军事和文化地位。作为交通枢纽，瓜洲渡连接了长江与大运河两大黄金水道，成为南北船舶商贸往来的必经之地。每年数百万漕船浮江而至，百州贸易迁徙之人往返络绎，必停于此。瓜洲渡因此成为历代漕运与盐运的重要节点，被誉为"七省通衢"。

伊娄运河文保碑　刘召禄摄

在经济方面，瓜洲渡的繁荣带动了周边地区的商贸发展，成为各类物品重要的集散地。元代，瓜洲渡已成为商旅云集的大镇，城内建筑众多，十分繁荣，其辖属人口曾高达40多万，聚城居住者也有将近10万。在军事方面，瓜洲渡因其独特的地理位置,成为兵家必争之地。长江南岸的镇江是长江天险上最重要的军事要塞,从瓜洲渡强渡长江成为古代军事战争中的重要策略。隋朝灭南陈战役、南宋金兵南侵等历史事件都发生在这里。

在文化方面,瓜洲渡更是文人墨客青睐的地方。唐代的李白、白居易、张若虚,宋代的王安石、陆游,明代的郑成功,清代的郑板桥等无数历史名人曾在此驻足,并留下流传千古的名篇,瓜洲渡因此享有"诗渡"的美誉。白居易在《长相思·汴水流》中写道:"汴水流,泗水流,流到瓜州古渡头。"王安石的《泊船瓜洲》、陆游的《书愤》等诗作,都生动地描绘了瓜洲渡的风光。

西津渡,又称蒜山渡,位于江苏省镇江市城西的云台山麓,背依蒜山、云台山,东部有象山、焦山为屏障,自古以来便是南北交通的咽喉要地,其历史可以追溯到三国时期。当时,这里还是长江入海口的一个天然港湾,因地处长江南岸,成为南北交通的重要渡口,同时也是东吴水师的重要驻地。据记载,唐代镇江名为金陵,西津渡因此被称为"金陵渡"。此时西津

Tips

蒜 山

蒜山位于镇江市西津渡北边入口处,紧邻长江。蒜山之名始于汉晋,续于唐宋。元代山上建银山寺,因与金山对峙,又名银山。清代蒜山山顶建有云台院,因此也被称为云台山,沿用至今。也有说法是因为当时山上长满了泽蒜,所以习惯上称蒜山。

渡已经具备了完备的渡口功能,成为当时镇江通往江北的唯一渡口。到了宋代,随着长江入海口逐渐东移,这里才更名为"西津渡",发展成为漕运重镇,南北商旅多经此出入,并沿用至今。

西津渡的得名,不仅反映了其地理位置的变迁,也承载了历史的厚重与文化的积淀。在明清两代,西津渡的渡口功能逐渐淡化,但古街的风貌却得以保存。如今的西津渡古街,仍保留着明清时期的建筑风貌,青砖灰瓦、雕梁画栋。西津渡在历史上不仅是交通枢纽,也是军事要塞。南宋时期,这里曾是抗金前线,韩世忠曾驻兵蒜山抵御金兵南侵。明清两代,西津渡也是重要的江防要地,多次抵御外敌入侵。

蒜山远眺　钱兴摄

西津渡与大运河也是密不可分的。大运河是中国古代的一项伟大工程，它连接了南北水系，促进了南北经济文化的交流。西津渡作为长江与大运河的交汇处，自然成为大运河上的重要节点。隋炀帝开凿大运河之后，西津渡的位置更加重要。运河上的漕船和商船都要从西津渡出发渡过长江，再沿运河北上或南下。因此，西津渡不仅是长江上的重要渡口，也是大运河漕运水路中的重要节点。元代，西津渡更是成为江南运河漕船横渡长江的起点。运河上的漕船过京口闸驶入长江后，不是直接渡江北去，而是沿江岸行至西津渡玉山码头后，再由此经金山渡江至北岸瓜洲。西津渡也因此被誉为"江南运河第一渡"。

镇江西津渡昭关　陈璇摄

在以舟船为主要交通工具的时代，码头在江苏运河流域有着重要的地位，它是船只停泊、人员流通、货物交易等的重要场所，聚集了来自各地不同人群，积淀着丰富的水运文化。江苏运河水路客运业鼎盛时期，在各省各市各乡镇均设客轮停靠站埠码头。

苏州三关六码头。古代以水运为主,在苏州阊门附近有5条河流汇聚,水运发达,成为商品运输和旅客集散地,被誉为"天下第一码头"。苏州三关六码头中的六码头都在阊门一带,分别是南码头、北码头、太子码头、万人码头、丹阳码头和盛泽码头。南码头和北码头以地理方位命名,在阊门吊桥南面的称"南码头",在吊桥北面的叫"北码头"。在明代,阊门外设有皇华亭专门接待外来官员。外来官员乘船到苏州,由北码头上岸,久而久之,北码头成为官员专用码头。百姓只得在北码头之南再建一个码头,称"太子码头"。至于为何称"太子码头",一说"太子"二字是百姓自己加上的,以示比官员的级别高;另一说是因有某皇太子曾在此登岸而得名。

万人码头。原名"犯人码头",南起南新桥堍,北至鲇鱼墩。清代,专管江苏司法刑狱的江苏按察使署设在苏州道前街,省内刑事案件中的大案要案以及被判处死刑不立即执行的罪犯,都要上解苏州过堂复审。这些犯人都在阊门外的专用码头押解登陆,该码头就被称为"犯人码头"。后来押解犯人由水路改为陆路,不再有犯人上下,变成了商用码头,当地百姓为趋吉辟邪,用苏州话中与"犯"同音的"万"字替代,改称为"万人码头"。而丹阳码头和盛泽码头,则以客商的籍贯命名,专为同乡客商装卸货物之用。

苏州万人码头旧影

盛泽码头。盛泽是有名的丝绸重镇。到了清代,盛泽的丝绸生产达到了相当规模,丝绸销售的地域也很广,销往外地的绸缎大多先由水路到苏州再中转到长江沿岸各大城市和中原各地。清嘉庆年间(1796—1820年)盛泽绸业公所建立后,出资购买专门运输绸缎的庄船,往返于盛泽和苏州阊门之间,航程百余里,朝发夕至,庄船隔日来回一次。由于装运绸货的船只多,往来频繁,清嘉庆、道光年间(1796—1850年),盛泽绸商便集资在阊门水关建造了转运丝绸产品的专用船埠——盛泽码头。

盛泽码头东接阊门内下塘,西至阊门内城河,具体位置在臭弄口临河处。盛泽绸商在此建造船埠,并立碑盖屋,设立仓库。码头上建有石拱门,上有浮雕"盛泽码头"字样。码头建成后禀呈吴县衙门,领得牌照开业。盛泽码头成为庄船的专用泊位,用于起卸、储存、中转绸缎。盛泽绸庄陆续在码头附近的西中市、东中市设立分支机构,最多的时候有20多家,提高了盛泽丝绸产品在苏州和附近地区的销量。

清咸丰十年(1860年)太平军占领苏州后,盛泽庄船运输一度受阻,码头装卸储存量日益萎缩,以至于码头地界渐被蚕食,碑亭基地被拆除,造屋出租给他人。更有甚者,盛泽码头被游船占领,游船倚势驱逐庄船,严重损害了盛泽绸商的利益。

清光绪十三年(1887年),盛泽绸商王家鼎、王景曾、顾大圻、程宽、吴寿椿、张城寓等人联名上告吴县知县。吴县衙门审理后于同年十一月重新勒石,立"吴县永禁占泊绸庄船埠码头碑"于水关桥臭弄口,告谕附近居民、地保及船户等不准侵犯盛泽码头房产和庄船的权益:"自示之后,凡有各项船只,不准在此埠头占泊,其巷内亦不准停轿阻碍。迨巷门上锁后,更不准唤开上落,致有疏虞。沿河楼窗,不许倾盆泼水污物肇衅。如敢故违,许即指名禀县,以凭提究,决不宽贷。其各凛遵毋违。"盛泽码头从此恢复正常。清末民初,盛泽手工丝织业处于鼎盛期,盛泽码头丝绸运输繁忙兴旺。抗日战争爆发后,码头运输量急剧减少,但仍持续到1949年。新中国成立后,盛泽绸庄解体,国营轮船公司开办联运业务,丝绸在盛泽轮埠可托运至内河各港,庄船停航,盛泽码头也完成了它的历史使命。现古码头已毁,仍有吊脚楼等历史遗存。

除此以外,江苏运河沿线比较出名的还有徐州的窑湾码头,宿迁的御码头、双沟码头,扬州的御码头、仪征大码头,常州的表场码头、御码头(东坡古渡)等。

宿迁御码头和双沟码头。宿迁市宿豫区皂河镇京杭大运河南岸,有一座始建于清顺治年间(1644—1661年)的龙王庙。清康熙二十三年(1684年),朝廷拨款重建此庙,并命名为"安澜龙王庙"。庙宇建筑群的东侧修筑了一条供百姓祭祀水神的道路,俗称"马路"。

乾隆即位后,曾六次南巡,其中五次经由这条"马路"至龙王庙祭拜水神,并将御舟停泊在马路尽头的石码头。此石码头因而得名"御码头",而这条"马路"也被人们称为"御马路"。御码头面积约80平方米,由块石垒砌而成,离水面高约3米,设计精巧坚固,既方便御舟停靠,又便于皇帝上下船。

此外,每年农历的特定日子,信众们都会沿着御马路,来到龙王庙进行祭祀,祈求风调雨顺,保佑平安。御马路两旁还逐渐形成了热闹的集市,商贩们在此摆摊设点,售卖各种香火祭品和小商品,繁荣了当地经济。龙王庙的重建和御马路、御码头的形成,不仅体

宿迁御码头　刘召禄摄

现了清朝皇帝对水神的敬仰和对水利工程的重视,也展示了当地百姓对自然神灵的崇敬。这一片古老的建筑群和道路,见证了宿豫区皂河镇的历史变迁和文化传承,成为运河沿岸的重要历史遗迹和文化地标。

双沟码头则位于双沟酒厂院内,是泗洪县汴河航道的上游起点,与河道相通,下游经汴河口入洪泽湖,全长34千米。该码头在明代自然形成,新中国成立后得以重建。泗洪的特色农副产品,如空心挂面和双沟大曲,常经由此码头运出。

据当地方志记载,清乾隆初年,双沟镇上的酿酒作坊已有十余家。酿造的美酒依靠洪泽湖和淮河的水旱码头运往各地。古今文人墨客,如苏东坡、范成大等,都曾在这里登岸,留下赞美双沟酒的诗篇。在农耕文明时代,双沟码头作为水上交通要道,同时也是美酒原产地的码头,凭借得天独厚的条件,吸引了南来北往的旅人,

实现了水运文化与酒文化的完美结合。

码头连接着过去和未来,酒则是发酵情绪的媒介。无论是旅途中的行人还是当地的居民,总能借酒抒情、借景感怀,倾诉胸中块垒。双沟码头不仅是交通枢纽,也是文化交流和情感寄托的场所。每当黄昏时分,码头上船舶来往,酒香四溢,人们在此饮酒聊天,共享美好时光。码头见证了无数的离别与重逢,也承载了无数的故事与情感。

144

如今,双沟码头虽历经风雨沧桑,但依然是泗洪县的重要交通节点和文化地标。它不仅连接着物资的流通,更承载着人们的情感与记忆。双沟码头与双沟大曲,共同书写了这片土地的辉煌历史和美好未来。

扬州御码头和仪征大码头。"小艇沿流画桨轻,鹿园钟磬有余音。门前一带邗沟水,脉脉常含万古情。"乾隆皇帝的这首诗,将扬州御码头的风情与神韵展现得淋漓尽致。而与之毗邻的天宁寺,更以其千年古刹的庄严,为这片土地增添了深厚的文化底蕴。扬州御码头,位于江苏省扬州市丰乐上街,是历史与文化的交融之地。天宁寺为扬州名刹,始建于东晋,相传为谢安别墅,后由其子司空谢琰请准舍宅为寺,名谢司空寺。武周证圣元年(695年)改为证圣寺,北宋政和年间(1111—1118年)始赐名"天宁禅寺"。清康熙帝南巡曾驻跸于此,乾隆帝二次南巡前,于寺西建行宫、御花园和御码头,御花园内建有御书楼——文汇阁。清乾隆十八年(1753年),扬州盐商于天宁寺西园兴建行宫,三年而成,宫前建御码头,成为乾隆游瘦西湖时上下龙舟之处。御码头为青石所砌,历经200多年风雨,依旧完好无损、坚固如初。站在御码头,仿佛能穿越时空,看到当年的繁华盛景。乾隆皇帝在此登船,画舫轻摇,邗沟水悠悠流淌,诉说着千古的情怀。码头的青石台阶,虽略有破损,却以它的形态诉说着当年的气派;高岸上的四方碑亭,亭中石碑镌刻着"御马头"壁窠大字,雄浑雅健,见证着岁月的变迁。

天宁寺,这座与御码头相邻的千年古刹,始建于东晋,历经多次更名与重建。寺内建筑宏伟,布局严谨,中轴线上有山门殿、天王殿、大雄宝殿、华严阁,两侧廊房92间,整个建筑群对称而和谐。天宁寺在清代被列为扬州八大古刹之首,如今,天宁寺修复后已用作扬州博物馆新址,对外开放。

"烟花三月下扬州",若有机会,不妨乘上"乾隆"号画舫,从御码头出发,直至大明寺山脚下,一边品茗,一边倾听导游的介绍,尽情观赏两岸"花柳全依水,楼台直到山"的美景,感受那如诗如画的意境。随后,再步入天宁寺,探寻千年古刹的禅意与文化,体验这御码头与天宁寺独有的诗意与浪漫。

扬州御码头 刘召禄摄

仪征大码头。在漫长的岁月里,长江岸线不断南移,但沿江城南一带始终是大运河连接长江的关键地段。大运河孕育了古代仪征的繁华。明代以后,这片区域被称为"大码头",成为当地经济和文化的中心。明清时期,仪征大码头迎来了发展的鼎盛时期。"大码头"这一称号始于明朝,不仅见证了大码头的繁荣,还见证了一系列标志性建筑的建成。其中最具代表性和影响力的建筑是都会桥和关王庙。然而,到了清末,随着运道的变迁和盐运的结束,大码头的原有优势逐渐消失,繁华景象也逐渐退去。民国时期的大码头依旧保留着昔日的热闹景象,人流密集,商贸活跃。码头上的喧嚣声、商贩的叫卖声和船只的鸣笛声交织在一起,勾勒出一幅生动的市井图景。大码头的历史,不仅是仪征商业繁荣的见证,更是这座城市经济文化发展的缩影。它承载了无数人的记忆,见证了时代的变迁和城市的发展。即便在今天,大码头的故事仍然为我们提供了一段宝贵的历史回忆,提醒着人们这里曾经的辉煌与繁荣。

常州表场码头。表场码头始建于1902年,由常州人、清末洋务运动核心人物之一盛宣怀创办,为常州轮船运输的肇始之地,曾是常州城内最大的水上客货运输中心。表场码头建筑面积达8000多平方米,通行10条航线,年客运量高达180万人次。首开航班是"泰昌"号煤轮,从常州至溧阳,标志着常州轮船运输的开端。表场码头的建设不仅是常州水上交通发展的里程碑,也体现了当时常州在江南地区的重要地位。20世纪70年代,运河里的小轮船成为乡间的主要交通工具。表场码头向南可以到溧阳和宜兴;向西和向北可以直通镇江、苏北,甚至通过换乘其他交通工具可到达山东、天津、北京;向东可以到无锡、苏州和上海。常州人从这里乘坐轮船,奔向五湖四海。在那个没有高速公路和现代化铁路的年代,表场码头是常州与外界联系的生命线。码头繁忙的景象,记录了无数人们的离别与团聚,承载了无数人的梦想与希望。表场码头不仅是一个交通枢纽,更是一个承载着城市记忆和人文情怀的地方。直到20世纪80年代中后期,表场码头仍然是常州与苏北各地的重要枢纽。随着现代交通的发展,表场码头逐渐退出历史舞台,但它在常州人民心中的地位依然不可替代。表场码头是常州历史文化的重要组成部分,回顾表场码头的历史,不仅能看到常州曾经的辉煌,更能感受到时代的变迁与发展。

悠悠水韵,绵延千里,大运河作为古代中国最重要的水上交通要道之一,连接了南北水系,促进了物资和人员的流动。而渡口则是大运河交通网络中的重要组成部分,分布在运河沿线,为东西两岸的民众提供了便捷的过河通道。这种联系使得大运河与渡口共同构成了一个完整的交通网络,为古代中国的经济繁荣和文化交流提供了有力支撑。

运河的渡口,是时光的低语者。它们静卧在碧波之畔,以一种质朴而坚韧的姿态,迎接每一天的黎明与黄昏。当晨曦初露,第一缕阳光洒在渡口的青石板上,老船夫便撑起长篙,载着满船的希望与憧憬,划破水面的宁静。渡船悠悠,在波光粼粼中穿梭,将南来北往的旅人、归心似箭的游子,送达彼岸的温暖怀抱。它是乡愁的驿站,让漂泊的心灵得以短暂栖息;它是生活的纽带,联结着两岸的柴米油盐、家长里短。在那些没有桥梁跨越的岁月里,渡口是人们跨越天堑的唯一希望,是梦想启航与归航的港湾。

而码头,则是运河繁华的舞台。它热闹非凡,人声鼎沸,货物的装卸声、船工的号子声交织成一曲激昂的交响乐。来自五湖四海的商船汇聚于此,丝绸、茶叶、瓷器等珍宝在此中转,流向四面八方。码头上,货物堆积如山,车水马龙,一派繁荣昌盛的景象。它是经济的动脉,推动着区域间的物资交流与贸易往来;它是文化的熔炉,让不同的思想、风俗在此碰撞、交融。无数商贾在此发家致富,无数文人雅士在此留下足迹,它见证了运河的辉煌,也承载了无数人的梦想与追求。

运河的渡口与码头,不仅有着实用价值,更以其独特的魅力,吸引了无数诗人的目光。诗人们在此驻足,被眼前的景象所打动,灵感如泉涌,挥毫泼墨,留下了千古绝唱。他们赞渡口之宁静,如"野渡无人舟自横"的悠然意境,让人心生向往;他们颂码头之繁华,似"门泊东吴万里船"的宏大场面,令人心潮澎湃。在诗人的笔下,渡口与码头不再是简单的交通节点,而是充满了诗意与温情的精神家园,是人与自然、历史与现实交织的梦幻之境。

如今,随着时代的发展,桥梁如雨后春笋般跨越运河,渡船的身影渐渐稀少,码头的喧嚣也已远去。但江苏运河的渡口与码头,依然在岁月的深处散发着迷人的魅力。它们是历史的见证者,是文化的传承者,是人们心中永远无法磨灭的记忆。每当回忆起那些在渡口等船、在码头送别的日子,心中总会涌起一股暖流,那是对往昔的怀念,也是对未来的期许。

灯火沿流一万家

运河两岸有人家(上)

京杭大运河苏州段

晚入盘门

宋·范成大

人语潮喧晚吹凉，万窗灯火转河塘。

两行碧柳笼官渡，一簇红楼压女墙。

何处采菱闻度曲，谁家拜月认飘香。

轻裘骏马慵穿市，困倚蒲团入睡乡。

[编者按] 这是宋代大文豪范成大的诗篇《晚入盘门》。盘门位于苏州市城西南隅，是目前全国仅存的水陆城门。在苏州，运河环城自北而南，至此折而东去。范成大夜晚坐船由石湖至盘门，写下了他所见所感的运河水上风貌。清代袁学澜（初名景澜）《吴郡岁华纪丽》记载："吴故水乡，非舟楫不行。苏城内外，四面环水。大艑小舫，蚁集鱼贯。"①查阅史料，在大运河和长江航行，若顺水，一日可走五十里，如若逆水，则一日三十里。航运的发达带来了商业贸易的繁荣和城市的发展。在江苏，有一条长长的运河，其交通成就在纵贯5000年华夏文明的尺度上熠熠生辉。而运河的两岸，人文鼎盛、山水俊秀、城市富庶。

---

① 袁景澜撰：《吴郡岁华纪丽》卷三《三月·荡湖船》，南京：江苏古籍出版社，1988年，第113页。

一、汴泗交流郡城角,筑场十步平如削:徐州

汴泗交流郡城角,筑场十步平如削。短垣三面缭逶迤,击鼓腾腾树赤旗。

新秋朝凉未见日,公早结束来何为。分曹决胜约前定,百马攒蹄近相映。

球惊杖奋合且离,红牛缨绂黄金羁。侧身转臂著马腹,霹雳应手神珠驰。

超遥散漫两闲暇,挥霍纷纭争变化。发难得巧意气粗,欢声四合壮士呼。

此诚习战非为剧,岂若安坐行良图。当今忠臣不可得,公马莫走须杀贼。

汴河与泗河交汇于徐州,为徐州带来了便捷的运河水运,推动了当地经济的发展,也带动了文化的繁荣。上录韩愈所作《汴泗交流赠张仆射》,即是作于徐州。张仆射是指中唐名臣张建封,时任徐泗节度使,徐州是他的辖区,韩愈当时作为张建封的幕僚暂居徐州。诗中提到徐州是汴泗交汇处的城市。如今,徐州城内那如玉带一样穿城绕墙的"故黄河"是"古汴水",至今仍在奔流的"中运河"便是"古泗水"。

张建封在此地组织举办了盛大的马球比赛,并为此修建了巨大的球场。诗中描述了球队队形变化、球员击球动作、奢华马饰、现场热烈氛围等内容。在全诗最后,韩愈从家国情怀和忧患意识的角度,表达了对这种奢侈运动的批判和讽刺。诚然,以家国为重的韩愈对马球比赛这种娱乐行为持批判态度,但是他的描写无疑反映了当时徐州繁荣的文化景象和财政力量,试想如果没有经济文化的高度繁荣,怎么会有如此盛大的马球比赛呢?如果没有富庶的财政力量的支持,张建封又如何修建巨大球场,四面竖赤旗,组织如此盛会与民同乐呢?这场繁荣盛会的背后,是徐州千年的文化积累,也是大运河交通对徐州古代经济发展之影响的文字记录,

Tips

汴泗交汇的不同说法

汴水与泗水在徐州交汇是较为普遍的观点。根据历史文献和考古发现,汴水(汴河)在徐州与泗水汇合后,继续向东南流,最终汇入淮河。韩愈在《汴泗交流赠张仆射》中提到"汴泗交流郡城角",明确指出汴泗交汇于徐州郡城之角,即今徐州市坝子街桥一带。此外,白居易也有诗句描述汴水与泗水的汇流,即"汴水流,泗水流,流到瓜州古渡头",即是说汴泗交汇在瓜洲古渡。

更是汴泗交流中大运河徐州段经济繁荣的例证。

徐州坝子街桥附近"汴泗交汇"纪念碑　刘召禄摄

徐州，古称彭城，为古九州之一，《尚书·禹贡》有"海、岱及淮，惟徐州"的记载，海岱地区是人类早期文明的发源地。徐州中东部多丘陵山脉，湖泊水系发达，水运交通条件便利，素有"五省通衢"之称。徐州城市发展的历史与运河交通密不可分。尤其是早期，汴水自西北而来，泗水自东北而来，汴泗交汇于徐州城东北角，早期运河主要服务于军事上的运粮运兵的需要，城市发展带有浓厚的军事色彩。南宋黄河夺淮以后，此段运河为黄运交汇，与黄河的关系错综复杂，尤其是运道上有昌梁洪和徐州洪险滩。因此，为确保漕运畅通，明代大力疏凿开浚，但终无法根除黄河二洪之险，于是采取了开凿泇河以避黄行运的措施。泇河的开通导致徐州城市交通地位有所下降，不过徐州仍是重要的运河城市之一。

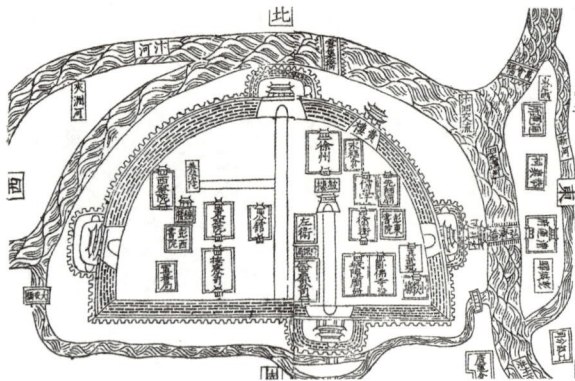

嘉靖《徐州志》中的明代徐州城

作为连接吴楚与齐鲁大地的交通要道，徐州自古以来便是兵家必争之所，同时也是文化昌荣之地。古时，徐州境内有沂水、沭水、泗水、汴水、睢水、淮水等多条河流，属沂沭泗水系，在1128年黄河夺汴水和泗水入淮之前，汴水与泗水在徐州交汇，沂沭泗水系中沂水和沭水为支流,泗水为干流,两河汇集到泗水向南奔流,睢水在今宿迁境内汇入泗水,泗水最终在淮泗口(今淮安市淮阴区)汇入淮水。

沂沭泗这条天然的运河水系,由于辐射区域广大,连接齐鲁吴楚等要地,因此具有重要的战略地位和运输价值,历代都是被重点开发利用的运河水道。早在春秋战国时期的前486年,吴王夫差为实现北伐齐、晋两国的霸业,开挖邗沟,修建了一条南接长江、北入淮河的重要运河。其后三年,吴国又在今山东省菏泽市定陶区和济宁市鱼台县之间开挖荷水,沟通了济水和泗水,为北伐疏通了水路。前360年,魏惠王下令开挖一条名为鸿沟的运河,这条运河将黄河与济水、荷水、汴水、睢水、泗水等河流连接,打通了魏国新都大梁(今河南开封)与宋国、郑国、陈国、蔡国、曹国、卫国等地的水上交通线,也使得汴泗交汇处的彭城成为连接中原地区与江淮地区的水上必经之路。彭城地区经济因此迅速发展,宋国也将首都由睢阳迁至彭城,占据水运之要,可见古代对沂沭泗水系之重视。

汴水与泗水的交汇为徐州的经济文化发展奠定了重要的交通基础,特别是汴水,《宋史》这样评价汴水的重要作用,"漕引江、湖,利尽南海,半天下之财赋"[1],可见汴水在宋朝占有极为重要的经济地位,很多物资都要通过汴水送达汴京。据史料记载:"凡今东南之米,每岁溯汴而上,以石计者,至五六百万。山林之木尽于舟楫,州郡之卒弊于道路,月廪岁给之奉不可胜计。"[2]由此可见,每年通过汴河运送到汴京的粮食有500万~600万石,1石为60千克,500万~600万石则可以换算为3亿~3.6亿千克之多,足见汴河运力的庞大,再加上"山林之木"等木材,贩夫走卒乘汴河之水到达各地,各地的俸禄、

Tips

鸿　沟

鸿沟,古运河名,中国古代最早沟通黄河和淮河的人工运河,位于今河南省荥阳市。其开凿始于战国时期魏惠王十年(前360年),最初是为了灌溉农田和满足战争需求。它以魏都大梁为中心,从今荥阳市以北起,经大梁城折向东南至陈都宛丘(今周口市淮阳区),向南注入颍水,由此入淮河。

楚汉相争时曾划鸿沟为界,后亦借指疆土的分界以及比喻事物间明显的界线。

① 脱脱:《宋史》卷九十三《河渠志三》,北京:中华书局,1985年,第2321页。
② 苏辙:《栾城集》卷二十一,上海:上海古籍出版社,2009年,第472-473页。

第四章 ◆ 灯火沿流一万家:运河两岸有人家(上)

赋税等也皆通过汴河运送。而在"东南之米""山林之木"、乘客、俸禄、赋税等物资、人力的运输中,凡是运往东南之地或通过东南之地运往汴京,徐州是必经之地。如此庞大的运输工程,给徐州带来了繁重的漕运压力。事情总是辩证的,压力也转化为动力,巨大的漕运需求使得徐州运河沿岸车水马龙,人群熙攘,大批商贾、宦游者、赶考生等不同身份的人在此停留,促进了当地经济的发展,也带动了文化的繁荣。

同时,汴河在军事方面有着独特的地位。以北宋为例,宋人张方平在《论汴河利害事》中写道:"今仰食于官廪者不惟三军,至于京师士庶,以亿万计,大半待饱于军稍之余。故国家于漕事,至急至重。京,大也,师,众也,大众所聚,故谓之京师。有食则京师可立。汴河废,则大众不可聚。汴河之于京城,乃是建国之本,非可与区区沟洫水利同言也。"[1]可见汴河漕运对于汴京乃至对于北宋的重要性。沈遘在《漕舟》一诗中写道:"太仓无陈积,漕舟来无极。畿兵已十万,三垂戍更多。"可见当时宋朝由于冗兵冗费,漕运压力极大,如果汴河的漕运出现问题,那么军队粮草等则难以为继。《宋史》记载:"靖康初,汴河决口有至百步者,塞之,工久未讫,干涸月余,纲运不通,南京及京师皆乏粮。"[2]可见汴河对于沿线城市的重要作用,徐州在汴河东部,是连接宿迁、淮安等地区的重要水运枢纽,它是汴河水运中的重要组成,也成为北宋经济命脉中的重要一环。

徐州五省通衢牌坊　刘召禄摄

---

① 张方平:《张方平集》,郑州:中州古籍出版社,1993年,第419-420页。

② 脱脱:《宋史》卷一百七十五《食货志上三》,北京:中华书局,1985年,第4255页。

彭城自古因其地理位置和便利的漕运而成为兵家的必争之地，苏轼在《与梁先舒焕泛舟得临酿字二首·其一》中写道："彭城古战国，孤客倦登临。汴泗交流处，清潭百丈深。"苏轼特意提到了彭城"古战国"的军事地位和"汴泗交流"的漕运作用。在《答王巩巩将见过有诗自谓恶客戏之》一诗中，苏轼以"汴泗绕吾城，城坚如削铁"，再次强调了彭城之漕运与军事地位。

乌骓鸣啸，虞姬舞剑，霸王豪饮，徐州的戏马台是楚霸王项羽封王西楚、意气风发时的见证。大风起兮，时局定矣，沛公抒怀，傲视天下，徐州的歌风台凝聚着汉高祖刘邦统一天下、宴请四方时的君王气象，也成为汉室兴衰四百余年的历史缩影，运河交通在刘项二人的争霸中发挥了极为重要的作用。王子今先生认为："楚汉战争期间，刘邦军事集团充分利用了黄河河道航运的便利，在萧何的主持下，兵员和物资得到源源不断的补充，因而虽百战百败，终于凭借持久的后勤工作的优势在垓下决战中击败项羽。"[①]可见远在秦汉时期，各方势力已经在战争中借助运河运送粮草，实现战略补给，通过后方的物资支持，为前方军队的攻城略地解决后顾之忧。

作为盟友的刘项二人在讨秦大业完成后，便反目成仇。从刘项二人的籍贯和起兵地点来看，二人的家乡都分布在汴泗河岸，受运河哺育，享受运河之利，皆为春秋战国时后起的经济富庶之地，都借助了方便运输粮草与兵力的河道。项羽为泗水郡下相县（今江苏宿迁宿城区梧桐巷）人，在吴中（今江苏苏州）起义。刘邦为沛郡丰邑中阳里（今江苏徐州丰县）人，在芒砀山（今河南商丘永城芒山镇）起义。项羽在吴中起义，借助的是吴王夫差出于军事目的，于公元前495年修建的自苏州望亭至常州奔牛镇的人工运河，在常州的孟河长江口进入长江，可西进图秦，也可北上参与争霸；刘邦在芒砀山起义则可借助泗水支流——睢水，西上可进关中攻秦，东退可至江淮地区，可见他们都是事先对水运的作用有了充分认识后，才发动起义的。

项羽在巨鹿之战中消灭秦军主力后，挥军西进，开进函谷关，屯兵鸿门，准备与入主关中的刘邦争夺霸主地位。由于双方军事实力悬殊，刘邦在张良等人的劝说下被迫接受项羽的分封，分得了经济发展较为羸弱的巴蜀地区，目的是积蓄力量，以图有朝一日东出汉中与项羽决一死战。项羽则迎来人生中的高光时刻，占据梁

---

① 王子今:《秦汉交通史稿》,北京:中国人民大学出版社,2013年,第192页。

楚九郡,以极为精明的战略眼光选择了水陆交通皆便利的汴泗交汇地——彭城为首都。事实上,楚国的先祖很早便有连通汉水与江淮地区的想法,司马迁《史记·河渠书》中记载:"于楚,西方则通渠汉水、云梦之野,东方则通鸿沟江淮间。"①如在楚庄王时期(前613—前591年),楚国便开挖了连通汉水与长江的扬水运河。楚平王时期(前528—前516年),楚国则通过挖通一条名为沙水的运河,连通了魏惠王时期修筑的鸿沟,从而实现进入黄河中下游和淮河流域的目的。项羽建都彭城,正是实

现了先辈立足于江淮间的遗志。

彭城在春秋战国时期属于宋国,后为楚国占据。宋国人为商朝后裔,善于经商,其贸易产品不仅限于农副产品,还包括布匹、织锦。著名的宋绣就是起源于宋国睢阳(今河南商丘)地区,可以说以丝织品为代表的手工业制品,是宋国商业贸易的一张名片。

后来宋国随睢水东迁彭城,自有其战略考虑。其一是因为睢阳地处宋国南部,地理位置上离楚魏两国较近,而彭城则位于宋国东部,离楚魏两国较远,迁都有利于避开楚魏等强国的锋芒,而且彭城地区主要为以滕国、薛国等为主的弱小诸侯国,对宋国的威胁较小;其二是因为睢阳在睢水之侧,相比于彭城的汴水、泗水、睢水交汇,睢阳的地理位置并不占据优势,彭城更有利于宋国商业经济的发展;其三是因为彭城位于江淮平原地区,农业发达,物产丰富,即苏轼所说,"地宜粟麦,一熟而饱数岁",可为战事提供充足的物资供应。

项羽选彭城为都城而放弃咸阳,正是看到了彭城地区繁荣的经济情况作出的选择,同时咸阳远离项羽的势力范围,与楚国旧地联系微弱,不利于后续发展己方势力。项羽坐拥彭城,南部楚国旧地作为自己的大后方,向北可通过汴泗运河征战三齐,向西可通过睢水等牵制刘邦,实为明智之举。苏轼评价项羽的选择时说:"昔项羽入关,既烧咸阳,而东归则都彭城。夫以羽之雄略,舍咸阳而取彭城,则彭城之险固形便,足以得志于诸侯者可知矣。臣观其地,三面被山,独其西平川数百里,西走梁、宋。使楚人开关而延敌,材官驺发,突骑云纵,真若屋上建瓴水也。……其城三面阻水,楼堞之下,以汴、泗为池。独其南可通车马,而戏马台在焉。其高十仞,

---

① 司马迁:《史记》卷二十九《河渠书》,北京:中华书局,1959年,第1407页。

广袤百步。若用武之世,屯千人其上,聚欈木炮石,凡战守之具,以与城相表里,而积三年粮于城中,虽用十万人,不易取也。"①他充分肯定了项羽的选择,认为汴泗两河可以作为天然的护城河屏障,屯兵城中,易守难攻。

彭城的易守难攻给了项羽步步为营的勇气,但是也让他错误估计了形势,对在巴蜀之地虎视眈眈的刘邦暂时放下了戒备,举兵平定三齐内乱,却不想刘邦早已集结好军队,联合各路诸侯,对兵力薄弱的彭城发动了进攻,并轻而易举地攻下。项羽闻讯当机立断,从攻齐的军队中选拔3万精兵返回彭城迎战刘邦,剩余军队则继续攻打齐国。项羽没有直接进攻彭城,而是先在彭城以西斡旋,切断了汉军西退和粮草运输之路。项羽凭借一招釜底抽薪和夜色掩护奔袭汉军,使得刘邦等人方寸大乱,连连败退,最终汉军被追至今安徽宿州灵璧县东的睢水之上,几乎全军覆没,汉军尸体几乎将睢水阻断,刘邦趁乱在十余骑部下的掩护下狼狈逃走。

彭城之战中,两大军事集团都在集结各方势力进行拼杀攻夺,隐匿在背后的则是双方军事战略、物资的较量。不仅是彭城之战、垓下之战,历史上的每次战役从来都不只是战线前方的拼杀,还有运用运河等各种交通方式运送物资等幕后的较量。据传当时汉军的人数有56万之多,其每日消耗粮草量之巨大可想而知。当时的主要运输途径就是借助黄河的天然河道和人工河道,将汉中的物资通过汴水、泗水、睢水转运至彭城,而项羽在从彭城攻打三齐的过程中,也会用到沂沭泗水系的天然河道运输粮草。沂沭泗水系的运河河道为项羽彭城之战的大胜奠定了粮草基础,由此可见水运在楚汉之争中的重要地位。

刘项之后,关于彭城和运河的故事仍在继续,彭城的军事地位因其水陆交通的发达而变得愈发重要,史载事件一桩一件,卷帙浩繁。晋人潘聪强调:"彭城土旷人稀,平坦无限,且晋之旧镇,未易可取。又密迩江、淮,夏秋多水,乘舟而战者,吴之所长,我之所短也。不如取广固而据之。"②潘聪认为彭城地区水运发达,从军事实力方面分析了晋国与吴国在水军方面的实力对比,认为吴军擅长水战,而晋军却不擅长,因此彭城不易防守,建议固守青州地区的广固城。在这里,徐州地区发达的

---

① 苏轼:《苏轼文集校注》卷二十六《徐州上皇帝书》,见《苏轼全集校注》第十三册《文集四》,石家庄:河北人民出版社,2010年,第2977页。

② 顾祖禹:《读史方舆纪要》,北京:中华书局,2005年,第1388页。

水运成为晋国守城的不利因素,却成为吴国攻城的有利因素。

南朝宋人王玄谟认为:"彭城要兼水陆,其地南届大淮,左右清、汴,表里京甸,捍接边境,城隍峻整,禁卫周固。又自淮以西襄阳以东,经涂三千,达于济、岱、六州之人,三十万户,常得安全,实繇此镇。"[1]从中可以看到,运河水系是彭城得以发展的重要条件,在淮水、汴水、清河等水系的滋养下,南朝宋时南朝的人口已经达到30万户,而彭城的安全,也有赖于此地的水陆交通。运河水系不仅提供了便利的军事运输,还为徐州的灌溉提供了重要的水源。魏人薛虎子认为:"徐州良田十万余顷,水陆肥沃,清、汴通流,足以灌溉,兴置屯田,资粮易积,非直戍卒丰饱,亦有吞敌之势也。"[2]从中可见清河(即泗水)、汴河等运河水系的灌溉对于周边农业生产的重要作用。

徐州黄河故道　刘召禄摄

唐人李泌在论述徐州与江淮地区漕运之关系时说道:"江淮漕运,以甬桥(见宿州,是时在徐州境内)为咽喉,若失徐州,是失江淮也,国用何从而致?宜急建重镇于徐州,使运路常通,则江淮安矣。"[3]徐州漕运是江淮地区漕运的重中之重,这牵涉到首都长安的物资和赋税供给,同时涉及江淮地区的安定,可见当时徐州地区漕运对于整个国家的重要作用。

如今,大运河徐州段有不牢河段、中运河段两部分,总长约181千米。其中,从铜山区蔺家坝向东南流至邳州大王庙为不牢河段,长约71.5千米,汇入从山东台儿庄南下的中运河,其间有解台、刘山两船闸。中运河在徐州境内最北端为邳州邢楼镇黄楼村,最南端为河西岸的邳州新河镇闫老庄村。据初步统计,徐州流域内共有遗址遗迹302处,其中汉楚王墓群等全国重点文物保护单位9处,土山汉墓等省级文物保护单位33处,广运仓遗址等市级、县级文物保护单位260处。

---

[1]　顾祖禹:《读史方舆纪要》,北京:中华书局,2005年,第1388页。
[2]　顾祖禹:《读史方舆纪要》,北京:中华书局,2005年,第1388-1389页。
[3]　顾祖禹:《读史方舆纪要》,北京:中华书局,2005年,第1389页。

京杭大运河邳州段晚景

《疏凿吕梁洪记》碑。吕梁洪是古代徐州著名的三洪之一,也是古泗水、汴水在徐州交汇后通往江淮的必经漕运险段,朝廷在此设工部分司。明嘉靖年间(1522—1566年),朝廷加大了对吕梁洪的疏凿力度,现立于徐州市铜山区伊庄镇凤冠山上的《疏凿吕梁洪记》碑,是明廷疏凿吕梁洪后而立的记事碑。碑文中提及:"我国家漕东南之粟,贮之京庚,为石至四百万。其道涉江乱淮,溯二洪而北,又沿卫以入白,然后达于京师。为里数百而遥,而莫险于二洪。二洪之石,其狞且利,如剑戟之相向,虎豹象狮之相攫,犬牙交而蛇蚓蟠,舟不戒辄败,而莫甚于吕梁。吏或议凿之,其旁之人曰:'是鬼神之所护也。'则逡巡而不敢。嘉靖甲辰,都水主事陈君往莅洪事,恻然言曰:'古之君子,苟利于民则捐其身为之,矧里巷之浮言其不足听,盖审而以罘吾所当为,是厚自为而为民薄也。'遂以二月二十六日率其徒凿焉,众亦闻君言以为仁也,咸忻以奋。阅三日,怪石尽去,舟之行者,如出坦途。"这段文字详细记载了嘉靖二十三年(1544年)吕梁洪的险恶情况以及军民凿去河中怪石的过程。该碑高2.2米,宽0.8米,由著名书法家文徵明书丹,吏部右侍郎、国子监祭酒徐阶撰文,刑部右侍郎、河道总督韩邦奇篆额,号称"三绝碑"。

在寻访石碑的过程中,还有个小插曲。我们根据导航来到了伊庄镇冠山村,这个吕梁洪曾流经的地方,周边已是一些市集门头,不复见当年水流滔滔的模样。顺着一条土路往前走,有一个山头,应该就是村名中的"冠山"。恰逢两位在半山坡干农活的村里人,知道来意后,便说那碑就在前面的山头上,不过现在被锁起来了,以前山上有学校,再往前追溯便是私塾。抱着试试看的心态爬到山顶,碑确如村民所说,加了钢筋水泥,钢筋上挂了一把锁,外盖了一间10平方米左右的房子,被保护起来了。而碑文由于多年风化和访拓,字迹已不再清晰。

凤冠山文徵明《疏凿吕梁洪记》碑刻处　刘召禄摄

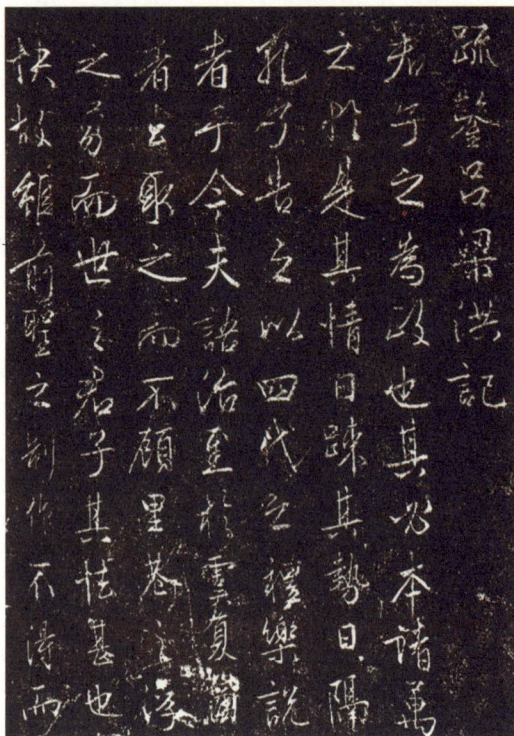

文徵明行书《疏凿吕梁洪记》碑（局部）

广运仓遗址。明初为方便转运漕粮,在运河沿线设置了德州、临清、徐州、淮安4座水次仓,其中徐州广运仓设于明永乐十三年(1415年)。明宣德五年(1430年)时增置仓廒百余座,计1000多间,长、宽分别是309步和110步,储存粮食100万石。明景泰五年(1454年),将城外的广运仓扩建进城内,徐州城南部规模扩大,促进了城市发展。明天启四年(1624年),黄河在奎山决口,广运仓被大水吞噬,成为一片废墟。广运仓的具体位置,据1989年疏浚奎河时发现的广运仓碑记载,在徐州城南2里处,黄河在其东,云龙山在其西,南北分别是军屯和市肆,置大使、副使各1员。查阅今地图,广运仓遗址位于徐州市云龙区彭城街道办事处晓光社区居委会引洪路、奎河与溢洪道之间。占地约540亩,带壕沟围起,东西约270米,南北约330米,袁桥东西线为北端,南北约820米,东西约480米,地理形状为曲尺形状,南面靠奎山位置较高,北面靠袁桥一带位置较低。

位于徐州博物馆后院的《徐州广运仓记》碑

北至和平路一线,东至黄河故道,西至解放南路,南至奎山以北。这片区域就是广运仓旧址。在徐州博物馆内,还有一块残损的明成化十三年(1477年)的《徐州广运仓记》碑,记述了广运仓的位置、周围环境、内部结构、历史兴衰、各级官员及整修广运仓的原因、整修情况等。此碑是运河沿线重要的漕运仓储文物。

黄楼。位于徐州市故黄河公园内故黄河南岸大堤上,是徐州五大名楼之一,因苏轼而闻名遐迩。北宋时,苏轼任徐州知州,拆除西楚故宫,建造黄楼,位于泗水岸边。苏轼答范纯甫诗中有"重瞳遗迹已尘埃,惟有黄楼临泗水"的描写。黄楼的建造,是因为北宋熙宁十年(1077年)秋七月,黄河在澶州决口,洪水东南流夺淮入海。时任徐州知州的苏轼身先士卒,鼓舞全城军民誓与城共存亡,在城东南修筑了护城大堤,"水至而民不溃"。洪水退后,苏轼上疏请求免除徐州赋税,增筑徐州城,并在城东门筑楼。根据"土实胜水"的五行理论,特将该楼涂抹黄土泥浆,故名"黄楼"。

北宋著名词人秦观《黄楼赋》中有"惟黄楼之瑰玮兮，冠雉堞之左方。挟光晷以横出兮，千云气而上征。既要眇以有度兮，又洞达而无旁"的描写。黄楼内留有许多碑刻，多为古代文人骚客来徐州登临黄楼时所作诗文。最著名的是苏辙撰写、苏轼亲笔所书的《黄楼赋》。"黄楼赏月"则成为徐州著名古八景之一。1987年，黄楼重建，遗存的20多块碑刻皆镶嵌在楼内。

黄楼　刘召禄摄

黄河故道。黄河自南宋绍熙五年(1194年)夺泗入淮以来，清咸丰五年(1855年)最后一次改道，长达600多年里，一直流经徐州城下，其间频繁泛滥决口。明清两代的统治者高度重视黄河堤坝的修筑，以应对水患。如今徐州市内的一段护河堤遗迹，平均高出河底平面约6米，两岸均用石料护坡。现存的鸡咀坝石堤，顶宽约30米，这段石堤修建于清乾隆年间(1736—1795年)。在乾隆之前，黄河护堤多为夯土堤坝，防洪效果有限。乾隆皇帝6次南巡，其中4次来到徐州，主要是为了考察黄河水情和河防工程。当时黄河尚未北移，仍流经徐州。清乾隆二十一年(1756年)，黄河在徐州孙家集决口，导致徐州各地遭受严重水灾。次年四月，乾隆南巡期间，虽然在江南，但仍乘船北上至宿迁顺河码头，登陆徐州视察水灾情况。乾隆皇帝下令加固并筑黄河石堤，以消除水患对徐州城的威胁，并在徐州城北门外设立测水标志，监视黄河水位。由于黄河长期泛滥，对徐州的威胁难以根除，乾隆责成两江总督尹继善在徐州古禹王庙改建行宫，以示治理黄河的决心。乾隆的多次视察和亲自督办,显示了对黄河治理的重视程度。在这一系列措施的推动下,徐州的黄河防洪工程逐渐完善,石堤的建设不仅提升了防洪能力,也成为黄河治理史上的重要一页。时至今日,这段历史遗迹仍然是徐州历史文化的见证,诉说着当年黄河治理的艰辛与辉煌。

黄河故道上的镇河牛　刘召禄摄

窑湾码头。 窑湾古镇位于徐州市新沂市、邳州市、睢宁县和宿迁市宿豫区交界处,是京杭大运河上的重要节点。在这里,京杭大运河呈现出独特的S形大拐弯,这一地形特征,使窑湾长期成为一个繁忙的水运枢纽。古镇三面环水,从这里乘船出发,南可抵达苏杭,北可直达京津,交通便捷。频繁的山洪带来了大量泥沙,成为烧制陶器的理想材料。窑湾的居民利用这种丰富的泥土资源烧制砖瓦,形成了一个重要的产业,古镇因此得名"窑湾"。窑湾的兴盛不仅依赖于其独特的地理位置,更得益于大运河带来的商业繁荣和物流便利。

窑湾镇　薛晓红摄

据史料记载,窑湾在宿迁县治西北70里,行政区划上属邳、宿两地共管,是宿迁县的首镇。民国《邳志补》称"窑湾集毗连宿迁,漕艘停泊重地",可看出窑湾分属两地同时管辖的行政格局。从城镇形态来看,窑湾有4个城门,分别为大东门、北城门、西城门、小东门,清康熙年间(1662—1722年)修筑城墙时,大东门、北城门、西城门改为砖石结构,小东门为1932年张华棠将军所建,故又名华棠门,4座城门在淮海战役中遭受重创,先后被击毁或拆除。[①]

自大运河开凿以来,凭借在大运河黄金水道上的地理优势,窑湾迅速发展成为京杭大运河上的重要内河航运码头。这里连接着广阔的市场,方圆几百里所产的商品都汇集于此,再通过运河运往南京、上海、杭州等地。大运河将黄河与淮河连接起来,把江南与江淮地区丰富的物产运送到北方,解决了都城的物资供应。

窑湾古镇不仅是物资集散的重要节点,更是人文荟萃之地。古镇的街道两旁,至今仍保存着明清时期的建筑,青砖黛瓦、古朴典雅,见证了古镇的繁荣与辉煌。古镇内的小桥流水、曲径通幽,仿佛述说着那段古老的历史。窑湾古镇以其悠久的历史、丰富的文化底蕴和重要的经济地位,成为大运河上一颗璀璨的明珠。

时光流转,已逾千年。"大风起兮云飞扬,威加海内兮归故乡,安得猛士兮守四方。"刘邦的这首《大风歌》,豪迈壮阔,让大家看到了汉代的风云际会。"两汉看徐州",这座承载着深厚历史底蕴的城市,是汉文化的发祥地之一,见证了楚汉相争的烽火岁月,留下了众多与汉代相关的历史遗迹。戏马台上,仿佛还回荡着英雄豪杰们的呐喊;龟山汉墓,那精美的建筑和神秘的布局,彰显着汉代高超的技艺与独特的审美。这里的一砖一瓦,都诉说着汉代的辉煌,让后人得以领略那个时代的雄浑气魄。而运河文化,又为徐州增添了一抹水运的风采。"尽道隋亡为此河,至今千里赖通波。"如今,沂沭泗水系中的泗水在黄河多次夺泗入淮的影响下形影消散,只留下泗水、泗洪、泗阳等地名,讲述着往日的蜿蜒形迹;今日的徐州市内却形成了"九河绕城、七湖润彭"的水网格局,市内分为废黄河、沂沭泗、濉安河3条重要水系。京杭大运河徐州段沟通了这3条水系,继续滋润着运河两岸的风土,繁荣着运河两岸的经济。多少关于徐州和运河的故事继续发生,并为后人所铭记。

---

① 陆振球:《古镇窑湾》,徐州:中国矿业大学出版社,2008年,第134页。

二、淮水北吞黄水入，汶河西带泇河流：宿迁

环山浪势拍天浮，烟锁长堤万象收。

淮水北吞黄水入，汶河西带泇河流。

归风引棹千秋月，落日低帆两岸秋。

寂寞楚歌人不见，嗷嗷鸿雁渡沙洲。

清朝前期，时任河道总督的张鹏翮在宿迁治水，于骆马湖畔写下了这首脍炙人口的七律佳作《骆马湖》。诗中不仅描写了骆马湖的景色，还描述了流经骆马湖的淮、黄、汶、泇等水系，并通过怀念宿迁人士项羽，抒发了对历史长河奔涌向前、不为任何人停留的感叹，描绘了人世百代更迭的沧桑巨变。大运河缓缓流过徐州境内最终注入骆马湖，这里成为京杭大运河徐州段的终点，也成为宿迁段的起点。

宿迁运河中的大桥

宿迁，古称下相、钟吾。水陆交通便利，元人傅若金在《宿迁舟行》中以"水通淮海波涛壮，地入青徐土壤平"形容此地的地理位置。宿迁历史悠久、人文荟萃，素有"华夏文明之脉、淮河文明之源、楚汉文化之魂"之称。泗洪县天岗湖乡松林庄发现的长臂猿化石，距今1000多万年，是亚洲迄今发现最古老的古猿化石。双沟地区在

古泗水国

古泗水国始建于汉元鼎四年（前113年），由汉武帝分东海郡三万户设立。其治所在凌县（今江苏宿迁泗阳县三庄镇），下辖包括今江苏宿迁市、淮安市部分地区。古泗水国历经西汉和东汉初期。东汉建武十三年（37年），泗水国被废除，改为泗水郡。

距今约5万年前就有古人类下草湾人逐水而居，是世界人类起源中心之一。距今8000多年的泗洪县顺山集遗址被确认为江苏省内已发现的最早的新石器时代遗址，它的发现将江苏文明史至少提前了1600年。宿迁的文明史长达5000多年，建城史也有2000多年。相传夏、商、周三代，古族徐夷在境内生息。公元前113年，古泗水国在此建立，为宿迁的历史增添了浓墨重彩的一笔。秦代置下相县，东晋设宿豫县，唐宝应元年（762年），为避代宗李豫之讳，改称宿迁至今。这一系列的行政变迁，不仅反映了宿迁在历史上的重要地位，也见证了其名称的演变和文化的传承。

古东关楼　刘召禄摄

宿迁河网密布，水系发达，境内主要有淮河、沂河、京杭大运河中运河等河道，有骆马湖、洪泽湖二湖，形成"三河两湖"之格局。其中，骆马湖作为蓄水湖和航运中转地，连接沂河与大运河，连通淮河下游的洪泽湖，在当地占有重要地位。

骆马湖的形成，始于南宋时期的一次人为的黄河改道。南宋建炎二年（1128

年），时任天章阁待制、北京大名府留守的杜充为阻止金兵南下，下令在滑州（今河南安阳滑县）以西挖开黄河堤防，使得黄河夺泗水涌入淮河，夺淮河河道入海，从此开启了黄河夺泗、夺淮南流的700年历史。黄河夺泗、夺淮南流后，原先汇入泗水的沂水受阻，由于黄河泥沙的影响，沂水流入迦河的起始段直河

Tips

沂　河

　　沂河，又称沂水，是淮河流域沂沭泗水系的重要河流，被誉为沂蒙山区的"母亲河"。它发源于山东省淄博市沂源县田庄水库上源的东支牛角山北麓，流经山东临沂、江苏徐州邳州等地，最终在江苏连云港灌云县燕尾港镇注入黄海。

口不断淤积，沂水只能在直河口以东、泗水以北、马陵山以西的洼地中汇聚，逐渐形成大大小小的湖泊，之后形成4个较大的季节性湖泊，分别命名为大江湖、埠头湖、埝头湖和骆马湖。至明代后期，黄河的侵泗夺淮使泗水河床日渐淤高，沂水等水系的回流日益加剧，致使4个湖泊连成一片，统称为骆马湖。

　　关于骆马湖的名称，历代史料记载颇多，有称"乐马湖"或"马乐湖"者，有称"烙马湖""络马湖""落马湖""路马湖"者，不一而足。到清康熙年间（1662—1722年），历史资料中统一名称为"骆马湖"，其他名称基本停用。据学者王晓风先生考证，"骆马"一词与大禹的父亲鲧联系密切，东晋郭璞注《山海经·海内经》中记载："黄帝生骆明，骆明生白马，白马是为鲧。"骆明为轩辕黄帝的第三子，鲧是骆明之子，出生时以白马的形象示人，因此鲧与白马的形象联系密切，在《辞源》中关于"骆马"的解释是："骆马，白身黑鬣的马。"也就是说，"骆马"可作为"鲧"的代名词，而鲧因为偷取舜帝的息壤堵水，导致灾情泛滥，被舜帝命祝融氏处死于马陵山脉中一座名为"羽山"的山上，并葬于

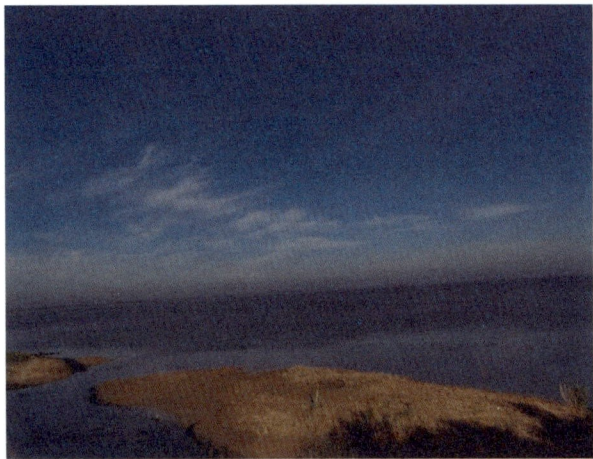

骆马湖　杨丽摄

此。《山海经·海内经》中记载："洪水滔天，鲧窃帝之息壤以湮洪水，不待帝命；帝令祝融杀鲧于羽郊，鲧复生禹，帝乃名禹卒步土，以定九州。"其中的"羽郊"即为羽山，而当地以"骆马湖"之名纪念这位因治水而殒命的先贤，似乎也显得非常合理了。

骆马湖以西连接中运河，中运河宿迁段由迦河、皂河、中河3段河流组成，据民国《宿迁县志》记载："皂河……自此以上谓之迦河，以下谓之中河，实一河也。"[①]也就是说，迦河、皂河、中河分别为中运河的上中下3段。中运河的存在，使得宿迁成为全国唯一拥有3个不同历史朝代运河航道的城市。隋唐时期的通济渠、元明时期的黄河故道以及清朝开挖的中运河，共同构成了宿迁独特的运河文化景观。这些运河不仅为宿迁带来了繁荣的经济，还孕育了丰富的非物质文化遗产，如洋河酒酿造技艺、乾隆贡酥制作技艺等。这些文化遗产不仅丰富了宿迁的文化内涵，也为后人提供了宝贵的精神财富。

中运河的第一段为迦河，又称迦运河，起始河段名为直河口，位于宿迁市宿豫区皂河镇王营村。作为明代最重要的运河航线，明人李东阳在《过直河驿待明仲舟不至》中写"直河西下如直弦，水浅沙深不受船"，即是描写此段河道如直弦般笔直，但是泥沙淤积导致水浅，船只通行不便。直河口连接邳州以北迦口村的西迦河，两者相连形成了完整的迦运河，全长150千米，直达山东济宁，这是自明代早期就开始投入使用的航运河道。

明万历三十一年（1603年），黄河在沛县等地决口泛滥，对周边地区的农业生产及漕运产生严重破坏，直河口一度荒废。翁大立等明代治水专家商议重新开通宿迁和邳州之间原有的直河口，向西北方向疏浚出一条河道，连接邳州以北的西迦河，经150千米水路到达济宁，从而避开黄河航道中的诸多风险。这一设想几经受阻和非议，终于在明万历三十二年（1604年），河道总督李化龙力排众议，才真正地将"开迦之议"完全落实。同年，李化龙开通了由夏镇经台儿庄到邳州的运河，使经常因黄河泛滥而断航的京杭大运河实现了畅通，也使黄河与运河分道，漕运尽避黄河之险。这条运河留下的遗迹，便是今天皂河镇境内的阎河。

第二段皂河开通于清康熙年间（1662—1722年），河臣靳辅在窑湾镇开凿河道，

---

① 严型修，冯煦纂：民国《宿迁县志》，台北：成文出版社有限公司，1983年，第34页。

将泇运河与旧皂河相连,长约20千米,在皂河口流入黄河。但是在康熙二十年（1681年）,黄河水量大涨,皂河口淤塞,于是开挖新河,西起皂河、东至张庄,全长10千米,名为支河。河道自此由泇河经皂河、支河,在支河口流入黄河,皂河从窑湾口顺着今天的运河河道连接到今天的宿迁市宿城区支河口,总长共30千米。由于原来泇运河的直河口废弃,故而在清代以后,支河口也被称为直河口。

第三段运河便是支河口以下的中河,全长93里,兴建于康熙二十五年（1686年）,竣工于康熙二十七年（1688年）,流经桃源（今江苏宿迁泗阳县）、清河（今江苏淮安清江浦区）、山阳（今江苏淮安淮阴区）、安东（今江苏淮安涟水县）等地,汇入平旺河入海。中河避开了黄河之险,之前途经此地的漕船须借助黄河河道而行,由于黄河多险情,风浪滔天,船工纤夫殒命难计其数。而中河开通后,漕运周期缩短一个月,这不仅大大提升了漕运效率,且中河水势平稳,挽众生性命于清波之中。

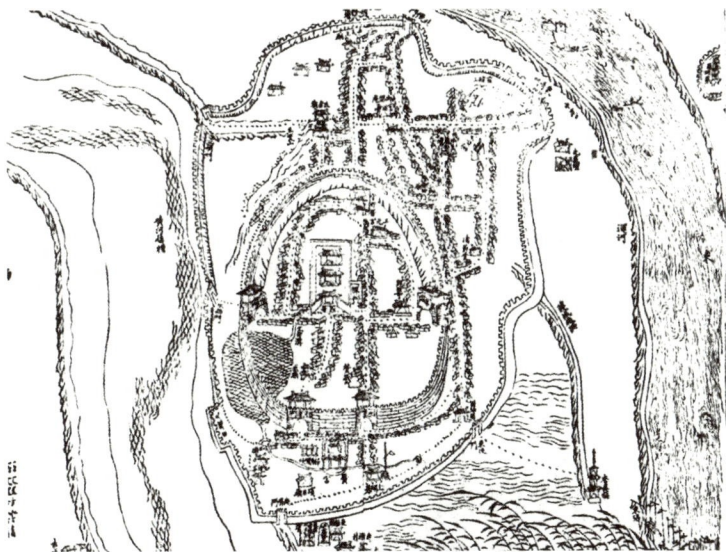

同治《宿迁县志》卷二《县城图》

中运河宿迁段的开通,极大地促进了当地经济的发展,贸易活动也日渐繁盛,由此诞生了许多著名的街市和古镇。新盛街始建于明万历五年（1577年）,距今已有400多年的历史。这条老街不仅承载着宿迁人民的记忆与情感,更是宿迁运河文化的生动展现。它依中运河而建,与中运河紧密相连,共同见证了宿迁的兴衰变迁。作为京杭大运河的重要组成部分,中运河自古以来便是南北交通的要道,其独特的地理位置和重要的战略价值,使得新盛街成为商贾云集、人文荟萃之地。中运河的航运功能为新盛街带来了繁荣的商业贸易。在清康熙年间(1662—1722年),中运河是连接南北的重要水路,南来北往的船只在此交会,带来了各地的商品与文化。新盛街作为运河边的繁华街市,自然成为商人们争相入驻的宝地,沿街商铺酒肆林立,商品琳琅满目,从丝绸布匹到日用百货,从特色小吃到珍贵药材,应有尽有。周聚源槽坊是明万历年间(1573—1620年)兴盛于新盛街的酿酒作坊,其主人姓周名侃,是明嘉靖年间(1522—1566年)举家从苏州迁移到宿迁县城(今项王故里南侧)谋生的,坊间有言:"淮酒乃天下之名品也。"此处的"淮酒"即是淮安府辖宿迁县城周聚源槽坊所酿之酒。在清朝,周聚源槽坊所酿之酒垄断宿迁县城,借助漕运之便利远销大江南北,那时洋河镇"广泉泰"罗氏槽坊(今洋河酒厂前身)都不能与周聚源槽坊争锋。同时,中运河也为新盛街带来了多元文化。中运河沿线地区文化各异,各具特色。随着船只的往来,各地的文化在新盛街交汇融合,形成了独特的运河文化。这种文化融合不仅体现在建筑风格、饮食习俗等方面,更深入到人们的日常生活和精神世界之中。新盛街内的古建筑群、传统手工艺、民俗活动等,都是运河文化的具体体现。这些文化元素相互交织、相互影响,共同构成了新盛街独特的文化风貌。

位于江苏省宿迁市宿豫区西北部的皂河镇,是一个拥有近400年历史的文化古镇。其名字源于一条因水底土色发黑而得名的河流——"皂河"。这条河流不仅是皂河镇得名的缘由,更是其历史与文化的重要载体。而中运河自南向北穿越皂河镇,为这座古镇带来了无尽的繁荣与变迁。在清朝,皂河镇依托中运河的漕运功能,发展成为商贾云集的繁华之地。

皂河镇门楼　刘召禄摄

中运河的通航不仅促进了南北货物的交流,也为皂河镇带来了大量的商机和财富。运河上的船只往来如梭,带来了丰富的物资和商品,使得皂河镇成为周边地区的经济中心。

皂河镇不仅是商业重镇,也是历代帝王南巡的重要驿站。康熙、雍正、乾隆三朝皇帝都曾在此留下足迹和众多诗赋、圣旨、碑文等文化遗产,其中尤以皂河龙王庙最为突出。因皂河镇曾是历代治水患、兴水工、畅漕运的要塞,故而这里拥有众多的古今水工设施和遗产遗迹,如皂河龙王庙、中运河北大堤、皂河束水坝等,见证了皂河镇在治水方面的卓越成就和深厚底蕴。其中,皂河龙王庙入选《世界遗产名录》,成为皂河镇与中运河共同孕育的文化瑰宝。它既蕴含了人们对风调雨顺、五谷丰登的期盼,也成为清代康雍乾三朝帝王历史行迹的重要见证。

康熙首次南巡(1684年)到宿迁,御舟停泊皂河口,看到因洪灾导致大片田园荒芜,村舍破败,一片萧条,深感痛心,遂口占五言诗一首:"行尽兖东程,乍入江南路。水潦切痌瘝,深心察其故。"随后宣旨强调治水安民之举也需要神力保佑,于是开国库拨帑金,将皂河原有较小的"草堂庙"改建为皇家祭祀水神的龙王庙。乾隆二十二年(1757年),乾隆皇帝第二次南巡,驻跸皂河龙王庙,将龙王庙山门上方"龙王庙"三个字题匾,御书改写为"敕建安澜龙王庙",用意是让后人永远铭记其祖父在皂河治理水患的功德。乾隆从杭州返京途经宿迁,下榻皂河龙王庙,即兴题诗一首:"皇考勤民瘼,龙祠建皂河。層甍临耸坝,峻宇镇回涡。毖祀精诚达,安澜永佑歌。彭城将往阅,宿顿此经过。捍御方多事,平成竟若何。所希神贶显,沙刷辑洪波。"该诗颂扬了其祖父关心民间疾苦,建庙敬神,安澜息波,造福百姓的丰功伟绩。这些皇家遗迹不仅丰富了皂河镇的历史文化内涵,也进一步提升了其在全国乃至世界的知名度。

敕建安澜龙王庙即皂河龙王庙,坐落于宿迁城西北25千米骆马湖南岸的皂河镇南首,东邻运河,西近黄河故道。此座庙宇始建于清顺治年间(1644—1661年),康熙二十三年(1684年)加以改建,雍正五年(1727年)扩建,因为宿迁自古水患频发,取"安澜"之意,名为"安澜龙王庙"。乾隆六次南巡,五次停宿于此,其间划拨帑金进行修缮,故又俗称为"乾隆行官"。清代龙王庙主要建筑有禅门、钟楼、鼓楼、御碑亭、东朝房、西朝房、大王殿、灵官殿、大禹殿等,规制宏大。建筑群占地面积约22万平方米,建筑面积4996.75平方米,其中御内石碑四面镌刻乾隆不同时代的御笔碑文,保存较为完好。

龙王庙行宫前的石狮子

除此以外,宿迁还有三皇庙碑刻、关坝台、通汇桥、大王庙、仰化行宫遗址、顺河行宫遗址、太皇堤遗址、洋河酒厂酿酒车间及地下老窖、浅废闸遗址等与运河息息相关的文化胜迹。

三皇庙碑刻。位于宿迁市宿城区真如禅寺前广场西侧,为宿迁境内目前发现最早的碑刻。石碑高2.2米,宽1.03米,厚0.3米,碑座高0.7米,碑额正中篆印一方"创建两庑",碑首题"宿迁县创建三皇庙记"。正面楷书碑文较完整清晰,碑阴题名大部分因漫漶已难以辨识。碑文为元至元三年(1337年)题写,内容为称颂县令王仲宽捐资建三皇庙两庑殿,并且修造古代名医塑像的功绩。碑身出土时断为两截,经过修复,保存完整,并已修建碑亭加以保护。

关坝台。位于宿城区项里街道关口社区东关口街运河堤岸内侧。始建于明代,坐西朝东,面对运河。岸边曾建有高大的石坝,并设有横木,便于拦船查税,故名关坝台,今存石质台阶20余级。其当年的作用,一是用于拦水提高上游水位,二是用于收取过往船只的费用。历史上的关坝台东西长约130米,南北长约150米,以块石堆砌而成。台上原有高大的门楼和殿堂,建有与其配套的东廊房、南廊房和北廊房,坐西面东,建有两层主体建筑,蔚为壮观。1949年后,随着船闸的修建和经济中心的逐渐北移,关坝台失去当年的作用后,台上的建筑相继被拆毁。

太皇堤遗址。位于宿迁市宿城区陈集镇闸塘村团结组至洋河镇红庙村闸口三组。大皇堤又称归仁堤,相传为了保护明祖陵不受黄河水患而筑。太皇堤宿城区段从泗洪县归仁镇安河村乌鸦岭进入宿城区,由宿城区陈集镇闸塘村团结组一直延伸到洋河镇红庙村闸口三组,此处与黄河堤相接,全长约10千米。据分析,太皇堤的建造方法是,先在地面以下打入地钉,地钉上用块石垒砌,块石与块石之间有榫卯相扣,块石以上再用黄土堆筑。

洋河酒厂酿酒车间及地下老窖。位于宿迁市宿城区洋河镇西门社区。江苏洋河酒厂股份有限公司在苏北古镇洋河镇,地处宿迁市的宿城、宿豫、泗洪三县区交会处,面临徐淮公路,背靠京杭大运河。据传,洋河大曲在唐代就已享盛名,明末清初已闻名遐迩。现有20世纪50年代老酿酒车间、地下酒窖各1处,总面积5000多平方米,其中地下酒窖被誉为"中国白酒的地下宫殿",储存大量陈年佳酿,部分藏酒已有百年。

浅废闸遗址。位于宿迁市宿城区洋河镇闸圩村十组废黄河南大堤。北距河中心约2000米,闸体南北长约70米,东西宽约60米,面积约4000平方米。浅废闸建在大堤的中间,与黄河大堤相交平面呈十字形。建造的方法是:闸体的立面先用木桩作地钉,其上用块石垒砌,块石与块石之间用铁扣件连接。迎水面和背水面均用三合土夯实。该工程属于大型皇家工程。[①]

> 河广舟航小,堤长市屋卑。宿迁元隔楚,淮甸旧连邳。
>
> 浊浪随清变,香粳问客炊。紫山前有约,底事北来迟。

元代诗人王恽乘船沿运河行至宿迁,眼前河面宽阔,可舟船却显得渺小,漫长堤坝旁,屋舍低矮。宿迁曾与楚地相隔,淮甸与邳州相连。河水浊浪因时而变,异乡客炊煮着香粳米饭。诗人用拟人的手法写与将要前往的紫山有约定,不禁自问为何往北的行程竟这般迟缓,流露出对前往紫山的期待与未能如期抵达的怅惘。中运河宿迁段,是清康熙二十五年(1686年)为避开黄河的险阻而开挖的河道,为了

---

① 吴滔:《中国运河志·城镇》,南京:江苏凤凰科学技术出版社,2019年,第412页。

促进航运发展,开凿骆马湖西侧的皂河以连接泇河和黄河。河道总督靳辅采取"黄运分立""避黄济运"的方针,在淮阴黄河北岸的遥堤和缕堤之间开挖了一道新河道,途经桃源县(今江苏宿迁泗阳县)和宿迁县城东侧,最终抵达支河口。清康熙二十七年(1688年)春天,工程竣工,因其位于京杭大运河的中段,故名为"中运河",简称"中河"。中运河的北段连接支河和皂河,从此南北航运可以通过中运河避开黄河的险阻。中运河的开凿是奠定京杭大运河走势的最后一次大型工程,标志着大运河全段完全实现人工控制。

中运河全长186千米,其中宿迁段长达112千米,沟通了骆马湖和洪泽湖。这两大湖泊成为整个大运河的供水站,使得南北航运更加便捷。宿迁地理位置独特,"北望齐鲁,南接江淮,居两水中道,扼两京咽喉",是国家二级航道和南水北调的主要通道,能通航2000吨级船舶。中运河沿途有宿城、宿豫、泗阳等名城古镇,沿线共有47项文化遗产。2014年6月,宿迁城区41千米河段被列入《世界遗产名录》,进一步彰显了其重要的历史和文化价值。

中运河不仅是交通运输的重要干线,还见证了宿迁地区的历史变迁和经济发展。作为大运河的重要组成部分,中运河发挥了巨大的作用,推动了区域经济的发展,促进了南北文化的交流。今天的中运河,依然流淌在宿迁的大地上,继续发挥着它的作用,为宿迁的繁荣和发展贡献力量。

三、襟吴带楚客多游,壮丽东南第一州:淮安

渺渺孤城白水环,舳舻人语夕霏间。

林梢一抹青如画,应是淮流转处山。

淮安,古称楚州、山阳,位于淮河之侧,是沟通江、淮的重要据点。黄河夺淮入海之后,更是控扼黄、淮交汇之处。作为运河沿线的重要节点,淮安的发展与运河息息相关。尤其在明清时期,淮安城及周边集中了漕运系统最重要的府衙机构,在运河上的地位举足轻重,"漕督居城,仓司屯卫,星罗棋布,俨然省会",素有"襟吴带楚客多游,壮丽东南第一州"的美誉。

因为独特的地理位置,处于南北之交的淮安,会集了运粮军士、大小官员和南来北往的商人,自古便吸引了无数文人墨客为之驻足吟唱。30岁的秦观乘船赴汴京参加科举考试,未第返家,经过泗州城时写下了"渺渺孤城白水环,舳舻人语夕霏间"的诗句,而当时的泗州,正与盱眙县隔河相望。

Tips

南船北马

淮安是受大运河影响最大的城市。古籍中记载,淮安地区夏代就已"水行乘船"。东周时,燕齐通向吴楚的陆路,穿过淮安,称作"善道"。秦朝修驰道,有2条经过淮安。前486年,吴王夫差为了争霸中原,开凿古邗沟长150余千米沟通江淮。长江流域的军队乘船北上,到淮安下船后上车马;黄河流域的军队乘车马南下,到淮安下车马后上船,"南船北马"汇聚淮安的局面开始形成。隋开皇七年(587年),隋文帝为兴兵伐陈,从淮安到扬州开山阳渎。此前的运河开凿,均以军事为主要目的,隋炀帝即位后,都城由长安迁至洛阳,经济上依靠江淮,于是开凿了自洛阳经淮安至扬州的大运河。唐初,淮安成为全国四大盐场之一,盐运事业又开始兴旺发达。随着运河交通发展而来的就是南北人口的会聚以及经济、文化的繁荣。"酒酣夜别淮阴市,月照高楼一曲歌。"淮安逐渐发展成为运河沿线的一座名城,也就有了"淮水东南第一州"的美誉。历朝历代都会治理淮河,但无论如何治理,均以淮安为界,大运河南北漕运能力悬殊。江南的物资源源不断地通过运河运达淮安后,绝大多数无法北上,要换车马陆运。因此,清代乾隆年间还在淮安设马号,北达京师。大量北方人乘车马到了淮安,休整一番,再乘船继续南下。"最是襟喉南北处",南船北马,使得南北文化在淮安交汇融合,形成了市井生活的繁华景象。

清江浦处的"南船北马,舍舟登陆"题字

北宋元丰元年（1078年），苏轼自密州转任徐州知府，秦观前往拜谒，留下了"我独不愿万户侯，惟愿一识苏徐州"的名句。苏轼对秦观十分赏识，将秦观收为门下弟子。意气风发且受到苏轼鼓舞的秦观从徐州沿汴河一路西行，前往汴京考试，结果却未能如愿高中。从汴京乘船返回家乡高邮时，秦观在《送钱秀才序》中提到"至秋，余先浮汴决淮以归"，即从汴京坐船沿着汴河东上，然后再乘船进入淮河返回高邮。在经过泗州的汴河口进入淮河前，秦观写下了上文所录的《泗州东城晚望》。

而正是到了泗州，秦观与淮安之间才有了紧密的联系。《宋史·食货志上三》记载："江南、淮南、两浙、荆湖路租糴，于真、扬、楚、泗州置仓受纳，分调诸船溯流入汴，以达京师，置发运使领之。诸州钱帛、杂物、军器上供亦是如之。"[1]可见在宋朝时，泗州地区是重要的粮食、钱帛、货物、军器中转站。泗州城始建于北周时期，毁于隋时战乱，唐朝长安四年（704年）置泗州临淮郡，取临近淮河之意，成为唐宋时期赴汴州、汴京之要冲。泗州城旧城在清康熙年间（1662—1722年）已被洪泽湖淹没，但大致可知其位置在今淮安盱眙县西北。

秦观到达泗州城的时间正值日暮时分，夕阳缓缓落下，从泗州的东城望去，水面在阳光的映照下显得十分邈远。淮水环绕着泗州城流淌而过，水色闪着白光，犹如一条蜿蜒前行的白色丝带。临近傍晚，渔船纷纷返航停靠在岸边，船上传来船夫一家的对话，淮水边的树林在青山的衬托下愈发翠绿，仿佛一幅美丽的画卷。秦观对这青山的名字并不确定，因此猜测这或许是淮水拐弯处的山脉吧！

据查考，此处的山应为泗州南山，胡仔《苕溪渔隐丛话》后集卷三十五中载："淮北之地平夷，自京师至汴口，并无山。惟隔淮方有南山，米元章名其山为第一山，有诗云'京洛风尘千里远，船头出没翠屏间。莫能衡霍撞星斗，且是东南第一山。'此诗刻在南山石崖上。石崖之侧，有东坡《行香子》词，后题云：'与泗守游南山作。'"[2]又据乾隆《泗州志州境河运总图》可知，淮河从泗州城南转弯向南，然后向东流去，其转弯处有铁锁岭、巉石山等，河之南岸有浮山，可见这些山脉连接成群。秦观所指"转处山"，应是以南山为总称的山之泛指。

---

① 脱脱：《宋史》卷一百七十五《食货志上三》，北京：中华书局，1985年，第4251-4252页。

② 胡仔撰：《苕溪渔隐诗话》，清道光二十五年至咸丰元年番禺潘氏刻光绪十一年增刻汇印海山仙馆丛书本。

苏东坡在时隔六年后的元丰七年(1084年)也游历过此地。这年三月,谪居黄州的苏轼调任汝州团练副使,接到命令后的苏轼并未直接北上,而是在黄州顺长江而下,游览于江西庐山,然后北上,于十二月来到泗州,《行香子·与泗守过南山晚归》就是作于此时,其中泗守是指时任泗州知州的刘士彦。词中写"北望平川,野水荒湾",当时是草木凋零的十二月,因此淮水两侧的景象显得萧瑟破败。"望长桥上,灯火乱,使君还"中的长桥是指架在淮河上的一座浮桥,据古志记载:"泗州与盱眙仅隔一淮……苏轼与泗守游南山晚归作《行香子》词……是旅居泗州过浮桥而至盱眙也。"①可见苏轼与刘士彦游历南山过后便返回了泗州,后苏轼又游历至盱眙县境内。

泗州城图

如今的泗州虽已沉入洪泽湖底,但苏轼、秦观师徒二人与泗州的缘分却保留在史籍中,供后人瞻仰品读。那些行走过的足迹虽然已经无法重寻,但是作为一种文化记忆,二人与泗州的相遇成为一段经久不衰的佳话。佳话因这淮河而起,佳话之地也因这淮河而淹没。淮河,这条历史悠久的河流,在中国地理和历史上都占有举足轻重的地位。它源自中国河南省的桐柏山,流经河南、安徽、江苏三省,最终注入长江或黄海,是中国南北地理的重要分界线之一。淮河的历史沿革丰富多彩,充满

---

① 光绪《盱眙县志稿》卷一,见《中国地方志集成·江苏府县志辑58》,南京:江苏古籍出版社,1991年,第13-14页。

了自然变迁与人类活动的痕迹。

远古时期,淮河干流经盱眙后折向东北,经淮阴向东,在今江苏盐城响水县云梯关入海。这一时期的淮河,河道深阔,水流通畅,海潮甚至可上溯到盱眙县。沿河分布着众多湖泊洼地调蓄洪水,使得淮河流域的洪灾记载相对较少。同时,淮河地处黄河、长江两大流域之间,成为南北往来的重要纽带,在南北分裂时期更是兵家必争之地。然而,淮河的命运在南宋时期发生了重大转折。南宋建炎二年(1128年),杜充在河南滑州以东掘开黄河,黄河浊水开始大规模侵夺淮河下游河道。特别是南宋绍熙五年(1194年),黄河在阳武(今河南新乡原阳县)决口,主流全部自东南流入泗水,再注入淮河,形成了相对稳定的黄河新道。也正是这一时期,大面积的泥沙使得淮河流域淤积,水流在盱眙与淮阴之间的洼地中汇集,连通了周边大大小小的湖泊。当时的泗州城也正在被汇集而来的大水侵蚀,饱受水患摧残,直到清康熙年间(1662—1722年)被完全淹没,成为洪泽湖的一部分。此后,黄河夺淮之灾仍旧肆虐,直至清咸丰五年(1855年)黄河在河南兰考县铜瓦厢改道北流山东,淮河才基本摆脱了黄河的干扰。

这一长达661年的黄河夺淮,对淮河流域产生了深远影响。黄河携带的大量泥沙淤积在淮河下游,抬高了河床,形成了悬河,使淮河失去了入海河道。同时,黄河的侵夺也打乱了淮河流域原有的水系格局,加剧了洪涝灾害的发生。据统计,黄河夺淮期间,淮河共发生较大水灾268次,平均两年半发生一次,远高于黄河夺淮前的频率。面对黄河夺淮带来的灾难,历朝历代都进行了不同程度的治理。明朝统治者为了维护大运河的漕运,治黄策略主要是防止黄河向北决口。潘季驯、刘大夏等治河名臣采取了一系列措施,如修筑堤防、疏浚河道等,以期稳定黄河河道。

然而,由于黄河泥沙的不断淤积,这些措施并未从根本上解决问题。清朝统

Tips

云梯关

云梯关原为古淮河入海口,南宋绍熙五年(1194年)黄河夺淮后,成为黄河入海口。因关口有土套(河湾)十余,形若云梯,故得名"云梯关"。明初,云梯关设立大河卫,驻兵数千,成为海防要塞。明嘉靖年间(1522—1566年),云梯关成功抵御了倭寇的两次侵犯。清代黄河泛滥期间,云梯关成为河防的重要节点。清康熙三十九年(1700年),河督张鹏翮在此敕建禹王庙,以镇水患。

治者继续加大对黄、淮、运河的治理力度。康熙、乾隆等皇帝多次亲巡河工,指示治河方略。靳辅等治河官员提出了"蓄清刷黄"的治理策略,即通过蓄存清水冲刷黄河河床,以期恢复淮河的入海出路。然而,由于政治腐败、管理不善等原因,这些措施的效果并不显著。这一窘迫局面终于在清咸丰年间(1851—1861年)黄河改道北流山东后得到了缓解,但是由于长时间黄河夺淮之影响,淮河流域早已面目全非,地势抬高使得淮河原有的支流早已改道他处,黄河的改道则使得淮河的水量骤减,失去了原有的属于自己的入海口,而成为长江的一条支流。

但无论黄河如何泛滥、改道、夺淮而行,淮河始终如母亲一般守护着这座美丽的城市——淮安。淮安是水的故乡,从它目前管辖的清江浦区、淮阴区、淮安区、洪泽区、涟水县、盱眙县、金湖县,可以看出大都与水有关。相传大禹曾在此处治水,想要"使淮水永安","淮安"即为"淮水安澜"之意,祈求淮水可以安澜顺遂。

淮水从东西方向上建立了淮安与其他地区的横向联系,运河则从南北方向上为淮安建立了纵向联系。"淮安北带黄河,南络长江,中贯淮河,与运河有不解之缘。春秋时,淮安属一度强盛的徐国。据载,徐偃王为北上争霸曾在淮安修运河入中原。稍后,吴王夫差开挖邗沟,入淮处在末口(在今淮安淮阴境内)。此后,魏文帝开挖山阳池,隋文帝杨坚开山阳渎(开皇七年,587年),他们修整联结江淮水道的行为,为建立淮安与运河的关系奠定了坚实的基础。"[①]

北宋以后,国家经济重心南移,江浙地区成为赋税的主要来源,而赋税之形式以海盐、粮米、布匹为主,运输多仰赖运河。而且在北宋以后,中国历史上多次出现南北分治的政治格局,大都以淮河为南北分界,故而淮河水系上的名城淮安便成为历代统治者极为重视的运河城市。明清时期,淮安之地位愈发重要。据光绪《淮安府志》记载:"自府城至北关厢,由明季迨国朝为淮北纲盐顿集之地……秋夏之交,西南数省粮艘衔尾入境,皆停泊于城西运河以待盘验;牵輓往来,百货山列……与郡治相望于三十里间,榷关居中,搜刮留滞,所在舟车阗咽,利之所在,百族聚焉,第宅服食,嬉游歌舞,视徐海特为侈靡。"[②]可见当时淮安的盐运、漕粮、各种货物运

---

① 张强:《漕运与淮安》,东南大学学报(哲学社会科学版),2008年第4期,第96-104页。

② 光绪《淮安府志》卷二,清光绪十年刊本。

输的繁盛场面,有"舳舻千里,旌旗蔽空"之感。此时,淮安成为全国的漕运指挥中心、河道指挥中心、淮盐集散中心、漕粮传输中心、漕船制造中心,其经济、政治地位重要,与当时的扬州、苏州、杭州并称为"四大都市"。正因为扼南北运河之喉要,切全国漕运之肯綮,因此淮安被称为"中国运河之都"。

运都胜境淮安　刘召禄摄

在明清漕运的影响下,淮安也形成了很多与运河相关的城镇和村落。如名城清江浦的开埠可追溯至明永乐十三年(1415年),由明代武官、水利专家陈瑄主持开凿。他通过疏浚沙河,开凿清江浦河道,并筑闸4处,使得江南漕船能够直接通达清河,极大地便利了漕运并促进了地区的繁荣。淮安古城的历史可以追溯到春秋末期,至今已超过2000年,在明清两代,淮安故城的城池构造得到了进一步的完善和发展。古城由旧城(老城)、新城、联城(夹城)3座城相连组合而成,这种独特的三城并列格局在世界范围内都极为罕见。旧城作为淮安古城的主体,始建于晋代,历经多次修葺,城墙坚固,城门巍峨,子城、角楼、吊楼等防御设施一应俱全,展现出古代城市的雄伟与庄严。

目前,淮安市共有各级文物保护单位100多处,馆藏文物4万余件。2014年,中国大运河正式入选《世界遗产名录》。淮安作为大运河申遗的重要节点之一,共有遗产区2处(清口枢纽、漕运总督遗址)、河道1段(淮扬运河淮安段)、遗产点5处(清口枢纽、双金闸、清江大闸、洪泽湖大堤、总督漕运公署遗址)入选。淮安自然景观优美,有烟波浩渺的全国第四大淡水湖洪泽湖,水上长城洪泽湖大堤,被誉为"江苏九寨沟"的铁山寺自然保护区,盱眙第一山国家森林公园,农业观光好去处金湖万亩荷花荡。淮安人文景观众多,有里运河文化长廊、文通塔、镇淮楼、韩信故里、水下泗州城、明祖陵、吴承恩故居、梁红玉祠、关天培祠、周恩来故里景区、周恩来童年读书处、古淮河生态文化园等。

末口遗址。位于淮安市淮安区淮城街道新城社区。该遗址吴越时期为古邗沟入淮处,处于苏中平原与苏北平原的交会处,是水陆交通的重要枢纽,历史上不仅是大运河与淮河的分界点,也是世界文化遗产大运河上历史最悠久且最重要的遗产点之一。后于此设堰,称北辰堰。元末修筑新城时,留此为北水关,今已废弃。1982年,在此建坊一座,单间双柱,面阔35米,柱高5米,六面体,混凝土材质,上部匾额题"古末口"三字。

镇淮楼。位于淮安市淮安区镇淮楼东路2号,原名鼓楼,又称谯楼。始建于南宋宝庆二年(1226年),为砖木结构的城楼式单体建筑,造型优美,结构坚固。元末曾修缮,后于明洪武十九年(1386年)倒塌,明永乐十七年(1419年)重建,明景泰四年(1453年)重修,清光绪二十七年(1901年)再次修缮并更名为"镇淮楼"。原基础长26米,宽14米,高6米,逐层收缩,中间设有

镇淮楼　刘召禄摄

大门。楼台上有3间两层的楼阁,重檐九脊,两侧设有耳房。这座雄踞古城中心的建筑,已伫立了9个多世纪,见证了淮安古城的沧桑巨变。淮安府署、总督漕运部院等历史建筑,共同构成了淮安古城的历史核心区和古城中轴线,展现了明清时期淮安古城作为当地政治、经济、文化中心的重要地位。

河下古镇。坐落于淮安市淮安区河下街道,是淮安历史文化名城的核心保护区之一。由于地势较低,且位于淮河下游,故得名"河下"。河下古镇的历史可以追

纸糊的淮阴，铁打的淮安

黄河不断夺淮，使得淮安地区的诸多城镇不仅不能固若金汤，经常处于迁徙之中，还使得这些城市的名称也处在不断变更之中。这从历史上淮安地区的两座城市——淮阴和淮安之间的关系可以明显看出。在历史上大多数时期，淮阴和淮安是并列的：先是有淮阴之称，后才有淮安之名；先是由淮阴成为地区首府，后才有淮安的后来居上；也曾有短暂的淮阴被淮安吞并的历史，但不久就恢复分立。但总体来说，淮阴的城址和名称不易长久，恰似"纸糊"；淮安的城址和名称比较稳定，如同"铁打"。因此，在淮安民间一直流传着这样的说法："纸糊的淮阴，铁打的淮安。"

溯到春秋末期，前486年，吴王夫差开凿了沟通长江和淮河的邗沟，河下地处古邗沟入淮处，成为古代重要的水运中转站。明清时期，河下古镇的经济和文化达到鼎盛，是淮安地区的重要商埠和盐运中心。这里曾是淮盐的重要集散地，朝廷设立盐运分司和盐引批验所，淮北沿海各地所产的淮盐全部运到河下，经过检验抽税后分销各地。河下古镇文化底蕴深厚，历史上曾诞生过许多杰出人物，如巾帼英雄梁红玉、大文学家吴承恩等。明清两代，这里更是走出了67名进士、123名举人、12名翰林，被誉为"进士之乡"。古镇内保存着大量的明清时期建筑和文化遗产，如吴承恩故居、吴鞠通中医馆、状元楼、文楼等，这些建筑和文化遗产见证了河下古镇的辉煌历史。

文渠。文渠是贯通淮安三城（旧城、新城、联城）全境的一条重要河流，被誉为淮安古城的母亲河。它已有1600多年的历史，见证了淮安的历史变迁。最初，文渠是一条在地面上挑挖出来的普通沟渠，名为"市河"，即城市里的河流。然而由于历史的沿革，"市河在治城中久湮"，河道逐渐淤塞。明景泰年间（1450—1457年），淮安知府丘陵和山阳知县刘谆共同引运河水疏通市河，恢复行舟，使得淮安三城得以重新获得灌溉和运输之利。因这次疏通工程，文渠不仅恢复了其原有的功能，还带来了淮郡人文气息的繁荣，士气民风蒸蒸日上，因而被仕宦民众称为"文渠"。文渠的疏浚历朝历代持续进行。为了便利城内的陆路交通，文渠经过的街巷上相继建造了许多桥梁。到了清光绪三十四年（1908年），文渠上共有桥梁55座，连接了41条街巷。这些桥梁不仅是重要的交通设施，也成为淮安城一道独特的风景线，见证了城市的发展与繁荣。文渠作为淮安古城的母亲河，不仅为城内居民提供了宝贵

淮安地区的运河行船

的水源和便利的交通,还承载着淮安厚重的历史和文化。它见证了淮安从古至今的变迁与发展,成为这座古城不可或缺的一部分。

高家堰铁牛。清康熙四十年(1701年),河道总督张鹏翮在黄河、淮河和大运河的各个险要工程上分置了16只铁牛。现如今,淮安市境内仅存5只铁牛,分别是位于洪泽区的2只、三河闸管理处的2只以及高堰街东淮沭河边的1只。这些铁牛不仅承载着古人祈求根治水患的美好愿望,实际上也充当了测水标志的角色。"倒了高家堰,淮扬不见面"这句话,形象地描述了铁牛的重要性和镇水的作用。千百年来,这些铁牛静卧在河道沿岸,守护着当地百姓的安宁,寄托了人们对水患的防治和安澜的期望。由于水情险恶,防险工程技术难度大,耗资巨大,人们希望铁牛能够坚守险工,不再被洪水冲毁。清雍正三年(1725年)成书的《行水金鉴》详细记载了"老坝口险工上的铁犀",这是属于"山阳外河汛"修守工程的一部分。铁牛的设置不仅反映了古代治水工程的复杂性和重要性,还展示了古人对水利工程的重视。作为历史遗迹,这些铁牛不仅具有重要的文化价值和历史意义,也是现代人了解和研究古代水利工程的重要实物资料。千百年来,这些铁牛见证了无数次洪水和修缮工程,也守护着一代又一代百姓的生命和财产安全。

清江浦楼。清江浦楼建于清雍正七年(1729年),矗立在里运河畔,而其所在之地自古就有"七省咽喉,京师孔道,南船北马,五河要津"的美誉。南来北往的船只都以清江浦楼为方向标记,体现了其在运河交通中的重要地位。历史上,清江浦多次遭受黄河浊流的倒灌。清乾隆帝南巡时,几乎总会视察清江浦楼,关注周边一带的河防情况。清咸丰五年(1855年),黄河改道北移,海运兴起,漕运衰落,清江浦的重要地位也逐渐减弱。20世纪50年代末,中央为了提高京杭大运河苏北段的通航标准,进行了疏浚工程。为了减少拆迁、保护清江大闸、便利施工以及促进城市发展,对老清江浦河段进行了改道。随着改革开放的深入,政府开始重视运河文化的保护和发展。以清浦河为半径,着力打造运河文化长廊,新建具有鲜明地域建筑特征的清江浦楼。新建的清江浦楼不仅与中洲岛特定城市地段空间相呼应、协调,而且成为东西往来水陆视线的焦点,还进一步巩固了清江浦楼在运河交通的重要地位。如今,清江浦楼不仅仅是一座历史建筑,更是淮安的一大地标,象征着这座城市悠久的运河文化和历史传承。

除此之外,运河之都的美食同样闻名中外。淮扬菜是中国传统四大菜系之一,明末清初形成流派,与川、粤、鲁菜齐名。古代淮扬菜产生并流行于淮安、扬州、镇江一带,其形成与运河城市的繁华,漕运、河道、关榷等众多衙署驻节以及盐商消费等有关。《中国菜肴史》指出,淮扬菜是由淮安菜、扬州菜相互融合而形成的。淮扬菜的特色是"和、精、清、新"。明清时期,淮安的山珍海味菜、全鳝席、全羊席、全鱼席、野蔬菜肴名气很大,在《随园食单》《清稗类钞》《清朝野史大观》《野菜谱》等文献中多有反映。淮扬菜的制作工艺大多传承至今并有所创新,如洪泽小鱼锅贴、盱眙十三香小龙虾、开洋蒲菜、钦工肉圆、平桥豆腐、淮安茶馓、文楼汤包等,其中盱眙十三香小龙虾美名传遍中国。2002年,淮安荣获"中国淮扬菜之乡"的称号,并举办了第一届"淮扬菜美食文化节"。

淮安还是小说《西游记》作者吴承恩的故里,同时也是周恩来同志的故里。淮安这座古城,因为有了淮河与京杭大运河的滋养与陪伴,而变得更加生动与多彩。在淮安,在运河和淮河间,常常能听到一种声音,那就是淮安运河号子。早上出发时船工们唱:"嗨哟——嗨嗬,千斤呀,万斤呀。嗨哟——嗨嗬,千斤呀,万斤呀。嗨哟——嗨嗬,起锚哟,嗨哟。动身哟,嗨哟,开船哟,嗨哟。嗨哟——嗨嗬,嗨哟——嗨嗬。"船工们在行进途中唱:"哟嗬嗬——哟嗬,一声号子我一身汗,一声号子我一身汗。抬起头呀朝前看,运河上面都是船。抬起头呀朝前看,运河上面都是船。哟嗬嗬——哟嗬。"这些源于淮安清江口、惠济闸等水运枢纽地区的船工号子,提高了船工们的劳动效率,节奏急促,声调激昂,呼应紧凑,是淮安运河上独有的亮丽风景线,是劳动人民内心深处的呼唤。

四、二十四桥明月夜,玉人何处教吹箫:扬州

青山隐隐水迢迢,秋尽江南草未凋。

二十四桥明月夜,玉人何处教吹箫。

"二十四桥",这一因淮扬运河扬州段而兴的运河文化符号,在杜牧《寄扬州韩绰判官》一诗的歌咏下,成为扬州的代名词。唐大中二年(848年)八月,杜牧从睦州(今浙江杭州建德)赴长安就任司勋员外郎一职,在路过金陵(今江苏南京)时,身侧无挚友相伴,顿生百无聊赖之感,想起驻扬州时担任淮南节度府掌书记的日子,自己同老友韩绰曾夜游扬州二十四桥,于是写下了这首《寄扬州韩绰判官》。诗文前两句描写了金陵与扬州之间的山水迢迢,距离遥远,因为时值八月,正是初秋,江南地区的草木仍然繁茂。

关于"二十四桥",后世说法大致有两种。其一是据沈括《梦溪笔谈·补笔谈》记载,唐时扬州旧城南北十五里一百一十步,东西七里十三步,城内水道纵横,有桥二十四座,明确记载的有茶园桥、大明桥、九曲桥、下马桥、作坊桥、洗马桥、南桥、阿师桥、周家桥、小市桥、广济桥、新桥、开明桥、顾家桥、通泗桥、太平桥、利园桥、万岁桥、青园桥、参佐桥、山光桥等二十一座;其二是指扬州西郊的吴家砖桥,也叫廿四

桥,因姜夔《扬州慢》"二十四桥仍在,波心荡,冷月无声。念桥边红药,年年知为谁生"之名句,也被称为红药桥。

"二十四桥"到底是在何处,如今恐难定论,但杜牧与韩绰同游是真,杜牧想念韩绰也是真。在扬州担任牛僧孺幕僚的日子里,杜牧由于行事耿介,不免遭人排挤,唯有担任节度使通判的韩绰与杜牧交好,二人可以说既是同僚,也是挚友。杜牧在《遣怀》中写到的"十年一觉扬州梦,赢得青楼薄幸名"的无奈与愤懑,恐怕也只能对扬州的这位挚友倾诉了。

扬州,古称广陵、江都、维扬。自有文字记载以来,扬州已有2500余年有文字可考的历史。距今5000~7000年前,淮夷人就在扬州一带劳动生息,并有水稻栽种。春秋时期,今扬州市区西北部一带称邗。前486年,吴灭邗,筑邗城,开邗沟,连接长江、淮河。越灭吴,地属越;楚灭越,地归楚。前319年,楚在邗城旧址上建城,名广陵。

秦统一六国后,设广陵县,属九江郡。汉代时,今扬州地区称广陵、江都,长期是诸侯王的封地。吴王刘濞"即山铸钱、煮海为盐",开运盐河(通扬运河前身),促进经济的发展。西汉元封六年(前105年),汉武帝将江都王刘建的女儿刘细君嫁到乌孙国,比王昭君和亲匈奴早80余年。东汉末年,张婴率领的农民起义军在广陵一带转战10余年后,被广陵太守张纲劝降。

三国时期,魏吴之间战争不断,广陵为江淮一带的军事重地。南北朝时期,广陵屡经战乱,数次变为"芜城"。两晋南北朝期间,山东青州、兖州一带的移民南迁广陵一带,促进了扬州经济的发展。东晋明帝太宁三年(325年),侨置兖州于广陵。北周改广陵为吴州。

隋开皇九年(589年),隋灭陈,建立统一政权,改吴州为扬州,置总管府。至此,历史上和今天的扬州在名称、区划、地理位置上基本完成统一。隋炀帝时,开大运河连接黄河、淮河、长江,扬州成为水运枢纽,奠定唐代扬州空前繁荣的基础。隋大业初年改州为郡,扬州随之改为江都郡。大业元年至大业十二年(605—616年),隋炀帝三下江都。大业十四年(618年),隋炀帝被部将宇文化及所弑,最终葬于扬州城西北曹庄。

唐武德二年(619年),李子通率农民起义军攻克江都,称皇帝,国号吴。武德三年(620年),扬州为唐军攻克,名称屡有更改;武德九年(626年),复称扬州,治所在今扬州。扬州曾为都督府、大都督府、淮南道采访使和淮南节度使治所,领淮南、江北诸州。武周光宅元年(684年),徐敬业、骆宾王在扬州起兵反对武氏政权。唐末,军阀混战,扬州遭到严重破坏。唐光启三年(887年),杨行密开始入主扬州。后梁贞明五年(919年),杨行密次子杨渭(隆演)即吴王位,改元武义。贞明六年(920年),杨渭卒,弟杨溥即吴王位。后唐天成二年(927年),杨溥即皇帝位,改元乾贞,史称"杨吴"。后晋天福二年(937年),徐知诰迫杨溥禅位,自即帝位,国号为唐,史称"南唐"。后周显德四年(957年),后周取南唐江都府,复称扬州。

北宋建立后,农业、手工业迅速发展,商业进一步繁荣,扬州再度成为中国东南部的经济、文化中心,与都城开封相差无几。每年商业税收约8万贯,居全国第三位。南宋建炎元年(1127年),宋高宗赵构迫于金人进逼,在迁都过程中以扬州为"行在"一年,促进了扬州的繁荣。韩世忠、刘琦、岳飞等南宋名将在扬州进行艰苦的抗金斗争。南宋德祐元年至二年(1275—1276年),李庭芝、姜才率扬州军民与元军展开不屈的斗争,壮烈殉难。元代,威尼斯共和国(今意大利境内)商人、旅行家马可·波罗到扬州。据其口述的《马可波罗行记》称,他在扬州任总督三年。

明嘉靖三十五年(1556年),为防倭寇又增筑外城。自此,明代扬州有新旧两城。明朝灭亡后,为阻止清兵南进,南明督师史可法在扬州率军坚守孤城,宁死不降,表现出坚贞不屈的气节。

清代,扬州重现繁华,城市人口超过50万人,成为当时中国八大城市之一,也是18世纪末19世纪初世界十大城市之一,康熙帝和乾隆帝曾多次巡幸。19世纪中叶以后,由于运河山东段淤塞,漕粮改经海上运输,淮盐改由铁路转运,加上其他方面的原因,致使大运河的交通地位下降,扬州也在经济上逐渐衰落。第一次鸦片战争期间,扬州府属的瓜洲、仪征等地军民奋起抵抗英军侵略。太平天国起义军先后3次在扬州一带与清兵激战。在孙中山领导的旧民主主义革命中,扬州人熊成基在安徽以陆军炮营队官的身份,于清光绪三十四年(1908年)十一月组织、领导著名的安庆新军起义,开始了武装夺取政权的尝试。宣统三年(1911年)十一月,扬州人孙天生在扬州发动武装起义,史称"扬州光复"。

1912年,废扬州府,置江都县。1923年,扬州境内第一条公路建成。1925年,中国共产党开始在扬州一带组织、领导人民进行新民主主义革命。1937年10月,中共中央长江局派员在扬州建立中共扬州特别支部,与扬州各界人士一同开展抗日救亡运动;12月,侵华日军占据扬州,以陈文为首的扬州抗日义勇团在扬州北乡展开抗日斗争。1939年初,新四军贯彻中共中央东进北上的方针,着手创建苏中抗日根据地。1940年7月,陈毅、粟裕率新四军主力北渡长江、挺进苏中,在江都建立新四军江北指挥部。1948年底至1949年4月,扬州各县相继解放。1949年1月25日,今扬州市区解放,设扬州市;以仙女庙镇为治所,另建江都县。

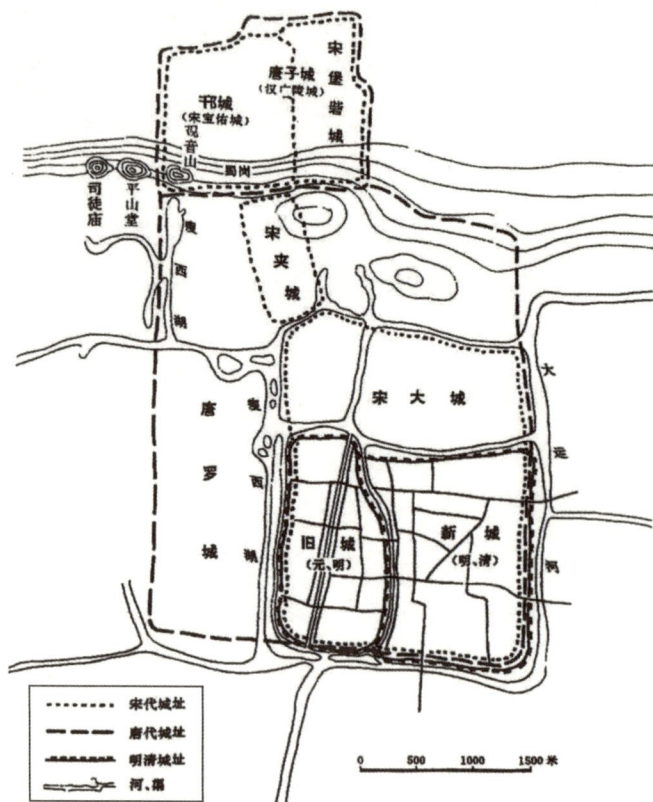

唐宋元明清扬州城址变迁图

扬州，因其所处的地理位置，成为沟通南北交通的咽喉要地，城市的兴衰与大运河交通的发展休戚相关。春秋末期，吴王夫差开挖了中国最早的运河——邗沟，筑邗城，开启了扬州的建城史，使得扬州凭借便利的水运条件，成为区域中心城市。隋唐时期，扬州作为京杭大运河与长江交汇的地方，是江南漕运和淮南盐运中心，也是长江沿线对外贸易的重要口岸，逐渐成为全国最富饶的城市。明清时期的扬州再次因河而兴，成为重要的食盐供应基地和南北漕运要冲，在城市经济和社会文化领域都取得极高的成就，是全国数一数二的大城市。

扬州城市的发展有赖于多重因素的共同影响，运河流经带来的便利交通条件是其中最重要的因素。"东南三大政，曰漕，曰盐，曰河，广陵本盐筴要区，北距河淮，乃转输之咽吭，实兼三者之难，其视江南北他郡尤雄剧。"[1]扬州城市的发展，始终与大运河相生相伴。首先，扬州是江南漕船由长江进入运河的第一站，作为漕运起点，担负着维护河道、确保漕运畅通的重要任务。其次，淮南盐场产量巨大，使扬州成为淮盐集散和转运的中心，盐运成为扬州城市经济繁盛的又一大关键因素。发展到清代，扬州盐商的巨额财富不仅推动了扬州园林、艺术的勃兴，而且在全国的经济格局中都占有独特地位。[2]运河、漕运和盐运是明清时期扬州繁盛的三大关键因素，也确立了它在长江南北城市中的重要地位。

---

① 阿史当阿修，姚文田纂：《扬州府志·序》，清嘉庆十五年刻本。
② 吴滔：《中国运河志·城镇》，南京：江苏凤凰科学技术出版社，2019年，第627页。

东关古渡

扬州的运河景观，为诗人们留下了吟咏风骚的诗歌题材，也让淮扬运河在诗歌中大展风采。淮扬运河扬州段北接里排河，南至长江之畔的瓜洲镇，全长151千米。作为中国大运河申遗的牵头城市，扬州素有"运河长子"之称，又有"中国运河第一城"的美誉。

三湾是淮扬运河扬州段中风光最绮丽的一段，弯曲的河道给人以夹岸画屏的感觉。为什么叫作三湾呢？扬州自古以来地势北高南低，上游淮河流经这里时，水势直泻难蓄，漕船、盐船常常在此搁浅。明万历二十五年（1597年），时任扬州知府郭光复沿河舍直改弯,把原有的100多米长河道改造成1.7千米,以增加河道长度和曲折度的方式来抬高水位和减缓水的流速,从而解决了当时交通命脉上最关键的难题,后人称该段河道为"三湾子"。古人有"三湾抵一坝"的说法,可见三湾的开挖是古代运河水利工程中的一个重要创举,甚至有很多专家认为三湾的水工意义可以和四川的都江堰相媲美。水利部于2016年授予三湾景区"国家水利风景区"的称号。如今的三湾风景区就是以运河三湾及周边湿地风光为依托,因地制宜配置人文景观及休闲设施形成的大型生态景区,占地约1520亩,其中运河水域面积约570亩,为扬州市十大生态中心之一,也是扬州公园体系建设的核心之一。

运河三湾景区　严柏平摄

在古典诗词中,扬州因运河而兴的盛景被反复吟咏。诗仙李白在《黄鹤楼送孟浩然之广陵》中写道:"故人西辞黄鹤楼,烟花三月下扬州。孤帆远影碧空尽,唯见长江天际流。"李白在黄鹤楼送友人孟浩然乘船前往扬州,扬州在长江下游,孟浩然沿着长江一路向东,在瓜洲运河南下扬州。瓜洲是当时大运河的入江口和长江的渡口。宋人陆游在《书愤》中也写道:"楼船夜雪瓜洲渡,铁马秋风大散关。"宋人王安石在《泊船瓜洲》中写道:"京口瓜洲一水间,钟山只隔数重山。春风又绿江南岸,明月何时照我还。"这里同样写到了作为扬州门户的瓜洲,可见唐宋时期以瓜洲运河为代表的扬州运河的兴盛。

瓜洲运河　刘召禄摄

随着京杭大运河的贯通以及旧河道的疏浚,交通更加发达,运输更加方便,地处南北运河与长江交汇处的扬州,成为东南地区的交通枢纽。扬州的商业、手工业、文化艺术日渐繁盛,亦是当时全国的经济中心之一。从文献记载可知,唐朝初年,扬州设立大都督府。安史之乱后在此设立淮南节度使,也是盐铁转运使的长驻之地。有时,淮南节度使亦兼任盐铁转运使,总掌东南八道诸州之富。安史之乱后,朝廷财政物资所需,更主要仰给于江淮,所谓"方今之急在兵,兵之强弱在赋,赋之所出江、淮居多"①,"今兵食所资在东南"②,"当今赋出于天下江南居十九"③。唐人卢求《成都记序》中记载:"大凡今之推名镇为天下第一者,曰扬、益,以扬为首,盖声势也。"④北宋司马光《资治通鉴》亦记录:"扬州富庶甲天下,时人称'扬一益二'。"这些都是扬州繁盛的力证。

扬州的商业繁荣尤为显著。唐太宗贞观年间,扬州人"俗好商贾,不事农桑"⑤。武则天长安年间,"扬州地当冲要,多富商大贾、珠翠珍怪之产。前长史张潜、于辩

① 刘昫撰:《旧唐书》卷一百二十三《第五琦传》,清乾隆四年武英殿校刻本。

② 欧阳修撰:《新唐书》卷二百零二《文艺传中》,清乾隆四年武英殿校刻本。

③ 韩愈:《昌黎先生文集》卷十九《送陆歙州诗序》,见《中华再造善本》丛书影印中国国家图书馆藏宋刻本,北京:北京图书馆出版社,2006年。

④ 董诰辑:《全唐文》卷七百四十四,清嘉庆十九年武英殿刻本。

⑤ 刘昫撰:《旧唐书》卷五十九《李龙志传》,清乾隆四年武英殿校刻本。

机皆致之数万,唯瑰挺身而去。"①安史之乱导致大量中原地区的百姓和士绅为了躲避战乱南下到扬州,使得扬州城市人口骤增,市场需求扩大,商业更加繁荣。所谓"富商巨贾,动逾百数"。

而在众多商业领域中,最重要的要数盐商。扬州既是当时非常重要的产盐区,也是盐的集散地。唐肃宗年间,任命第五琦为度支使,定盐法,盐产地设立盐院,统一收购,统一税收。唐乾元三年(760年),刘晏为盐铁使,在产盐地设盐官,统一收购成盐,转由商人通过运河远销全国各地。因海盐产量大,销售广,利润高,盐业税收便成为国家的重要财政收入。而作为海盐集散地的扬州,自然成为当时国内极富饶的城市。

除了商业繁荣之外,扬州亦是文人墨客辈出的地方。《旧唐书》记载:"天下文士,半集维扬。"明代张存绅《雅俗稽言·扬州》记载:"扬州唐时为盛,有'扬一益二'之语。十里珠帘、二十四桥风月,其气象何如!张祜诗'十里长街市井连,月明桥上有神仙',王建诗'夜市千灯照云碧,高楼红袖客纷纷',徐凝诗'天下三分明月夜,二分明月在扬州',其盛如此!语曰:有钱到处是扬州。盖其盛有自来矣。"以唐代为例,骆宾王、孙逖、李颀、王昌龄、孟浩然、崔颢、祖咏、李白、高适、刘长卿、韦应物等57位唐代诗人曾在扬州活动,并留下了歌咏扬州的诗篇。这些诗篇脍炙人口,家喻户晓。其中,影响最大的当属唐代张若虚的《春江花月夜》。

张若虚,唐代诗人。扬州人,曾任兖州兵曹,生卒年、字号均不详,事迹略见于《旧唐书·贺知章传》。唐中宗神龙年间(705—707年),与贺知章、贺朝、万齐融、邢巨、包融俱以文辞俊秀驰名于京都,与贺知章、张旭、包融并称"吴中四士"。玄宗开元年间(713—741年)尚在世。张若虚的诗仅存2首于《全唐诗》中,其中《春江花月夜》是一篇脍炙人口的名作,它沿用陈隋乐府旧题,抒写真挚动人的离情别绪

张若虚像

---

① 刘昫撰:《旧唐书》卷八十八《苏瑰传》,清乾隆四年武英殿校刻本。

及富有哲理意味的人生感慨,语言清新优美,韵律宛转悠扬,洗去了宫体诗的浓脂艳粉,给人以澄澈空明、清丽自然的感觉。

《春江花月夜》为乐府吴声歌曲名,相传为南朝陈后主所作,原词已不传。张若虚的这首为拟题作诗,与原先的曲调已不同,却最为有名,被誉为唐诗开山之作,享有"一词压两宋,孤篇盖全唐"之名。

Tips

春江花月夜

春江潮水连海平,海上明月共潮生。
滟滟随波千万里,何处春江无月明!
江流宛转绕芳甸,月照花林皆似霰。
空里流霜不觉飞,汀上白沙看不见。
江天一色无纤尘,皎皎空中孤月轮。
江畔何人初见月?江月何年初照人?
人生代代无穷已,江月年年望相似。
不知江月待何人,但见长江送流水。
白云一片去悠悠,青枫浦上不胜愁。
谁家今夜扁舟子?何处相思明月楼?
可怜楼上月徘徊,应照离人妆镜台。
玉户帘中卷不去,捣衣砧上拂还来。
此时相望不相闻,愿逐月华流照君。
鸿雁长飞光不度,鱼龙潜跃水成文。
昨夜闲潭梦落花,可怜春半不还家。
江水流春去欲尽,江潭落月复西斜。
斜月沉沉藏海雾,碣石潇湘无限路。
不知乘月几人归,落月摇情满江树。

关于这首诗的具体创作年份已难以考证,而对此诗的创作地点则有3种说法:有学者认为,诗人是站在扬州南郊曲江边赏月观潮,有感而发,创作了此诗,表现的是唐代曲江一带的景色;也有学者认为,此诗作于瓜洲,表现的是千年古镇瓜洲江畔清幽如诗的意境之美;还有学者认为,此诗作于扬子江畔,其地在今扬州市江都区大桥镇南部。此外,还有创作地点泰州说、镇江说等。无论张若虚这首诗在哪里创作,相信作为扬州人的他,在创作这首诗的时候,一定是带着对扬州城河江交汇、大江大河的眷恋。诗中的诸多名句也一直被后世诗人所引用或化用。比如,崔颢的"黄鹤一去不复返,白云千载空悠悠",很大程度上是"白云一片去悠悠,青枫浦上不胜愁"的化用;张九龄的"海上生明月,天涯共此时"亦有"春江潮水连海平,海上明月共潮生"的影子;李白的"青天有月来几时,我今停杯一问之",苏轼的"明月几时有?把酒问青天",都有"江畔何人初见月?江月何年初照人"的印记。

除此以外,扬州瘦西湖景区内的红桥,也一直是文人墨客聚集唱和的地方,是古代文人的"网红打卡地"。"红桥"始建于明末崇祯年间(1628—1644年),原为红色栏杆的木桥,后在乾隆元年(1736年)改建为拱形石桥。《梦香词》云:"扬州好,第一是虹桥。杨柳绿齐三尺雨,樱桃红破一声箫,处处住兰桡。"红桥后改名虹桥,人称瘦西湖第一景。清初著名文人吴绮在《扬州鼓吹词序》中记载:"朱栏数丈,远通两岸,彩虹卧波,丹蛟截水,不足以喻。而荷香柳色,曲槛雕盈,鳞次环绕,绵亘十余里。春夏之交,繁

弦急管,金勒画船,掩映出没于其间,诚一郡之丽观也。"

扬州邗江区春江花月夜纪念馆　陈璇摄

千百年来,文人墨客皆好在红桥上观瘦西湖美景,凭栏吊古,吟诗赋文,于是产生了一种叫"修禊"的活动。

自兰亭修禊后,修禊之风日盛,但真正波及全国、影响了几代人的修禊活动,是在清康雍乾年间(1662—1795年)扬州瘦西湖畔发生的3次"红桥修禊",主持者皆为当时的名士,参与者多达近万人,规模、影响达到极致。由于康熙、乾隆各自的六次南巡,扬州盐商在瘦西湖两岸争地建园,形成了"两堤花柳全依水,一路楼台直到山"的盛况。富庶的生活,也是文人相聚创作的源泉。

历史上,文人在红桥相聚酬唱,留下了很多诗篇。最知名的是以王士祯为领袖的清初广陵词坛的几次重要的唱和活动。王士祯少有才名,顺治十五年(1658年)中进士,次年授扬州推官。在到任扬州前,他曾举办秋柳唱和。顺治十七年

Tips

修　禊

修禊是源于周代的一种古老传统习俗,即农历三月上旬"巳日"这一天,人们相约到水边沐浴、洗濯,借以除灾祛邪,古俗称之为"祓禊"。后文人饮酒赋诗的集会,也称为修禊。春日踏青有"春禊",秋日秋高气爽时有"秋禊",时间一般是在农历七月十四。历史上最为有名的修禊当数王羲之的"兰亭修禊",有"曲水流觞"的佳话,还有就是"红桥修禊"。

197

（1660年）三月，他到任扬州，主持了一系列唱和活动，吴梅村称其在扬州是"昼了公事，夜接词人"。康熙元年（1662年），王士禛在扬州召集词友，共游红桥，举办了一场颇具规模的红桥词会。王士禛首倡《浣溪沙·红桥》，与其同游的词人竞相和之，部分词人还在唱和后进行追和。与王士禛同游的词人共有10位，分别是张养重、袁于令、邱象随、杜于皇、蒋平阶、陈维崧、朱克生、余怀、陈允衡、刘梁嵩。此外，金镇、阮十悦、邹祗谟、曹贞吉在红桥宴游后对王士禛的词作进行追和。红桥唱和是王士禛领导的多人步韵唱和中影响较大的唱和活动，其主题与词风蕴含新变，亦代表着清词中兴之势。

其中有一首《浣溪沙·红桥》："北郭清溪一带流，红桥风物眼中秋，绿杨城郭是扬州。西望雷塘何处是。香魂零落使人愁，淡烟芳草旧迷楼。"词作通过对红桥、雷塘等景物的描绘，表达了对扬州昔日繁华的追忆与对逝去岁月的无限感慨。

进入现代社会以来，随着国家对文化遗产保护的重视以及旅游业的兴起，京杭大运河再次焕发了新的生机。2014年6月22日，中国大运河项目成功入选《世界遗产名录》，成为中国第46个世界遗产项目。这一荣誉不仅肯定了京杭大运河的历史价值和文化地位，也为扬州的未来发展注入了新的动力。

当然，京杭大运河，不仅是一条物理上的黄金水道，更是一条文化之河，流淌着中华民族悠久的历史与灿烂的文化。对扬州而言，运河文化更是其灵魂与血脉，深深地融入了这座城市的每一个角落，影响着扬州人的生活方式、思维方式和审美观念。扬州的民俗活动丰富多彩，其中不乏与运河紧密相连的元素。比如，每年农历三月三的"上巳节"，扬州人便有沿运河踏青赏花的习俗，人们或泛舟河上，或漫步岸边，享受春光的美好与运河的宁静。此外，还有"龙舟竞渡""运河灯会"等传统节日活动，不仅丰富了扬州人的文化生活，也展现了运河文化的独特魅力。在运河沿岸的古镇古村中，还保留着许多传统的民间手工艺和民俗表演，如扬州剪纸、扬州漆器、扬州玉器等传统工艺品，以及扬州评话、扬州清曲等地方戏曲和曲艺形式。它们都是运河文化的重要组成部分，承载着扬州人民对美好生活的追求与向往。

除此以外，最为出名的当属扬州的美食，首推淮扬菜和扬州早茶。在淮扬菜中，扬州炒饭、大煮干丝、文思豆腐、狮子头等都是费工精致的代表。"早上皮包水，晚上水包皮"，扬州美食的代表首推早茶。清晨一杯香茗相伴，边吃喝边聊天，晚上去澡堂泡个澡，十分惬意。古人说："腰缠十万贯，骑鹤上扬州。"如今，扬州虽早已失去富甲天下的光环，但早茶文化却丝毫未消退。正如富春茶社的茶联所说：佳肴无肉亦可，雅淡离我难成。

趣园茶社　陈璇摄

扬州运河故道。古邗沟故道位于今扬州城北，从螺蛳湾桥向东直达黄金坝，长1.46千米，有古下马桥、洗马桥等遗址，是扬州地区最早建成的人工水道之一，目前作为景观河道使用。邗沟始建年代可追溯到春秋时期，是大运河最早期的遗迹之一。这段河道是汉至唐大运河的主航道，也是历代漕运的主要通道。河道虽然历经整治，但都是在原始河道的基础上拓宽和修缮，保留了河道的原始走向。大运河扬州段全长约30千米，自湾头流向西南，经黄金坝后向南进入扬州城区段，直至瓜洲。扬州城区段运河自文峰塔向南，呈横着的"几"字形，河道曲折，迂回六七

古邗沟景致　刘召禄摄

里，水面宽阔，流速平缓，形成了"扬州三湾"（宝塔湾、新河湾和三湾子）。1958年，自邵伯向南开挖大运河新河道直通长江后，原曲折绕城而过的河道被称为"古运河"。

瘦西湖。瘦西湖位于扬州市西北郊，原名保障河，本是扬州城西北的一段护城河，后为利用蜀冈高地和北郊水系而人工建成的水体景观。从六朝开始，这一带就成了风景名胜之地。其介于蜀冈和市区之间，始于乾隆御码头，北止至蜀冈平山

堂、观音山。占地面积近2000亩,其中水面面积700亩,是世界遗产中国大运河的重要组成部分、国家级风景名胜区蜀冈—瘦西湖风景名胜区的核心和精华部分。清康雍乾时期即已形成的湖上园林群,融南方之秀、北方之雄于一体。窈窕曲折的一湖碧水,串以徐园、小金山、五亭桥、白塔、二十四桥、万花园、双峰云栈等名园胜迹,风韵独具而蜚声海内外。历史上,李白、杜牧、苏轼等文化名人都赞叹瘦西湖秀美的风光,留下众多脍炙人口的篇章。"烟花三月下扬州""绿杨城郭是扬州"等数不清的名言佳句,为瘦西湖增添了诗意色彩。如今,瘦西湖的水系走向、地貌和空间格局保存完好,从南向北大致分成"御码头—西园曲水""梅岭春深—春台明月""熙春台—蜀冈"三段景观。2006年,瘦西湖作为京杭大运河的一部分,入选第六批全国重点文物保护单位。

平山堂。位于大明寺内、大雄宝殿西南,北宋庆历八年(1048年)欧阳修在扬州任太守时所修建,因堂前远眺"江南诸山,拱揖栏前,若可攀跻"而得名,成为文人士大夫聚会交流吟诗作赋的胜地。苏轼调任扬州太守时,为纪念恩师欧阳修,在平山堂后修建谷林堂。清光绪年间(1875—1908年),两淮盐运使欧阳正塘在谷林堂后修建欧阳文忠祠。现存建筑为清同治九年(1870年)盐运使方浚颐重建。

盐运使司衙署。位于扬州市广陵区文昌中路460号,为明清时期两淮都转盐运使司衙署,管辖两淮盐务,下辖泰州、海安、通州三分司,长官为盐运使。明洪武三年(1370年)移建于此,南北原建有牌楼,对面设有照壁,门厅内建有仪门、大堂、二堂、三堂、景贤楼、库房等建筑。现仅存门厅一座,悬山结构,面阔三间,进深五檩,为市级文物保护单位。

个园。位于扬州市广陵区盐阜东路10号,为第三批全国重点文物保护单位,曾获"首批国家重点公园"称号,在国内外享有盛誉。这座清代扬州盐商宅邸、私家园林,由两淮盐业商总黄至筠于清嘉庆二十三年(1818年)在原明代"寿芝园"的基础上拓建为住宅园林。这里曾是徽州盐商马曰琯、马曰璐兄弟的小玲珑山馆,因其爱竹,故取"竹"字偏旁,名为"个园"。个园以叠石艺术著名,笋石、湖石、黄石、宣石叠成的春夏秋冬四季假山,融造园法则与山水画理于一体,被园林学家陈从周先生誉为"国内孤例"。

灯火沿流一万家

运河两岸有人家（下）

运河畔的万家灯火　王君瑞摄

一、地雄吴楚东南会，水接荆扬上下游：镇江

极目心情独倚楼，荻花枫叶满江秋。

地雄吴楚东南会，水接荆扬上下游。

铁瓮百年春雨梦，铜驼万里夕阳愁。

西风历历来征雁，又带边声过石头。

江苏镇江的多景楼位于北固山后峰峰顶上，是一座历史悠久的名楼，俯瞰长江，视野开阔。《多景楼》一诗的创作背景与元代诗人杨维桢游历镇江多景楼相关。杨维桢在此独倚楼头，远眺江景，心中涌起了对历史沧桑、自然美景以及国家兴亡的感慨。他通过描绘荻花枫叶的深秋景象、吴楚荆扬的地理要冲、铁瓮铜驼的历史遗迹，以及西风征雁的边声，表达了对过往繁华的追忆、对现实景象的感慨以及对国家命运的忧虑。

山水入江流　武刚摄

"地雄吴楚东南会,水接荆扬上下游。"镇江地势险要,是吴楚两地东南交会的要冲,江水连接着荆扬两地,上下游畅通无阻。镇江的兴起、发展和繁荣,与长江密不可分,更与运河息息相关。镇江全市河流60余条,总长700余千米,境内却以人工运河为多。水系分北部沿江地区、东部太湖湖西地区和西部秦淮河地区。长江流经境内长103.7千米。京杭大运河境内主航道长42.6千米,在谏壁与长江交汇。正是这滔滔的江流与绵延不绝的运河交汇之地,孕育出这座古城3000多年的悠久文明。

3000多年前,周康王(前1020—前996年在位)分封"矢"为宜侯,如今的镇江一带即为"宜地"。1954年,镇江大港烟墩山出土了国宝级西周青铜器"宜侯矢簋"及其126字的铭文。在有文字记载的3000余年漫长岁月中,镇江曾多次更名:春秋时称为"朱方",战国时改称"谷阳",秦朝时称"丹徒",三国时为"京口",南朝宋在京口设"南徐州",隋统一后改置"润州",镇江之名自北宋至今。

国图藏《运河图》之镇江府

镇江,地理位置十分重要,被视为"三吴襟带之邦,百越舟车之会"①。这座位于长江与京杭大运河交汇处的城市,更是因水而生,因水而兴,与运河结下了不解之缘。在运河的滋养下,镇江逐渐发展成为一座繁华的城市。古运河穿城而过,西起京口闸,东抵谏壁镇,是运河历史上最早开凿的地段之一。

学界一般认为,镇江境内最早的运河是秦始皇于公元前210年开凿的丹徒水

---

① 顾祖禹:《读史方舆纪要》,北京:中华书局,2005年,第1249页。

道,又称徒阳运河,南起云阳(今江苏镇江丹阳),北由丹徒入江。南朝刘桢《京口记》记载:"秦王东游,观地势云此有天子气,使赭衣徒凿湖中长冈使断,因改为丹徒,令水北注江也。"民间传说是为了斩断王气。《南徐州记》云:"秦始皇凿处在故县西北六里,丹徒京岘山东南。"①所以,秦始皇在镇江不仅开凿了水道,还开凿了新的入江口,西移后的入江口缩短了与扬州邗沟的距离。

秦始皇西移后的入江口不能满足孙权的需要。东汉建安十三年(208年),为了称霸江东,孙权将政治、军事中心从苏州迁到了镇江北固山一带,筑铁瓮城,时称京口。续开了秦始皇开凿的河道,先向西再向北,从北固山东侧入江,入江口称甘露口。这样,入江口与邗沟的距离更近了。

"丹阳北固是吴关,画出楼台云水间",出自李白《永王东巡歌十一首·其六》。在永王李璘那里得到了重用,这满足了李白的仕途之梦,但是李白并不了解李璘想要谋反的心。之后李璘造反兵败,李白由于在诗歌中歌咏过永王,而且在永王麾下担任颂功文人的角色,因此被捕入狱。在这之前,由于李璘深受爱戴,因此唐王朝安排李璘坐守荆襄,统筹江汉漕路,得以让南方富庶的物资源源不断地为西北方向的唐王朝中心地区"输血"。李璘在意气风发时东巡,李白跟从途中写下了《永王东巡歌十一首》(其中第九首被认为是伪作)。从《永王东巡歌十一首》记载的地点来看,永王的东巡路线是沿水而行,诗中表达了诗人对镇江北固山、长江、运河等山河掩映之势的赞美。

北固山,位于今江苏省镇江市北,下临长江,京杭大运河在此地北部借长江河道东行。北固山自古便是军事重地,有"吴关"之称。顾祖禹《读史方舆纪要》中记载:"三面临水,迥岭斗绝,势要险固,因名。盖郡之主山也。蔡谟起楼其上以贮军实。谢安复营茸之。宋元嘉二十七年,魏主焘军瓜步,声言渡江,诏分军备御于北固、蒜山、西津、谏壁、焦山,皆置军以防突犯。"②可见在魏晋时期,北固山已经被视为军事要地,并派遣重兵把守,与其邻近的蒜山、西津渡、谏壁、焦山等重要点位,皆在运河沿岸。当时的军事防守不仅立足于地势之险要,也对运河等重要水道进行

---

① 光绪《丹徒县志》卷二,清光绪五年刊本。
② 顾祖禹:《读史方舆纪要》,北京:中华书局,2005年,第1251页。

了军备部署。同时,北固山又是诗人们在江淮地区东进西去、南下北上的必经之地。唐人王湾的《次北固山下》是在他泊舟于镇江北固山时所作,诗云:"客路青山外,行舟绿水前。潮平两岸阔,风正一帆悬。海日生残夜,江春入旧年。乡书何处达? 归雁洛阳边。"描绘了北固山下江面的壮阔景象,以及诗人对远方家乡的深切思念。这首诗不仅展现了镇江的自然风光,更蕴含了诗人深沉的情感与哲思。

另外,在北固山西侧还有一条通江河道,流经千秋桥下。宋朝僧人仲殊所作《京口怀古二首·其二》就是抚今追昔,慨叹东吴孙权建国、六朝繁华转瞬即逝的佳作。诗中提到的"万岁楼"是东晋时期镇守京口的刺史王恭所建,"千秋桥"因万岁楼而改名。

"府内控江湖,北拒淮、泗,山川形胜,自昔用武处也"[1],因此成为兵家必争之地。唐人杜佑认为,"京口因山为垒,缘江为境,建业之有京口,犹洛阳之有孟津"[2]。此处强调京口对于建业的重要性恰似孟津对于洛阳的重要性。京口和孟津分别作为建业和洛阳的门户,具有重要的战略意义,而且京口与孟津都是运河河畔十分重要的渡口和客货集散地,在运河中占有十分重要的地位。杜佑在此强调两座城市重要性的同时也衬托出对运河的重视。

宋代词人辛弃疾在镇江留下了多首脍炙人口的作品。他在《南乡子·登京口北固亭有怀》中写道:"何处望神州? 满眼风光北固楼。千古兴亡多少事? 悠悠。不尽长江滚滚流。年少万兜鍪,坐断东南战未休。天下英雄谁敌手? 曹刘。生子当如孙仲谋。"这首词不仅描绘了北固楼的壮丽景色,更抒发了词人对历史英雄的怀念与敬仰之情。而在《永遇乐·京口北固亭怀古》中,辛弃疾更是以深沉的笔触,追忆了孙权等历史人物的丰功伟绩,表达了自己壮志未酬的感慨。清代诗人对镇江运河的描绘则更加细腻生动。清代诗人查慎行写有"舳舻转粟三千里,灯火沿流一万家",生动地描绘了运河与镇江共同创造的繁华景象。

六朝时期的甘露口是镇江大运河第二次西移后的入江口,京口河穿城而过,便利的交通使镇江从军事重镇变为重要的商业都会。隋大业六年(610年),政府征发

① 顾祖禹:《读史方舆纪要》,北京:中华书局,2005年,第1248页。
② 顾祖禹:《读史方舆纪要》,北京:中华书局,2005年,第1249页。

民工开凿江南河，"自京口至余杭八百余里，广十余丈，使可通龙舟"①，以洛阳为中心的隋朝大运河全线贯通。此后历唐、宋、元，大运河镇江城区段河道穿城而过，线路基本稳定，又被称为漕河、漕渠。与六朝京口河的线路有所不同，改道后的河道在现在的京口闸遗址处与长江交汇，入江口门史称"大京口"。

运河两岸有人家　朱武江摄

北宋时期，漕运日益繁忙，入江口船只经常会拥堵，为减缓大京口的压力，北宋在京口港东侧开凿了另一条河道，史称"新河"，志载："天圣七年五月，两浙转运使言：润州新河毕工。降诏奖之。"②该河南北走向，南端与穿城运河连接，北端入江口称"新港"，也称"小京口"，是市区保护完好的运河入江口门。新河东侧的街道因此而繁华，史称新河街，现为全国重点文物保护单位。

---

① 卢宪纂修：嘉定《镇江志》卷六，清嘉庆宛委别藏本。

② 卢宪纂修：嘉定《镇江志》卷六，清嘉庆宛委别藏本。

顾祖禹《读史方舆纪要》中记载："运河，在城南。自常州府西至吕城镇入县界，又西经城东。嘉靖中作内城于漕河西岸，寻作外城跨漕河接内城，漕河遂夹城中而西北出。嘉靖末始凿城西北引流达西门城濠，经南门合简渎，出东门桥复入运河，盖引江湖襟带城郭，且徙运道于城外，公私往返，无城门之阻，而城中可免意外之虞。谓之新开运河。"①可见镇江城内外的漕河、老运河、新运河交汇，便利了城内外的公私客运和货运。新运河的开通，使得运河沿镇江城外奔流，不经过城内，减少了城门开闭带来的阻碍，也维护了城内的治安与安全。镇江的运河河道，见证了镇江的兴衰更替，也承载了无数文人墨客的诗意情怀，镇江与京杭大运河便成了众多文人墨客笔下的重要题材。他们或驻足于此，流连忘返；或远望江天，思绪万千，留下了大量脍炙人口的诗词歌赋，共同绘就了镇江运河的美丽画卷。

大运河镇江丹徒段　丰成银摄

---

① 顾祖禹：《读史方舆纪要》，北京：中华书局，2005年，第1263页。

古往今来,众多文人都论述了镇江与长江的关系,而需要注意的是,大运河镇江段有一段水程就是借助长江而行的,因此论述镇江与长江的关系即是论述镇江与大运河的关系。宋人刘宁止认为:"京口控扼大江,是为浙西门户。"[1]宋人陈亮认为:"京口连冈三面,大江横陈于前,江旁极目千里,势如虎之出穴。昔人谓京口酒可饮,兵可用,而北府之兵,为天下雄,盖地势然也。"[2]从中可见长江天险对于镇江军事地位之影响,唐人温庭筠在《京兆公池上作》中写"京口兵堪用,何因入梦思",反映了当时京口地区重兵把守的情形。自秦汉起直到新中国成立前,镇江历来是兵家必争之地。譬如,确立魏、蜀、吴三分天下的赤壁之点,其发轫地便是镇江;南宋韩世忠率八千精锐困十万金兵于黄天荡,杀得金兵丢盔卸甲仓皇北窜;元蒙灭宋那场具有决定意义的水战,两军水师即会猎于镇江江面;太平天国定都后更在这"东南锁钥"与清军鏖战长达十二年之久;抗日战争时期,新四军"脱手斩得小楼兰"的韦岗伏击战,奏响了江南抗战的首曲凯歌;渡江战役中,人民解放军果断地向妄图阻碍中国革命进程的英军"紫石英"号护卫舰发起炮击,终结了英国在华的炮舰政策。

长江天险不仅可以作为军事防御之天然屏障,也可以作为重要津渡,因运河借长江河道行运,为镇江带来了大量客源和货源,促进了当地经济的快速发展。顾祖禹认为:"唐武德三年,李子通亦自广陵济江,取京口,以蹙沈法兴。自是以后,南北渡者皆以京口为通津。"[3]

也就是说,在唐武德年间(618—626年),京口已经成为十分重要的渡口,故唐人诗歌中经常提及京口。如孟浩然在《扬子津望京口》中写"北固临京口,夷山近海滨。江风白浪起,愁杀渡头人",许浑在《京口闲居寄京洛友人》中写"聚散有期云北去,浮沈无计水东流",在《京口津亭送张崔二侍御》中写"爱树满西津,津亭堕泪频",这些诗的内容或涉及京口的渡口送别,或涉及在京口的渡口思念故人,可见当时京口地区运河交通的发达情况。

另外,镇江的水上救助事业一直是其江河交汇地形地貌背景下的特色之一。

---

① 顾祖禹:《读史方舆纪要》,北京:中华书局,2005年,第1249页。

② 顾祖禹:《读史方舆纪要》,北京:中华书局,2005年,第1249页。

③ 顾祖禹:《读史方舆纪要》,北京:中华书局,2005年,第1249页。

清康熙四十二年(1703年)，镇江蒋元鼎、朱永载等15名乡绅牵头，"劝邑中输钱，救涉江覆舟者"①，捐白金若干，在西津渡观音阁成立了专门的水上救助机构——京口救生会。"凡捞救活人一名，给奖赏钱一千二百文，捞救浮尸一口，奖赏暨用棺抬埋，共给钱一千一百五十文。"清同治二年(1863年)，常镇道赵炳麟创设焦山救生会(局)，得到了官府和民间的大力支持。清同治十一年(1872年)四月，浙江余姚绅商魏昌寿、魏铭、严宗廷等集结同乡联合出资，创建了镇江江船义渡局。义渡局"共设帆桨大渡船十只"，船只涂成红色，免费渡客，取名义渡红船。这给官民商贾带来了极大的便利。清光绪五年(1879年)，义渡局增添大港三江营义渡，光绪七年(1881年)添荷花池义渡，光绪九年(1883年)又添天福洲、夹江各渡，渡船增加到20艘。此时，镇江义渡局所辖范围不仅仅是本港内的渡口，而是扩大到镇江附近的沿江渡口。直到清末，因为战乱，义渡才逐渐凋敝。②

京口救生会　钱兴摄

救生红船　钱兴摄

综上，大运河镇江段全长近60千米，其中主航段42.6千米，属国家三级航道，宽阔繁忙；古运河16.7千米，穿城而过，是市区的主要景观性水道；丹徒闸外引河0.8千米，与古运河相连，汇入长江。而镇江，是国务院公布的第二批国家历史文化名城，因江河交汇之利，镇江自古以来就有极其丰厚的文化积淀。这里曾产生过许多令人瞩目的传世佳作，主要有："中国文学史上十二部中国文学入门书"之一的《抱朴子》，中国第一部文学理论和评论专著《文心雕龙》，开中国笔记小说先河的《世说

---

① 乾隆《镇江府志》卷五十五，清乾隆十五年增刻本。
② 吴滔:《中国运河志·城镇》，南京:江苏凤凰科学技术出版社，2019年，第693页。

新语》,中国现存最早的一部诗文总集《昭明文选》,中国文学史上继《诗经》和《楚辞》之后现存的第三部诗歌总集《玉台新咏》,中国第一部系统的汉语语法著作《马氏文通》,中国著录甲骨文字的第一部书《铁云藏龟》,中国第一部医学史专著《中国医学史》,中国第一部完整的文化通史《中国文化史》,等等。

镇江扼南北要冲,得山水之胜,钟灵毓秀,代不乏才。历代文人墨客纷来寻幽探胜,寄情抒怀,耕耘风雅,播种斯文。其中有李白、杜牧、范仲淹、王安石、苏轼、陆游、辛弃疾等才士名贤。王昌龄的"洛阳亲友如相问,一片冰心在玉壶",王安石的"春风又绿江南岸,明月何时照我还",辛弃疾的"何处望神州?满眼风光北固楼"等成为千古绝唱,流风遗韵,至今袅袅不绝。东晋时,中原鸿儒显宦纷纷南下,移居京口者众多,或完成大业,或著书立说,著名的有:南朝宋开国皇帝刘裕(寄奴),撰有《世说新语》的刘义庆,著有《晋书》的臧荣绪,选编《玉台新咏》、诗文与庾信齐名的徐陵,中国现存最早的一部诗文总集《昭明文选》的编纂者萧统,著有中国第一部文学理论和评论专著《文心雕龙》的刘勰,等等。北宋移居镇江的有:著有被誉为"十一世纪的科学坐标"《梦溪笔谈》的科学家沈括,制造世界上最早天文钟"水运仪象台"的科学家苏颂,书画家米芾,抗金名将宗泽,等等。明清两代镇江名人有:官居吏部尚书兼武英殿大学士的杨一清,主持编修《大清一统志》《佩文韵府》《康熙字典》的张玉书,等等。

近代以来,镇江亦是名人辈出,著有《铁云藏龟》和《老残游记》的刘鹗,著有中国第一部系统的汉语语法著作《马氏文通》的马建忠,历史学家柳诒徵,飞机制造专家巴玉藻,华生电扇发明者杨济川,世界语运动开创者之一的符恼武,金融家陈光甫,桥梁专家茅以升,辛亥广州起义总指挥、被南京临时政府追授为上将军的赵声,辛亥革命著名将领李竟成、解朝东,爱国民主人士冷遹,诗人闻捷,等等。此外,"黄花岗七十二烈士"中亦有镇江籍5人。

除了前文已经介绍的运河流域的名胜古迹外,镇江借运河交通之便,著名的名胜遗迹还包括镇江港、大运河义渡碑、练湖闸等。

镇江港。从东汉末年"孙权缮治京口"建立军港开始,镇江港已有上千年的历史。六朝时期,镇江港作为长江下游的重要军事港口,发挥了举足轻重的作用,成为抵御外敌和保护东南地区的战略要地。隋朝开通南北大运河后，镇江港因其位于长江与大运河交汇处的独特地理位置，迅速发展成为江南太湖流域漕粮和贡物运输的咽喉要道，进一步巩固了其重要地位。南宋以后，特别是明清时期，镇江港逐步发展成为长江中下游及运河沿线商品中转的重要口岸。清咸丰八年（1858年），镇江港被列为对外通商口岸，迎来了新的发展机遇。清光绪二十六年（1900年），随着中国航运业的兴起，鸿安、福运、镇通、扬子等19家轮船公司纷纷在镇江港建造码头，使港口的现代化建设初具规模，镇江一度成为长江上仅次于上海和武汉的第三大商埠。清宣统元年（1909年）至1912年，随着沪宁铁路和津浦铁路相继通车，沿海航运逐渐兴起，加之河势变化，镇江港码头逐渐淤积废弃，港口逐渐走向衰落。尽管如此，镇江港在其鼎盛时期所取得的辉煌成就，仍在中国航运史上占据着重要地位，见证了中国古代交通运输的发展与变迁。如今，随着现代化港口建设的推进，镇江港正焕发出新的生机与活力，续写着新的辉煌篇章。镇江港不仅是历史的见证者，更是未来发展的重要支点，为长江经济带建设和区域经济发展作出新的贡献。

大运河义渡碑。位于镇江市丹阳市陵口镇。碑为青石质方形，高18米，宽0.95米，厚0.35米。碑面朝西，碑首刻有"捐造义渡碑"，左下方刻"嘉庆二十一年仲冬上浣"。碑文记载了上栅口渡口在清代修建新渡船的情况，因资金缺少而由普信僧化缘筹得修建资金，碑上刻有捐款人的姓名、数量及所住村庄。碑文清晰，但部分文字不清，有风化迹象。

江河交汇处 田斌摄

练湖闸。位于镇江市丹阳市练湖东南角。练湖闸经河道西连练湖,东由老西门运河与京杭大运河相连,用于调节练湖水位高度。1935年聘请专家设计。1935年7月动工,1936年8月竣工,建堤16千米,受益田亩达5万公顷。练湖闸为钢筋水泥混凝土结构五孔泄水闸,闸门木制,长约18.75米。

张官渡遗址。位于镇江市丹阳市练湖管理委员会东北端大运河西侧。现遗存码头遗址石板路一条,长约50米,宽约0.6米。路南北两侧有残破晚清、民国民居二三十处。码头于1996年大运河拓宽工程中被拆除。张官渡历史悠久,史料显示,最晚在宋代就有古渡口存在,是宋至清代大运河东西两岸人民生产、生活交通的重要渡口。张官渡遗址对研究丹阳人民古代社会生活、交通状况以及练湖水域与大运河关联的济漕、农业灌溉等功能有较高的价值。

二、船头更鼓打两声,如何未到常州城:常州

> 船头更鼓打两声,如何未到常州城。
>
> 道旁火炬如昼明,道上牵夫如蚁行。
>
> 今宵到得荆溪馆,我欲眠时夜还短。
>
> 明朝拥被窥船窗,百尺柳条垂两岸。

宋代诗人杨万里在从无锡前往常州时,写过一首名为《夜过五牧》的诗,其中所说"船头更鼓打两声,如何未到常州城"即是在距离常州城五十里左右时发出的感慨。常州地处宁镇丘陵向东延伸的边缘,在镇江的东南面。越向西北地势越高,因而北上的京杭大运河不得不在此相继建吕城、奔牛等堰闸逐级节制水流,并引江、湖水济运,以利漕运舟楫。

京杭大运河常州段全长49千米,开凿于春秋时期,是江南运河中最早开凿的段落之一,也是唯一连江通湖的河段。常州自古被江河湖海包围,西面有宜溧高山的水压境,南面连接苏锡地区的大片水域,水网密布,因而成就了常州水乡泽国之美。

常州运河畔　刘召禄摄

公元前495年，吴王夫差为了争霸中原，开凿了江南运河的雏形，从苏州望亭至常州奔牛，再经孟渎入长江，这条运河后来成为京杭大运河江南段的重要组成部分。公元前473年，范蠡开凿南运河，以调节太湖、滆湖与运河的水位。这条运河北自江南运河石龙嘴，南入太湖，流经常州境内30千米。秦始皇三十七年（前210年），常州以西凿徒阳运河（即丹徒水道），苏州至镇江通航，常州处于中心位置。西晋时期，常州作为区域的中心，维持原运河的基本格局，沿河兴建毗陵城，后更名为晋陵郡。永嘉南渡后，新城区沿运河向东南方向拓展。隋炀帝敕开江南河，自镇江至杭州八百余里，标志着江南运河的全线通航。因此，常州也就成了"三江之雄润，五湖之腴表"的交通枢纽。唐代常州刺史孟简开凿孟渎，引长江水南注通漕，进一步完善了大运河常州段的水系。大批漕粮通过运河从南方运往北方，常州成为转运赋粮的中心。常州地理位置重要，是上接镇江、扬州、淮安、宿迁、徐州等江淮、邳徐地区，下承无锡、苏州等江南地区的交通要道，发挥着漕粮北运和维系国家稳定繁荣的关键功能。依河而建的奔牛、河庄亦成了重要的商业市镇，即今日的奔牛镇、孟河镇。宋代，常州城沿袭了罗城旧址，未有增损。常州知府李余庆开挖顾塘河，西自子城河上的惠民桥，东连元丰桥并入运河漕渠。宋代还先后开凿了澡港河与德胜河，沟通运河与长江，使大运河常州段的水系更加完善。

元至正年间（1341—1368年），常州府判官袁德麟因见运河横贯城中，水浅船

215

多,河道过狭,重开城南渠,分运河水绕城而过,也叫作西兴河。城南渠重开后,青果巷漕渠日益繁忙,原有河道不胜重负,漕粮船部分改行城南渠。明万历三年(1575年),知府施观民主持开凿玉带河,与惠明横河相接,合子城南濠,内外子城依水道相通,联络更为便利。此外,常州于城墙外又浚利港河、澡港河、德胜河等河流,使江南运河在常州内的入江选择更为多样。

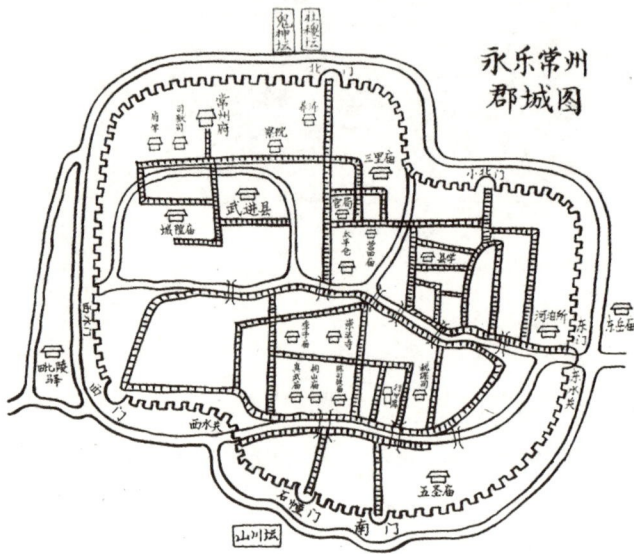

明代永乐常州城图

常州居民历来沿河而居,至今城内保存的七片历史街区或地段无一例外都与运河水系密切相关。"一带串一城,众河育群星",运河作为常州的中心轴,历经2500多年的演变,成为城市发展的命脉。从西涵洞桥到怀德桥、广化桥等,再穿过威墅堰流向无锡的水道,沿岸不仅保留了驳岸古代码头,还有大量规模宏大的建筑遗存,较完整地展现了古城常州的历史风貌。运河沿线的建筑和街区,集中体现了古代常州的繁荣和文化底蕴。例如广化桥附近,古色古香,保存完好,是游客了解常州历史的重要窗口。白家桥一带,则是常州商业发展的重要区域,商铺林立,繁华依旧。

大运河既见证了常州的兴起与繁荣,也为其留下了丰富的历史遗存。孟河镇、万绥镇、孟城、毗陵驿、文亨桥等,这些名字背后承载着大运河与常州千丝万缕的联系。常州的水镇、驿站、水桥等运河文化遗存,是常州运河文化的重要体现,也是常州经济、军事等各方面发展的重要历史遗存。孟河镇,这座坐落在长江之畔的古镇,是常州唯一的国家级历史文化名镇。它因水而兴,因水而繁荣。据记载,公元前495年,吴王夫差开挖的我国南方第一条大运河就起于苏州望亭,止于孟河江畔。到了唐宪宗时期,常州刺史孟简受命扩展河道,后人为了纪念孟简,特取名为"孟渎",镇因河而名,"孟河"便出现在中国的历史上。

孟河镇不仅因水而兴,更因文化而名。这里是齐梁文化的发源地,齐梁两朝时期走出了2位开国皇帝和13位继位皇帝。在今孟河古镇的万绥村(古称兰陵镇、万绥镇),齐梁两朝,诞生了15位帝王,他们倡导儒、释、道三教融合,留下了《昭明文选》《文心雕龙》等不朽巨著,为江南开创了一个璀璨的齐梁文化。此外,孟河镇还是孟河医派的发源地,清朝中后期,以费伯雄、马培之、巢崇山、丁甘仁为代表的孟河医派,创造了"吴中名医甲天下,孟河名医冠吴中"的医盛时期。

据顾祖禹《读史方舆纪要》记载,常州的运河"在府城南。浙西漕舟自苏州浒墅关经无锡而西过府城,西接丹阳县之吕城,凡二百余里。郡志:自无锡望亭驿西至奔牛壩,凡百七十里有奇。奔牛壩东二十里曰洞子河,又东十五里至府城,自府城而东三十五里为横林镇,又东十里为五牧桥,则无锡县境也。"②五牧位于常州武进的横林和无锡的洛社之间,依傍于京杭大运河,古时候是重要的驿站。唐乾封二年(667年),此地修建五牧桥,并在周边逐渐形成街市,北岸之街名为上塘,南岸之街名为下塘,与运河另一端的常州城遥相呼应,互通商事。但由于常州地界西高东低,随着客流量和耕地灌溉量的不断增

> **Tips**
>
> ## 齐梁故里
>
> 常州是齐梁故里。南朝崇佛,以梁为最。佛寺庵院构成了常州另一种鲜明的城市景观。三国时先后建白土山寺、崇胜寺、太平寺、智宝寺等,到唐代,寺院林立,遍及城乡。除天宁寺外,太平寺亦为常州地区大寺院之一。宋代抑佛兴道,永庆寺成为道教官观。清代佛教复兴,康熙、乾隆南巡经过常州时对寺僧多有赏赐。佛学昌盛的常州高僧辈出。唐贞元二十年(804年),高僧行满传天台总教义于日僧最澄,最澄回国后成为日本天台宗始祖。1949年,常州市区有寺庙庵堂108所,僧尼达800余人。❶

---

① 常州市地方志编纂委员会:《常州市志》,北京:中国社会科学出版社,1995年,第849页。

② 顾祖禹:《读史方舆纪要》,北京:中华书局,2005年,第1225-1226页。

加,宋朝时常州的运河沿岸出现了大规模的旱灾和旅客滞留等问题,即如《读史方舆纪要》中所载:"一遇冬月,网运使客,往往填咽,作壩车水,科役烦扰,其为民病,不特灌溉缺乏而已。"[1]这一问题终于在明正统初年得到解决,官方在奔牛、吕城二地设置水闸,运河中的水被人为留存下来,这一方面方便了庄稼的灌溉,另一方面则便利了漕运运输和旅客出行。

大运河的开通,极大地促进了常州地区的经济繁荣。自隋以来,常州成为漕运重要驿站,运河从元朝到21世纪曾三次南迁,形成了现今"依河建城、河随城迁、河城相套"的"三河四城"风貌。大运河常州段沟通长江、太湖两大水系,是江南运河中唯一连通长江、太湖的河段。一条大运河,灵动了常州,也积淀了常州,千年间南来北往的舟楫,在此孕育了瑰丽的运河文化。明清时期,常州成为全国重要

篦梁灯火　刘召禄摄

的商贸手工业大城市之一。文亨桥、篦箕巷等历史地标,见证了常州因水而兴、因水而繁荣的历史。文亨桥是常州水陆交通要道上的文化地标。文亨桥北的篦箕巷,因制作篦箕和木梳而名闻天下,明清时期热闹非凡,挑梁宫灯彻夜不息。

篦箕巷又名"花市街",始建于明正德十四年(1519年),因毗陵驿设于此而逐渐形成街市。古时,巷内店铺多以制作和销售梳篦为生,常州梳篦因其精美的工艺被誉为"宫梳名篦",享有"常州梳篦甲天下"的盛誉。乾隆皇帝南巡时,曾两次从篦箕巷的大码头登岸进城,并因巷内梳篦店众多,赐名"篦箕巷"。

此外,明清两代,常州西门的石皮场,因成为粮食集散地,易名为"米市河"。随着常州米市的繁荣,仅靠常州东西两仓不定期的平粜,以及节场庙会的自由买卖,远远不能满足市场对粮食交易的需求,以粮食经营为主的粮行、米号应运而生。史料记载,清乾隆二年(1737年),常州全境领取粮食交易牙帖的牙行有594户。清道

---

①　顾祖禹:《读史方舆纪要》,北京:中华书局,2005年,第1225-1226页。

光十五年(1835年),常州各粮行捐资在西门米市河边的西直街建造善堂"敦仁堂",以慈善为用,同时作为粮行聚会之地。1926年,据《武进实业名录》载,当时在城内米市河从事米行经营仍为常州商贸重要分支之一,规模较大的米行有元大裕记、同信泰、同裕昌、朱恒大等10家,还有同和泰、源泰昌、董乾大、宝源大4家粮行。

运河的畅通促进了常州的商贸繁荣,从怀德桥到水门桥的古运河两岸,百工居肆,商贾云集。清末民国时期,常州逐步形成了别具特色的"豆(豆杂业)、木(木业)、钱(钱庄)、典(典当业)"四大行业。明代中叶,常州人口繁多,为解决粮食供应的难题,官府鼓励民众大规模围湖造田,芙蓉湖、阳湖水面骤缩,旱田逐年增多,农民以种植黄豆等耐旱作物为主。依托大运河的集散功能以及常州豆市特有的明盘交易性质,江苏、安徽乃至华北的黄豆货源都开始向常州汇聚。清光绪二十八年(1902年),常州府开掘孟渎、德胜、澡港三河后,更加便利外地黄豆运进常州,专业性豆行纷纷建立,原本集中在史墅、前桥等镇村的油饼加工坊也转移至城内。豆业中介、油坊、磨坊集中分布于西门运河北岸怀德桥至锁桥段,市民称之为"豆市河"。20世纪初,自京汉、沪宁、沪杭、津浦等铁路通车后,水陆兼达常州,常州豆行迅速向东门、南门、北门发展,豆行增加到80余家。[①]

常州大运河流淌了2500多年,沿岸拥有众多文化遗存和历史遗迹,运河及运河水系沿岸至今仍然分布有青果巷、南市河、三堡街等历史文化街区和地段。大运河在常州催生了以青果巷为代表的名士文化、以唐氏八宅为代表的民居文化、以天宁寺为代表的宗教文化、以运河五号为代表的工业遗产文化等。

常州名人辈出。公元前547年,吴王寿梦第四子季札封邑延陵,自此开启了常州长达2500多年有准确纪年和确切地名的历史。如今常州有瞿秋白、张太雷、唐荆川、恽南田、黄仲则、赵翼、李伯元、李公朴、史良等名人故居30余处。与常州运河相关的名人,最绕不过的一定是苏轼。在他屡遭贬谪的40年官宦生涯中,苏轼曾先后十余次顺着运河来到常州,留下与常州有关的诗66首、词10首、文103篇。其中最具代表性的是"舣舟亭"。舣舟亭的由来可以追溯到北宋熙宁六年(1073年),润州、常州遇旱灾闹饥荒,杭州通判苏轼奉命往常州赈灾,除夕之夜,他为了不惊扰当

---

① 吴滔:《中国运河志·城镇》,南京:江苏凤凰科技出版社,2019年,第710页。

地官民,在此系舟野宿。苏轼在《除夜野宿常州城外二首·其一》中以"多谢残灯不嫌客,孤舟一夜许相依"描述了野宿的孤独,以及运河畔残灯相伴的慰藉。为了纪念苏轼,明代开新运河后,人们在东坡系舟的地方构筑了文成坝,复建了舣舟亭,后来发展成东坡公园。

舣舟亭　刘召禄摄

古籍中记载了苏轼和多位常州至交的情谊。"月明惊鹊未安枝,一棹飘然影自随。江上秋风无限浪,枕中春梦不多时。琼林花草闻前语,罨画溪山指后期。岂敢便为鸡黍约,玉堂金殿要论思。"相约归老常州,这也是后来苏东坡在《楚颂帖》中所说:"逝将归老,殆是前缘。"另,嘉庆《增修宜兴县旧志》记载了当苏轼身陷是非,"生平亲故,莫敢与通"时,"独民瞻与,晨夕周旋,不稍畏避";《钱君倚哀词》是苏轼为好友钱公辅写的悼词,道出他"眷此邦之多君子"的感慨。

买田阳羡(今江苏无锡宜兴,当时属常州府管辖)和终老常州,是苏轼在江南留下的两大佳话。北宋元丰七年(1084年),苏轼收到了朝廷迁汝州的调令,他中途绕道到宜兴县,委托常州好友蒋公裕帮他在宜兴置办田产,最后在宜兴黄土村买了一处田庄。这件事被苏轼记入与王定国的通信中,他写道:"田在深山中,去市七十里。但便于亲情,蒋君勾当尔。"此后,他两次上表乞居常州,"臣有薄田在常州宜兴县,粗给饘粥。欲望圣慈,许于常州居住"。后来,在常州短暂居住后,苏轼又被远贬惠州、儋州和海南,直至建中靖国元年(1101年)才得大赦。苏轼决定北归常州,他写给章援的信里说道:"今且速归毗陵,聊自憩,此我里……""毗陵我里"的意思是常州是我的故乡。回常州后,他在钱世雄为其租的"孙氏馆"住下,这就是后来的"藤花旧馆",也是苏轼最后在常州的住址。后苏轼不幸染上重病,在友人钱世雄和杭州径山寺长老维琳的陪伴下,他在常州度过了人生的最后时光。苏轼一生宦海沉浮,足迹遍布10多个州县,不是被委任做官,就是被贬谪,但是在常州买田定居,将这里作为人生的终点,是他自己的选择。这一点,足以说明,常州对于苏轼来说有不可替代的地位。

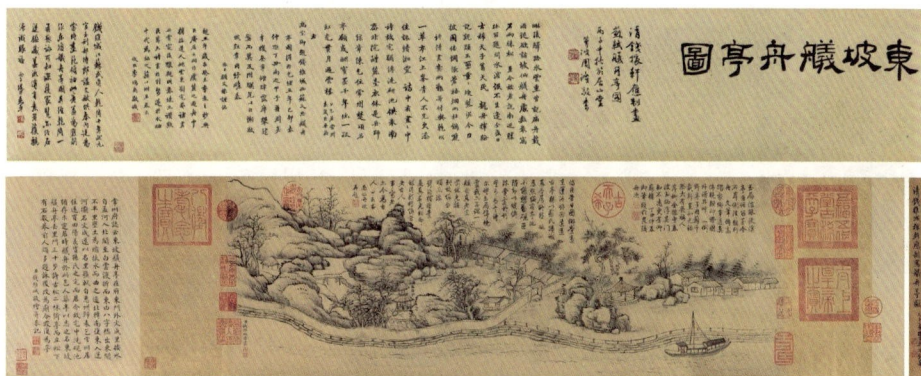

清·钱维城《苏轼舣舟亭图》

春秋淹城遗址。即淹城,考古证实距今已有2700余年历史,是国内保存最完整、形制最独特的春秋地面城池遗址。其"三城三河"的建筑形制世界独一。遗址东西长850米,南北宽750米,总面积约65万平方米,其体量与《孟子》"三里之城,七里之郭"的记载吻合。遗址内出土珍贵文物千余件,包括4条独木舟、20余件青铜器和大量原始青瓷器、陶器。1988年,淹城遗址被列为全国重点文物保护单位;2009年,荣获联合国环境可持续发展项目金奖。

文笔塔。文笔塔是常州现存最古老的建筑,位于红梅公园东南部,南对太平桥,原是太平讲寺的附属建筑,曾称太平讲寺塔。太平讲寺为齐高帝萧道成所创,初名建元寺,唐乾元年间(758—760年)扩建。北宋太平兴国年间(976—984年)改称太平兴国禅寺。明洪武二十四年(1391年)改称太平讲寺,简称太平寺。宋人杨万里有诗云"太平古寺劫灰余,夕阳惟照一塔孤",明洪武年间碑文载"惟塔为萧齐旧物",可见,塔与寺始建于齐建元年间(479—482年)。文笔夕照景区,以文笔塔为主景,有笔架山、文笔楼、梦笔轩、墨香榭、砚池、塔影池、塔影山房、知音舫、袈裟塔、嘉贤坊等景点,这里的古建筑鳞次栉比,堪称公园的精华所在。文笔塔系楼阁式砖木结构塔,七级八面,高48.38米。塔基呈八角形(外径9.85米),花岗岩条石构筑而成,高80厘米。八角形花岗岩须弥座高1米,每面浮雕莲瓣,为宋代遗物。文笔塔现为常州市文物保护单位。相传,常武地区历朝历代考生在应考前都会登文笔塔,文笔塔已经成为常州人文荟萃的第一意象。

青果巷 刘召禄摄

青果巷历史文化街区。始建于明万历年间(1573—1620年)。当时运河由文亨桥入西水关,经东西下塘,穿城后出东水关蜿蜒向东。青果巷面临常州城区运河段,当时船舶云集,是南北果品集散地。沿岸开设各类果品店铺,旧有"千果巷"之称。《常州赋》云:"入千果之巷,桃梅杏李色色俱陈。"巷内有20多处名人故居,是具有江南水乡风貌的古典街巷。后运河改道,巷名仍保留至今。因常州方言"千""青"难辨,才有了现在的"青果巷"。

"江湖汇秀"碑。位于常州市钟楼区南大街街道。碑为青石质,长2米,宽0.96米,厚0.25米。原为石龙嘴"江湖汇秀"碑,字已平。石龙嘴被称为常州的"都江堰",是大运河中的一个狭长半岛,扼南运河口,调节长江、大运河、南运河、太湖和滆湖水量,保障运河的航运安全。

常州大运河记忆馆。为常州市专题纪念馆,位于常州市钟楼区三堡街141号运河五号创意街区。2017年6月正式开放,展馆面积约930平方米。陈展内容分为五个部分:运河历史、运河遗存、运河风物、运河儿女、运河新姿。"运河历史"讲述了中国大运河随常州城变迁发展的历史及其在军事政治、农业水利、漕运商贸中发挥的功用;"运河遗存"展现闸堰埭坝、桥梁码头、古镇馆驿、街巷里弄、园林胜景等与运河相关的遗迹;"运河风物"描绘具有常州特色的民风习俗、手工艺术、名点美食、传统曲艺;"运河儿女"讲述生长于运河两岸的泰伯、伍子胥、范蠡、夫差等杰出人物及运河治水英雄;"运河新姿"展示运河的治理保护与活态利用。馆内设运河开凿、常州城垣变迁、乾隆下江南、运河人家、老街商铺、塾馆书院、先贤理水等20多处场景，并陈列约400张有关常州运河两岸风土人情的照片，反映了大运河与常州城千年来的文化变迁。

三、两水回环抱一洲，不通车马只通舟：无锡

两水回环抱一洲，不通车马只通舟。

到来俯视原无地，攀陟遥吟恰有楼。

含雨湿云偏似重，隔湖烟屿望如浮。

惠山翠色迎眉睫，慢虑沾衣作胜游。

京杭大运河与梁溪河分流处的无锡黄埠墩，因春申君黄歇曾于墩上疏导芙蓉湖而得名。黄埠墩从一开始便被赋予了治水为民的政治意味，因此备受乾隆皇帝的重视。乾隆皇帝曾多次写诗描写黄埠墩，其中一首写道"两水回环抱一洲，不通车马只通舟"，这成为展现无锡"运河水码头"特点的重要依据之一。

清·秦仪《芙蓉湖图卷》（局部）

Tips

黄埠墩

　　黄埠墩为江南运河无锡段拦水设施,位于无锡市梁溪区运河公园以北、吴桥以南。是无锡段运河中的一个小岛,又称"小金山"或"黄婆墩"。相传春秋时期吴王夫差曾浚治,后因战国时期楚国春申君黄歇在此治理芙蓉湖而得名。"黄埠墩"这一名称历经更迭。明代有无锡地方志书将其称作"黄阜墩"。清乾隆四十九年(1784年),乾隆帝第六次南巡时,将它写作"黄浦墩"。清道光年间(1821—1850年),梁章钜所著《楹联丛话》中将其写作"黄甫墩"。墩上建筑始建于唐代,主要存有蓬莱门、望山楼两座建筑,以及康熙帝题字"兰若"和文天祥诗词碑等文物。在古代,黄埠墩是供运河中航行的人们休憩的小岛,曾因三帝(吴王夫差、康熙帝、乾隆帝)、二相(黄歇、文天祥)、一青天(海瑞)登临而闻名。明代王永积《锡山景物略》记载,黄埠墩上"旧建文昌阁、环翠楼、水月轩,垂杨掩映,不即不离"。清康熙、乾隆时整修,咸丰时毁于战火,同治初复建。1927年重修黄埠墩上的圆通寺、环翠楼等。1958年,为扩建无锡段大运河,拆除黄埠墩上建筑,黄埠墩只剩下一座岛。1981年移建无锡城南门外水仙庙的戏台至黄埠墩,并在戏台上加建了一座亭楼,为纪念文天祥,将其命名为"正气楼"。此外,还在黄埠墩上加建蓬莱门、码头等。

无锡运河景致

　　无锡,古称勾吴、吴城、锡山、吴州、梁溪、金匮,位于太湖之滨,北倚长江,运河穿城而过。无锡是江南文明发源地之一,有文字的历史可追溯到3000多年前的商朝末年。前11世纪末,周太王古公亶父的长子泰伯为让王位于三弟季历,偕二弟仲雍，从现属陕西的岐山南奔梅里（今江苏无锡梅村），筑城立国，自号句吴。汉高帝五年（前202年）始置无锡县，属会稽郡。西晋太康元年（280年）复置无锡县，属毗陵郡。隋、唐、宋相沿。元元贞元年（1295年）升无锡为州，属江浙行中书省常州路。明洪武元年（1368年）降州为县。清雍正二年（1724年），分无锡为无锡、金匮两县，同城而治，属常州府。1912年，无锡、金匮两县合并，复称无锡县，1927年直属江苏省。几经调整后，2023年辖梁溪、锡山、惠山、滨湖、新吴5个区，代管江阴、宜兴2个县级市。其中，梁溪、惠山、滨湖、新吴四区为大运河文化带核心区，其他区（市）为拓展区。

这座江南水城，自古以来就与京杭大运河结下了不解之缘。运河水系不仅滋养了一代又一代无锡人，也塑造了无锡独特的交通格局和繁荣的经济面貌。无锡因水而生、因水而兴，京杭大运河的南北畅通为无锡带来了前所未有的发展机遇。运河水系调节水利的灌溉排涝作用，使无锡成为江南重要的粮食生产基地，运河水系织就的交通网络，则促进了商贸交易的繁荣，使无锡逐渐发展成为"商旅往还，船乘不绝"之地。

江南运河纵贯无锡城区，南达太湖，长约14千米，是南方城区段运河的典型河段。早在商末，伯渎河就为泰伯城带来了繁荣。据《汉书·地理志》记载，无锡汉代前农田土质属于最下等的第九等，但运河水系的长期滋润和疏灌，推动了无锡人口规模和生产力水平的提高。到了唐代，运河让无锡上接江淮商品，下承太湖货殖，逐步脱颖而出，被纳入经济文化的核心地带。宋代，京杭大运河无锡段沿岸商贸繁荣、诸业兴旺，商品种类日益繁多。本地的稻米、土布、丝绸、陶器与外来的漆器、铜器、瓷器等商品，通过南来北往的船只在此交易。1989年，无锡市区一次性出土了

伯渎桥与伯渎河　刘召禄摄

150千克唐"开元通宝"和"乾元重宝"古钱,反映出当时无锡商品经济的发达程度。

无锡米市

无锡米市位于无锡三里桥。三里桥毗邻古运河,有众多的水岸码头以及仓储等设施。明万历年间(1573—1620年),这里是闻名全国的米码头。清光绪年间(1875—1908年),从无锡的北城门到三里桥段,1000米长的道路有大小粮行80余家。光绪十四年(1888年)起,江浙两省集中在无锡采办漕粮,年办漕米130万石。从这一年起,无锡开始作为江南漕米的起运点。各省县常派人常年驻守于此,采办漕粮。清末,无锡成为北输漕米、南供民食的米市,并推动粮行、堆栈业的迅速发展。抗日战争前夕是无锡米市的全盛时期,常年粮食吞吐量在1200万石左右,为全国四大米市首位。

无锡米市牌坊　刘召禄摄

明清时期,无锡的运河交通更是达到了鼎盛,运河不仅成为南北运输的大动脉,还促进了无锡城市的发展。明代永乐迁都后,南漕北运,无锡作为运粮必经之地,商人云集。清中后期,漕粮在无锡采办,江浙皖鄂之米云集于此,年交易量在600万~750万石之间,成为四大米市之首。除米市外,无锡还有布码头、窑码头、丝市等美称。至近代,无锡成为近代民族工业的摇篮,并涌现出大批民族资本家,如荣德生、荣宗敬、周舜卿等。

除了米市外,不得不讲一讲无锡的布码头。布码头之名在明代已盛。天启年间(1621—1627年),无锡渐渐形成了以北门布行巷、江阴巷等地为中心的"布码头",与镇江"银码头"、汉口"船码头",并称为"长江三码头"。明末清初,无锡布码头年贸易量700万匹(约2.8亿米),是无锡、江阴、武进、宜兴、沙洲、常熟、吴县,以及苏北织造的土布的集散地。运河里的船只来时售粮,去时带布,无锡布码头之名传遍大江南北。清光绪年间(1875—1908年),创建业勤纱厂,之后又兴建振新、丽新、申新等厂,布行兼营棉纱,布市场发展为纱布市场。

清代的很多诗文中,写出了无锡布码头原料与产品两头在外的运行方式。"晓听机声夜纺纱,不知辛苦为谁家。长头卷好郎欢喜,帽头冲寒去换花。""花布开庄遍市廛,抱来贸去各争前。要知纺织吾乡好,请看江淮买卖船。"这两首诗里呈现出四个不同场景:农民在夜间忙碌地纺纱织布;清晨赶路去换棉花;街市上开设的布店鳞次栉比,布匹交易十分活跃;运输棉花、棉布、粮食等物资的大型货船帆樯相随,络绎不绝。这四个场景实际上就是当时无锡布码头生产、交换、销售、运输的四个重要运行环节。诗文描写了北门一带的景象,到北门街市花店布铺换米换棉花的农民,大多来自北乡近城的农村。

追本溯源,除了人力之外,无锡米布码头的繁荣和无锡水道交通的发达不无关系。这种独特的交通格局,使得无锡成为南北交通的枢纽。船只往来频繁,商贾云集,无锡的商贸业因此得到了空前的发展,正如清人郑燮在《无锡》一诗中所写:"九龙天末郁青苍,万井人烟蔽日黄。流览偶经如过鸟,关河到此尚垂杨。石泉旧梦随云影,酒市深花泫露香。郭璞楼台倪瓒阁,游仙招隐共茫茫。"无锡城中万家灯火,人口稠密,凸显了清朝时期无锡的繁华,一路沿运河行走,游人如织,杨柳依依,而酒市深处,繁花似锦,露珠滴落,散发出阵阵香气,营造了一种宁静而又充满生机的氛围,可见无锡城内世俗生活的丰富。

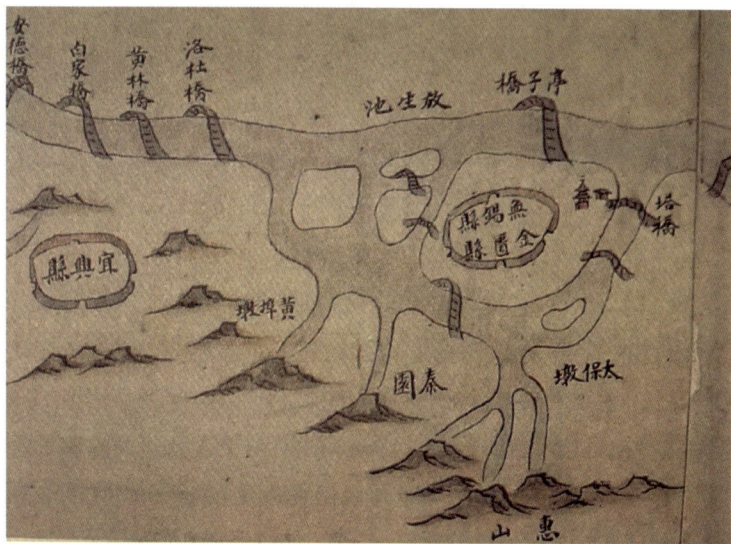

国图藏《运河图》之无锡

　　无锡的运河主要分为古运河和京杭大运河,古运河修建于5世纪,京杭大运河修建于7世纪,两条运河现在无锡的运河公园处交汇。京杭大运河与梁溪河在黄埠墩处分流,京杭大运河往西南方向流向惠山,梁溪河往东南方向在江尖渚再次分流,左侧河道仍旧名为梁溪河,右侧河道更名为北新河向东流去,连接无锡古运河。无锡古运河旁有着举世闻名的寺院和古桥,分别是南禅寺和清名桥。清人李雍来在《开岁三日南禅寺寻静苏话》中写道,"石桥渡回溪,塔影隔寒林",其中的石桥便是清名桥,塔影则是指南禅寺的妙光塔,桥、寺院、宝塔交相辉映,诉说着京杭大运河无锡段的诗意与趣事。

　　南禅寺的起源可追溯至南梁太清元年(547年),最初命名为护国寺,是南朝时期众多寺庙中的一座,位居四百八十寺之列。到了北宋雍熙元年(984年),寺中建造了一座塔,后来这座塔被命名为妙光塔。北宋崇宁三年(1104年),寺庙重修,并被赐予"福圣禅院"的匾额,此后便通俗地被称为"南禅寺"。清名桥,作为无锡古运河上的一座标志性桥梁,不仅是无锡历史变迁的见证者,更深深融入了无锡的文化血脉之中。每年,众多游客慕名而来,只为一睹这座古老桥梁的雄姿与辉煌。

　　除"两水回环抱一洲,不通车马只通舟"一诗外,乾隆皇帝在另一首写黄埠墩的诗中道:"洲埠无陆路,四面围清波。不知迹贻谁,空传天关罗。却与伞墩近,否则黄城讹。徒爱结搆佳,往来率一过。舣舟趁晴明,登阁聊延俄。梁溪溯远练,慧山濯翠螺。忽忆李青莲,客中此豪哦。美酒郁金香,玉碗朱颜酡。沧桑几变更,逸韵终不磨。"诗中通过描绘黄埠墩的自然美景和人文历史,引发了诗人对过往岁月的感慨和对李白等先贤的怀念,同时也表达了对美好事物永恒魅力的赞美。

　　另外,乾隆还有一首名为《黄埠墩》的诗。原诗写道:"埠墩仿佛近黄城,四面清波照槛明。到则维舟纵遥目,坐须把笔畅吟情。惠山西指九峰麓,吴会南临一宿程。轻舫梁溪溯游进,祇园那可负前盟。"诗中描写了京杭大运河的航速之快,只需一夜便可从无锡到达吴会(今浙江绍兴),足见京杭大运河运力之强。

　　上述三首乾隆写黄埠墩的诗中都出现了"惠山"或"慧山"一词,古时"惠""慧"二字通用,因此所指都是现在的惠山。由此可见,惠山紧靠运河河畔,与黄埠墩很近,远望即可看到。惠山东部紧靠京杭大运河,引得众多诗人游历并写诗纪事,在南北朝时期,惠山上修建了惠山寺,唐至明清时期,在寺旁逐渐建有园林、祠堂,形成了惠山古镇的雏形。

唐人张祜有诗云:"旧宅人何在,空门客自过。泉声到池尽,山色上楼多。小洞生斜竹,重阶夹细莎。殷勤望城市,云水暮钟和。"诗中描写了惠山寺旁的惠山泉和周边市镇,惠山泉被茶圣陆羽称为"天下第二",后乾隆皇帝御封其为"天下第二泉"。唐人皇甫冉在《杂言无锡惠山寺流泉歌》中写"寺有泉兮泉在山,锵金鸣玉兮长潺潺",形容惠山泉水的叮咚金玉之声。从张祜的描写中可以发现,在唐代时惠山地区已经形成市镇。

惠山　刘召禄摄

宋人杨万里在《泊舟无锡雨止遂游惠山》中写道:"天教老子不空回,船泊山根雨顿开。归去江西人问我,也曾一到惠山来。"诗中说到杨万里坐船沿运河途经无锡,船刚刚靠近惠山山脚,便下起了雨,因此停下整顿,雨停后顺道游览惠山。宋人苏舜钦在《无锡惠山寺》中写道:"寺古名传唐相诗,三伏奔迸予何之。云山相照翠会合,殿阁对走凉参差。"通过山色、山寺殿阁等方面描写了惠山寺的美丽景色。

此外,北宋熙宁六年(1073年),苏轼由密州(今山东诸城)出发,前往杭州。途中经过无锡时稍作停留,登上了惠山绝顶,远眺太湖,不禁为这湖光山色所吸引,诗情大发,作七律《惠山谒钱道人烹小龙团登绝顶望太湖》:

踏遍江南南岸山，逢山未免更留连。

独携天上小团月，来试人间第二泉。

石路萦回九龙脊，水光翻动五湖天。

孙登无语空归去，半岭松声万壑传。

后来，苏轼到了杭州之后，仍然对第二泉水念念不忘，却苦于无泉水再试"小团月"，便写信给曾经陪同他一起登惠山的好友焦千之索取泉水，可见"天下第二泉"之盛名。

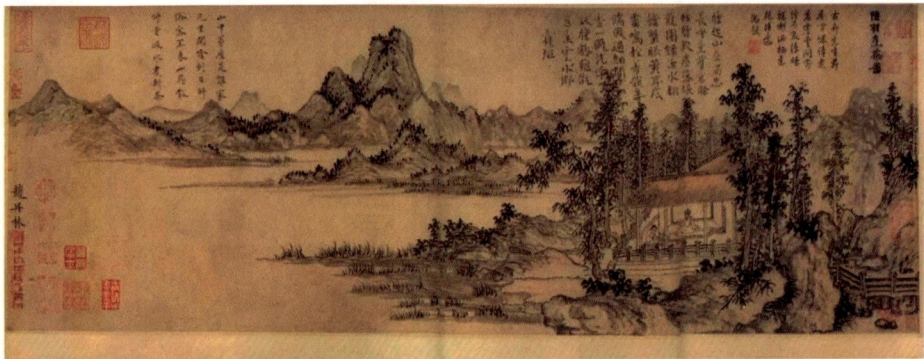

元·赵原《陆羽烹茶图》

由于得天独厚的运河优势，惠山地区迅速发展，逐渐产生聚集效应，形成街道、城镇，清人史夔在《无锡望惠山》中写道："九峰天半落，一棹夕阳过。客为游山盛，船因载水多。溪边高士宅，月下榜人歌。好趁樵风便，轻船采芰荷。"诗人在行船过程中，感受到运河的船速极快，而且此时惠山由于游客非常多而变得负有盛名，诗人感觉载船的水都因为船只往来穿行而上涨，这足见当时的客流量之大，从中可见惠山地区在清代时期的繁荣景象。大运河的开通为惠山带来了繁忙的商业活动和文化交流活动，使得这里成为无锡乃至江南地区的一个重要文化中心。

无锡本地商人得地利之便，利用运河运输米粮到各地。传统观点认为锡商是在鸦片战争以后形成的。南京大学范金民教授则认为，至迟在明后期，他们就活跃在商业舞台上。[1]到了清末民国时期，锡商发展势头迅猛。上海开埠后，大量人口涌入，对粮食的需求急剧增长。锡商抓住这一时机，将家乡的粮食运往上海销售。

---

① 范金民、罗晓翔：《非求生于近邑，必谋食于他乡——明清时期的无锡商帮》，《中国社会经济史研究》2009年第3期。

道光初年,清廷改河运漕粮为海运,粮食向上海集中,无锡之米更加聚集,锡商的发展达到了顶峰时期,这也为无锡后世近代工业的发展奠定了很好的基础。

无锡大运河数字博物馆。为无锡市主题文化设施,位于无锡市梁溪区南下塘213号N1955文化创意园四号楼内。2014年6月开馆。总面积2000平方米。博物馆运用3D影像、多媒体互动等科技手段,陈列展示器物、书画、文献、老照片、文创艺术品等1000多种信息资料,包括北京故宫博物院的《清明上河图》、台北故宫博物院的《京杭运河图》等,再现大运河千年发展的"桨声、灯影、古桥、民居"相融之景。馆内分为天观厅、水观厅、人观厅、奇观厅四个分展厅,天观厅以"古河之舟""运河三千年""文化长河""历史长河""天观山河""治河天下"等内容展现运河发展与保护的历史;水观厅以漕运、工艺为主题,分"漕运年代""南漕北移""缫丝工艺""大窑治砖""运河工艺"等板块;人观厅以帝王(北帝南巡)、庶民(人间画境)、文人(古悠情录)三个不同阶层作为展示内容,呈现不同视角的水路人文记忆;奇观厅分"河运风""忆河流影""水蕴心河"三部分,阐述了大运河的精神意义。

无锡古运河风光带。为无锡市运河主题景区,位于无锡市梁溪区,北至钱皋路、皋桥,南至下甸桥地区,总长度约18千米,总面积约20.17平方千米。古运河沿岸长廊集文化景观、生态旅游和高端服务等功能于一体。景区有"三大区段"功能布局,三个区段分别是历史文化展示带、生态休闲带和新型文化区。历史文化展示带长约10千米,包括惠山古镇、环城古运河、江南水弄堂、南禅寺等古迹;生态休闲带长约5千米;新型文化区是一个长约3千米的新型文化谷。古运河之上桥梁众多,有吴桥、清名桥、三里桥以及芙蓉桥,其中三里桥米市在漕运兴盛的古代十分繁华,体现了无锡鱼米之乡的地位。

无锡中国民族工商业博物馆。为无锡市主题文化设施,位于无锡市梁溪区振新路415号。2005年开始筹建,2007年2月15日完工并对外开放。占地面积12123平方米,展览面积7300余平方米。展览分为四大板块,第一板块通过展示大量文物、实物资料,反映无锡民族工商业的起源、发展与繁荣,其中讲述了运河的交通作用对无锡民族工商业发展的重要影响;第二板块以茂新面粉厂的麦仓建筑为基础,保留并修复原有的生产设备及面粉加工工序流程,恢复该厂历史旧貌;第三板块恢复茂新面粉厂办公楼原貌,以保存的办公用具等实物展示当年办公实景;第四板块以民国时期的北大街为范本,集中展示无锡的名店、名牌、名产,再现无锡民族工商业的繁华景象。

四、扬州驿里梦苏州,梦到花桥水阁头:苏州

　　黄鹂巷口莺欲语,乌鹊河头冰欲销。绿浪东西南北水,红栏三百九十桥。

　　鸳鸯荡漾双双翅,杨柳交加万万条。借问春风来早晚,只从前日到今朝。

　　春节期间,诗太守白居易在苏州街巷闲行漫步。虽然才是正月初三,不过,敏感的诗人已经感觉到些许春意,但见河中鸳鸯戏水,河岸杨柳飘拂,于是诗兴大发,写下了《正月三日闲行》。此诗生动描绘了唐代苏州的水城风光胜景。姑苏美,美就美在姑苏水。苏州是水做的城,城外四面环水,城内水网纵横。不同于大江大海的惊涛骇浪、气势磅礴,苏州的水是波澜不惊的,具有娴静、灵秀、温柔的气质,也因此,苏州人具有与水为邻的亲和儒雅。

　　大运河苏州段地处江南水乡的胜地,运河水系特色鲜明。由于大运河苏州段与自太湖通向长江的太湖水系之间,在走向等方面存在差异,在水流上存在交错,造就了大运河与本地水乡生态环境之间的相互作用,以及在运输、防洪、治污等方面互为影响的关系,形成了大运河苏州段的水系特色和文化传承的基础。

　　江南运河是京杭大运河的长江以南段,北起镇江,经常州、无锡、苏州、嘉兴到杭州。苏州段自与无锡交界处沙墩港起,向东南经望亭、浒墅关,至枫桥后分流。运河新线自枫桥向南,在横塘镇过胥江以后,在胥江与石湖之间折向东行,至宝带桥汇运河古道;运河古道自枫桥沿上塘河向东至阊门五龙口,接苏州外城河、山塘河以及阊门水城门河道,沿外城河向南经胥门接胥江,在苏州古城西南经盘门折向东,至古城东南觅渡桥折向南往吴江,在澹台湖宝带桥之北接运河新线;20世纪50年代末至90年代初,运河曾于横塘至泰让桥之间借道胥江,接入外城河。自宝带桥向南,运河经吴江松陵、平望、盛泽,于王江泾入浙江境。

京杭大运河苏州段　吉克摄

　　江南运河苏州段以苏州古城为节点,自北为西北—东南走向,向南为南—北走向,纵贯苏州全境。运河西侧为沿太湖区域,东侧则为水网湖荡区域,与望虞河、胥江—娄江、吴淞江、太浦河等湖水东泄的水道相交汇,对太湖流域水系流量起到了重要的调节作用。近年因苏州市政府对太湖—望虞河—长江一线水源日益重视,在江南运河与望虞河之间实施了水系立交工程,这也是江南运河与周边水系之间的一种全新关系。

　　苏州与运河,是命中注定有缘。苏州运河的悠久历史可追溯至公元前6世纪。苏州古城的前身为春秋时期吴国都城阖闾大城。前514年,吴王阖闾委派伍子胥建造阖闾大城。作为总设计师,伍子胥建造阖闾大城是"相土尝水,象天法地",进行地质勘察,讲究天人合一,根据水乡泽国的地理特征,利用天然水道,理水为河,垒土为墙,城外挖掘一道护城河,城墙四周开设水陆城门各8座,水城门沟通内外河流。阖闾大城的护城河就是最早的一段运河,8座水城门便是运河上的特殊建筑,距今已有2500多年历史。也就是说,苏州运河与古城同龄,是一起诞生的,是江南运河的雏形。

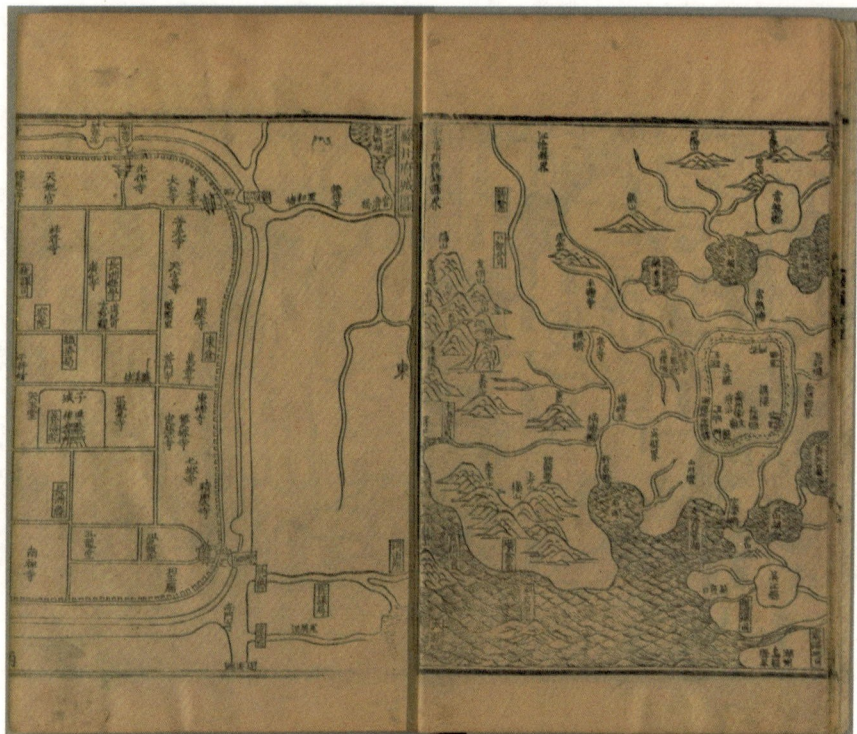

明《姑苏志》苏州府城图

　　周敬王十四年（前506年），吴王阖闾为了与楚国争雄，又命伍子胥开凿胥溪。胥溪自胥门起，入太湖，经宜兴、溧阳、高淳，在安徽南部芜湖注入长江。周敬王二十五年（前495年），吴王夫差为北上争霸，开挖了一条自苏州经无锡至常州奔牛镇与孟河连接的人工河道，可达长江。以上两条人工河道均为江南运河的早期河段。夫差即位，于公元前486年挖邗沟，称霸中原。秦始皇三十七年（前210年），秦始皇又在云阳到丹徒间开凿了一条运河，与吴国开凿的渠道相接，即丹徒水道，构成了历史上最早的苏南运河。隋大业六年（610年），隋炀帝下令在原有河道的基础上，贯通了北起镇江、南至杭州的江南运河。自此，苏州运河被正式纳入大运河水系，成为大运河的重要通道。

　　隋唐以后，苏州因大运河成为万商云集的繁华之地。宋庆历年间（1041—1048年）建成了沟通吴江至平望的陆道，形成了一条贯通南北、水陆俱便的通道，这就是历史上有名的"吴江岸"，也叫"吴江塘路"，又称"石塘"。从此，大运河与太湖分开，解决了挽纤不便、驿递不通、行道不通的问题,同时运河与环境演化的关系也进入了一个新的篇章。至今,吴江区内尚保存着一段塘路遗迹。

元明之时,北京成为都城,原有的运河格局变化为京杭大运河。苏州所在的长江三角洲依旧是大运河的南方端点,大运河仍旧发挥着南粮北运的作用,被称为"漕河"。明朝中后期,苏州逐渐成为全国的经济、文化中心,经济的繁荣也带来了文化的兴盛。苏州阊门商业的繁荣主要依靠着大运河。

入清以后,至康乾盛世,国力臻于鼎盛,江南地区发展更快,苏州一跃成为全国最繁华的城市之一,商业也达到了空前繁荣的程度。商市从吴阊到枫桥,列市二十里。阊胥两门是"百货堆积,店铺毗连",成了"万商云集,客货到埠,均投行出售"的商贸中心。"五更市贾何曾绝,四远方言总不同"的诗句是对当时苏州繁华景象的生动写照。从阊门至胥门,运河码头接连不断,"各省都会客货聚集,无物不有,自古称为天下第一码头"。苏州人徐扬绘制的《盛世滋生图》(也称《姑苏繁华图》)长卷,真实细致地描绘了苏州城阊门、胥门外大运河上舟船云集、两岸市廛鳞次栉比的盛况。

清朝末年,苏州成为国内外开埠通商的城市之一,始设的海关就在大运河觅渡桥畔,苏州人习惯称其为"洋关"。苏州最早兴办的近代工业苏纶纱厂和苏经丝厂

明·袁尚统《晓关舟挤图》

235

也建在今人民桥南的大运河边上。民国时期陆续兴起的民族工业都依靠大运河运输原料和产品。新中国成立后,苏州市对运河进行了治理,改善了"黄金水道"的通航条件。目前,大运河苏州段依然是最繁忙的河道之一。可以说,大运河苏州段孕育了苏州城市的繁荣和发展。

水陆盘门 杨家强摄

大运河苏州段,是指在苏州大市境内的京杭大运河航道。列入《世界遗产名录》的大运河苏州段包括4条运河故道、7处遗产点段。4条运河故道是指唐代以来就作为苏州运河航道之一的山塘河、上塘河、胥江、环古城河。7处遗产点包括:与山塘河并行的山塘历史文化街区;大运河苏州段地标性建筑虎丘云岩寺塔;明清漕粮仓储地平江历史文化街区;见证古代大运河南北经济文化交流的全晋会馆;连通古城内外水系的盘门水陆城门;集水利、交通、景观于一体的古代桥梁杰作宝带桥;江南运河水利工程的杰出范例吴江古纤道。悠悠山塘河,千年宝带桥,巍峨古盘门……作为中国大运河的发祥地,大运河苏州段独具特色,与众不同。而且,遗产区内保存良好的运河故道和遗产点段,充分表明大运河注入苏州城,以"三横四直"作为主要水网,成为城市居民重要的生活水源。由此可见,苏州是运河沿线唯一全城受运河水滋养的城市,苏州城与大运河是紧密相连的共同体。

大运河苏州段通过山塘河、上塘河、胥江、护城河以及盘门、阊门等水城门与苏州内城水系连为一体。其完整的水系网络,贯穿古城中所有重要遗产。其意义非凡,首先,大运河裁剪了江南的土地,使得秀美的苏州变成一幅更加浓墨重彩的画卷,一条长长的流水裁剪出了江南水乡的柔美。其次,运河水系奠定了整个苏州地区的城镇格局。几千年来,城市兴废,但依水而居的城市格局未曾改变过,这不得不归功于苏州大运河的存在。再次,大运河苏州段很好地孕育了苏州的城市品格、文化品格。如果说南京是石城、重庆是山城,那么称苏州为水城则多是因为大运河苏州段的存在。

清·徐扬《盛世滋生图》(局部)

水城苏州充分诠释了古代筑城与水利技术完美融合的全过程,而大运河所特有的城市文化景观,即是现存的水城苏州。大运河给苏州带来的是密布的苏州水网。大运河绕城而过,运河水滋养着一代代的苏州人,孕育着钟灵毓秀的苏州文化,也使得苏州城的兴衰与之息息相关。

大运河苏州段在古今中外经济交往中发挥着重要作用。京杭大运河开通后,长达千余年中,大运河苏州段承担了漕运、海内外商品运输等重任。唐

Tips

漕粮海运

历史上的漕运以大运河航道为主,相比较沿海海域或陆地湖泊中的航运,人工运河中的水运是受天气自然环境影响相对最小、可把握程度最高的水运方式。因运河宽度、深度等因素所限,大运河上漕船的大小有一定规制,比如在明清时,江南地区的运河船只宽度规定为15尺(5米)、长度为400尺(133.3米),这样的船只在运河中的体量已经相当可观,但对湖运和海运而言都是不够的。

宋时期,苏州是漕粮的重要产地,国家漕运十之一二来源于苏州。明清时期,苏州是漕粮的重要征集地和起运地。大运河苏州段是漕粮的重要源头,为国家的政治稳定、经济发展作出了巨大贡献。大运河苏州段还通过娄江连通长江口的刘家港,既便利漕粮海运,又便利海外贸易。

虽然同在陆地,湖泊的水运线路受天气的影响往往非常大,湖上的运输在古代往往被视为危途。以太湖为例,虽然从苏州的胥门,沿胥江、出胥口,经东洞庭山和西洞庭山之间的"三山门"通道前往湖州方向,距离比经过北塘河、官塘河、西塘河的内河运输缩短将近1/4的行程,但航线要经过太湖,难免会碰到"白浪高于屋,满湖沸腾"的特殊天气,这对内河船只而言是难以适应的——这也是大运河主干道在太湖北、东绕道的主要原因。

历史上的"漕粮海运"主要是在元代。南宋时隋唐大运河的南北通运需求有了很大的削弱,战乱和泥沙淤积使大运河沟通南北的能力几乎消失。元代建都北方后,为解决粮食北运问题而催生了"漕粮海运"。此时正值与至和塘一脉相承的太仓塘入江海的河口受海潮冲刷而自成深港之时,"元时娄港不浚自深,日往月来,不数年间朝夕两汛可容万斛之舟",因此这里成为长江三角洲粮食经沿海航线运往北方的漕粮北运的主要出发地。元代时刘家港一带驻泊的从事漕粮海运的海漕船只,要占全国总量的三分之一,逐渐成就了"六国码头"的特殊地位,也为明代郑和下西洋七次以浏河作为出发地打下了基础。可以说,元代的"漕粮海运"一方面为北方的稳定提供了支撑,另一方面也从侧面印证了大运河所起的巨大作用。

灭渡桥旧影

16世纪末,意大利传教士利玛窦盛赞苏州的繁华富饶:"经由澳门的大量葡萄牙商品以及其他国家的商品都经过这个河港。商人一年到头和国内其他贸易中心在这里进行大量的贸易,结果是在这个市场上样样东西都能买到。"近代以来,中外贸易日益频繁,大运河苏州段的重要性更加突出,为此,1896年清政府在苏州古城东南灭渡桥外设立苏州关税务司署,管辖范围为嘉兴以北,丹阳以南,昆山以西。1900年又在灭渡桥北设立了一个水文观测站,该水文观测站连续记录的水文资料已超过一个世纪,至今仍在使用。

大运河苏州段见证了我国古代水利工程的杰出成就。大运河苏州段工程浩大、技术复杂,许多区域是在湿地或是湖荡里挖河筑堤,筑成的河堤还要经受湍急湖水长期冲刷,其难度较高。吴江塘路就是其中一个突出的典型。这段塘路从9世纪开始修筑,屡经技术改进,经过数百年实践,直至14世纪基本定型,显示了古人的智慧和毅力。吴江塘路的兴建,使得运河与太湖之间的界线逐渐分明,保证了运河河道稳定和水源充沛,同时使太湖成为一个基本封闭的系统,提高了太湖自身的蓄水调节能力。吴江塘路为宣泄太湖积水,在江湖互通河道处以桥代堤(如宝带桥和垂虹桥),实现通航、过水、纤行的功能,并促使太湖东侧塘浦圩田系统形成。吴江塘路成为太湖流域的重要水利枢纽,是中国大运河上杰出的工程体系。

塘浦圩田系统

苏州地区河网密布、地形复杂,运河上的桥梁不仅需要沟通陆路,也要保证运河航道的畅通,每一座桥梁的设计建造均因地制宜、构造独特。如吴门桥、灭渡桥、三里桥采用拱形桥的形式,使航道畅行;宝带桥、垂虹桥所在水域水面宽广,又是太湖泄水口与运河的交汇处,因而以桥代堤,采用薄墩连锁拱桥,保证了运河水源及太湖泄水畅通,并沟通了陆路交通,是我国桥梁史上的杰作。据清末光绪年间不完全统计,大运河苏州段主航道及两侧共有各个时代、各种形态的古桥梁76座之多。

大运河苏州段环绕苏州古城而过,苏州古城内河道纵横,所以苏州城垣的古城门大多设计成水陆两门并行的形式,成为运河上的特殊工程。从现存的盘门考察,采用"抹角背水"的做法,使城防工程与水利设施相结合,是人类创造的杰作。

"水城苏州"是大运河沿线独特的城市景观。大运河通过山塘河、上塘河、胥江汇入苏州护城河,并与苏州城内的水网河道相连。大运河绕城、穿城而过,古城被运河水滋养。二者联系之密、关联度之高,使苏州城的兴衰繁荣与大运河息息相关。苏州古城自宋代以来形成的"三横四直"的主干河道系统留存至今。苏州水系造就了古城水陆并行、河街相邻的城市布局,并直接促成了享誉世界的苏州园林。这种水上园林城市景观,在大运河沿线城市中独一无二。

在大运河苏州段流域众多的街巷之中,名胜山塘街被誉为"姑苏第一名街"。山塘街始建于唐宝历年间(825—827年)。敬宗宝历元年(825年),白居易奉命到苏州任刺史。上任不久,他坐轿子到虎丘去,看到附近的河道淤塞,水路不通,回衙后,立即找来有关官吏商量,决定在虎丘山环山开河筑路,并着手开凿一条山塘河。它东起阊门渡僧桥附近,西至虎丘望山桥,长约7里,故俗称"七里山塘到虎丘"。这条河在阊门与运河相接。在河塘旁筑堤,即山塘街。山塘河的开凿和山塘街的修建,大大便利了灌溉和交通,也促使这一带成为热闹繁华的市井。苏州百姓非常感激白居易,他离任后,百姓即把山塘街称为白公堤,还修建了白公祠,以作纪念。

山塘街一头连接苏州的繁华商业区阊门,一头连着花农聚集的虎丘镇和名胜虎丘山,因此,自唐代以来它一直是商品的集散之地、南北商人的聚集之处。清乾隆年间,著名画家徐扬创作的《盛世滋生图》长卷,画了当时苏州的一村、一镇、一城、一街,其中一街画的就是山塘街,展现出"居货山积,行云流水,列肆招牌,灿若云锦"的繁华市井景象。曹雪芹在《红楼梦》第一回中也把阊门、山塘一带称为"最是红尘中一二等富贵风流之地"。

苏州是个水乡,河道多,桥多,而山塘街是最具苏州街巷特征的典型。它中间是山塘河,山塘街则紧傍河的北侧,通过一座座石桥与另一侧的街道连接。山塘街上店铺、住家鳞次栉比,房屋多为前门沿街、后门临河,有的还建成特殊的过街楼。山塘街又是一条典型的水巷,装载着茉莉花、白兰花及其他货物的船只在河上来来往往,游船画舫款款而过。这里的房屋沿河有石级,妇女们就在河边洗衣洗菜。那时有些商贩还摇着小船在河中做生意,卖米、卖柴不消说,还有卖点心、小吃、油盐酱醋的。住在楼上的也无须下楼,只要用绳子把盛东西的篮子吊下去,就可以买到需要的物品。

山塘街分为东西两段,东段从阊门渡僧桥起至半塘桥,这一段大多是商铺和住家,东段又以星桥一带最为热闹繁华。山塘街的西段指半塘桥至虎丘山。这一段渐近郊外,河面比东段要开阔,河边或绿树成荫、芳草依依,或蒹葭苍苍、村舍野艇。这里有普济桥、野芳浜等胜景,还有"五人墓""葛贤墓"等古迹。再向西行,就到了有"吴中第一胜景"之称的虎丘山。

千百年来,流淌着多方活水的大运河,给苏州带来了富裕与繁荣。明唐伯虎《阊门即事》诗中的"世间乐土是吴中,中有阊门又擅雄……五更市卖何曾绝,四远方言总不同",以及清曹雪芹笔下的"东南一隅有处曰姑苏,有城曰阊门者,最是红尘中一二等富贵风流之地",这些关于繁华姑苏最生动的写照,永久地烙印在代代中国人的文化记忆里。而因早期运河水滋养的七里山塘、"金阊"之地,就成为传统中国市民社会富足昌盛的文化符号。

金阊门,银胥门,货栈密布,商贾云集,米市探听枫桥价,苏州过后无艇搭。倚靠运河,苏州在历史上一直是南来北往人员、物流的重要集散地和中枢地。同样也是借助于运河,漕运和海运在苏州形成了彼此呼应的联动效应,为南北物资平衡与往来、全国性统一市场的形成奠定了坚实的经济基础。

运河经济,造就了苏州明清鼎盛时期名副其实的"百业之城"和"百作之城"。"天赋吴人闲岁月",在这看似优哉游哉、上苍特殊眷顾的背后,是苏州在中

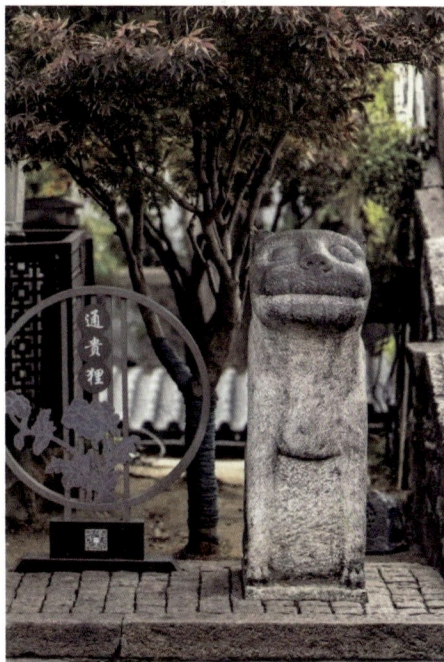

通贵桥狸猫

国传统社会首屈一指、堪称发达的商业、服务业和手工艺。苏州历史上商业门类齐全,至清康熙年间(1662—1722年),城内有布店76家,金铺珠宝铺79家,木商132家。苏州历来是丝绸手工业的重镇,至清雍正年间(1723—1735年),苏州有踹坊(棉布整理、加工的作坊)450余家,踹匠2万余人,城东半为机杼声。至清同治年间(1862—1874年),山西、陕西、河南三省商人在苏州所设商号达80余家,遍布全境的徽商经营在泾流纵横、市镇林立的苏州地区更是有"无徽不成镇"的声势。整个明清时期,苏州全城曾出现过160余处地域型的商业会馆。技艺精湛的苏作,几乎覆盖了传统手工业的所有领域,如木作、玉作、刺绣业、刻书业、花木业、制扇业等都居于传统手工业生产的核心位置或引领潮流的领先位置。

位于大运河苏州段南端的盛泽镇,偏居江南水乡泽国的一隅,原本的自然地理条件并不算优渥,也从未成为过中国经济、文化的中心地区。但借助运河之利,上达苏城,下联杭城,由运河连接组织起来的周边水系网络满足了丝绸业对原材料采购、从业者流动、成品输送和经销商往来的运营要求。绿荫响缫车,只种桑麻不种花,丝绸业成为带动一个普通的水乡聚落发展壮大的支柱产业。而这个繁荣的先决条件就是大运河的连通。

由此可见,大运河苏州段是一条通向财富的黄金水道,苏州大运河文化带也必将成为让广大人民群众有获得感的黄金文化带。

苏州大运河文化带是大运河沿线水源最丰沛、最稳定的区域之一。运河的开通,对其深度、广度以及水量都有一定的要求,所以要使运河最大限度地发挥运力功能,重中之重是解决水源问题。从历史上大运河所流经的主要区域来看,无论是与北京平原、河淮地区、山东地区还是江淮地区的运河状况相比较,环太湖而行、地势平缓的江南运河段的水源情况是最为理想的。而就江南运河而言,大运河苏州段地处太湖流域,河湖密布,水系发达,且浅碟形2400多平方千米的太湖在多数时候均能满足稳定而充足的水源补给,周边大小河泊湖荡也均能起到某个小范围内较为灵活的水量调节作用,较之江南运河由镇江到无锡的北段、由嘉兴到杭州的南段水源多取于江潮的情况,无疑是较理想、较有优势的。

苏州大运河文化带也是大运河沿线关联水系最发达、最密集的区域之一。大运河由北而来,出无锡向东南到望亭与望虞河立交后即进入苏州,至苏州城东宝带桥折向南行,在吴江平望与太浦河平交,沿澜溪塘到苏浙边界鸭子坝止。其中,上段南岸与多条入太湖河道连接,主要有浒光运河、胥江和苏东河等;上段北岸与沿长江水系相通,主要有望虞河、元和塘、阳澄湖和娄江等,其中望虞河与运河立交,是排泄太湖洪水和引长江水入太湖的骨干河道,元和塘、阳澄湖和娄江均通过苏州环城河与运河相通,元和塘向北经常熟接常浒河入长江,阳澄湖向东北有白茆塘、七浦塘、杨林塘分别穿过张家港河入长江,娄江向东经昆山接浏河入长江。运河下段向南主要与黄浦江水系的吴淞江、苏申外港线、太浦河、頔塘等相交,其中吴淞江出东太湖瓜泾口,过运河后向东经昆山石浦进入上海,连接苏州河、蕰藻浜,为苏申内港线;苏申外港线起自宝带桥,东南串联同里湖、白蚬湖经昆山周庄进入淀山湖;而太浦河作为太湖最大的排洪河道,同时也是向上海供水的主要河道,在平望与运河相交后东汇入黄浦江;頔塘西通浙江湖州,在平望与运河相交后入太浦河,称长湖申线。在这江浙沪一带由江、河、湖、海构成的水域系统中,大运河苏州段起到了通篇贯穿的中枢调度作用。

而大运河苏州城区段在漫长的运河流经变迁过程中,也存在过去曾作为运河一部分通航而后来遭遇改道的情况。这些旧运河水道包括山塘河、上塘河、胥江横塘至胥门段、环城河,它们和城内水系一起仍然应该被涵盖在苏州大运河文化带内通盘规划,而且有其不可替代的城市空间重要性及功用,具有独特的历史价值和文化魅力。由于运河水道变迁,原本和运河并不直接连接的水域部分也纳入了苏州大运河文化带的范畴,像上方山脚下"十里石湖八里溪"的石湖、太湖历史上重要的出水

Tips

鲇鱼口与鲇鱼墩

在苏州,鲇鱼口和鲇鱼墩不是一个地方。鲇鱼口是太湖重要的出水口。苏州曾叫鲇鱼口的地方有多处,最有名的是沙墩口的鲇鱼口和东太湖的鲇鱼口。位于吴中区长桥东南与吴江区接壤处的鲇鱼口,原为东太湖内湾处,因此也称东湖或东太湖梢。太湖水经鲇鱼口流入苏州城南,在盘门汇入外城河。

鲇鱼墩,位于阊门外吊桥西堍南侧,阊胥路北端东侧,西起阊胥路,东至南浩街。《吴县城厢图》作"鲇鱼坊"。鲇鱼,苏州人叫"鲶鱼",身体扁长,前部平扁,后部侧扁,嘴宽大。因此地是个土墩,形状像鲇鱼,所以称"鲇鱼墩",是商业集中地之一。

口鲇鱼口），也各有其特色和亮点。

从长时段的历史维度上来看，苏州大运河文化带正处在中华文明内部"上中原"与"下江南"两股历史合力的交会点上。运河之肇，始于江南，始于吴地。一部苏州运河的历史，与一部苏州城的历史几乎是平行的。从伍子胥营造阖闾大城，到吴王阖闾开凿胥溪，再到吴王夫差开凿自吴地连通长江达170千米的运河，中间只隔了不到20年。苏州城的历史已有2500多年，苏州运河文化的历史同样也有2500多年，早于同时期邗城的兴建与邗沟的开挖（前486年）。春秋吴地运河是春秋末期吴国强盛崛起、积极开拓并与中原文化联通的起始途径，直接促成了河道的进一步向北——由邗沟联结长江与淮河，极大促进了早期吴越文化与中原文化的相互融合。

2500多年来，大运河苏州段，围绕着河与城，围绕着河与人，给后人留下了无尽的历史人文遗产。无数胜迹、往昔、故事与体验，仍然存活在今人的生活空间和精神记忆里。这是历史的慷慨馈赠，也是古韵苏州的滋味源头。

大运河苏州段遗产范围北起京杭大运河与山塘河交汇处，南至京杭大运河与太浦河交汇处，遗产区面积642万平方米，缓冲区面积675万平方米。苏州是运河沿线35个地级市中唯一以古城概念进行申遗的城市。大运河苏州段全线水深2.5米，航宽40~150米，有跨河桥梁35座，两岸码头145个，泊位377个。这是苏州水系的重要组成部分，对内通过多条支流与古城区内河道、护城河及长江、黄浦江、太湖、阳澄湖互通，使苏州水系成为内通外联、水脉相接的互动式结构。

大运河及沿线河道的自然及人文建筑构成了运河流域重要的文脉源流。其中，水域风光有上塘河、胥江、环古城河、苏嘉运河（苏州至吴江段运河），桥梁建筑有上津桥、下津桥、吴门桥、灭渡桥、宝带桥、彩云桥、垂虹桥遗址、安德桥、安民桥（吴江平望）、三里桥、永丰仓船埠（码头）、枫桥，历史建筑有织造署旧址、苏州关税务司署旧址、丰备义仓、横塘驿亭、三里亭（浒墅关兴贤桥南）、十里亭、嘉应会馆、西园戒幢律寺、留园、寒山寺、瑞光塔、盘门、阊门、胥门、金门、虎丘塔、全晋会馆，近代建筑有苏伦纱厂旧址、日本领事馆旧址、鸿生火柴厂旧址、胥江水厂旧址。沿线景点多为国家A级景区，AAAAA级有虎丘、留园、吴江同里古镇，AAAA级有七里山塘景区、平江历史街区、盘门景区、木渎古镇、甪直古镇、寒山寺、西园寺。遗址遗产有高新区文昌阁太平军营垒遗址，此外还有昆曲、评弹等文化遗产。

"三吴之水皆为园"，明人钟惺曾这样高度赞叹江南水乡的高颜值，用这一诗句来形容大运河苏州段历史上所流经之处的旖旎风光也同样适合。大运河苏州段的开通和变迁，水环境的提升，对改善人们的居住品质从而达到更高层次的生活诉求有着十分积极的意义。例如，明代苏州运河水道修治与变迁，曾使得苏州城东娄葑一带水体资源和景观有了很大的改善，直接促成了此地构筑清雅秀美的私人园林的风气，乃至今日这里依旧是有代表性的苏州古典园林现存最为密集的区域。今天，当我们站在娄门以南、已完成老动物园整体搬迁而被就地休憩景观恢复的林下水湄之时，我们仍然能怡然于其地的水木清瑟、疏朗明秀，而之所以能迅速地完成景观恢复，很重要的一个原因是这里水的大环境基本未变。

以与运河状况密切相关的城内水系来说，明代中期曾达到开通利用的流域峰值，由于运河航道不再经过中心城区，也由于之后市井社会的发达、人口密度的增加，填河为地在清乾隆年间（1736—1795年）达到高潮，城内部分地方渐失枕河依巷之姿。而今天受到人们交口赞誉的平江路历史文化街区，正是首先有力地保证了街区河道和巷道的完整性，甚至还尝试性地开始对中张家巷原有被填河道进行恢复，这一街区的开发建设才获得了很大的成功。目前，沿着平江河过白塔东路往北的路段也得到了开发，而在其过干将路往南直至望星河的路段依稀是往日的模样。苏州大运河文化带不断优化的水环境，给了人们无穷的畅想灵感，滋养了当地精彩纷呈的文化艺术。

大运河苏州段是大运河全线历史最为悠久、文化遗存最为丰富并保存尚好的一段，具备开展大运河国家公园建设示范的良好基础和客观条件。按照《大运河国家文化公园（江苏段）建设保护规划》的要求，根据大运河苏州段文物和文化资源的整体布局、禀赋差异以及周边人居环境、自然条件、配套设施等情况，结合苏州市国土空间规划，在综合评价的基础上，塑造点、线、面互相衔接的大运河国家文化公园（苏州段）总体格局，重点建设管控保护、主题展示、文旅融合、传统利用四类主体功能区。

平江历史文化街区

2023年，江苏发布了大运河文化带和国家文化公园建设创新案例30个，"苏州市建设'运河十景'勾勒现代版'运河繁华图'"榜上有名。苏州"运河十景"基于宝贵的文化资源、人文历史、区位特点和群众需求应运而生。苏州将国家战略部署与具体实践有机结合，将保护优先、合理利用和活态传承融会贯通，让古城古镇、古典园林、传统非遗等"活"起来、"亮"出来，让古老的运河焕发新的生机活力。

苏州"运河十景"建设是打造大运河文化带最精彩一段的重要内容，被赋予弘扬和提升"江南文化"品牌的重要使命。具体来看，苏州运河十景包括吴门望亭、浒墅关、枫桥夜泊、虎丘塔、平江古巷、水陆盘门、横塘驿站、石湖五堤、宝带桥、平望•四河汇集。

吴门望亭。望亭，古名御亭，曾名鹤溪，位于苏州市西北隅，是京杭大运河进入苏州的第一站。

> 望见家山一抹青，澹烟初日漾江汀。
>
> 先生才了还乡梦，已报轻舟过御亭。

这首诗出自清初苏州著名文人汪琬，他曾于康熙年间（1662—1722年）举博学鸿词科，被授予编修之职。本诗是组诗中的一首，名为《东归道中》，这是第二首。对这样一位阔别吴门已久的游子而言，望亭到了，熟悉的风物、风俗又在眼前，那就是家到了。今日京杭大运河由北向南，一路蜿蜒，过了苏锡交界处横跨运河的丰乐桥，就到了苏州境内，而沿线流经的第一个乡镇即为望亭。后人在回溯望亭地名由来时，经常会提到南朝大诗人庾信的父亲庾肩吾留下的《乱后行经吴御亭》，诗里的开头四句是"御亭一回望，风尘千里昏。青袍异春草，白马即吴门"。这首古诗后世通行的版本里多作"御亭"，而早期流传的版本里也有写作"邮亭"的。这里的"御亭"有考证说是源于三国时期，为东吴孙坚在此置亭。顾颉刚先生《苏州史志笔记》甚至将亭的来历上推到了秦代的乡亭行政区划。方志里还记载唐贞观年间（627—649年），常州刺史李袭誉依据庾诗直接将"御亭"改成了"望亭"。 望亭的名称来自一首诗，这和宋代大臣王珪因张继《枫桥夜泊》将"封桥"改为"枫桥"的情形相仿，诗性江南的文化属性同样也隐含在水乡泽国地名的人文色彩里。御亭也好，望亭也罢，总之因时局动荡而心绪黯淡的庾肩吾风尘仆仆，青袍春草，白马吴门，一见此亭，心情随之豁然开朗，画风为之一变。舟一程，驿一路，来到这里。这里是吴门，清嘉的吴门；这里是江南，明丽的江南。

望亭运河公园　蒋铮摄

望亭历史悠久，早在新石器时期就有人类在此居住。夏朝属防风氏地区，商朝末年属"勾吴"国（又称古吴），秦设吴县后，望亭先后属吴县、泰德县、长洲县，辛亥革命后，撤长洲县，望亭复归吴县。自吴王夫差下令开凿苏州望亭镇至常州奔牛镇的运河以来，距今已有2500多年，是京杭大运河最早的一段河道。白居易在诗歌《望亭驿酬别周判官》中用"灯火穿村市，笙歌上驿楼"一句生动描绘了古代望亭的繁华盛景。望亭自古以来一直地处郡、府、县交界处，是苏州的大门口，也是吴古陆道的必经之地。望亭镇地势平坦,属太湖平原区,地形微有起伏,东北较高,逐渐向西南倾斜,流经望亭镇内的主要河道有大运河、太浦河、西塘河(即荻塘,又名顾塘)、澜溪塘(烂塘溪/烂溪)、新运河、市河(后溪)等,境内主要湖荡有莺脰湖、草荡、雪湖、唐家湖,尚有与邻镇相连的大龙荡、张鸭荡、杨家荡、长荡、西下沙荡、南万荡、东下沙荡、前村荡等。农田灌溉、舟楫往来,人们赖以生息的各项活动都依仗诸水。

　　望亭是今日京杭大运河由北往南流经苏州地界的第一站。春秋时,周边一带有吴王狩猎的场所——长洲苑。望亭是吴地水乡重要的往来驿站。唐代白居易的诗句"灯火穿村市,笙歌上驿楼",描绘的就是古时望亭驿的繁华盛景。如今的望亭既有良渚、崧泽等古文化遗址,又保留了太湖文化、稻作文化的深刻印记。而位于沙墩港、被人们称为"水立交"的望亭水利枢纽以及矗立于运河东岸的望亭发电厂,更是新中国成立以来我国水利事业和电力工业蓬勃发展的见证。

　　浒墅关。清释晓青的《泊丹阳口号》中写道:"快便无过鸭嘴船,一天风顺走三天。昨朝浒墅关头宿,今日云阳驿口眠。"浒墅关,原名"虎疁",相传因秦始皇时期蹲守虎丘的白虎遁走至此而得名,后因南唐、吴越时期两次避讳改称"浒墅",宋代

浒墅关文昌阁秋色　陈连火摄

又称"许市"。明宣德、景泰年间,在此设立的收取运河往来船只钞税的榷关制度渐趋完善,由户部选派官员出任榷关主事。浒墅关成为江南运河段仅有的两大钞关之一。清代沿袭这一制度,后主事渐由清廷内务府选派的苏州织造官员兼任。浒墅关舟楫辐辏,往来络绎,素有"江南要冲地,吴中活码头"之称。旧有浒墅关八景,位于运河畔西侧,因清乾隆帝品题而改称的"昌阁风桅"是八景之首。

浒墅关关席

　　南津桥和北津桥是浒墅关古镇中重要的两座桥梁。由于浒墅关交通在20世纪60年代以前以水运为主,加上运河上塘连接枫桥的交通古道"董公堤",人流量、物流量很大,因此,浒墅关的街市临河而设,形成"十里长街运河塘",具有典型的"两街夹一河"的江南水乡特色。北津桥于宋代建造,因此,桥墩两侧早就形成街市。历史上浒墅关镇上有60多家草席专卖店,而北津桥西侧就集中了20多家席草商号,著名的浒墅关"贡席"和合席、双草席、隐梢席、通草席等品种琳琅满目。浒关席曾称"龙席",席茎韧而不露,席边纹路美观,而席面编织得紧,泼了水也不漏,因此就远近闻名了。

枫桥夜泊。

> 月落乌啼霜满天,江枫渔火对愁眠。
>
> 姑苏城外寒山寺,夜半钟声到客船。

　　枫桥景区,以寒山古寺、江枫古桥、铁铃古关、枫桥古镇和古运河"五古"著称。枫桥镇,因枫桥得名。古桥紧依运河,横跨枫江,为官道(古驿道)必经。唐以前,枫桥称"封桥",官府在此设卡检查过往商旅船只,每晚苏州城的城门关闭后,运河即封航,船舶要在此停泊待旦。这也就有了张继的《枫桥夜泊》一诗。从此,这首诗成了苏州城的一张名片,让寒山寺及整个运河上的古镇声名大噪,响彻全球。依河而建的枫桥镇,自隋唐以来,随河成市,因水成街,依市成镇。宋元之际,枫桥以市肆闻名。至清代,以枫桥为中心,形成了全国最大的米豆集散地。1949年4月27日,解放苏州城的第一声枪响也是在枫桥铁铃关打响的。20世纪50年代,大运河苏州段实施了枫桥裁弯取直的急弯改造工程,至此,在新运河与老运河之间,形成了一个新的岛屿——江枫洲。

　　古运河上的枫桥闻名天下,不仅是因为张继的名诗《枫桥夜泊》,还因为它是明清时期苏州重要的商埠码头。自从隋唐大运河开通之后,阊门外的枫桥就是江南漕运的枢纽站。大运河促进了南北物资和文化的交流,也给苏州的经济带来了繁荣。随着商品经济的发展,繁盛的贸易为寒山寺带来了众多的香客和商旅人士。清朝诗人陆鼎在《寒山寺》一诗中有这样两句,"寺楼直与众山邻,鱼米东南此要津",表明枫桥寒山寺一带凭借其得天独厚的地理位置,逐渐形成市镇。这一集市东连阊门,西接西津桥,以运河为中心,两岸商店作坊云集,成为米豆、丝绸、布匹、茶、竹、木等商品的集散地,吸引着南北商客,米豆生意更是格外兴旺,成为全国最大的米豆集散中心。

枫桥景区新老运河　尹志明摄

著名历史学家顾颉刚在《苏州史志笔记》中写道:"从前苏州市面皆在城西,自阊门至枫桥,自胥门至枣市迤西,五十方里,全是房屋。枫桥之米市最盛,全市市面,均以之为枢纽,故谚有'打听枫桥价'一语,谓价钱只须向枫桥打听也。"

随着商品粮的大量输入,在长江三角洲地区形成了以苏州为中心的米市,最著名的是枫桥米市。枫桥集市通过专业性的米豆贸易成为江南地区米豆粮食贸易枢纽,大量米贩商船来到枫桥进行交易。枫桥米粮的每日行情,可以左右苏州大大小小米行的粮价,从而影响许多邻近省份的粮食市场。所以,在民间有"预知豆米钱,打听枫桥价"的俗语,与之相关的说法还有一句"探听枫桥价,买米不上当",枫桥米市的枫斛也成为当时全国米粮度量器具的标准。

虎丘塔。

燕台极目楚天长,遥忆生公旧讲堂。宝塔至今藏舍利,剑池何处觅干将。

川原历历云千顷,松桧亭亭月一方。为语山灵长好护,予将投绂向沧浪。

虎丘山素有"吴中第一名胜""江左丘壑之表"之称。山上的虎丘塔,是大运河苏州段的航标之一。追寻历史,虎丘塔出现过多个版本,最早的是南朝塔,后来是隋塔,现存之塔兴建于五代末年至北宋初年(959—961年),至今已有1000余年的历史。因虎丘山上的寺庙一度称"云岩禅寺",这座塔又被称为"云岩寺塔"。这座七级八面、以砖结构为主的仿木结构楼阁式佛塔,高47.7米,塔体向北偏东方向倾斜,最大倾斜度达3度59分,为世界著名斜塔,1961年被国务院公布为第一批全国重点文物保护单位。塔内曾发现一批珍贵文物,其中五代越窑青瓷莲花碗用秘色瓷工艺烧制,为稀世珍宝,现收藏于苏州博物馆。塔下的剑池,一般认为是春秋末期吴王阖闾的葬身之地。

游船沿着苏州山塘河迤逦而行,夹岸垂柳间,虎丘塔宛如挺拔向上的竹笋,从塔尖到塔身渐次映入眼帘,古朴苍凉,却又清丽动人。连同虎丘山山体,总高约80米的虎丘塔在江南平原十分惹眼。漫长的岁月里,虎丘塔一直是大运河进入苏州段的航标性建筑,为南来北往的船只指引方向。

虎丘塔影　阙明芬摄

虎丘塔不仅是大运河重要的航标,也是文化坐标,是公认的苏州古城标志性建筑。这一方面源于她斜而不倒的另类造型,另一方面得益于她深厚的人文底蕴。自建成以来,重达6100吨的虎丘塔经受地基不平、地震、风雨、雷电、战火等的考验,塔体向北偏东方向倾斜2度49分,塔顶中心偏离底层中心2.34米,最大倾斜度达3度59分,但斜而不倒,惹得大家纷至沓来,探索其中奥秘。虎丘塔的人文,体现在结缘了诸多名人,如苏东坡、申时行、王鏊、唐伯虎等。苏东坡既是文学家、书法家,又是美食家、画家,还是治水名人。他来苏州时常去虎丘,还留下了"过姑苏,不游虎丘，不谒闾丘，乃二欠事"（民间流传版本为"到苏州不游虎丘，乃憾事也"）的断言，无意中为提升虎丘和虎丘塔的知名度作出很大贡献。

平江古巷。

> 风土清嘉话昔年，辘轳声起晓风前。
>
> 人家独爱平江路，携绠方便汲十泉。

平江河　吴俏云摄

平江古巷坐落在苏州古城的东北隅。宋代时，苏州称"平江府"，古巷名便起源于此。南宋绍定二年（1229年），平江知府李寿明绘平江府平面图，摹刻《平江图》石碑，此图成为世界上现存最早的石刻城市地图。在《平江图》上，平江路清晰可辨，是当时苏州东半城的主干道。因路有古井十口，故亦称"十泉里"。清乾隆《长洲县志·学宫图》中称"平江大路",自清同治《苏州府志》起,一直称为平江路,延续至今。自古以来,苏州运河水一端连接太湖,一端沟通古城水系,交错纵横,形成了水城姑苏"三横四直"的特有风貌。800多年来,平江路完好地保留着苏州古城"水陆并行,河街相邻"的双棋盘格局。路西侧的平江河即是古城"三横四直"干流中的第四直河。

平江河宽五六米,是城内较古老的河道之一,它与街区中的胡厢使河、柳枝河、新桥河、悬桥河等一起安静地与平江路相伴千年,共同绘就唐代诗人杜荀鹤笔下"君到姑苏见,人家尽枕河"的生动画卷。有河就有桥,苏州刺史白居易曾有"绿浪东西南北水,红栏三百九十桥"的佳句;锦绣盈肠的近代文学大家易君左先生曾填词曰"红阑干畔,白粉墙头,桥影媚,橹声柔,清清爽爽,静静悠悠,最爱是苏州"。如果说水是苏州的灵魂,那么,桥便是苏州的风骨。如若在《平江图》上细细查找,通利桥、朱马交桥、胡厢使桥、唐家桥、雪糕桥等一一可见。目前,平江历史文化街区从南至北有思婆桥、寿安桥、雪糕桥等14座桥,10座在平江河上,4座在平江路上。其中,胡厢使桥与唐家桥、众安桥与小新桥构成了两处江南水乡独有的双桥景观,美轮美奂。

平江路双桥　朱宏摄

水陆盘门。

窈窕盘门西转路。残阳映带青山暮。最是长杨攀折苦。堪怜许。清霜翦断和烟缕。

春水归期端不负。依依照影临南浦。留取木兰舟少住。无风雨。黄昏月上潮平去。

一般认为，盘门的历史可以追溯到春秋后期的吴王阖闾元年，也就是公元前514年。当时伍子胥奉阖闾之命建造大城，《吴越春秋》说这座城"周回四十七里。陆门八，以象天八风。水门八，以法地八聪"[1]。盘门是苏州八大城门之一，应该就是当时兴建的。这样算来，古老的盘门已有2500多年历史了。

据说，由于吴国在东偏南方位，也就是阴阳学说里的辰位（辰即龙），越国在南偏东方位，也就是阴阳学说里的巳位（巳即蛇），因此，吴国特意在陆盘门上悬挂了木刻的蟠龙，在南大门上悬挂了木刻的长蛇，以示越国臣服于吴国。于是，人们把悬挂蟠龙的城门称为"蟠门"，把悬挂长蛇的城门叫作"蛇门"。

盘门　俞学友摄

东汉赵晔《吴越春秋》载，蛇门上悬挂的木蛇，头部是朝向北面的，那里是吴国王宫所在地——子城的方向，即表明南面的越国臣服于北面的吴国。这样，寓意就

---

① 赵晔撰：《吴越春秋》卷二，明刻增定古今逸史本。

更清晰了。唐朝成书的《吴地记》记录："又云吴大帝蟠龙。"[1]也就是说,蟠龙指的是三国时期的孙吴开国皇帝孙权。这个说法真是让人醍醐灌顶,太有道理了!

《越绝书》《吴越春秋》等早期书籍都没有直接提到"蟠门"这一名字;而孙权曾称帝,是所谓的"真龙天子",完全有资格称"蟠龙";而且苏州是孙权家族最早的政治中心,盘门内的瑞光寺,是孙权为迎接西域康居国僧人性康而建造的。后来孙权为报母恩,还在寺里建造了一座13层高的宝塔(瑞光塔的前身),孙权的哥哥孙策则葬在盘门外的青旸地……这样,盘门很可能成为孙权经常进出的城门,"蟠龙"进出的城门,自然可以叫"蟠门"了。

对于后来改称"盘门"的原因,《吴地记》言"又云水陆相半,沿洄屈曲"[2],故在久远的年代里,盘门多次毁坏,多次重修。现存的盘门重建于元至正十一年至十六年(1351—1356年),由陆城门、水城门、瓮城、城楼组成,两侧与城墙连接,总占地面积约12800平方米,相当于30个标准篮球场的面积。

如今,古运河边有盘门三景,由全国唯一保留至今的古代水陆城门盘门、横跨运河之上的吴门桥、临流照影的瑞光塔组成,而大运河仿佛一条项链,将这三景完美地串联在一起,成为苏州水韵古城的一张亮丽名片。盘门水陆城门并峙,气势雄伟;吴门桥处水陆要冲,有吴中门户之意,是古城内跨运河单孔高度最高的古桥;瑞光塔初为三国时吴国孙权所建,宋时改建成13层,相传因塔现五色光,所以将所在寺改名为"瑞光禅寺",寺毁于清咸丰年间(1851—1861年),瑞光塔则耸立至今。

横塘驿站。

凌波不过横塘路。但目送、芳尘去。锦瑟华年谁与度?月桥花院,琐窗朱户。只有春知处。

飞云冉冉蘅皋暮。彩笔新题断肠句。试问闲情都几许?一川烟草,满城风絮。梅子黄时雨。

横塘驿站,位于苏州古城外西南距胥门约4千米的胥江与京杭大运河交汇处,据守胥江小岛的最西端,面南背北,三面环水,大运河与胥江从它两侧汇聚又分流,是古代苏州郊外的水陆驿站,亦是大运河沿线为数不多的水陆驿站,属于江苏省文

---

① 陆广微撰:《吴地记》,清嘉庆十年虞山张氏照旷阁刻学津讨原本。

② 陆广微撰:《吴地记》,清嘉庆十年虞山张氏照旷阁刻学津讨原本。

物保护单位。因为横塘驿站的稀缺性——它是全国现存一个半古邮驿中的一个，加上地处诗意浓郁的横塘，故而倍加引人注目。横塘驿站始建时间不明。驿亭呈长方形，南北深5.5米，东西宽4.2米，五架梁，歇山卷棚式瓦顶，两条屋脊南端各有一只小石狮，东西外墙顶部皆绘有牧牛图。驿亭四角皆为石柱，南北皆有栅栏门，东西皆为墙并有窗洞，两面墙内共砌有大大小小9块碑刻。从古驿亭南面的两侧石柱上刻着的一副对联可知，该驿站是清同治十三年（1874年）重修的。驿站东南面有横跨胥江的三孔彩云桥，使之与堤岸连接，古亭、古桥两相依傍，颇为动人。驿站东南面有唐寅园，内有唐寅墓；驿站往西，沿胥江经木渎、胥口古镇可达太湖；往南经北越来溪至石湖。

横塘驿站　汪俭摄

虽然现在的横塘驿站只剩下一座古驿亭——原来驿站的大门，但丝毫不影响它的重要性。

石湖五堤。

水绿鸥边涨，天青雁外晴。柳堤随草远，麦陇带桑平。

白道吴新郭，苍烟越故城。稍闻鸡犬闹，僮仆想来迎。

石湖，位于苏州古城西南5千米处，原是太湖内湾之一，居上方山东麓，有越来溪贯通南北。这里曾是春秋吴国的王室苑囿，吴国贵族在此游猎、祈祝。吴越争霸时，这里是战场之一。相传，越王勾践从太湖东北开挖越来溪并拓挖石湖以行船、屯兵攻打吴国。石湖得名与传说中湖底多石有关，也有因附近石舍村（后改为莫舍村)而得名一说。可以明确的是,石湖是因宋范成大筑墅湖畔,宋孝宗御书赐以"石湖"二字而声名彰显的,之后,士大夫们路过吴地,一定会来石湖看看。因此,石湖逐渐成为"吴中胜景"。越来溪北行在横塘接胥江与大运河,往南则通太湖。又相传越国名臣范蠡在兴越灭吴之后携西施即经石湖南去归隐五湖。石湖东面有镇名曰"蠡墅",传为取纪念范蠡之意。石湖与西岸的七子山一起构成了苏州古城西南的山水胜景。

石湖　朱宏摄

石湖五堤的命名涵盖了丰富的自然历史内容。石堤,因湖得名,北起海棠春晓,南与吴堤相连,是西石湖与南石湖的分界线。北部有"七星伴月"建筑组群,从空中俯视,呈北斗七星状,此处视野开阔,是观测天象的佳处。

吴堤、越堤皆因纪念吴越文化而得名。吴堤位于石湖西侧的自然湖岸,南端和石堤相连,北端对上方山森林公园,接近上方山东北茶磨屿的吴城遗址。越堤为东、西石湖的分界线,在石湖中部,北起游船码头,南至蠡岛。堤南有石堤卧波;北则通往越城遗址、渔庄,更可见行春、越城双桥。中部桃花岛上的主景"仙居阁"是品茗赏景佳处,有联"桃红复含宿雨,柳绿更带春烟"。

杨堤,为纪念隋朝杨素迁姑苏城至上方山下建"新郭"而得名。北起游船码头,南至梅圃溪堂。有景点"层台清晓""海棠春晓""梅圃溪堂"。堤东侧保留了原生态河流,堤南端可见国内罕见的三岔桥。因新郭距姑苏台不远,杨素改城名为"苏州"——这是历史上第一次出现"苏州"之名。杨素之所以驻军石湖上方山,即因其平定南方之乱时倚重水运投送兵力、物资,行军打仗时,石湖宽广的水面正适合船只排布、停泊。而后,杨素并未止步于苏州,在疏浚、拓宽、开挖向南的河道之后,又率领大军一路杀向浙、闽、粤,彻底平定了南方,巩固了隋朝的统治。杨素对于河道的利用可视为其后隋炀帝开挖贯通大运河之先声。

范堤,为纪念石湖居士范成大而得名。南起南大门,北端与石堤相连。堤上铜塑"四贤游湖"展现了南宋"中兴四大诗人"范成大、杨万里、陆游、尤袤游览石湖的情形,"吴越潮音"则表现了历史上吴越争霸的战争场景。

除五堤外,石湖北端还有两座著名的桥——行春桥、越城桥,它们皆为东西走向,相距数十米,联袂立于石湖北端,远望如长虹卧波。西侧的行春桥贴水而建,全长54米,桥面宽广,桥体平缓,略呈微弧形。桥的始建年代不详,只确知重修于南宋淳熙年间(1174—1189年)。据说初建时为18孔石桥,而后历代均有毁损,明时改为9孔,现在的行春桥重建于1957年。1963年被列为苏州市文物保护单位。东面的越城桥为单孔石拱桥,全长33.2米,跨越来溪,始建于南宋淳熙年间(1174—1189年),因桥东有越王勾践攻打吴国时屯兵建城的遗迹而得名,桥柱镌有联句,北面是"碧草平湖,青山一画;波光万顷,月色千秋",南面是"一堤杨柳影接行,十里荷花香连水"。1982年被列为苏州市文物保护单位。立于行春桥或越城桥上向南望,"悠悠烟水,澹澹云山,泛泛渔舟,闲闲鸥鸟"尽收眼底,令人流连赞叹。

行春桥 李政摄

宝带桥。

匪伊垂之玉有条,两湖春水绿如浇。

印公豪放苏公物,飞作吴中第一桥。

　　宝带桥是大运河沿线现存最长、桥孔最多、结构最轻巧的连拱古石桥。宝带桥以桥代堤，沟通陆路。53孔设计既有利于太湖洪水宣泄，又保证了运河航道稳定。如同玉带般的长桥横卧在大运河西侧，构成了桥浮于水的独特运河景观。

　　宝带桥位于苏州古城南大运河西侧，横跨澹台湖东出口，南北走向，与运河平行。桥全长316.8米，面宽4.1米，53孔薄墩连拱。北端引道长23.4米，南端引道长43.06米。桥堍呈喇叭形，下端宽6.1米。桥南有青石狮一对，桥北存青石狮一只以及石碑亭和石塔各一座。桥南北堍本该各有石狮一对，如今还剩3只，据说都是1956年修缮宝带桥时从河底打捞上来的。桥面两侧均施锁口石压沿，中间横铺条石，规格大小不一。桥两侧金刚墙均用侧塘石叠砌，立面呈倒梯形。桥体用料以花岗石为主，间有青石和武康石。细看宝带桥，当中的3个孔特别巨大，能走船，剩余的小孔却并不是平均分配在两端。从最高的中孔向两边看，一边仅有14孔，另一边却有38孔。

　　宝带桥始建于唐元和十一年（816年），竣工于元和十四年（819年）。当年隋炀帝开凿大运河，开启了江浙一带的漕运之路，然而京杭大运河流经苏州城南七八里处,有三四百米的缺口,使得拉船的纤夫无法通行,寒冬腊月甚至要涉水拉纤。澹台湖是太湖水流向运河与吴淞江出海口的主要通道,自然也不能"填土作堤以为挽舟之路"。有文献记载,唐元和年间(806—820年),苏州刺史王仲舒为保证漕运顺畅,决定造桥代道,在澹台湖上修筑长桥作为纤道。为了筹措建桥资金,王仲舒带头捐献了一条据说是御赐的玉质宝带。当地豪绅深受感动,纷纷慷慨解囊,很快解决了建桥资金。为纪念这位刺史的义举,苏州百姓遂将此桥命名为"宝带桥"。

宝带桥的建造凝聚了我国古代造桥匠师的聪明才智,具有独特的科学技术价值。宝带桥地处长江下游冲积平原的河网区域,表土层松且厚。为防止桥基下沉,宝带桥采用了软地基加固法,尤其是密打的木桩,不仅起到挤密土体的作用,而且与桩本身的桩尖阻力一起,共同承受上部荷载。在设计营造上,宝带桥采用的这种建造方法叫"柔性墩"。柔性墩增加了桥墩的可靠性。河底密密麻麻的木桩顶部安置有基石。安放桥墩,将拱券石的下端嵌在墩上预留的沟槽里,一步步将上部结构的重量传到木桩密布的地基上,这样,桥体在常年的流水冲刷中也依然安然无恙。这个设计既减轻了桥身的自重,又减小了阻水面积,利于宣泄洪水。同时,与柔性墩互为补充,宝带桥结合使用了刚性墩的营造手法,将桥从北起的第27个桥墩修建得比其他各墩更结实,以其自重来抵抗来自单向的水平推力,防止一端拱券倒塌,波及另一端的其他各孔。宝带桥的营造体现了古代造桥匠师对结构力学的认识深度,是桥梁史上的杰出范例。

平望。

景霁风微湖似镜,轻帆十里畅人心。楼台远近称吴望,老幼扶携渐越音。

泽满鱼虾船作市,地多桑柘树成阴。吾民庶矣思藏富,惟有祈年志倍钦。

这是清乾隆二十六年(1761年),乾隆皇帝南巡途经吴江平望时留下的诗篇。清代,诗词创作在质量上接踵前朝,在数量上更是大大超越了唐宋时期。清朝皇帝多喜作诗,尤以康熙和乾隆为甚。据统计,康熙帝现存御制诗有1100多首,乾隆帝一生创作了4万多首诗。其中,两位皇帝给平望的赐诗就有7首。平望,隶属苏州市吴江区,物产丰富,土地肥沃,乾隆皇帝称"幸浙皆取道吴江"。大运河苏州段约96千米的河道,58千米在吴江,而在平望,有超过17千米的新老运河穿镇而过。据史书记载,隋唐以来,自南向北有塘路穿插于葭苇之间,"天光水色,一往皆平",这就是平望名字的由来。

平望　刘水摄

新运河、老运河、太浦河、顿塘河,四条河流在平望汇集,历史上著名的"莺湖八景"疏密自在,点缀其间,"天光水色"让平望成为运河沿线亮丽的一景,闪耀在千年的历史长河中。

平望,位于江浙沪中心,为长三角腹地。多年来的考古发掘,在吴江境内发现了许多新石器时代的先民遗址,其中由平望龙南村、袁家埭、唐家湖构成的马家浜、崧泽、良渚文化遗址群,可以确定平望人在这片土地上已经生活了6000多年。西汉建平年间(前6—前3年),一位谏议大夫隐居长兴梓山之东,隐居之地名平望乡,这是"平望"一名的最早记载。西晋永嘉年间(307—313年),振威将军陆晔因参与讨伐江州刺史华轶有功,被封为"平望亭侯"。南朝泰豫元年(472年),江简珪被册封为皇后,母亲王氏被追封为"平望乡君"。通都大邑,百货辏集,"平望"二字让人刮目相看。

东临上海,南接浙江,北傍苏州城区,西滨太湖,平望位于江南要冲。西晋太康年间(280—289年),殷康开凿荻塘,从平望安德桥下起直通湖州,唐贞元八年(792

年)疏浚,更名頔塘。隋大业六年(610年)开江南运河,从京口(今江苏镇江)经平望直达杭州。唐元和年间(806—820年),范传正沿修筑的塘堤开"平望官河",即今平望古运河。宋天圣元年(1023年),修自吴江向南至嘉兴百余里塘路。大运河经过平望莺脰湖流向杭州有了3条航线。一是南塘河,即土塘,也称前溪。往东南经盛泽黄家溪,至麻溪出口,然后去浙江王江泾、嘉兴,再至杭州,这是大运河的正线。而又有2条复线:一条是自平望莺脰湖西南竺光桥(亦名浙江桥),起名为澜溪塘,流至杭州;另一条即为西塘河,流至浙江南浔、湖州市区,然后通向杭州。

从松陵至平望的古运河,称为北塘河,即官塘。平望镇中有1925年疏浚的市河,古称后溪,南受莺脰湖水,北流入东溪河,经长老桥东流入大运河。以莺脰湖为中心,东南西北可见5条河流——南塘河(土塘、前溪)、西塘河、北塘河(官塘)、澜溪塘、市河,如5条水龙缠绕着平望镇。

平望水路发达,是控扼沪苏嘉湖之要道。唐开元年间(713—741年)设置平望驿。有了驿亭之后,民居稍集,南来北往的行商之人、游历之人开始有了憩息之所。北宋时期,平望地域不大,却是大商巨船停泊和各类货物云集之所。南宋虽然偏安,但平望因地处三辅要冲而显得愈加重要,朝廷"诏以重臣镇之,愈加葺治"。南宋绍兴三年(1133年),朝廷在安德桥北堍城隍庙西,即古殊胜寺址之上建立巡检司。

安德桥　曹自萍摄

平望巡检司辖吴江县十八都、二十都、二十一都、二十二都和二十四都,相当于现在的平望镇及其周边乡镇部分区域。进入元朝,平望驿扩大规模,分置水、马两站,水站设在安德桥南,有船30只;马站设在通安桥西,有马50匹。设巡检司1名。元至正十六年(1356年),张士诚部筑城于平望下塘,周长三里,东旱门,南北西三门水陆并通。明因袭元制,设巡检1员。明洪武二年(1369年),巡检王信重建司署。

新中国成立后,平望的水系又有新的发展。1958年11月开凿太浦河,第一期工程至1960年4月结束,为太湖流域骨干工程之一。至1970年,航道部门为缩短航线,于平望镇西开凿新运河,取道澜溪塘至江浙两省交界处的鸭子坝,直趋杭州,自此京杭大运河主航线不再经过嘉兴。在"九五"航道改造期间,交通部从运输功能方面考虑,将澜溪塘(平望至乌镇穿越盛泽新城区为澜溪塘)划归京杭大运河。

頔塘、京杭大运河和太浦河在平望融汇,长申湖线成为长江三角洲重要的水运通道,被誉为"中国小莱茵河"。如今,新运河、老运河、太浦河、頔塘河四河汇集于平望,成就了大运河苏州段具有独特水文禀赋的运河一景。

日落孤村系客船

运河长卷里的众生行

访隋炀帝墓

赵朴初

荒阡断碣认雷塘,终取芜城作帝乡。

欲觅暮鸦无一点,可能四面种垂杨?

[编者按]这是我国当代著名诗人、佛教学者赵朴初的一首访古感怀诗。京杭大运河,作为中国古代一项伟大的水利工程,见证了多个朝代的兴衰;作为一条交通河道,舟楫往来间,见证着百代千年人世的兴衰与更替。帝王舟移,龙旗卷过六省烟水,运河是定鼎江山的动脉;书生帆举,诗文浸透三十驿月光,水道是赶考功名的笔锋;盐商橹动,银锭叩响七十二连闸,波涛是富甲南北的商谣。昼夜不歇的桨声里,漕船压着前朝钦定的水位线,运走江南绸、燕北炭、蜀中盐、海外珠,更运着庙堂的权谋、江湖的野望、科场的执念和市井的烟火。两千里的长河不仅仅是水路,更是泼洒在华夏脊梁上的墨点,把九州山河勾连成洋洋洒洒的书法活字。舟楫纵横处,樯橹间带走一代又一代王侯将相的功业与梦想,而又托举其几重书生商贾不辞辛劳奔走着的诗和远方,一路水程一路诗,终汇成文明向前的运河波涛。

一、龙舟彩舸映天来：巡游帝王与治运人物

杳杳扬州只隔淮，龙舟彩舸映天来。

春风咫尺伊川路，不放君王殿脚回。

京杭大运河的修建与隋炀帝杨广有着密切的关系。隋炀帝杨广登基后，为了加强南北之间的联系，促进经济、文化和军事等方面的发展，决定修建这条运河。他通过动员全国劳动力，特别是河南、淮北各郡的百姓，投入了大量的人力、物力和财力进行运河的开凿和疏浚。大运河工程从隋大业元年（605年）开始，历经数年时间，逐渐形成了连接海河、黄河、淮河、长江和钱塘江五大河流的庞大运河系统。

这一工程的完成，不仅加强了南北之间的联系，促进了经济文化的交流和发展，也对后世产生了深远影响。杨广在《泛龙舟》一诗中写道："舳舻千里泛归舟，言旋旧镇下扬州。借问扬州在何处，淮南江北海西头。"在运河开通后，乘船南巡扬州诸地成为一件较为容易的事情，使得原本不可用较短时间丈量的空间距离变得

隋炀帝陵

可行。这也方便了后来的行旅之人，如唐人宋之问在《初宿淮口》中写"晚泊投楚乡，明月清淮里"，"楚乡"是指古代彭城以东的东海、吴、广陵三郡。李白在《黄鹤楼送孟浩然之广陵》中写"故人西辞黄鹤楼，烟花三月下扬州"，诗中的路线皆沿通济渠经过广陵，可见隋炀帝开运河对后人之贡献。

当然，千年以来，众口一词，认为隋炀帝修建大运河的初衷之一是满足其个人的奢侈生活和军事需要，通过运河能够快速调动军队，加强中央集权。可与此同时，运河的修建也极大地促进了南北物资的流通，使得南方的粮食、丝绸等物资能够更快地运往北方，满足了朝廷和军队的需求。当然，大运河的修建也带来了沉

重的负担。隋炀帝为了完成这一工程,不惜民力,大量征发徭役,导致百姓怨声载道,加速了隋朝的灭亡。唐人王泠然在《汴堤柳》一诗中写道,"功成力尽人旋亡,代谢年移树空有"。通济渠等隋代运河大成,却掏空了国力,618年,隋炀帝死于兵变,隋朝灭亡,国祚38年,只留下御河边茁壮生长的树,不禁令人唏嘘。唐人李敬方在《汴河直进船》中写道,"东南四十三州地,取尽脂膏是此河",批判了隋炀帝修建运河时的劳民伤财,但从侧面肯定了大运河对维护隋朝统治、运输物资的重要作用。唐人胡曾在《汴水》一诗中写道,"千里长河一旦开,亡隋波浪九天来",仿佛隋朝的灭亡全都是因为开凿这蜿蜒的运河。

尽管有众多诗人持有贬低之声,但值得辩证看待的是,隋代大运河的修建不失为中国古代史上一项伟大的成就,它对后世产生了极为深远的影响。大运河的修建不仅加强了南北之间的联系,还促进了沿岸城市的繁荣,运河的开通使得江南地区的物资能够更快地运往北方,促进了北方城市的发展。同时,运河沿岸的城市也因为成为物资转运的枢纽而逐渐繁荣起来。

唐人皮日休正是看到了这一点,他在《汴河怀古二首·其二》中写道:"尽道隋亡为此河,至今千里赖通波。若无水殿龙舟事,共禹论功不较多。"皮日休极大地肯定了隋炀帝的贡献,认为隋炀帝如若没有"六辔聊停御百丈"地游历江东诸地,他的功绩可以与治水的大禹相媲美。此外,大运河的修建还促进了文化的交流和发展,南北文化的交融使得中国的文化更加丰富多彩,大运河成为联结南北文化的重要纽带,促进了不同地域之间的文化交流和融合。宋人黄庶在《汴河》中写道:"万艘北来食京师,汴水遂作东南吭。"东南地区物资通过汴河北运至京师,密切了两地经济联系,而物资的运输过程也定会伴随着文化的传播,因此对于隋炀帝开运河之评价不可偏颇否定之。

自隋以降,历朝帝王都关注着运河的建设。花费心力更多的,恐怕要数清朝康熙和乾隆两位皇帝了。康熙帝在位期间十分重视黄河的治理工作,因为黄河与大运河密切相关。大运河是清帝国的经济大动脉,南方的钱粮主要靠它运送到北京及畿辅地区,事关国家的长治久安。由于京杭大运河所经过的地区地形复杂,地势高低不平,部分河段又逆河之性,加之其间横越长江、淮河和黄河,要实现漕粮运输的通畅,实属不易。康熙皇帝亲政伊始,对所面临的政治军事形势、社会经济状况以及河患的严重性有着比较清醒的认识。因此,他"听政以来,以三藩及河务、漕运为三大事,夙夜廑念,曾书之宫中柱上"[①]。每当发生水灾,他便立刻派人巡视河工,绘图以进,及时掌握受灾地区的情况,采取相应的对策。

康熙皇帝在位期间,对京杭大运河进行了多次的疏浚和扩建,使其更加完善。他深知运河对漕运的重要性,因此不遗余力地维护运河的畅通。康熙皇帝还设立了专门的管理机构来负责运河的维护和管理,确保运河的正常运行。他对运河的治理不仅保障了漕运的畅通,还促进了沿岸城市的繁荣。由于运河畅通,南方的物资能够更快地运往北方,促进了北方城市的发展。同时,运河沿岸的城市也因成为物资转运的枢纽而逐渐繁荣起来。康熙皇帝对运河的治理还体现了他的治国理念。他深知水利是农业的命脉,因此非常重视水利建设。通过治理运河,不仅保障了农业生产的稳定,还促进了经济的繁荣。

康熙帝像

《康熙南巡图》就是以康熙皇帝南巡为题材,由王翚、杨晋等于1691—1693年创作的宫廷绘画作品,共12卷,总长213米,展现了康熙帝第二次南巡由京师经山东入江苏再到杭州一路沿途所经之山川城池、名胜古迹等。图总体设计及画中的山、水、树、石均出自王翚手笔,人物及牛马等为杨晋所画。康熙在位期间,为了解民情,视察河防,尤其是为平息江南地区民众的反清情绪,从康熙二十三年(1684年)到康熙四十六年(1707年),曾有过6次南巡的盛举。每次南巡,皇帝一行从京师出发,时而车骑,时而舟船,一直抵达浙江的绍兴。出巡活动浩浩荡荡,地方官员迎来送往,花费惊人。《红楼梦》作者曹雪芹的祖父曹寅当时任江宁织造,曾数次接驾。曹雪芹在小说中借凤姐之口说:"说起当年太祖皇帝仿舜巡的故事,比一部书还热闹……只预备接驾一次,把银子都花的像淌海水似的!"可见其豪华排场。

---

① 李元度辑:《国朝先正事略》卷五《名臣》,清同治五年循陵草堂刻本。

在康熙二十八年（1689年）第二次南巡结束后，根据皇帝的命令，由曹寅之弟曹荃任《南巡图》监画"，征召画家开始绘制《康熙南巡图》。该图共十二巨卷，历时六年方告完成，详细描绘了整个南巡过程。但十二卷图现已不复完整。

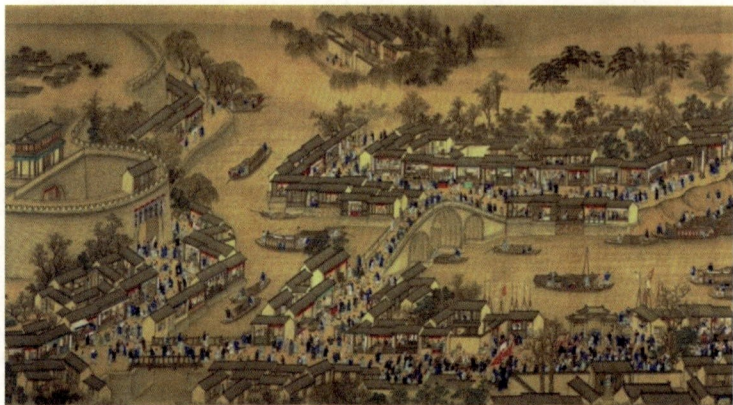

《康熙南巡图》（局部）

乾隆皇帝对京杭大运河的重视程度不亚于康熙皇帝。乾隆皇帝在位期间，多次南巡，沿途巡视运河的治理情况。他深知运河对国家的重要性，因此不遗余力地维护运河的畅通。乾隆十六年（1751年），乾隆皇帝率领皇后、嫔妃、随从、大臣、侍卫人员等共计两千多人，浩浩荡荡从北京出发，开始了第一次南巡之旅。按照既定路线，乾隆皇帝一路南下渡黄河后，乘船沿京杭大运河行走，经扬州、镇江、杭州、苏州、嘉兴，最终抵达杭州。

乾隆皇帝南巡期间，对运河的治理情况进行了详细的考察。他亲自巡视了运河的堤岸、闸口等设施，了解了运河的运行情况。同时，他还听取了地方官员的汇报，了解了运河沿岸城市的经济发展情况。乾隆皇帝对运河的治理提出了许多宝贵的意见。他要求地方官员加强运河的维护和管理，确保运河的畅通，同时，他还鼓励地方官员发展经济，促进沿岸城市的繁荣。乾隆皇帝对运河的治理不仅保障了漕运的畅通，还促进了沿岸城市的经济发展。乾隆时期，运河沿岸店铺林立，茶楼酒肆、典当银楼、南北杂货应有尽有，竹编、铁器、木器等各种手工业极为发达。

《乾隆南巡图》描绘了乾隆皇帝第一次南巡的情景，共12卷，总长154.17米。是年，为了奉年届六旬的皇太后南下游赏，乾隆皇帝仿效圣祖康熙皇帝的南巡旧例，从北京出发,经德州,过运河,渡黄河,然后乘御舟沿运河南下,从瓜洲渡长江,经镇江、无锡、苏州、嘉兴、杭州而达绍兴,最后从绍兴回銮。全程5800余里,历时112天。一路上,爱写诗的乾隆皇帝总共写了520余首御制诗,并从中选出12首,本着"以御制诗意为图"的原则,令宫廷画师徐扬依前后次序分卷描绘。图卷以中国画的写实手法,将诗、书、画三者结合起来,描绘了乾隆南巡期间省方问俗、察吏安民、视察河工、检阅师旅、祭祀禹庙和游览湖山名胜的情景。图卷人物众多,山川形势,城池车船,各行各业,林林总总,为我们提供了清乾隆年间丰富而生动的历史信息。

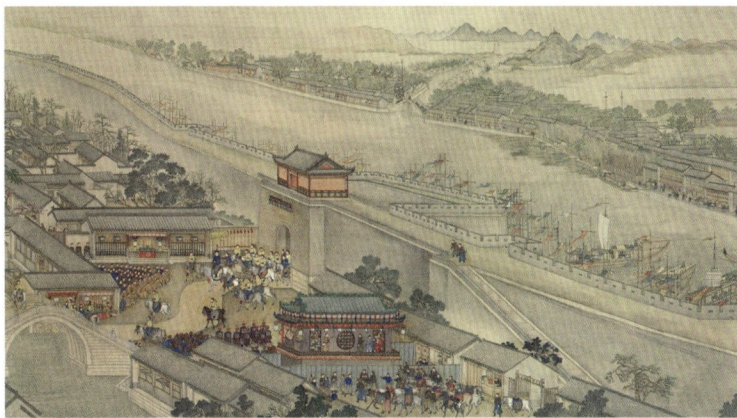

《乾隆南巡图》(局部)

淮安乾隆御制诗碑

注:乾隆皇帝曾6次南巡,均驻跸淮安,并为淮安题诗20余首,此为其中一首。古人曾在韩侯钓台南侧建碑亭保存。亭柱刻有4条蟠龙,碑额为二龙戏珠,正面镌刻乾隆题诗,碑文四周为线雕云龙纹,蔚为壮观。御诗为:"淅瀯縱人识俊雄,偶然一饭济涂穷。丛祠不断故乡火,冻浦犹存沉钓风。奚异三千六百轴,输他济北谷城翁。淮阴生死由巾帼,是始须知以是终。"

274

　　帝王们运筹帷幄,谋划家国大事。能臣们则用他们的智慧为帝王构建蓝图,实现大业。在大运河历千载的历史长河中,治运的能臣不胜枚举。他们中有的终生献身于运河水利事业,有的以自己的聪明才智为开发运河作出了杰出贡献,有的为运河管理而呕心沥血留下为后人敬仰的业绩。如宋代有开凿闵河漕渠、疏治广济河的陈承昭,有规划开治楚州运河的乔维岳,有建议沿汴河设斗门以节水势并为选择汴口作出贡献的康德舆,有对汴河第一次进行实地测量的沈括,有献纳推广澳闸技术的曾孝蕴等人。在元代则有主持修建堤城坝的毕辅国,主持设计开凿通惠河的郭守敬,献计开凿济州河和会通河的马之贞,主持开凿会通河的李处巽,主持修建自临清至徐州段运河诸闸坝的张伸仁等人。明代前期,由于黄河河道变动频繁,每次决口泛滥,都使运河严重淤塞,妨碍漕运。为了防止黄河冲毁淤塞运道,朝廷在治黄以保漕运的指导思想下实施了几次大规模的治理工程,徐有贞、白昂、刘大夏、陈瑄等都为治黄保运作出了卓越的贡献。为加强对河患的治理,清代自顺治元年(1644年)起即沿袭明制,设立河道总督,掌治河渠。由于统治者的高度重视,当时的确出现了一批治河能臣。最著名的首推康熙朝靳辅、陈潢,后有张鹏翮、齐苏勒、嵇曾筠、白钟山、高斌等,都为运河治理探索了宝贵的经验。

乔维岳像

　　乔维岳。陈州南顿(今河南周口项城西)人。北宋太平兴国三年(978年)任淮南转运副使,熟知运河水利。在南北运河线上,楚州以北的山阳湾,水势湍急,行运之船常有沉溺的风险。北宋雍熙年间(984—987年),淮南转运使刘蟠提出开沙河运道以避淮水之险的建议,因其调职未能动工。乔维岳秉承其理念,受命规划开凿沙河运道。在他的主持下,开凿自楚州山阳末口至淮阴磨盘口沙河故道40里,称之为沙河或乌沙河。从此,舟船往来无阻。

另外,宋初开始自建安(今江苏仪征)北至淮水南岸的运河上,共建有江口、新兴、茱萸、邵伯、北神5堰,自扬州入淮,不经江口堰而有龙舟堰。自乔维岳开沙河运道后,运船经沙河不再经北神堰而经西河堰。如此道道水堰颇阻漕运船行运,尤其是载重量大的船只要过堰,多要装卸盘驳,既费人力,又耗物品,船只也常遭损坏。为此,乔维岳于西河第三堰创建两斗门,两门相距50余步,设悬门(即平板闸门)蓄水,等到水道与故沙湖平时,再开闸门行船泄水。从此,便利了船只往来。乔维岳改建堰闸之举对后来运河闸坝改造影响较大。另外,他还在运河上建横桥,从而使运舟往来无滞。

张纶。颖州汝阴(今安徽阜阳)人。北宋天圣年间(1023—1032年)任江淮制置发运副使,大兴运河之利,增加漕运,先后主持了多项水利工程。一是开凿疏浚苏州、秀州境内5渠,导太湖水入于海,维护了诸运河的安全。二是开长芦西河以避覆舟之患,又在高邮以北修筑漕河堤达200余里,旁锢巨石为十跶,以泄流。三是修复了泰州的捍海堰150里,维护了沿海居民的利益。四是于淮南运河筑埭蓄水,以济航运。后来,监真州排岸司右侍禁陶鉴建议废埭建闸,以省舟船过埭之劳。这一建议受到淮南发运使方仲荀的重视,张纶也全力支持。于是他们联名上书朝廷,请建真州复闸。朝廷批准其请,于是在张纶等人的主持下,凿河开澳,制水立防,建成石闸。闸成以后,每年可省坝卒500人、杂费150万缗,而且使原来每船的载重量由300石增加到400~500石,后来甚至增加到700~800石。此后,淮扬运河上北神、邵伯、龙舟、茱萸诸埭堰皆建成复闸,时人胡宿为此写下《真州水闸记》给予高度赞扬。后来沈括在《梦溪笔谈》中再记此事,有"至今为利"的评价。[①]

陈瑄。明代著名的治水专家。他在总理漕运期间,对江苏运河进行了大规模的治理和疏浚。他率领扬州军民疏浚了大运河扬州段,使运河由东南改道。陈瑄把挖出来的土堆积在河道的北岸,形成了康山。康山后来成为文人墨客的聚集地,留下了无数名篇佳作。陈瑄不仅治理了大运河扬州段,还解决了运河过湖问题。淮扬运河以西有大片湖泊洼地,从宋代起即开始在湖上行舟,但因湖面广大,风涛险恶,威胁漕船的安全。陈瑄通过全面督浚淮扬运河,增筑高邮湖堤,修建纤道,并凿渠避风涛之险,使运河过湖运输条件大为改善。此外,陈瑄还开凿了清江浦河,结束了漕船在末口盘驳翻坝的历史,降低了漕船在淮河中长距离逆水行驶的风险。他还整治了徐、吕二洪,打通了运河北上的通道。陈瑄的治水成就得到了朝廷的高

① 安作璋:《中国运河文化史》,济南:山东教育出版社,2006年,第702-704页。

度认可,他死后被追封为平江侯,赠太保,谥"恭襄"。他的治水思想和工程实践为后代治理京杭大运河打下了良好的基础。

张鹏翮。清代著名的水利专家。他廉洁奉公,主持治理黄河十年,开海口,塞六坝,筑归人堤。黄淮一带有民谣赞其功绩:"塘埂筑兮水不通,白驹开兮下河通;海不扬波兮水不涌,民乐其中兮安乐而岁丰!"张鹏翮还将治河经验写成《治河书》,《中国水利史》列专章介绍,认为该书的科学水平居当时世界水利工程最先进行列。他修治运河,保证了河运畅通,为康乾盛世的出现奠定了坚实的物质基础。康熙褒奖他"天下廉吏,无出其右"[①],雍正赞其"流芬竹帛,卓然一代之完人"[②]。张鹏翮不仅政绩卓著,还才干非凡。他论诗主性情,比清代性灵诗派主将袁枚早60余年,他还曾为眉州三苏祠撰联:"一门父子三词客,千古文章四大家。"

在华夏大地的脉络中,运河宛如一条流动的血脉,贯穿南北,承载着数千年的文明与繁荣。其悠悠历史长河中,古代帝王与治水能臣的智慧熠熠生辉,他们为运河的治理与开凿奠定了坚实基础。而当代的运河治理则在传承中创新,让这条古老水道在现代交通领域焕发崭新活力。

21世纪以来,科技赋能令运河治理实现质的飞跃。智能监控系统遍布全河,水质监测传感器实时反馈数据,环保部门据此精准打击污染源,守护运河清水;无人机巡航取代部分人工巡查,高清镜头下河道瑕疵无所遁形,及时修复破损护坡,清理违规堆放;北斗卫星导航助力船舶航行,精准定位、智能避障,夜间航行也不再惊险,船员凭借电子航道图穿梭自如,运输安全性大幅提升。

于交通而言,当代运河是物流大动脉、经济传送带。货运层面,煤炭、建材等大宗物资北上南下,成本较公路运输大幅降低,以徐州至宁波航线为例,万吨煤炭船队满载而行,缓解陆路交通压力,为长三角地区能源供应筑牢根基;集装箱运输异军突起,连云港港等港口与内河港口无缝对接,外贸货品快速集散,共建"一带一路"背景下,运河衔接海上丝绸之路与陆上丝绸之路,内陆城市借河出海,拓展国际贸易版图。客运方面,仿古游船穿梭江南水乡古镇,游客乘船领略小桥流水、粉墙

---

① 李元度辑:《国朝先正事略》卷九《名臣》,清同治五年循陔草堂刻本。

② 阿桂修,刘谨之纂:《盛京通志》卷七《圣制七》,清乾隆武英殿刻本。

黛瓦,文旅融合催生新业态,苏州、无锡古运河夜游等点亮城市文旅经济,传播运河文化魅力。

古往今来,从帝王擘画蓝图、能臣挥汗治水,到当代科技护航、精细运维,运河治理是一部鲜活史书,见证人类征服自然、顺应自然、利用自然的进阶之路。

二、寒星无数傍船明:宦游者与赶考生

霜落邗沟积水清,寒星无数傍船明。

菰蒲深处疑无地,忽有人家笑语声。

京杭大运河,这条历史悠久的水道,自古以来便是连接南北的重要交通纽带。它不仅促进了经济的繁荣,更见证了无数文人墨客的宦游与赶考之路。在江苏段,这条运河尤为繁忙,吸引了众多历史名人,如白居易、韦应物、苏轼等,他们或在此宦游,或经此赶考,留下了许多脍炙人口的诗篇和传奇故事。

白居易,唐代著名诗人,他的宦游生涯与大运河紧密相连。据史料记载,白居易曾多次沿运河北上南下,无论是赴任还是归乡,运河都是他往返行程中重要的交通方式。长庆二年(822年),白居易因朝中政治生态险恶,极力请求外放,被任命为杭州刺史。虽然当时运河河道因叛乱受阻,他南下赴任没有走水路,但他在杭州任职期间,对西湖进行了实实在在的改造,修建了长堤,将西湖从一个自然湖(也有筑塘成湖说)变成水库。这一举措对当地民生产生深远影响。长庆四年(824年),白居易结束杭州刺史任期,回洛阳任太子左庶子分司东都。这次,他选择沿运河北上。这一路上,他感慨万千,写下了许多诗篇,如《自馀杭归宿淮口作》中云:"舟行明月下,夜泊清淮北。"这些诗句不仅表达了他对运河美景的赞美,更透露出他对宦游生涯的无奈与感慨。

在苏州任刺史期间,白居易同样留下了深刻足迹。他访问民间疾苦,发现阊门城外陆路不畅、水路不通、河堤坍塌、河道淤塞,于是决定在虎丘山环山开河筑路,并着手开凿一条山塘河,使阊门与运河相接。山塘河的开凿极大地改善了当地的交通状况,促进了经济发展。白居易的这些举措,不仅体现了他对民生的关怀,也

展现了他作为一位宦游者的责任感和使命感。白居易在运河上的宦游经历,不仅让他领略了运河的美景,更让他深入了解了沿途的民生疾苦。他的诗篇中充满了对运河的赞美和对民生的关怀,这些诗篇也成为后人了解唐代运河文化和社会生活的重要资料。

忆旧游·寄刘苏州

唐·白居易

忆旧游,旧游安在哉?

旧游之人半白首,旧游之地多苍苔。

江南旧游凡几处,就中最忆吴江隈。

长洲苑绿柳万树,齐云楼春酒一杯。

阊门晓严旗鼓出,皋桥夕闹船舫回。

修蛾慢脸灯下醉,急管繁弦头上催。

六七年前狂烂熳,三千里外思徘徊。

李娟张态一春梦,周五殷三归夜台。

虎丘月色为谁好,娃宫花枝应自开。

赖得刘郎解吟咏,江山气色合归来。

白居易在苏州担任刺史的时日很短。可在他离开苏州后,心里念想的却还是苏州:他曾经倾力治水的七里山塘,河畔的柳树,阊门外的晨曦,皋桥头的夕阳,虎丘山上的月色,齐云楼头的美酒与佳人。"江南忆,其次忆吴宫。"阊门胜景,终究是白居易造福百姓最好的图解。

白居易在唐宝历二年(826年)离开苏州时,在《别苏州》一诗中写道:"浩浩姑苏民,郁郁长洲城。来惭荷宠命,去愧无能名。青紫行将吏,班白列黎氓。一时临水拜,十里随舟行。饯筵犹未收,征棹不可停。稍隔烟树色,尚闻丝竹声。怅望武

万人码头(摄于民国初年)

丘路,沉吟浒水亭。还乡信有兴,去郡能无情。"他在苏州留下了利民的政绩,收获了人民的拳拳之心,这从"十里随舟行"中可见一斑,这为白居易的一段宦游生活画上了一个完满的句号。

山 塘 河

白居易任苏州刺史时,为了便利苏州水陆交通,开凿了一条西起虎丘、东至阊门的山塘河。山塘河由西向东流淌,连接了虎丘和阊门两大苏州知名地点。山塘河与上塘河、胥江一起连接了太湖、运河与古城水系。山塘河不仅是一条重要的交通水道,还承担着灌溉、防洪等多重功能。如今,它已成为苏州古城区的一道亮丽风景线,是市民和游客休闲、观光的好去处。

山塘河　陈璇摄

韦应物,唐代著名诗人,出身于京兆韦氏,一个显赫的士族家庭。他的仕途经历颇为坎坷,早年曾任唐玄宗的近侍,后因安史之乱而流落民间,历尽艰辛。安史之乱后,他重新踏入仕途,历任多职,最终在滁州、江州等地任职,晚年闲居苏州,直至去世。韦应物的宦游生涯与大运河紧密相连。据史料记载,他曾多次沿大运河南北往返,无论是赴任、贬谪还是闲游,大运河都是他重要的交通线路。他在《夕次盱眙县》一诗中写道:"落帆逗淮镇,停舫临孤驿。浩浩风起波,冥冥日沉夕。人归山郭暗,雁下芦洲白。独夜忆秦关,听钟未眠客。"韦应物乘船于傍晚在盱

韦应物像

眙的驿站暂住。盱眙在淮水之畔,与泗州隔水相望,可见其经过的是当时运河的主要水道。韦应物宦游于此,想起了长安的秦关,顿起羁旅之思。

在《淮上即事寄广陵亲故》一诗中他写道:"前舟已眇眇,欲渡谁相待。秋山起暮钟,楚雨连沧海。风波离思满,宿昔容鬓改。独鸟下东南,广陵何处在。"此诗亦

279

是记述了韦应物在淮水宦游时的羁旅之思,其对象是广陵的亲友。宦游之人,常年在外,人随官职而走。在行程之中,大运河承载了韦应物的哀愁与期望。

江苏运河,自古以来便是文人墨客宦游的重要目的地,这里不仅风景秀丽,而且文化底蕴深厚,吸引了无数文人前来游览、题咏。韦应物在宦游过程中,也深受江苏运河的文化熏陶。江苏运河沿线,风景名胜众多,如扬州的瘦西湖、苏州的园林等,都是当时文人墨客竞相游览的地方。韦应物在宦游过程中,也不免被这些美景所吸引,留下了众多描绘大运河沿岸风光的诗篇。如他在《初发扬子寄元大校书》中写道:"凄凄去亲爱,泛泛入烟雾。归棹洛阳人,残钟广陵树。"这里他描绘了离开广陵(今江苏扬州)时的凄凉心情,同时也透露出对大运河沿岸美景的留恋。

大运河不仅是交通要道,更是文化交流的重要载体。韦应物在宦游过程中,通过大运河与各地的文人墨客进行了广泛的交流。这些交流不仅丰富了他的文学创作,也使他更加深入地了解了当时的社会现实和民生疾苦。如他在《滁州西涧》中写道:"独怜幽草涧边生,上有黄鹂深树鸣。春潮带雨晚来急,野渡无人舟自横。"这首诗不仅描绘了大运河沿岸的自然风光,也透露出诗人对当时社会现实的深刻感悟。虽然大运河为文人墨客的宦游提供了便利,但宦游生活本身是充满艰辛的,韦应物在宦游过程中,也经历了许多艰难险阻。如他在《逢杨开府》中写道:"少事武皇帝,无赖恃恩私。身作里中横,家藏亡命儿。朝持樗蒲局,暮窃东邻姬。"这里他回忆了自己早年的放荡生活,但也透露出宦游生活的无奈和艰辛,特别是在他担任地方官期间,更是需要经常沿大运河往返于各地,奔波劳碌。

苏轼,中国文坛的巨星,他的一生与大运河有着不解之缘。据研究,苏东坡在江苏的行程,几乎都离不开大运河。治平三年(1066年),苏轼因父亲去世,护送灵柩从开封出发,前往老家眉山。这次行程,他选择了水路,经陈留、泗州到

Tips

苏 堤

苏堤是苏东坡任杭州刺史时,为了疏浚西湖,利用挖出的淤泥葑草堆筑而成的一条南北走向的堤岸,始建于北宋元祐五年(1090年)。苏堤的建设不仅解决了西湖的淤泥问题,还保障了西湖的水量,并沟通了西湖南、北两面的交通。

盱眙,入淮水,过楚州,走运河,到扬州,再逆江而上。这段经历虽然在他的诗文中没有直接体现,但从他后来的作品中可以窥见一斑。如他在《龟山》一诗中写"我生飘荡去何求,再过龟山岁五周",这里的"岁五周"便透露了他当年沿运河行走的经历。

熙宁四年(1071年),苏轼赴杭州通判任,再次路经盱眙,并作诗留念。这次他同样选择运河出行,从开封出发,由汴水入淮,转运河到杭州。在途中,他遭遇了冰雹等恶劣天气,但这些困难并没有阻挡他前进的脚步。到达杭州后,他积极投身工作,为当地的发展作出了巨大贡献。元丰三年(1080年)至元丰七年(1084年),苏轼在黄州(今湖北黄冈)任职。虽然这段时间他并未直接涉及运河事务,但他的文学创作达到了新的高峰。他的许多作品都反映了当时的社会现实和人民生活,其中不乏对运河的描绘和赞美。元祐四年(1089年),苏轼以龙图阁学士任杭州知州。这是他第二次在杭州任职,此次任职期间也是他与大运河关系最为密切的时期。他不仅在杭州留下了许多脍炙人口的诗篇和故事,还积极投身水利建设。他疏浚西湖,修筑苏堤,这些举措不仅改善了杭州的城市环境,

苏轼像

也促进了当地经济的发展。同时,他还多次沿运河往返于杭州与汴梁(今河南开封)之间,为朝廷处理政务和民生问题。苏轼在运河上的行程不仅是他宦游生涯的重要组成部分,更是他文学创作的重要灵感来源。他的诗篇中充满了对运河的赞美和对生活的感悟,这些作品不仅具有文学价值,更是后人了解宋代运河文化和社会生活的重要资料。

白居易、韦应物、苏轼等文人墨客,他们的宦游生涯和赶考经历,都与大运河紧密相连。这些经历,不仅让他们领略了运河的美景和沿途的风土人情,更让他们深入了解了当时的社会现实和民生疾苦。他们的作品中充满了对运河的赞美和对生活的感悟,这些感悟不仅来源于他们个人的经历和情感,更来源于他们对当时社会的深刻洞察和独特理解。这些作品不仅具有文学价值,更具有重要的历史价值和

社会价值,可以让读者了解到当时的社会现实和人民生活,感受到他们对民生问题的关怀和对文学创作的热爱。同时,他们的作品也提供了了解大运河文化和历史的重要窗口,能够让人们更加深入地认识到这条历史悠久的水道在中国历史和文化中的重要地位。

三、客梦长到江淮间:商贾客与旅行家

"壮志只便鞍马上,客梦长到江淮间。"京杭大运河,这条纵贯中国南北的水上动脉,自古以来便是商贾云集、舟楫往来的繁华之地。在江苏段,这条运河更是以其独特的地理位置和丰富的资源,吸引了无数商贾客和旅行家驻足流连。在很长一段时间里,他们以船为家,漂泊水上,用智慧和勤劳书写着属于自己的传奇。

江苏运河地处江南水乡,物产丰富,交通便利,是南北物资交流的重要枢纽。商贾客们在这里设立商铺、建立仓库,将南方的丝绸、茶叶、瓷器、粮食等运往北方,又将北方的皮毛、药材等运往南方。他们的经贸活动不仅促进了南北物资的交流,也推动了当地经济的发展和繁荣。

城外木材行

注:苏州凭借水运之便利,成为元明时期东南地区的木材集散地,清代时木商集中于齐门外东汇路,1930年在此成立吴县木行同业公会。本图摄于1932年。

在运河沿岸的城市中,如扬州、苏州、淮安等,都成为商贾客们聚集的中心。这些城市不仅有着优越的地理位置和便利的交通条件,还有着丰富的商业资源和文化底蕴。商贾客们在这里设立商号、建立会馆,形成了庞大的商业网络。他们通过

运河将商品运往全国各地,甚至远销海外。在经贸活动中,商贾客们不仅注重商品的买卖和交易,还注重商业信誉和口碑的建立。他们讲究诚信经营、童叟无欺,以优质的服务和可靠的商品赢得客户的信赖和好评。这种商业精神不仅在当时得到了广泛的认可和赞誉,也为后来的商业发展树立了榜样。

《估客乐》是南朝时期流行的一首诗歌,它以商贾客为主角,描绘了他们在运河沿岸的经贸活动和生活状态。齐武帝、陈后主、释宝月、元稹等诗人都曾创作过同名作品,虽然内容各有侧重,但共同塑造了一个生动鲜活的商贾客形象。在《估客乐》中,商贾客们被描绘为勇敢、智慧、勤劳且富有冒险精神的群体。他们乘坐大船,在运河上穿梭往来,贩卖着各种商品,从丝绸到珠宝,从粮食到瓷器,无所不包。他们的船只装饰华丽,船舱内堆满了货物,船头船尾都飘扬着鲜艳的旗帜,显示出他们的富有和自信。南朝时期佚名《估客乐》写道:"有客数寄书,无信心相忆。莫作瓶落井,一去无消息。"诗中以双视角描写了估客与思妇的情感,估客出门在外,即使因为通信不便导致书信无法寄回,他也时时刻刻想念着家里人;思妇则叮嘱估客,不要因为路途远就忘记家里人,一去千里没有消息,让人着实担心。一唱一和,情感真挚。这说明南朝时期很多人都以经商为生了。同时期南朝宋人臧质所作《石城乐》则描写了经商之人的出行方式:"大艑载三千,渐水丈五馀。水高不得渡,与欢合生居。"不仅描绘了商船之大、载货之多,还透露出商贾客们面对困难时的乐观和自信。陈后主所作《估客乐》则更多地关注了商贾客们千里遥远的商旅路程和起早贪黑的辛苦生活,诗中写道:"三江结俦侣,万里不辞遥。恒随鹢首舫,屡逐鸡鸣潮。"通过对空间距离的描写,展现了商人远行做生意时奔赴万里的场景,不禁令人唏嘘。他们虽然身处异乡,但心中始终牵挂着远方的家人和故乡。南朝萧齐时僧人释宝月和唐人元稹的《估客乐》也各有特色,释宝月《估客乐四

Tips

估 客

估客主要指的是行商,即商人。这个词最早可见于《玉台新咏·梁元帝·别诗》中,其中有"莫复临时不寄人,漫道江中无估客"的诗句。在古代,估客经常跨越千里贩卖商品,是商业活动中的重要角色。此外,"估客"一词也常与其他与商业、贸易相关的词一起使用,如"估客乐""估税"等,进一步体现了其在商业领域中的重要地位。

首·其一》写道："郎作十里行，侬作九里送。拔侬头上钗，与郎资路用。"郎情妾意在离别之时显得尤为凄切，商人与商人妇自古就是诗人们吟咏的对象，一去千里与独守空房的对比最能激起人们记忆中对离别的思索。元稹《估客乐》写道："北买党项马，西擒吐蕃鹦。炎洲布火浣，蜀地锦织成。越婢脂肉滑，奚僮眉眼明。通算衣食费，不计远近程。经营天下遍，却到长安城。城中东西市，闻客次第迎。"商人们见多识广，流转各地，将各地的奇珍异宝和多彩物产带离原产地，销售到周边地区，他们用自己的双手和汗水，搭乘陆路上的马车或者运河上的船舶，创造了一个又一个商业奇迹。

商贾客们在江苏运河上的生活状态是艰辛而充实的。他们以船为家，漂泊水上，与风浪为伴。他们的生活节奏紧张而有序，每天清晨起床后便开始忙碌，检查货物、整理船只、与客商洽谈业务。他们的饮食起居也十分简单朴素，通常以船上的粗茶淡饭为主食，偶尔也会在沿岸的城市中品尝当地美食。尽管生活艰辛，但商贾客们有着乐观向上的心态和坚韧不拔的精神。在运河上漂泊的日子里，他们结交了许多志同道合的朋友和伙伴，共同分享着商贸成功的喜悦和失败的教训。这种友谊和团结精神不仅让他们在商业上取得了更大的成功，也让他们的生活变得更加丰富多彩。

商贾客们的内心世界也是复杂而多面的。他们既有着对家人的思念和牵挂，又有着对商业成功的渴望和追求。在运河上漂泊的日子里，他们经历了风风雨雨和悲欢离合，这些经历让他们更加珍惜眼前的生活和身边的人。同时，他们也对未来充满了期待和憧憬，渴望能够在商业上取得更大的成功，为家人和自己创造更好的生活。商贾客们的内心世界中，还有着一种对自由和冒险的向往。他们不愿意被束缚在固定的地方，而是希望能够在运河上自由地漂泊，探索未知的世界。这种向往和追求不仅让他们在商业上更具创新精神和冒险精神，也让他们的生活更富有刺激和挑战。

除商贾客这种为了生活而奔波于运河之上的人之外，还有如鉴真、徐霞客等为了信仰或为了人生理想而行驶于运河之中的人。现代诗人郭沫若曾在古体诗中写道："东海频教一苇航，鉴真寂照有余光。如何垄断居奇者，尾逐妖星惯阅墙。"诗中高度肯定了鉴真的东渡成就,同时也赞颂了日本僧人寂照来宋朝求取真经的远大精神。他们都是借助京杭大运河远赴目的地的。

据记载,鉴真曾六次东渡日本,首次东渡具体路线不详,后因被人诬告而未能成行。第二次东渡的出发地是扬州,鉴真一行顺长江而下,计划从海上直接东渡至日本,结果在长江口的狼沟浦遇风浪沉船,东渡失败。第三次东渡的出发地是明州(今浙江宁波)阿育王寺,原计划从明州出发,但因越州僧人向官府控告日本僧人潜藏中国,导致荣睿被捕,第三次东渡计划不得不取消。第四次东渡的出发地仍是明州的阿育王寺,规划路线是决定南下福州买船出海,但刚走到温州即被截回扬州,东渡再次失败。第五次东渡的出发地是在扬州的大明寺,唐天宝七载(748年),鉴真率僧人14人及工匠水手等共35人,从崇福寺出发,出长江后,在舟山群岛一带停留数月,等待顺风。11月出海后,遭遇强大北风吹袭,连续漂流14天,最终漂流到振州(今海南三亚)。结果在海南停留一年后,鉴真被迫北返,经过多地,最终回到扬州,第五次东渡以失败告终。天宝十二载(753年),日本遣唐使藤原清河、吉备真备、晁衡等人来到扬州,恳求鉴真同他们一道东渡。鉴真秘密乘船至苏州黄泗浦(在今张家港市塘桥镇鹿苑东渡苑内),转搭遣唐使大船。随行24人,其中僧尼17人,于11月16日扬帆出海。航行过程中,普照从余姚赶来加入船队,但11月21日,鉴真所乘舟与晁衡乘舟失散。12月6日,剩余两舟中一舟触礁,另一舟继续前行。12月20日,历经艰难险阻,鉴真一行终于抵达萨摩国(日本古代令制国之一),第六次东渡成功。从鉴真的六次东渡中,可以看到有两次是从扬州出发的,可见扬州在当时交通中所处的重要地位。

Tips

黄泗浦遗址

　　黄泗浦位于今张家港市东南部塘桥镇境内,是唐代高僧鉴真第六次东渡日本启航处。其地理位置优越,位于长江下游,紧靠出海口,是古代志书所称之"江尾海头"。关于黄泗浦的开凿时间与名称由来,已很难查找到确切的史料依据,但有学者推测它可能开凿于战国时期。相传公元前247年,楚考烈王把吴地江东12县,即今苏锡常和上海一带,封赐于春申君黄歇。吴地靠江襟湖,地势低洼,水患频发。古吴越地方史籍《越绝书》记载了黄歇疏浚河道、抑制水患、兴修水利、造福生民的事迹，此地就被叫作"黄歇浦"，后流传为"黄泗浦"。"黄泗浦"的叫法，还见于日本真人元开撰写于唐大历十四年（779年）的《唐大和上东征传》中，其中比较明确地记载了鉴真和尚第六次从黄泗浦东渡日本的过程。黄泗浦遗址于2008年11月被发现。2008年12月至2018年12月，南京博物院联合苏州市考古研究所、张家港博物馆先后对黄泗浦遗址进行了6次考古发掘，发掘面积达8000多平方米。2013年5月，黄泗浦遗址被列为第七批全国重点文物保护单位。2019年3月29日，黄泗浦遗址入选"2018年度全国十大考古新发现"。

黄泗浦遗址

在国内借助运河游历的，还有明代伟大的地理学家、旅行家和文学家徐霞客。他用其一生的时间，借助运河等交通方式在中国大地上留下了深深的足迹。他的著作《徐霞客游记》不仅是中国地理学的宝贵遗产，也是后人了解明代社会、文化和自然风貌的重要窗口。在徐霞客的多次旅行中，他多次经过京杭大运河，特别是江苏段，留下了许多珍贵的记录和故事。

《徐霞客游记》对明代江苏地区交通、经济状况的记载颇为详细，为我们提供了宝贵的历史资料。明代江苏地区的水路交通十分发达，这主要得益于京杭大运河的贯穿。京杭大运河作为南北交通的重要通道，极大地促进了江苏地区的经济文化交流。根据《徐霞客游记》和相关历史资料，可以大致勾勒出徐霞客在江苏运河的旅程。他多次游历江苏,每次都沿着大运河的线路,探访各地的自然风光和人文景观。镇江位于长江和京杭大运河交汇处,是徐霞客旅行中的重要节点。在这里,他不仅欣赏了长江的壮阔,还游览了金山、焦山等名胜。据记载,徐霞客曾多次在镇江停留,与当地的文人墨客交流,留下了许多珍贵的诗篇和故事。无锡是江苏运河的重要城市之一,也是徐霞客多次到访的地方。在这里,他不仅领略了运河的秀美风光,还深入探访了无锡米市、布码头等的繁忙景象。无锡的繁荣和富庶,让徐霞客对这座城市赞不绝口。苏州自古以来就是江南水乡的代表,在这里,徐霞客游览了拙政园、留园等著名园林,感受了江南园林的精致和韵味。同时,他还深入了解了苏州的丝绸产业和手工艺文化,对苏州的繁荣和发达发出了由衷的赞叹。

徐霞客像

这些记载充分说明了当时水路交通的便捷和重要性,江苏地区的河流众多,除了大运河外,还有许多支流和湖泊,这些水道相互连接,形成了密集的水路网络,为当时的交通提供了极大的便利。虽然水路交通在明代江苏地区占据主导地位,但陆路交通也起着重要的补充作用。

徐霞客在游记中也提到了他的一些陆路旅行经历,如骑马、步行等。当时江苏地区的陆路交通主要依靠官道、驿道和民间小路,这些道路虽然不如水路发达,但在连接各个城市和乡村方面仍然发挥着重要作用。明代时,江苏地区的商业十分繁荣,这主要得益于其优越的地理位置和发达的水路交通。大运河的贯穿使得江苏地区成为南北物资交流的重要枢纽,各种商品在这里集散、转运。徐霞客在游记中详细记载了沿途的商业活动,如扬州的盐运、苏州的丝绸贸易、无锡的米市等,这些都充分说明了当时江苏地区商业的繁荣。明代江苏地区的手工业也十分发达,特别是丝绸、棉布、造纸等产业。这些手工业产品不仅满足了当地市场的需求,还大量外销到其他地方。徐霞客在游记中提到了许多手工业作坊和工匠,如苏州的丝绸织造作坊、无锡的棉布作坊等,这些都为我们了解当时的手工业状况提供了宝贵的资料。

商贾客与旅行家们的贡献,不仅在于他们促进了经济的繁荣和文化的交流,更在于他们用自己的行动和智慧,为江苏运河的历史文化注入了新的内涵和活力。他们的辛勤付出和卓越贡献,将永远铭刻在这条古老运河的历史长河中,激励着后人不断前行。

四、古渡月明闻棹歌:闺秀行吟与榜人船歌

此地曾经翠辇过,浮云流水竟如何。

香销南国美人尽,怨入东风芳草多。

残柳宫前空露叶,夕阳川上浩烟波。

行人遥起广陵思,古渡月明闻棹歌。

在江苏大运河畔,自古便多出才女。她们生于书香门第,长于诗画之中,自幼便受到良好的教育,琴棋书画样样精通。这些闺秀,或于春日踏青时,或于秋夜赏月际,常常乘一叶扁舟,荡漾在运河之上,以诗抒怀,以歌传情。同时也多有行船的榜人,榜人行船,孤独相伴,于是产生了很多民间的船歌。

春日里,万物复苏,运河两岸桃花盛开,柳絮飘飞。闺秀们身着轻纱罗裙,手持团扇,轻启朱唇,吟咏着春天的诗篇。她们或独自低吟,或结伴对唱,声音清脆悦耳,如黄莺出谷,又似珠落玉盘。她们的诗中,既有对自然美景的赞美,也有对人生哲理的思考,更有对爱情、友情的真挚表达。这些诗篇,如同运河之水,潺潺流淌,滋养着后人的心田。秋夜,月圆如盘,银辉洒满运河。闺秀们或坐于船头,或倚于舱边,手捧香茗,仰望星空,吟咏着关于月亮的诗篇。她们的诗中,既有对月亮的赞美,也有对人生无常的感慨,更有对离别与重逢的期待。这些诗篇,如同运河两岸的秋风,轻轻吹拂过人们的心头,留下无尽的遐想与回味。

闺秀的行吟,不仅仅是文字的堆砌,更是情感与智慧的交织。她们以诗为媒,传达出对爱情、友情、亲情的细腻感受,同时也展现对人生、社会、自然的深刻洞察。

在闺秀的行吟中,爱情是一个永恒的主题。她们以诗为笔,描绘爱情的甜蜜与苦涩,表达对恋人的思念与期盼。如唐代女诗人鱼玄机的《江陵愁望有寄》:"枫叶千枝复万枝,江桥掩映暮帆迟。忆君心似西江水,日夜东流无歇时。"这首诗以枫叶、江桥、暮帆为景,寓情于景,表达了诗人对恋人的无尽思念。闺秀们的爱情诗,既有对爱情的美好憧憬,也有对爱情现实的无奈与悲叹,她们在诗中倾诉着爱情的欢乐与痛苦,展现出女性特有的细腻与敏感。

除了爱情,友情也是闺秀行吟中的重要主题。她们以诗为桥,连接起与友人之间的情感纽带,表达对友情的珍视与怀念。如宋代女词人李清照的《如梦令》:"常记溪亭日暮,沉醉不知归路。兴尽晚回舟,误入藕花深处。争渡,争渡,惊起一滩鸥鹭。"这首词虽然以写景为主,但其中也透露出词人与友人一同游玩时的欢乐与惬意,以及对那段美好时光的怀念。

李清照像

闺秀们的友情诗,既有对友人陪伴的感激与珍惜,也有对友人离别的惆怅与不舍。她们在诗中抒发着对友情的真挚情感,展现出女性之间的深厚情谊。闺秀的行吟中,还蕴含着对人生的深刻思考。她们以诗为镜,映照出人生的喜怒哀乐、悲欢离合,表达对生命的感悟与对命运的抗争。如唐代女诗人薛涛的《送友人》所写:"水国蒹葭夜有霜,月寒山色共苍苍。谁言千里自今夕,离梦杳如关塞长。"这首诗以送别友人为契机,抒发了诗人对人生离别的感慨与对命运的无奈,水国与边塞,近处山色与千里苍茫,在薛涛的诗境中融为一体,而流动在诗魂之后的则是如血液一般蜿蜒曲折的运河。闺秀们的人生诗,既有对生命短暂的悲叹与对死亡的恐惧,也有对人生意义的追寻与对命运的抗争,她们在诗中展现出女性特有的智慧与勇气,以诗为武器,对抗着生活的苦难与命运的捉弄。

与闺秀的行吟相比，榜人的船歌则显得更加粗犷豪放、质朴自然。榜人，即运河边上的船民、渔民等劳动人民。《西游记》作者吴承恩在《平河桥》一诗中写道："日落牛羊归牧笛，潮来鱼米集商船。绕篱野菜平临水，隔岸村炊互起烟。"①诗歌描绘了大运河淮安段渔船聚集、渔村炊烟袅袅的祥和场景。榜人们世代生活在河畔，以船为家，以渔为业。在长期的劳动生活中，他们创造出了独具特色的船歌，以表达对生活的热爱与对自然的敬畏。捕鱼是榜人生活的重要组成部分，在捕鱼时，他们常常一边划船一边唱歌，以驱散疲劳、振奋精神。这些捕鱼歌通常节奏明快、旋律简单，歌词中充满了力量、希望与团结，如"齐心协力喽，把船扳喽"等。

在运河上，拉纤是一项艰苦的劳动。榜人们为了生计，常常需要拉着沉重的纤绳，沿着河岸一步一步前行。在拉纤时，他们也会唱起歌来，以减轻身体的疲惫、缓解精神的压力。这些拉纤歌通常旋律低沉、节奏缓慢，歌词中充满了对生活的无奈与对命运的抗争。如清人胡敬在《漕船纤夫行》中写道："欲进不得声嗷嗷，十百俯仰同村榜。我不见首惟见尻，首俯益下尻益高。天寒雨湿风飀飀，入夜尚尔闻呼号。"这首诗歌真实地反映了榜人拉纤的艰辛与不易，也表达了他们对生活的坚韧与执着。榜人的船歌，是劳动与生活的写照，它们以简洁明快的旋律和质朴自然的歌词，传达出榜人们对生活的热爱与对劳动的尊重。在榜人的船歌中，劳动是一个重要的主题。他们通过歌唱，记录下捕鱼、拉纤等劳动场景，表达对劳动的热爱与对收获的期待。如唐人郑谷在《淮上渔者》一诗中写道："白头波上白头翁，家逐船移浦浦风。一尺鲈鱼新钓得，儿孙吹火荻花中。"这首诗歌以简洁的语言，描绘了老翁钓鱼之场景，老翁老矣，已无法再在渔船上操劳，但是捕鱼的技艺却未因为年龄增长而生疏忘却，刚被钓上的鲈鱼在儿孙的喜悦声中被放到炉火之上，散发阵阵香气，这正是黄发垂髫、怡然自得的田园渔家场景的生动写照。

---

① 　胡键、荀德麟等：《淮安的古典小说与运河诗文》，北京：中国书籍出版社，2008年，第231页。

水乡老照片

榜人们的劳动歌,既有对劳动艰辛的诉说与对命运的不屈,也有对劳动成果的珍惜与对生活的满足。他们在歌中展现出劳动人民的坚韧与乐观。除了劳动,生活也是榜人船歌中的重要主题。他们通过歌唱,记录下生活中的点点滴滴,表达对生活的热爱与对幸福的追求。如一首通过描写船上生活来表现郎情妾意的船歌中写道:"郎把舵,姐撑篙,郎若撑时姐便摇。姐道郎呀,逆水里篙只要撑得好,郎若头歪奴便艄。"①这首歌以朴实的语言,描绘了榜人们家庭生活的温馨与幸福,同时将水上劳作时的辛苦转化为生活中的浪漫,这体现了何等的乐观主义精神。

榜人们的生活歌,既有对家庭生活的怀念与对亲人的思念,也有对生活的热爱与对幸福的追求。他们在歌中展现出劳动人民的纯真与善良。同时,榜人也见证了船头间所有的悲欢离合,南北朝民歌《莫愁乐》写道:"闻欢下扬州,相送楚山头。探手抱腰看,江水断不流。"②歌中记录了竟陵(今湖北天门)的石城女子莫愁所唱之别离歌谣,从竟陵到扬州的运河之路中,榜人们既是诗歌中的背景,也是除了作者、读者之外的第三双眼睛。

闺秀的行吟与榜人的船歌在融合中展现出独特的美感。闺秀们的诗篇中融入了榜人生活的元素,使得她们的诗更加贴近生活,更加接地气;而榜人的船歌中也吸收了闺秀诗篇的精髓,使得他们的歌更加富有文采,更加动人。这种融合不仅丰富了运河文化的内涵,也促进了不同阶层、不同文化之间的交流与互动。江苏运河中的闺秀行吟和榜人船歌,是运河文化的两颗璀璨明珠,它们不仅展现了古代江苏人民的才情与智慧,也记录了运河畔的风土人情与历史变迁。

五、倦客关山万里遥:运河上的东西方文化使者

倦客关山万里遥,清尊频为故人招。因怜芳岁留蓬鬓,又见秋风到柳条。

淮水北来天渺渺,岷冈西上雨潇潇。隋堤旧是官河路,莫向高楼怨玉箫。

在中国历史的长河中,大运河以其独特的地理和文化优势,成为东西方文化交

---

① 冯梦龙:《明清民歌时调集·上》,上海:上海古籍出版社,1987年,第373页。

② 陈书录:《西汉魏晋南北朝民歌集》,南京:南京师范大学出版社,2012年,第276页。

流的重要桥梁。在这条古老的运河上，曾有数不清的来自威尼斯（今意大利境内）、日本等国家的旅行家，他的名字可能叫作马可·波罗，也可能叫作空海。他们的到来，不仅为大运河增添了一抹异国情调，更为东西方文化的交流与融合书写了浓墨重彩的一笔，关山万里遥不可及，但行则将至。

马可·波罗，这位威尼斯共和国（今意大利境内）的商人、旅行家，于1271年踏上了前往中国的漫长旅程。他穿越地中海，经过波斯湾，穿越中亚的广袤沙漠，最终于1275年到达中国。而大运河，这条贯穿中国南北的水上动脉，成了马可·波罗深入了解中国文化的重要途径。

马可·波罗像

马可·波罗初到大运河时，被其宏伟壮观的景象所震撼。运河两岸，城市繁华，商贾云集，船只往来如梭，展现出一幅生动的市井图景。他沿着运河一路南下，从北方的大都（今北京）到南方的杭州，沿途见证了中国的经济发展、文化习俗与风土人情。在大运河上，马可·波罗不仅领略了中国的自然风光，更深入了解了中国的社会制度、宗教信仰和民俗文化。他与当地的官员、商人、学者和百姓进行了广泛的交流，收集了大量的第一手资料，为日后《马可波罗行纪》的问世奠定了坚实的基础。随着马可·波罗在大运河上的旅程的不断深入，他遇到了更多令人惊叹的景象和独特的文化体验，这些经历不仅丰富了他的行纪内容，也深刻影响了他对中国的认知。马可·波罗对大运河的工程奇迹赞不绝口。他详细记录了运河如何巧妙地利用自然地形，通过挖掘、疏浚和连接自然水系，形成了一条贯通南北的水上通道。他特别提到了运河上的桥梁、闸坝和码头，这些设施不仅解决了水位差异带来的航行难题,还促进了沿岸城市的繁荣。他对中国古代水利工程的智慧和技艺表现出极高的敬意,认为这是人类文明的伟大成就。

Tips

马可·波罗的苏州印象

马可·波罗对苏州的第一印象极为深刻,他形容苏州城"漂亮得惊人",并将其比作自己的家乡威尼斯,称其为"东方威尼斯"。他称苏州为"地城",物产丰饶,是"东南之冠",为全国经济重心之所在。他指出,苏州城占地甚广,人口稠密,生齿繁多,且以工商业为生。马可·波罗特别提到苏州的丝织业非常发达,产丝甚饶,以织金锦及其他织物闻名。这些丝绸不仅在中国国内销售,还大量出口到国外。同时,苏州城内工商业繁荣,商贾云集,工艺十分兴盛,有掌握各种技艺的工匠和艺人。

关于城市风貌,马可·波罗讲述了苏州水网密布和桥梁众多的特点。他提到苏州城有桥六千,皆用石建,桥甚高,其下可行船,甚至两船可以并行。这一描述虽然有些夸张,但确实反映了苏州的水乡特色。他还提到苏州城有护城河环绕,城内外交通便利,船只和桥梁是居民日常出行的重要工具。在《马可波罗行纪》中,他还提到苏州城内文士、医师甚众,这反映了苏州作为文化名城的地位。因为马可·波罗对苏州的描述,使得苏州城在欧洲被广泛关注,欧洲人对东方的神秘和富饶有了更加深入的了解。读《马可波罗行纪》,我们可以从一个外国友人的视角更好地感受"上有天堂,下有苏杭"这句家喻户晓的城市形象宣传标语的更深层次含义。

在大运河上,马可·波罗目睹了商贸的繁荣景象。他描述了船只如何满载着各种商品,在运河上往来穿梭,从北方的粮食、煤炭到南方的丝绸、茶叶,应有尽有。他注意到,运河不仅促进了国内贸易,还吸引了外国商人的到来,形成了国际化的市场。他记录了与各国商人的交流,这些交流让他深刻感受到大运河作为国际贸易枢纽的重要地位。大运河不仅是商品流通的通道,也是文化交流的桥梁。马可·波罗在旅途中遇到了来自不同地域、不同民族的人们,他们带来了各自的文化和传统。他观察到,沿岸城市的建筑风格、饮食习惯、节日庆典都各具特色,但又相互融合,形成了独特的运河文化。他特别提到了佛教寺庙、道教宫观和儒家书院,这些文化场所不仅是信仰和教育的中心,也是文化交流的重要平台。他参与了多次文化交流活动,如佛教法会、道教仪式和儒家讲学,这些经历让他对中国的多元文化有了更加深刻的理解。

大运河上的生活,对马可·波罗来说,是一幅生动的社会生活缩影。他记录了渔民在河中捕鱼、农民在岸边耕作、工匠在船上修造船只的场景,这些场景让他感受到了中国人民的勤劳和智慧。他还注意到了运河沿岸的社会结构,包括官员、商人、工匠、农民和渔民等各个阶层,他们各自扮演着不同的角色,共同维持着运河的运转和沿岸城市的繁荣。他认为,大运河是中国社会的一个缩影,反映了中国社会的复杂性和多样性。在大运河上,马可·波罗还领略到了中国的艺术和科技成就。他看到了精美的瓷器、华丽的丝绸、精致的木雕和石雕,这些艺术品让他对中国的工艺制造水平赞叹不已。他还注意到了中国的科技发明,如指南针在航海中的应用、活字印刷术的推广等,这些发明不仅促进了中国经济的发展,也对世界文明产生了深远影响。他认为,中国的艺术和科技成就是大运河文化的重要组成部分,也是东西方文化交流的重要内容。

马可·波罗在大运河上的所见所闻,不仅让他对中国有了更加深刻的认识和了解,也激发了他对东西方文化交流的思考和热情。他通过自己的游记,将大运河的美丽风光和独特文化介绍给欧洲人,激发了欧洲人对东方的向往和好奇。同时,他也将西方的科学知识和文化带到了中国,促进了东西方之间的文化交流和合作。马可·波罗在大运河上的旅程,不仅是一次地理上的探索,更是一次文化上的交流与融合。他的到来,为大运河增添了异国情调,也为东西方文化的交流与融合书写了浓墨重彩的一笔。他的行纪和经历,不仅为后人了解大运河提供了宝贵的资料,也为东西方文化的交流与融合提供了重要的启示和借鉴。在当今全球化的背景下,我们应该更加珍视和保护大运河这一宝贵的文化遗产,推动东西方文化的交流与融合,为构建人类命运共同体贡献智慧和力量。

与马可·波罗一路南下不同的是,来自日本的僧人空海到长安取经时,从日本渡海到福建的赤岸镇,一路北上,用脚步丈量了江苏的大运河,然后到达长安。日本延历①二十三年(804年)五月十二日,日本派往大唐的第十七次遣唐使船队在被

---

① 延历,日本桓武天皇年号。

延历二十二年(803年)的那次滔天巨浪"劝返"后,出于对汉文化的无限憧憬和神往,经过一年多的休整,终于再度成行,西渡赴唐。不幸的是,同行的四艘船中,只有前两艘抵达大唐,第三艘船又一次被海风送回日本西部海岸,第四艘船则消失于茫茫碧海,下落不明。尽管第一艘船抵达大唐,但也遭遇了难测之事,按原计划,这艘船本应到达明州(今浙江宁波)或苏州、广陵(今江苏扬州)等地区,但是它却被海风带到了更远的地方——福建的赤岸镇(今福建宁德霞浦县赤岸村)。

而立之年的留学僧空海(774—835年)正站在这艘船的舷窗边,感受那源源不断的大唐气息,想到即将可以踏上唐土,虽然眼前亟须应对来自无常法幻化出的重重考验,但他目光坚毅,面无惧色。804年,日僧空海正式成为官度僧(当时日本有私度僧和官度僧两种,后者需获得国家认可),时年30岁的空海以留学僧的身份随日本第十七次遣唐使团入唐,在福建的赤岸镇登陆。经过5个多月的长途跋涉,遣唐使一行人终抵长安。

这条直线距离近1700千米的漫漫长安路,在当时大运河还未全线贯通的情况下,都是靠数以月计的时间和纵横交错的河道去丈量,其艰辛和惊险程度难以想象。抵达长安后,空海受敕命在西明寺居住,后游历至青龙寺中,拜入唐代密宗第七代阿阇梨惠果(746—805年)门下学习。空海从福建到长安,一路经过了几段重要的交通要道。第一段是赤岸镇枢纽。赤岸镇曾是历史上水陆交汇的重要交通枢纽,在陆路方面,闽粤东部的通京古驿道经过小镇,在水路方面,赤岸溪(今罗汉溪)与福宁湾在镇中的金台寺前交汇,因此此处成为长溪县重要的对外港口,这为空海一行人提供了落脚地点。第二段在"东南锁钥,入闽咽喉"处的仙霞古道。空海一行人从福州一路沿着闽江北上,到达南平,然后沿着建溪逆流北上,抵达建瓯的"通济门",随后达到仙霞古道的南部入口——蒲城的"登瀛门"。仙霞古道又称江浦驿道、浙闽官道,是连接海上丝绸之路的一条重要陆路运输线路,明清时期,这里成为相当繁华的商路,浙江、安徽、江西等地出产的瓷器、茶叶等贸易产品通过此古道运输,到达闽中或闽北水系,再沿水路到达福州、泉州等地的港口。第三段则是从闽北蒲城沿仙霞古道进入浙江江山后,借水路北上到达杭州,正式进入京杭大运河的路线,一路上经过苏州、镇江、扬州、洛阳等地,最后到达长安城东侧的春明门长乐站。

唐人韦庄在《送日本国僧敬龙归》中写道："扶桑已在渺茫中，家在扶桑东更东。此去与师谁共到，一船明月一帆风。"这首诗虽然不是写给空海的，但是从这首诗中大致也可感受到空海归日所要走过的遥远行程。唐元和元年(806年)，在长安学习两年多的空海返回日本，再次经大运河走过洛阳、扬州、镇江、苏州、杭州，然后在越州(今浙江绍兴)停留4个月搜集典籍，最后在明州(今浙江宁波)东归日本。大运河承载了空海一行人西行入唐求法的期望，他们从杭州出发，到达长安时用了将近50天的时间，试想一下，如果没有隋唐大运河这一段便捷的"水上高速公路"，他们要只走陆路的话，花费的时间可能还会翻倍。

历史的脉络绵延千里，运河的流域也绵延千里，因为有了运河，来自东西方的使者能够借助运河之便利，更快地到达目的地，这对于文化的交流与传播、经济贸易的稳步推进等都有十分重要的影响。

悠悠运河巨擘行　薛晓红摄

附录一　古今中外江苏运河相关诗词选

　　共选录200首古今中外与江苏运河相关的诗词,其中徐州10首,宿迁12首,淮安13首,扬州27首,镇江16首,常州11首,无锡12首,苏州36首,漕运15首,榜人行船14首,钞关11首,运河行旅13首,驿站渡口10首。每一部分独立编序。

徐　　州

1.《汴泗交流赠张仆射》唐·韩愈

　　汴泗交流郡城角,筑场十步平如削。短垣三面缭逶迤,击鼓腾腾树赤旗。

　　新秋朝凉未见日,公早结束来何为。分曹决胜约前定,百马攒蹄近相映。

　　球惊杖奋合且离,红牛缨绂黄金羁。侧身转臂著马腹,霹雳应手神珠驰。

　　超遥散漫两闲暇,挥霍纷纭争变化。发难得巧意气粗,欢声四合壮士呼。

　　此诚习战非为剧,岂若安坐行良图。当今忠臣不可得,公马莫走须杀贼。

　　【解析】此诗描绘了唐代徐州节度使张建封打马球的场景,诗中"汴泗交流郡城角"点明地点在徐州汴水与泗水交汇处。徐州自古水系发达,春秋时期开凿菏水、泗水、鸿沟,徐州汴泗水系纳入最早的运河交通体系。徐州地处京杭大运河的中间段,是大运河流经的8省(市)中河道最长的地级市,徐州运河段长度约181千米。隋大业年间(605—618年)开通济渠,形成连通中原的主要线路,古汴河流经开封,至徐州入泗南下,形成了以汴水、泗水为主流,沂水、武水、丰水等支流为补充的运河网络系统。到了明朝,政府在徐州设立了参将府、按察分司、户部分司和工部分司等重要管理机构,以及漕粮储运的广运仓。徐州成为京杭大运河上最重要的大码头,是航运枢纽、商业枢纽和军事枢纽。此诗描述了马球场"筑场十步平如削",场面壮观。诗人韩愈在运河河畔细致描写了马球比赛的激烈:马匹装饰华丽,球员侧身击球,球如"神珠"飞驰,观众欢呼震天。然而,韩愈在诗末委婉劝诫张建封,认为马球虽似练兵,实为游戏,应专注于为国杀敌,而非沉迷娱乐。

2.《长相思·汴水流》唐·白居易

汴水流,泗水流,流到瓜州古渡头。吴山点点愁。

思悠悠,恨悠悠,恨到归时方始休。月明人倚楼。

【解析】此诗通过对汴水和泗水的描写,表现了一位女子对远方爱人的深切思念。场景设定在月光下的高楼,女子凭栏远望,江水悠悠,如她的无尽愁思一般。词中"汴水流,泗水流"以流水寓情,表达思念绵长;"思悠悠,恨悠悠"则直抒胸臆,道出相思之苦。结尾"月明人倚楼"以景结情,烘托出孤寂凄凉的氛围,展现了女子对爱情的执着与无奈。

3.《次韵答所和》宋·韦骧

苍茫云水度淮城,樯影联联注羽旌。

汴泗幸随行舸末,潇湘况重故人情。

晨征共济襟怀豁,夜泊交谈气味清。

应有高篇思宛句,可无美酎继乌程。

【解析】此诗描绘了诗人韦骧与友人乘船同行于运河之中的场景。诗中,"苍茫云水度淮城"点明旅途经过淮城,云水苍茫,意境开阔;"樯影联联注羽旌"则描绘船队连绵、旗帜飘扬的壮观景象。诗人与友人晨征共济,夜泊交谈,情谊深厚,展现了旅途中的豁达与清雅。末句"应有高篇思宛句,可无美酎继乌程"表达了对友人诗才的赞赏,并期待以美酒相伴,共叙情谊。

4.《与梁先舒焕泛舟得临酿字二首·其一》宋·苏轼

彭城古战国,孤客倦登临。汴泗交流处,清潭百丈深。

故人轻千里,足茧来相寻。何以娱嘉客,潭水洗君心。

【解析】此诗描绘了诗人苏轼与友人泛舟运河之上的场景。诗中,"彭城古战国"点明地点在徐州,诗人感叹历史沧桑;"孤客倦登临"则流露出漂泊的倦意。然而，与友人"足茧相寻"的温情，令诗人心情愉悦。末句"何以娱嘉客，潭水洗君心"体现道家"虚静"思想，以自然之境净化心灵。

5.《答王巩》宋·苏轼

汴泗绕吾城，城坚如削铁。中有李临淮，号令肝胆裂。

古来彭城守，未省怕恶客。恶客云是谁？祥符相公孙。

是家豪逸生有种，千金一掷颇黎盆。连车载酒来，不饮外酒嫌其村。

子有千瓶酒，我有万株菊。任子满头插，团团见花不见目。

醉中插花归，花重压折轴。问客何所须？客言我爱山。

青山自绕郭，不要买山钱。此外有黄楼，楼下一河水。

美哉洋洋乎，可以疗饥并洗耳。彭城之游乐复乐，客恶何如主人恶。

【解析】苏轼的《答王巩》描绘了诗人与友人王巩在徐州相聚的场景。诗中，"汴泗绕吾城"点明地点在徐州汴水与泗水交汇处，展现了彭城的壮丽景色。王巩自称"恶客"，苏轼则以戏谑的口吻回应，称赞王巩豪放洒脱的性格，并描绘了二人饮酒赏菊、插花醉归的欢乐场景。诗末提到黄楼与河水，表达了对彭城美景的赞美，同时以"客恶何如主人恶"调侃王巩，展现了二人深厚的友谊与豁达的情怀。

6.《次韵颜长道送傅倅》宋·苏轼

两见黄花扫落英，南山山寺遍题名。

宗成不独依岑范，鲁卫终当似弟兄。

去岁云涛浮汴泗，与君泥土满衣缨。

如今别酒休辞醉，试听双洪落后声。

【解析】诗人苏轼仿照《颜长道送傅倅》一诗之韵所写诗歌。颜长道曾与傅倅（通判）同游山寺扫落英、共历风波浮汴泗，然终须设酒钱别。诗中回忆了颜长道与傅倅的过往经历，以鲁卫关系比喻情谊深厚，借送别之酒与"徐州双洪"之声，表达对往昔的怀念和对离别的感慨。

7.《同子瞻泛汴泗得渔酒二咏·其一》宋·苏辙

> 江湖性终在,平地难久居。渌水雨新涨,扁舟意自如。
>
> 河身萦匹素,洪口转千车。愿言弃城市,长竿夜独渔。

【解析】诗中描绘了诗人苏辙与兄长苏轼同泛汴泗的场景:雨后绿水新涨,河如素带,洪口水流湍急。诗人自陈本性爱江湖,难居平地,面对此景,心生弃城归隐、独钓江潭之念。全诗表达了对自然的向往和对闲适生活的渴望。

8.《和元夜》宋·陈师道

> 箫鼓喧灯市,车舆避火城。彭黄争地胜,汴泗迫人清。
>
> 梅柳春犹浅,关山月自明。赋诗随落笔,端复可怜生。

【解析】此诗描绘了诗人陈师道所见上元夜之热闹场景。箫鼓喧闹,灯市繁华,车舆避让出行的队伍。彭黄之地争奇斗艳,汴泗之水映照清朗夜色。梅柳初萌,春意尚浅,关山之上明月高悬。诗人随兴赋诗,尽显才情,对元夜的美好满怀怜爱。

9.《登彭祖楼》宋·陈师道

> 城上危楼江上城,风流千载擅佳名。水兼汴泗浮天阔,山入青齐焕眼明。
>
> 乔木下泉余故国,黄鹂白鸟解人情。须知壮士多秋思,不露文章世已惊。

【解析】诗人陈师道登上彭祖楼,眼前城上危楼与江上之城相映。汴泗之水浩荡,山入青齐葱郁。高大乔木和流动之泉似在诉说故国往事,黄鹂白鸟仿佛也能理解诗人此刻的心情。

10.《吕梁》元·王恽

> 吕梁世所畏,往往舟碎破。我来相其冲,说者无乃过。
>
> 南洪一石垠,北梁更幺磨。水浅但湍急,欲上船旋磨。
>
> 更缘暗石多,重载防石左。舟空人力众,径往彼无那。
>
> 岂云水至柔,内涵沉溺祸。至人特为名,过者戒微堕。

舟行四千里,冒涉锐尽挫。高歌幸无虞,犹呼细菌卧。

寄声畏涂间,识者当有和。

【解析】这首诗记述了诗人王恽行经徐州吕梁洪时的场景。吕梁洪向来被视为行船险地,众人畏之。诗人实地察看,见水浅流急暗石多,不禁感叹舟行艰难。由此引发深思:水虽至柔却暗藏祸端,提醒世人行经险途要警惕。全诗也抒发了自己行程中的种种感悟。

宿　迁

1.《自淮口抵宿迁值风雨大作》元·王恽

拖舟入清口,适喜乱淮碧。崔镇抵宿迁,徐行谚半日。

朔风殆惊余,不尔何凛慄。江云作阵来,冻雨矢四集。

行牵人力微,泥烂漕岸侧。打头为旅拒,遇浅殆鲸吸。

波神鼓馀勇,汹汹波浪黑。势张互相薄,力进硬与敌。

欹倾乃平常,簸荡不少息。秋江渺无涯,终日困蹢躅。

夜眠任倒悬,昼坐自撞击。试身一叶舟,凌轹蛟蜃窟。

远道胡为来,行止吾岂必。相值当奈何,安顺险能出。

有涂莫舟行,此语闻自昔。君看坦涂间,风浪犹莫测。

处身苟无方,往往半乾没。居安贵不忘,遇险戒无佚。

所以长乐老,进谏及御失。行行入吕梁,持守要愈惕。

【解析】诗人从淮口拖舟入清口,本为淮水澄澈而欣喜,然行至宿迁时,朔风突起,江云携冻雨如箭般袭来。人力难敌风雨,船行艰难,浪涛汹涌,舟身倾荡。诗人整日被困舟中,深感水路之险。借此感慨行止不由己,处世若无方易遭祸,强调居安思危。

2.《次宿迁望紫山不至》元·王恽

河广舟航小,堤长市屋卑。宿迁元隔楚,淮甸旧连郯。

浊浪随清变,香粳问客炊。紫山前有约,底事北来迟。

【解析】诗人王恽乘船沿运河行至宿迁,见河面宽阔,舟船却显得渺小,漫长堤坝旁,屋舍低矮。宿迁曾与楚地相隔,淮甸与邳州相连。河水浊浪因时而变,异乡客煮着粳米饭。诗人以拟人手法写与将要前去的"紫山"有约定,不禁自问:"为何往北走的竟这般迟缓?"流露出对前往紫山的期待与未能如期抵达的怅惘。

3.《夜泊宿迁上流》宋·汪梦斗

旧国当年阔,暑风今日生。舟回溪几曲,人卧月三更。

【解析】诗人汪梦斗于暑热夏日乘舟夜泊宿迁的运河之上。此地曾属西楚故国,往昔繁华似在眼前。舟行回转,蜿蜒于曲折溪间。三更时分,月光洒下,诗人卧于舟中,静赏这月色,沉浸在宁静悠远的氛围里,抒发对过往与当下的复杂思绪。

4.《古宿迁》元·陈孚

淮水东流古宿迁,荒郊千里绝人烟。

征衣不脱夜无寐,舟在西风乱荻边。

【解析】诗中呈现出一幅萧瑟荒寂的画面。淮水悠悠向东流去,流经古老的宿迁。放眼望去,荒郊绵延千里,不见一丝人烟。诗人旅途劳顿,征衣未解,在孤寂的夜晚难以入眠。小船漂泊在西风肆虐、荻花纷乱的岸边。通过对这些场景的描绘,展现宿迁的荒芜,也流露出诗人羁旅的愁苦与内心的孤寂。

5.《宿迁舟行》元·傅若金

天涯风物最关情,每问舟人计驿程。几处新蔬随晏食,谁家艳杏照春晴。

水通淮海波涛壮,地入青徐土壤平。正忆祓除逢上巳,可惭寥落过清明。

【解析】诗人行于宿迁的运河之上,对天涯风物格外留意,常向舟人打听行程。沿途,新蔬上桌,供人享用,艳杏在春日晴光中摇曳。水路连接淮海,波涛壮阔,此地临近青徐,土壤平坦。此时正值上巳节与清明节,诗人忆起上巳被除旧秽的习俗,却因行程寥落,遗憾错过清明,满是对时光与旅程的复杂感触。

6.《次宿迁》明·陶安

过尽长淮北,黄河绕故城。顺风催客去,新冻阻舟行。

酒薄情偏洽,鱼肥价转轻。沂州彭别驾,隔境诵廉明。

【解析】陶安一路沿运河北行,过了淮河,抵达宿迁,只见黄河环绕着这座古城。和顺的风似乎在催促着旅人前行,可新结的冰冻却阻碍了船只的航行。在此停留时,虽酒淡却人情融洽,鱼肥且价格低廉。听闻沂州的彭别驾,在邻近之地以廉洁清明而为人传颂。诗中既有旅途见闻,又体现当地的风土人情及对官员的赞誉。

7.《九日过宿迁县》明·杨士奇

挂席迢遥晚未休,行程逦迤望邳州。数家农舍通篱落,几处渔舟聚沇流。

回首乡园天渺渺,惊心时序水悠悠。紫萸黄菊非无意,沙鸟汀云漫自愁。

【解析】重阳佳节,杨士奇乘船赶赴邳州,日暮未歇。沿途,几处农舍篱落相连,渔舟汇聚于沇流。诗人回首,故乡邈远;流水悠悠,暗示时光飞逝。紫萸黄菊应景绽放,可他却无心欣赏,沙鸟汀云相伴,徒增羁旅哀愁。

8.《宿迁晚眺》明·王洪

小店对长河,扁舟向晚过。那知南路远,已觉北音多。

鸿鹄投烟渚,牛羊下草坡。晚来闻鼓枻,谁向月中歌。

【解析】傍晚时分,诗人乘坐扁舟经过宿迁,看到一家小店正对着运河。此时,他深感已远离南方,北方口音渐多。抬眼望去,鸿鹄飞向烟雾笼罩的小洲,牛羊走下草坡。夜幕降临,传来划船击鼓之声,不知是谁在月光下纵情放歌。全诗描绘出宿迁傍晚宁静而富有生机的画面,也流露出诗人行旅中的地域变迁之感。

9.《过直河驿待明仲舟不至》明·李东阳

直河西下如直弦,水浅沙深不受船。

不见孤帆见双鸟,背人飞堕夕阳边。

【解析】诗人行至宿迁的直河驿,此处直河如弦般笔直西下,然而水浅沙深,船只难以通行。诗人在此等待友人明仲的舟船,却迟迟未见。放眼望去,不见孤帆,唯有一双飞鸟,背对着人,向着夕阳的方向飞去,最终消失在夕阳的余晖边。全诗通过描绘环境与飞鸟,烘托出诗人等待时的孤寂与失落。

10.《骆马湖》清·张鹏翮

环山浪势拍天浮,烟锁长堤万象收。淮水北吞黄水入,汶河西带泇河流。

归风引棹千秋月,落日低帆两岸秋。寂寞楚歌人不见,嗷嗷鸿雁渡沙洲。

【解析】诗人张鹏翮描绘骆马湖时,展现出湖面波澜壮阔又不乏孤寂的场景。湖水环山,浪涛拍天,烟雾笼罩长堤,将万物都纳入其中。淮水吞并黄水汹涌北上,汶河携泇河潺潺西流。归舟在月光下乘风前行,落日余晖中帆影低垂,两岸尽显秋意。往昔楚歌中的人物已不见,唯有鸿雁哀鸣着飞过沙洲,尽显沧桑与落寞。

11.《过宿迁县》清·爱新觉罗·弘历

大堤临运水,宿预过名城。烟火隔堤庶,仓箱际岁亨。

殷勤询吏治,亲切爱民情。花柳迟何碍,宁因揽胜行。

【解析】乾隆皇帝南巡时途经宿迁县,见到高大的堤坝紧挨着运河水,隔着堤坝还能看到百姓聚居处的烟火。今年庄稼丰收,仓库充实。他怀着关切之心询问当地官员的治理情况,表达对民众的关爱之情。即使花柳开放得迟缓也无妨,自己此行可不是为了观赏美景,而是心系民生吏治。整首诗表现出帝王对地方治理和百姓生活的重视。

12.《过宿迁县》清·爱新觉罗·弘历

宿预过古县,运河俯大堤。春烟万户霭,新水一川低。

吏治入疆察,民情我后稽。抚兹亲切意,惠泽可云稽。

【解析】乾隆皇帝南巡时途经宿迁县,站在运河大堤上观望。城中万户人家笼罩在霭霭烟霞之中,运河新涨的春水悠悠流淌。他一进入此地,便开始考察吏治,深知百姓对圣君关怀的期盼。诗中表明了乾隆皇帝要将这份亲切关怀化为惠及百姓的实际举措,体现帝王对民生吏治的重视。

淮 安

1.《自馀杭归宿淮口作》唐·白居易

为郡已多暇,犹少勤吏职。罢郡更安闲,无所劳心力。

舟行明月下,夜泊清淮北。岂止吾一身,举家同燕息。

三年请禄俸,颇有馀衣食。乃至僮仆间,皆无冻馁色。

行行弄云水,步步近乡国。妻子在我前,琴书在我侧。

此外吾不知,于焉心自得。

【解析】白居易在诗中自嘲任官期间本就闲暇较多,被贬官后更是安闲。他乘船在明月下航行,夜晚停泊于淮北。举家同享安逸,为官三年,衣食富足,僮仆也无冻馁之色。一路行来,赏云水之景,离故乡越来越近。妻子相伴身前,琴书置于身侧。他沉浸在这份惬意之中,对眼前的生活满心自得,展现出卸任后闲适、满足的心境。

2.《泗州东城晚望》宋·秦观

渺渺孤城白水环,舳舻人语夕霏间。

林梢一抹青如画,应是淮流转处山。

【解析】傍晚时分,秦观于泗州东城放眼望去,一座孤城被浩渺的淮水环绕,朦胧缥缈。船只往来,在傍晚的雾气里,传来船夫的谈笑声。目光移向远方,树林梢头,一抹青色如画卷般映入眼帘,诗人猜测那应是淮水流转之处的山峦。

3.《淮安州》元·王恽

平野淮园甸,双城入楚州。喉襟开重地,鼓角动边楼。

闻雁思乡信,歌鱼换剑缑。此行安所遇,江海任浮鸥。

【解析】王恽来到淮水环绕之城,只见平野上田甸连绵,双城构成楚州的独特景致。此地作为战略要地,咽喉襟带,城楼处鼓角声回荡。听闻雁鸣,诗人涌起对家乡书信的期盼;高歌之余,甚至想以剑缕换得自在生活。在这趟行程里,诗人感慨无论遭遇什么,都愿如江海中自由的浮鸥般洒脱,尽显豁达心境与羁旅情思。

4.《夜次淮安西关》明·王绂

独客微吟夜不眠,官航初换宿淮埠。烟深灯火津桥市,月下帆樯贾客船。

千里河流长不息,两城更鼓互相传。含情未得询陈迹,韩信祠荒草满阡。

【解析】王绂乘船至淮安西关停泊,他心中情思涌动,低声吟诗,难以入眠。此时,烟雾弥漫,津桥边的街市灯火闪烁,月光下,商船的帆樯林立。远处,千里长河奔腾不息,两城的更鼓声交替传来。诗人满怀探寻之意,却没机会打听当地陈迹,只知道韩信祠已荒废,田间长满荒草,尽显旅途的孤寂与对历史兴衰的感慨。

5.《泗州》明·唐之淳

飘飘帆席去如驰,坐倚船窗看晚炊。河口驿亭题泗水,山头县郭认盱眙。

当年楚汉兴亡处,今日风云际会时。已筑祖陵开寝庙,黄童白叟望旌旗。

【解析】诗人乘舟而行,帆席如飞。他靠窗而坐,看着运河岸边人家傍晚生火做饭的炊烟。船经河口驿亭,能看到题于其上有关泗水的文字,远远能望见山头旁盱眙县的城郭。此地曾是楚汉兴亡之地,如今迎来新的风云际会。皇家已修建祖陵、开辟寝庙,当地百姓都在翘首企盼,期待着皇室人员的到来,展现出历史变迁与当下场景的交融。

6.《泗州第一山追和米南宫韵》明·唐之淳

书画船从此地还,云霞草木尽毫间。

江淮多少名山水,此是君家第一山。

【解析】唐之淳站在淮水畔的"泗州第一山",想象米南宫当年乘坐书画船从此地归还的画面。在米南宫眼中,云霞、草木皆能入画,尽现于他的笔墨之间。江淮一带名山大川众多,但唐之淳认为,泗州这座山在米南宫心中是最为独特的,是他心中的"第一山"。全诗饱含对米南宫艺术造诣及此山魅力的赞美。

7.《早至淮安》明·杨士奇

> 百丈牵船夜未休,满衣凉露不胜秋。
>
> 前林欲近闻鸡唱,城郭晓晓见楚州。

【解析】诗人乘船前往淮安,船夫拉着百丈绳索,于运河中连夜赶路未曾停歇。

秋夜寒凉,诗人衣裳沾满露水,寒意侵人。随着船只前行,前方树林渐近,已能听见鸡鸣之声。朦胧之中,楚州城郭的轮廓也慢慢显现。此诗生动描绘了诗人早至淮安途中,夜以继日的行程以及清晨将到目的地时的所见所感。

8.《清江闸》明末清初·吴伟业

> 岸束穿怒流,帆迟几日程。石高三板浸,鼓急万夫争。
>
> 善事监河吏,愁逢横海兵。我非名利客,岁晚肃宵征。

【解析】吴伟业来到清江闸,只见两岸夹束,江水汹涌穿闸怒流。因水流湍急,船只行进迟缓,短短行程似要耗费多日。闸口处,石板高三尺,却大半浸于水中。船工们在急促鼓声中,齐心协力奋力划船。面对监河官吏,船家需小心奉承,又怕遭遇横海兵乱。而吴伟业自道并非追名逐利之人,却在年末仍于寒夜匆匆赶路。

9.《清江浦》明末清初·顾炎武

> 此地接邳徐,平江故迹馀。开天成祖代,转漕北京初。
>
> 闸下三春尽,湖存数尺潴。舳舻通国命,仓廪峙军储。
>
> 陵谷天行变,山川物态疏。黄流侵内地,清口失新渠。
>
> 米麦江淮贵,金钱币藏虚。苍生稀土著,赤地少耰锄。
>
> 庙食思封券,河防重玺书。路旁看父老,指点问舟车。

【解析】顾炎武来到清江浦时想到,此地与邳州、徐州相接,占据着重要的地理位置,忆起明成祖时开凿运河,初通漕运至北京。可如今闸下春光消逝,湖中仅存少量积水。往昔靠漕运维系国命、储备军粮,现今却陵谷变迁,黄河泛滥,清口渠毁,物价高昂,百姓流离。面对河防困境,顾炎武向路旁父老打听车船之事,尽显对民生与水利的忧虑。

10.《淮安上船》清·查慎行

厌听铃声爱入舟,只应洗耳向清流。

瓣香夜谒淮神庙,梦稳江南第一州。

【解析】查慎行对赶路铃声心生厌烦,上船后顿觉欣喜,愿倾听所经运河的清澈水流声,以洗去旅途尘嚣。夜晚,他怀揣虔诚,燃香拜谒淮神庙,寄托心中祈愿。随后,他在舟中安然入梦,梦中回到那令他魂牵梦绕的江南,"江南第一州"或许是他心中对过往美好之地的眷恋。全诗流露出旅途中对宁静与美好归宿的向往。

11.《清江浦》清·查慎行

淮山浮远翠,淮水漾深渌。倒影入楼台,满栏花扑扑。

谁知阛阓外,依旧有芦屋。时见淡妆人,青裙曳长幅。

【解析】查慎行笔下,清江浦边,淮山翠绿,远远地浮现在视野中,淮水清澈幽深,波光荡漾。楼台倒映在水中,栏杆旁繁花簇拥,香气扑鼻。然而,繁华集市之外,仍有简陋的芦屋,其间偶尔能看到衣着朴素淡妆打扮的女子。诗中既有对清江浦运河之畔繁华景致的描绘,也展现了繁华背后的质朴生活,形成鲜明对比。

12.《淮安城西泛舟》清·赵执信

名城银瓮西,数顷碧玻璨。舟上平桥迥,波衔雉堞低。

秋林空露杪,夕照不分堤。他日怀今雨,香尘扑马蹄。

【解析】赵执信在淮安城西的运河上泛舟,眼前数顷湖面波光粼粼。船只行驶,平桥在后方渐远,湖水似要吞没城墙。秋日树林,树梢在空旷中显露,夕照余晖与堤坝融为一体。诗人沉醉于这秋日泛舟之景,畅想未来若怀念今日,彼时马蹄扬起的香尘,定会如当下的美好一样令人难忘。

13.《己亥杂诗·八十三》清·龚自珍

> 只筹一缆十夫多,细算千艘渡此河。
>
> 我亦曾糜太仓粟,夜闻邪许泪滂沱。

【解析】龚自珍看到了运河漕运场景,一艘船的运输需十多个纤夫牵拉,细算之下,千艘船只渡过此河,耗费人力无数。想到自己也曾食国家俸禄,却未能改变这种耗费民力的现状,心中满是愧疚。夜里听闻纤夫们沉重的号子声——"邪许",那是他们辛苦劳作的呼喊,诗人感同身受,不禁泪如雨下。此诗展现出龚自珍对民生疾苦的深切同情,以及对自身处境的深刻反思。

扬　州

1.《泛龙舟》隋·杨广

> 舳舻千里泛归舟,言旋旧镇下扬州。
>
> 借问扬州在何处,淮南江北海西头。
>
> 六辔聊停御百丈,暂罢开山歌棹讴。
>
> 讵似江东掌间地,独自称言鉴里游。

【解析】隋炀帝杨广率领着千里舳舻的船队经大运河前往多年前的任职之地——扬州。他询问下属扬州在何方位,答曰在淮南、江北、海西头。航行中,船队暂且放下了御舟的百丈绳索,船上暂停劳作,船工的号子戛然而止。杨广感慨扬州岂是江东那狭小之地可比,在扬州游玩,如同在明镜里畅游,尽显扬州地域广阔、游玩之乐。全诗展现出帝王巡游时的宏大场面与豪迈心境。

2.《汴堤柳》唐·王泠然

> 隋家天子忆扬州,厌坐深宫傍海游。穿地凿山开御路,鸣笳叠鼓泛清流。
>
> 流从巩北分河口,直到淮南种官柳。功成力尽人旋亡,代谢年移树空有。
>
> 当时彩女侍君王,绣帐旌门对柳行。青叶交垂连幔色,白花飞度染衣香。
>
> 今日摧残何用道,数里曾无一枝好。驿骑征帆损更多,山精野魅藏应老。

凉风八月露为霜,日夜孤舟入帝乡。河畔时时闻木落,客中无不泪沾裳。

【解析】隋炀帝眷恋扬州,不惜劳民伤财,穿地凿山开辟御路,击鼓乘船顺流而下。从巩北分河口直至淮南,隋帝下令广种官柳。然而隋亡后,柳树虽存,却不复当年盛景。往昔彩女伴君,柳树与绣帐相映;如今柳树多被摧残,所剩无几。八月霜至,诗人孤舟行于途中,听着河边树叶飘落,忆起隋堤柳的兴衰,不禁泪湿衣裳,尽显对历史变迁的悲叹。

3.《黄鹤楼送孟浩然之广陵》唐·李白

故人西辞黄鹤楼,烟花三月下扬州。

孤帆远影碧空尽,唯见长江天际流。

【解析】暮春三月,繁花似锦,在黄鹤楼边,李白送别好友孟浩然。黄鹤楼巍峨耸立,烟雾迷蒙。孟浩然要乘船沿长江与运河东下至扬州,李白伫立岸边,目送友人的孤帆渐行渐远,直至那船影消失在碧空尽头。此时唯有长江之水滔滔不绝,向天际奔涌而去。整首诗以景衬情,生动地描绘出送别的场景,饱含李白对孟浩然离去的不舍,尽显真挚深厚的友情。

4.《解闷十二首·其二》唐·杜甫

商胡离别下扬州,忆上西陵故驿楼。

为问淮南米贵贱,老夫乘兴欲东流。

【解析】诗中场景始于经商的胡人与杜甫告别,沿运河前往扬州。这勾起杜甫的回忆,他曾登上西陵旧驿楼眺望。他向胡商打听淮南米价,只因听闻扬州繁华,本就兴致颇高,若米价合适,便打算乘兴东游扬州。杜甫通过日常对话与自身想法,展现对扬州的向往,从侧面反映出扬州商业繁荣、令人憧憬的景象,情感质朴而自然。

5.《初发扬子寄元大校书》唐·韦应物

凄凄去亲爱,泛泛入烟雾。归棹洛阳人,残钟广陵树。

今朝此为别,何处还相遇。世事波上舟,沿洄安得住。

【解析】韦应物怀着凄然之情与友人分别,乘船缓缓驶入朦胧烟雾之中。他是要归往洛阳的旅人,回首望去,广陵城的树木在残钟余音中渐渐远去。今日在此分别,不知何时何地还能重逢。世间之事就如同这运河上的行舟,顺流逆流都难以掌控,不由人做主。全诗生动描绘出离别场景,借景与舟行之态,抒发对世事无常及与友人分别的怅惘。

6.《宿扬州》唐·李绅

江横渡阔烟波晚,潮过金陵落叶秋。嘹唳塞鸿经楚泽,浅深红树见扬州。

夜桥灯火连星汉,水郭帆樯近斗牛。今日市朝风俗变,不须开口问迷楼。

【解析】傍晚,江面宽阔,烟雾弥漫,李绅乘船渡江。潮水退去,金陵已入落叶纷飞的秋季。天边塞外的鸿雁啼鸣,飞过楚地湖泽,眼前深浅相间的红树中,扬州城渐次显现。夜晚,扬州的桥边灯火辉煌,与星空相连,临水城郭旁,船帆桅杆高耸,似与斗牛星相近。如今扬州的市井风俗已变,昔日奢靡的迷楼也不必再提,尽显扬州的繁华与变迁。

7.《寄扬州韩绰判官》唐·杜牧

青山隐隐水迢迢,秋尽江南草未凋。

二十四桥明月夜,玉人何处教吹箫。

【解析】杜牧远眺江南,青山连绵起伏,隐隐约约;江水悠悠流淌,迢迢无尽。虽是秋末,江南草木仍未凋零,一片葱茏。他遥想扬州,在那明月高悬的夜晚,二十四桥轮廓清晰。往昔与韩绰同游的场景浮现,杜牧不禁发问:韩绰啊,在这美好的月色下,你如今又在何处听美人吹奏那悠扬的箫曲呢?诗中既有对江南秋景的描绘,更饱含对友人的思念与调侃。

8.《汴河怀古二首·其一》唐·皮日休

万艘龙舸绿丝间,载到扬州尽不还。

应是天教开汴水,一千余里地无山。

【解析】汴河之上,万艘龙舟穿梭于绿柳丝绦之间,浩浩荡荡驶向扬州,却一去不返。皮日休不禁感慨,或许是上天有意让开挖汴水,使得这一千多里的河道,地势平坦无山阻碍。

9.《汴河怀古二首·其二》唐·皮日休

尽道隋亡为此河,至今千里赖通波。

若无水殿龙舟事,共禹论功不较多。

【解析】人们都说隋朝灭亡是因为开凿了这条运河,可时至今日,南北千里交通仍依靠它畅行。皮日休认为,若没有隋炀帝乘坐水殿龙舟巡游享乐之事,单论开通运河便利交通、灌溉农田等功绩,他与治水的大禹相比,也毫不逊色。诗中,皮日休辩证地看待隋朝开凿运河这一历史事件,既指出其滥用民力的弊端,又肯定了运河对后世的积极影响。

10.《汴水》唐·胡曾

千里长河一旦开,亡隋波浪九天来。

锦帆未落干戈起,惆怅龙舟更不回。

【解析】胡曾认为,千里大运河一旦开通,导致隋朝灭亡的波浪仿佛从九天之上汹涌而来。隋炀帝乘坐的锦帆还没有落下,各地的干戈战乱就已经兴起,令人惆怅的是那龙舟再也回不来了,隋炀帝也已身死国灭。诗人以大运河为切入点,将隋朝灭亡与运河的开凿紧密相连,认为是隋炀帝穷奢极欲开凿运河进而引发民怨,最终导致了隋朝的迅速灭亡,表达了对历史兴亡的感慨与对隋炀帝的批判。

11.《泊船瓜洲》宋·王安石

京口瓜洲一水间,钟山只隔数重山。

春风又绿江南岸,明月何时照我还?

【解析】王安石站在瓜洲渡口,放眼南望,京口和瓜洲仅一水之隔,钟山也不过只隔着几重山峦。春风又一次吹绿了江南大地,眼前一片勃勃生机。在这明月高悬的夜晚,诗人触景生情,不禁发问:明月啊,你什么时候才能照着我回到家乡呢?

此诗通过描写眼前的山水之景,抒发了诗人对故乡的深切思念和归乡的急切心情。

12.《和子瞻次孙觉谏议韵题郡伯闸上斗野亭见寄》宋·苏辙

扁舟未遽解,坐待两闸平。浊水污人思,野寺为我清。

昔游有遗咏,枯墨存高甍。故人独未来,一樽谁与倾。

北风吹微云,莫寒依月生。前望邗沟路,却指铁瓮城。

茅檐卜兹地,江水供晨烹。试问东坡翁,毕老几此行。

奔驰力不足,隐约性自明。早为归耕计,免惭老僧荣。

【解析】苏辙乘船至郡伯闸(即邵伯闸),尚未解缆出发,静等两闸水位持平。浑浊河水扰人心绪,幸有寺院带来一丝清净。他看到昔日游历的题咏墨痕留在高屋脊上,可哥哥苏轼未到,无人共饮。北风吹散微云,寒月依云而生。前望邗沟路,回首指向铁瓮城。苏辙想在此结庐而居,以江水烹茶,又不禁问苏轼,一生能来几次。苏辙劝兄长苏轼早日归耕,免像自己奔波,羡慕老僧的自在。

13.《大业二绝·其二》宋·孔武仲

杳杳扬州只隔淮,龙舟彩舸映天来。

春风咫尺伊川路,不放君王殿脚回。

【解析】扬州与淮河近在咫尺,在孔武仲的描绘中,当年隋炀帝乘坐的龙舟彩舸浩浩荡荡,映着天光从远方驶来。春风轻柔,那通往伊川的路仿佛近在咫尺,可隋炀帝却一心沉迷于南下扬州的巡游,丝毫没有停下脚步,最终未能返回都城。诗人借这一历史场景,讽刺隋炀帝不顾朝政、肆意享乐,最终导致隋朝走向覆灭的昏庸行径。

14.《次韵子由题斗野亭》宋·秦观

满市花风起,平堤漕水流。不堪春解手,更为晚停舟。

古堞天连雁,荒祠木蔽牛。杖藜聊复尔,转盼夕烟浮。

【解析】斗野亭所在处的集市旁繁花盛开,春风轻拂,花瓣纷飞,平堤旁漕运之水悠悠流淌。秦观正感伤于春日与苏辙分别,又因晚些时候在此停舟而思绪万千。古老的堤坝与天边大雁相连,荒废的祠庙中树木遮蔽着耕牛。秦观拄着藜杖漫步其间,本想稍作排解,可转瞬之间,傍晚的烟雾便弥漫开来,更添几分怅惘,尽显其羁旅愁思与离情别绪。

15.《秋日三首·其一》宋·秦观

霜落邗沟积水清,寒星无数傍船明。

菰蒲深处疑无地,忽有人家笑语声。

【解析】秋霜降临,邗沟的积水愈发清澈。寒夜之中,无数星星闪烁,映照着船身,熠熠生辉。船行至湖泽深处,放眼望去,密密麻麻的芦苇似将前路阻断,仿佛前方再无可行之地。然而,就在此时,远处传来运河人家的欢声笑语。这意外的声响,瞬间打破了水乡秋夜的静谧,一幅宁静又充满生活气息的秋日邗沟夜行图跃然眼前,尽显水乡秋夜的独特魅力与意外之喜。

16.《高邮道中二首·其二》元·王恽

湖浸通淮水,盂城隐楚防。百年劳士卒,一掷失金汤。

陆走无关禁,舟行半海商。此邦多秀彦,国士说秦郎。

【解析】王恽行至高邮途中,看到高邮湖与淮水相连,盂城隐隐约约,仿佛能看到古时楚国的防御工事遗迹。他感慨往昔,百年来此地耗费大量人力物力派士卒驻守,然而曾经坚固的城池却轻易失守。如今陆上通行没有关卡限制,舟行水上一半是从事海外贸易的商船。这里人才辈出,秦观更是一位国士般的人物。诗中既有对历史兴亡的感叹,也有对当地人才的赞赏。

17.《初秋登迷楼》清·李英

倦客关山万里遥,清尊频为故人招。因怜芳岁留蓬鬓,又见秋风到柳条。

淮水北来天渺渺,岷冈西上雨潇潇。隋堤旧是官河路,莫向高楼怨玉箫。

【解析】李英作为远离家乡的倦客,行程万里,因故人相邀,多次举杯畅饮。看着时光流逝,自己两鬓已生白发,又眼见秋风拂动柳条。站在运河畔的迷楼上,北望淮水,天际渺茫;西看岷冈,细雨潇潇。这隋堤本是旧时的官道,他感慨历史兴衰,劝人莫要在这高楼上因隋亡之旧事,吹奏玉箫徒增哀怨。全诗饱含对岁月沧桑与世事无常的喟叹。

18.《西江月·隋苑》清·曹尔堪

别殿珠帘夜月,长堤御柳春风。繁华三十六离宫,钿合同心谁送。

龙舸方游汴水,狼烟旋报京东。锦衾才与梦儿同,转眼迷楼是梦。

【解析】曹尔堪笔下,隋苑曾有一处别殿在夜月中珠帘轻垂,长堤上的御柳沐浴春风。曾经的离宫别馆是多么繁华,而如今却已物是人非,美好的事物已成为过去,无法挽回。隋炀帝乘龙舸畅游汴水,可转瞬东都洛阳以东的中原地区便狼烟四起,战乱突至。隋炀帝在锦衾中刚入梦乡,转眼间,那奢华至极的迷楼也如梦般消逝。全词描绘隋苑昔日繁华与骤然衰败,借古喻今,警示世事无常,荣华易逝。

19.《浣溪沙·红桥怀古和王阮亭韵》清·纳兰性德

无恙年年汴水流。一声水调短亭秋。旧时明月照扬州。

曾是长堤牵锦缆,绿杨清瘦至今愁。玉钩斜路近迷楼。

【解析】汴水年复一年安然流淌,短亭边,一曲水调在秋日里悠悠响起。那旧时明月,依旧洒照扬州。往昔长堤上,曾有彩船锦缆相连,热闹非凡,可如今绿杨稀疏,徒留清瘦之态,仿佛也在为岁月变迁而哀愁。玉钩斜那通往埋葬宫女之地的路,离昔日奢华的迷楼并不遥远。纳兰性德以景衬情,借红桥怀古,将今昔对比,抒发对繁华不再、历史沧桑的深沉感慨。

20.《扬州·其二》清·郑燮

廿四桥边草径荒,新开小港透雷塘。画楼隐隐烟霞远,铁板铮铮树木凉。

文字岂能传太守,风流原不碍隋皇。量今酌古情何限,愿借东风作小狂。

【解析】郑燮笔下,扬州廿四桥边草径荒芜,新开辟的小港连通雷塘。远处画楼在烟霞中影影绰绰,铁板敲击声中,树木透着丝丝凉意。他感慨文字难以完全展现太守的功绩,隋炀帝虽行事风流却也不能否定他开通大运河这一事件对后世产生的影响。面对眼前扬州的古今变化,心中情思无限,期望借着东风,放纵一回,抒发内心对扬州历史变迁的复杂感慨,在古今交织间,尽显对世事兴衰的独特思考。

21.《瘦西湖》清·汪沆

> 垂杨不断接残芜,雁齿红桥俨画图。
>
> 也是销金一锅子,故应唤作瘦西湖。

【解析】汪沆眼中,瘦西湖边垂柳依依,连绵不绝,与远处的残芜相接。那有着雁齿般台阶的红桥,融入这般景致,俨然一幅美丽画图。瘦西湖虽不如杭州西湖那般宽阔,但同样是销金之地,繁华热闹。正因它相对纤瘦狭长,"瘦西湖"这个称呼恰如其分。全诗描绘出瘦西湖独特的婉约之美,以及其繁华背后的特质,生动展现了瘦西湖的风貌。

22.《邵伯镇》清·爱新觉罗·弘历

> 太傅堤存绿水浔,惠方召伯颂棠阴。
>
> 兰舟缓过思遗躅,绝胜东山丝竹音。

【解析】乾隆皇帝乘船缓行至邵伯镇,只见太傅谢安所筑堤坝留存于绿水之畔。百姓如当年歌颂邵伯般,因谢安惠民之举而传颂其功绩,堤边树木似棠树般庇荫一方。乾隆在兰舟之上,悠然间缅怀谢安往昔的高尚品行。他认为,追思谢安遗德的意义,远胜过欣赏东山那美妙的丝竹之音。全诗尽显对先贤的敬重与对德政的推崇。

23.《再游扬州感赋》康有为

崇墉仡仡是扬州,千载繁华梦不收。芳草远侵隋苑道,芜城空认蜀冈头。

名园销尽负明月,文物凋零思迷楼。四十年来旧游处,邗沟漫漫水南流。

【解析】康有为重游扬州,高大城墙依然耸立,往昔千载繁华如梦幻般在心中挥之不去。隋苑道路被芳草肆意蔓延,蜀冈之上只留荒芜旧城。曾经的名园已消逝,空对明月,珍贵文物凋零,令人思念那往昔的迷楼。此地曾是他多年前旧游之地,可如今邗沟之水悠悠南流,一切皆变。诗中满是对扬州往昔繁华不再的惋惜与对时光变迁的喟叹。

24.《瓜洲》田汉

　　　　　　两三渔火一桡舟,待渡瓜洲古渡头。

　　　　　　南国故人应记取,当年风雪上扬州。

【解析】田汉身处瓜洲古渡等待渡江,夜色笼罩下,只见两三处闪烁的渔火,还有一艘孤舟静静地停靠在运河边。此情此景,让他不禁忆起往昔,那时在风雪中奔赴扬州的经历涌上心头。他想着,远在南国的故人们也应当记得这段往事。

25.《访隋炀帝墓》赵朴初

　　　　　　荒阡断碣认雷塘,终取芜城作帝乡。

　　　　　　欲觅暮鸦无一点,可能四面种垂杨。

【解析】置身于荒野小道,面对断裂的石碑,诗人辨认出此处便是雷塘——隋炀帝最终的归宿之地。曾经繁华的扬州成了属于他的帝王之乡。放眼望去,本应暮鸦纷飞的萧瑟场景并未出现。这不禁令人心生感慨,或许真该在这四面种上垂杨,以增添几分历史的沧桑与凄凉。

26.《盂城驿》汪曾祺

　　　　　　盂城驿建在何年? 廨宇遗规尚宛然。

　　　　　　遥想幡旗飘日夜,南船北马何喧喧。

【解析】汪曾祺来到盂城驿,不禁思索它始建于何年。眼前,驿站的官署建筑遗址依旧清晰可辨,仿佛能让人穿越回往昔。遥想当年,驿站之上幡旗日夜飘扬,往来之人络绎不绝。南方沿运河乘船而来、北方走陆路骑马而至的旅人在此交会,喧嚣热闹非凡。

27.《微雨访扬州口占》宋振庭

秦王隋炀扫六合,功过抑扬待评说。万里长城横天带,一贯邗沟通九河。

阿房迷楼埋瓦砾,骊槐隋柳结烟萝。晴雨楼台今胜昔,手扶琼花感慨多。

【解析】宋振庭在微雨之中探访扬州,脑海中浮现出秦王嬴政统一六国、隋炀帝杨广统一南北的事迹,其功过留待后人评说。万里长城如天际长带,邗沟运河连贯九条河流。往昔奢华的阿房宫与迷楼已化作瓦砾,骊山槐树、隋堤柳树却枝繁叶茂。如今,无论晴天还是雨天,扬州的楼台更胜往昔,诗人手扶琼花,对历史兴衰、古今变迁发出深沉喟叹。

镇 江

1.《下京口埭夜行》唐·孙逖

孤帆度绿氛,寒浦落红曛。江树朝来出,吴歌夜渐闻。

南溟接潮水,北斗近乡云。行役从兹去,归情入雁群。

【解析】孙逖乘孤帆在夜色中前行,穿过朦胧雾气,清冷的浦口被笼罩在落日余晖中。随着船行,江边树木逐渐清晰可见,夜里也慢慢传来吴地歌谣。此时,江水与南海潮水相连,北斗星靠近故乡方向的云彩。诗人此次出行奔波,从此处踏上旅程,归乡之情便如同那南归雁群般急切。

2.《永王东巡歌十一首·其六》唐·李白

丹阳北固是吴关,画出楼台云水间。

千岩烽火连沧海,两岸旌旗绕碧山。

【解析】李白描绘了丹阳北固山一带的壮丽景象。此地是东吴的重要关隘,楼台亭阁错落,如画卷般在云水之间若隐若现。当时正值战乱,无数山峦烽火连天,一直蔓延至沧海之畔;长江两岸,永王军队旌旗猎猎,环绕着葱郁的青山。整首诗以宏大的笔触,展现出战争时期紧张且壮观的场面,既凸显地理位置的险要,也刻画了军队出征时的浩大声势。

3.《和浙西李大夫霜夜对月听小童吹觱篥歌》唐·刘禹锡

海门双青暮烟歇,万顷金波涌明月。侯家小儿能觱篥,对此清光天性发。

长江凝练树无风,浏栗一声霄汉中。涵胡画角怨边草,萧瑟清蝉吟野丛。

冲融顿挫心使指,雄吼如风转如水。思妇多情珠泪垂,仙禽欲舞双翅起。

郡人寂听衣满霜,江城月斜楼影长。才惊指下繁韵息,已见树杪明星光。

谢公高斋吟激楚,恋阙心同在羁旅。一奏荆人白雪歌,如闻雒客扶风邬。

吴门水驿按山阴,文字殷勤寄意深。欲识阳陶能绝处,少年荣贵道伤心。

【解析】夜幕降临,海门处暮烟消散,双山在暮色中影影绰绰,万顷江面涌起金色月波。浙西李大夫家的小童对着这清辉明月吹奏觱篥。长江静谧,树静无风,觱篥声忽而高亢,响彻云霄,忽而如怨如慕,似画角鸣咽、清蝉低吟。曲调冲融顿挫,众人沉浸其中,霜满衣衫。一曲终了,星光已现。

4.《京口津亭送张崔二侍御》唐·许浑

爱树满西津,津亭堕泪频。素车应度洛,珠履更归秦。

水接三湘暮,山通五岭春。伤离与怀旧,明日白头人。

【解析】在西津渡口,岸边树木茂盛,令人喜爱。许浑送别张、崔二位侍御,多次伤感落泪。友人将乘坐素车前往洛阳,不久后又将身着珠履回到京城长安。此时江水与三湘之地相接,暮色笼罩;群山通往五岭,一派春日气象。许浑因与友人离别而感伤,又勾起往昔的回忆,不禁悲叹,明日或许就因忧愁而白发丛生。全诗尽显离情别绪与内心的惆怅。

5.《京口闲居寄京洛友人》唐·许浑

吴门烟月昔同游,枫叶芦花并客舟。聚散有期云北去,浮沈无计水东流。

一尊酒尽青山暮,千里书回碧树秋。何处相思不相见,凤城龙阙楚江头。

【解析】许浑回忆往昔与京洛友人在吴门共赏烟月,在枫叶飘飞、芦花摇曳中同乘客舟。如今相聚离散如同云向北飘去般有定数,而人生沉浮却像水东流般难以掌控。独饮一杯酒,不觉青山已笼罩暮色。收到千里外友人书信时,碧树已染上秋意。许浑满心相思,却无奈无法相见,友人在京城,自己在楚江头,两地相隔,只能借诗抒发对友人的深切思念与世事无常的感慨。

6.《夜归丁卯桥村舍》唐·许浑

月凉风静夜,归客泊岩前。桥响犬遥吠,庭空人散眠。

紫蒲低水槛,红叶半江船。自有还家计,南湖二顷田。

【解析】在月凉如水、风清夜静之时,许浑这位归客乘船归来,将船停泊在山岩前。走上归家之路,桥上脚步声引得远处的狗阵阵吠叫,而庭院中一片空寂,家人早已入睡。紫色蒲草出水很高,使水边的栏杆都显得低了;深秋时节红叶飘零,落了很多在船上。眼前景象让许浑心生感慨,好在自己早有归家之策,南湖尚有二顷田,足以让自己回归宁静田园生活,尽享这份惬意。

7.《润州二首·其一》唐·杜牧

句吴亭东千里秋,放歌曾作昔年游。青苔寺里无马迹,绿水桥边多酒楼。

大抵南朝皆旷达,可怜东晋最风流。月明更想桓伊在,一笛闻吹出塞愁。

【解析】杜牧站在运河畔的句吴亭东,眼前是绵延千里的秋色,忆起往昔曾在此处放歌游览。青苔遍布的古寺中不见昔日车马踪迹,绿水桥边却酒楼林立。他感慨大抵南朝之人都豁达不拘,而东晋更是尽显风流。在这明月高悬之夜,杜牧愈发怀想东晋的桓伊,若他尚在,吹奏出的笛声,定会饱含出塞的哀愁。全诗借景怀古,抒发对历史兴衰、人事变迁的感慨。

8.《京兆公池上作》唐·温庭筠

稻香山色叠,平野接荒陂。莲折舟行远,萍多钓下迟。

坏堤泉落处,凉簟雨来时。京口兵堪用,何因入梦思。

【解析】在温庭筠眼前,稻田散发着稻香,山色层叠,平坦原野连接着荒陂。池中莲花折断,小船渐行渐远,浮萍繁茂,垂钓者下钩迟缓。破旧堤坝处,泉水潺潺落下,下雨时,凉意透过竹席传来。面对如此闲适景致,温庭筠思绪一转,想到京口士兵骁勇善战,他不禁疑惑,为何会在这样的情境下,无端梦到京口战事? 在悠然之景与思绪突转间,尽显内心复杂情绪。

9.《练湖放闸二首·其一》宋·杨万里

满耳雷声动地来,窥窗银浪打船开。

练湖才放一寸水,跳作冰河万雪堆。

【解析】杨万里站在船中,忽然听到震耳欲聋的声音,仿若雷声动地而来。他透过窗户向外望去,只见银色的浪涛汹涌扑来,似要将船冲开。原来是练湖开闸放水,仅仅放出一寸深的水,却在流动过程中瞬间化作如冰河般涌动、似万堆白雪翻卷的壮观景象。诗人以生动笔触,描绘练湖放闸时水流奔涌的震撼场景,展现出大自然强大的力量与奇妙变化。

10.《练湖放闸二首·其二》宋·杨万里

水簟南舒去转虚,天檐北卸望来无。

相传一万四千顷,老眼初惊见练湖。

【解析】练湖放闸后,水面如竹席般向南舒展,渐行渐远,视野愈发空阔,天空仿若屋檐向北撤去,极目远眺,一片苍茫。听闻练湖面积广袤,达一万四千顷,此次亲眼所见,诗人那历经沧桑的双眼初次见识到练湖的宏大,不禁为之惊叹。诗中描绘了练湖开阔的景象,抒发了初见大湖时内心的震撼与对自然胜景的赞美。

11.《丹阳馆》宋·毛珝

渡江第一南来驿,几度华堂延雁客。百年运逐晓云空,愁杀鞿官老无职。

南徐今日古阳关,不断歌声祖离席。国雠已复事尤多,折损年年春柳碧。

【解析】丹阳馆是南渡后第一处接待南方来客的驿站,华丽的厅堂曾多次宴请远方的客人。但时光流转,百年国运如清晨的云般消散一空,年迈无职的驿官满心忧愁。如今南徐如同古代的阳关,送别歌声不断,人们在此设席饯行。国家大仇虽已报,可诸事繁多,年年折柳送别,连春日柳色都似因伤感而受损。全诗尽显对历史变迁与现实境况的感慨。

12.《多景楼》元末明初·杨维桢

极目心情独倚楼,荻花枫叶满江秋。地雄吴楚东南会,水接荆扬上下游。

铁瓮百年春雨梦,铜驼万里夕阳愁。西风历历来征雁,又带边声过石头。

【解析】杨维桢独自登上多景楼,极目远眺。此时,荻花摇曳、枫叶飘飞,秋意弥漫。此地地势险要,乃吴楚东南交汇之地,江水连接着荆州、扬州的上下游。诗人借铁瓮与铜驼作为象征,表达了对历史的思念和对岁月流转的感慨。西风中,征雁一行行飞过,还带来边塞的声音。全诗借景抒情,抒发对历史兴衰的感慨与对时局的忧虑。

13.《丹阳道中》清·朱彝尊

丹阳三里城,两桨一舟行。鸡犬家家静,菰蒲岸岸生。

过桥斜照敛,出郭小车鸣。不比瓜洲渡,波潮信宿惊。

【解析】朱彝尊行于丹阳道中,乘坐着一舟,凭两桨前行。沿途所见,家家鸡犬安静,岸边菰蒲繁茂生长。过桥时,夕阳余晖渐收,出城后,传来小车的辘辘声。此地与瓜洲渡大不相同,那里波涛潮涌,日夜令人惊心,而丹阳宁静祥和,尽显江南乡村的静谧与悠然。

14.《夜过丹阳》清·爱新觉罗·玄烨

锦缆徐牵夜未停,遥天烟霭淡疏星。

居人两岸明灯火,早是轻帆过驿亭。

【解析】康熙皇帝乘船夜过丹阳,船只由锦缆缓缓牵引,彻夜未曾停歇。抬眼望去,遥远的天空烟雾朦胧,稀疏的星星散发着微弱光芒。两岸居住的人家灯火通明,映照出一片生活气息。就在这宁静夜色中,康熙皇帝乘坐的轻舟早已轻快地驶过了驿亭。

15.《京口和韬荒兄》清·查慎行

江树江云睥睨斜,戍楼吹角又吹笳。舳舻转粟三千里,灯火沿流一万家。

北府山川馀霸气,南徐风土杂惊沙。伤心蔓草斜阳岸,独对遥天数落鸦。

【解析】查慎行身处京口,眼前江树江云与倾斜的女墙相映,戍楼中角声与笳声相继传来。绵延三千里的运河水路,运粮船往来不绝,沿岸灯火闪烁,万户人家错落分布。北府之山川依旧残留着往昔霸气,南徐风土中夹杂着飞扬的惊沙。斜阳映照下,蔓草丛生的江岸令人心生伤感。查慎行独自对着远处天空,数着几只归巢的落鸦,尽显对历史兴衰、世事变迁的深沉感慨。

16.《丹徒河》清·彭兆荪

我昔乘舟京口驿,黑泥两岸如山立。河身日狭地日高,水缩西风行不得。

朝廷帑金费千亿,年年畚锸劳民力。可惜捞浅不捞深,仍使崩沙水中积。

焦山海门近咫尺,担夫何如投大泽!

【解析】彭兆荪回忆往昔乘船至京口驿,只见丹徒河两岸堆满黑泥,如山般耸立。河道因淤积日益狭窄,地势也逐渐抬高,西风劲吹时,河水收缩,船只难以前行。朝廷耗费巨资,年年征发民力疏浚。但可惜方法不当,只捞浅处不挖深,泥沙依旧在水中堆积。焦山与海门近在咫尺,他不禁感叹,如此情形,还不如让挑夫将泥沙投入大海。全诗表达了对河道治理不力的不满与无奈。

常　州

1.《又绝句寄题毗陵驿》宋·徐铉

曾持使节驻毗陵,长与州人有旧情。

为向驿桥风月道,舍人鬒鬓白千茎。

【解析】徐铉曾以使节身份驻留毗陵,与当地州人结下深厚情谊。他遥寄绝句给毗陵驿,想象着驿桥边的清风明月,像是故友般亲切。他不禁向其倾诉,但时光匆匆,当年的舍人如今已鬓发斑白。此诗借对毗陵旧地的怀念,通过向驿桥风月倾诉的场景,表达对往昔时光的眷恋及对自身衰老的喟叹。

2.《寄毗陵刘博士》宋·王禹偁

毗陵古郡接江壖,赴任琴书共一船。下岸且寻甘露寺,到城先问惠山泉。

秋蟾吐槛供吟兴,野鹤偎床伴醉眠。官散道孤诗格老,算应双鬓更皤然。

【解析】王禹偁的友人刘博士将赴任毗陵。毗陵古郡毗邻江边,刘博士带着琴与书乘船前往。到了地方,下船便去寻访甘露寺,进城先打听惠山泉。秋夜,明月映照栏杆,激发他的吟诗兴致;闲时,野鹤依偎床边,陪伴他醉酒入眠。王禹偁料想刘博士为官清闲、性情孤高,诗作风格古朴,如此生活,恐怕两鬓会愈发斑白。诗中描绘友人在毗陵的惬意生活场景,饱含对友人的关切。

3.《毗陵道中》宋·赵鼎

烟水毗陵道,光涵落月空。梦魂尘堁外,眼界画图中。

舟漾安期鲤,帆飞御寇风。鉴湖如可乞,归老浙江东。

【解析】赵鼎行于毗陵道上,运河上烟雨迷蒙,月光洒下,水面波光粼粼,仿佛天地间一片空明。他仿若置身尘嚣之外,一路所见皆如画卷。船在水中行进,如同安期生乘鲤,轻快悠然;帆借风势,好似列御寇乘风飞行。赵鼎不禁心生感慨,若能求得像鉴湖那样的一方天地,他愿在此归老,享受宁静岁月。诗中描绘了毗陵道上的清幽景色,流露出对归隐生活的向往。

4.《过奔牛闸》宋·杨万里

春雨未多河未涨,闸官惜水如金样。聚船久住下河湾,等待船齐不教放。

忽然三板两板开,惊雷一声飞雪堆。众船遇水水不去,船底怒涛跳出来。

下河半篙水欲满,上河两平势差缓。一行二十四楼船,相随过闸如鱼贯。

【解析】杨万里路过奔牛闸时,恰逢春雨不多,河水未涨,闸官对水格外珍惜。众多船只聚集在河湾等候,要等船齐方能开闸。忽然,闸门开启,如惊雷响起,激起的水花似飞雪堆积。船在闸口,水流湍急,船底怒涛翻涌。此时下河水位渐升,上河水势相对平缓。二十四艘楼船鱼贯相随,有序地通过奔牛闸。诗歌描绘了奔牛闸开闸时水流激荡与船只依次通行的生动场景。

5.《奔牛堰》宋·陈造

> 挽舟下奔牛,挽丁已疲极。长衔此埭东,衔心齿砂砾。
>
> 千指取寸进,巤巘山可坼。舟子提肺肝,舟材宁铁石。
>
> 即今扬尘处,劣计三百尺。时贤或兴怀,仅费十夫力。
>
> 往来日几舟,孰者违此厄。为人计安便,作吏戒徒食。
>
> 斯人仍斯患,胡必须目击。犹为埭兵地,吾言竟何益。

【解析】诗中呈现了一幅艰难挽舟过奔牛堰的场景。纤夫们拖着船只下奔牛堰,疲惫不堪。众多纤夫一寸寸艰难拉动,仿佛能撼动大山。船工们竭尽全力,船身也似不堪重负。眼前扬尘之处,距离很短却异常难行。陈造感慨若有贤能之士兴修水利,本可轻松许多。往来船只众多,都受此困扰。他呼吁官员要为民谋便利,只是空叹这现状,自己的建言不知能否起到作用。

6.《奔牛吕城过堰甚难》宋末元初·方回

> 君不见,奔牛吕城古堰头,南人北人千百舟。
>
> 争车夺缆塞堰道,但未杀人春戈矛。
>
> 南人军行欺百姓,北人官行气尤盛。
>
> 龙庭贵种西域贾,更敢与渠争性命。
>
> 叱咤喑呜凭气力,大梃长鞭肆鏖击。
>
> 水泥滑滑雪漫天,欧人见血推人溺。
>
> 吴人愚痴极可怜,买航赁客逃饥年。
>
> 航小伏岸不得进,堰吏叫怒需堰钱。
>
> 人间官府全若无,弱者殆为强者屠。
>
> 强愈得志弱惟死,无州无县不如此。

【解析】方回描述了当时奔牛堰、吕城堰过堰时的乱象。堰头挤满了南来北往的千百艘舟船，人们为争行夺缆堵塞堰道，几近暴力冲突。南人军队、北人官员气势汹汹，龙庭贵种与西域商人也仗势欺人。众人凭蛮力，持大棍长鞭互相攻击。吴地百姓穷苦可怜，租船逃荒却被堰吏刁难索要钱财。诗人方回以现实主义的笔触记载了当时运河畔的血泪史，发人深省。

7.《渡奔牛闸》明·史鉴

下河水低上河漫，春雷吼闸奔流悍。鼓声嘉嘉催发船，百丈牵连若鱼贯。

船头水涌沉且浮，顺风张帆那可留。行人来往日南北，惟有水声千古流。

【解析】史鉴描写渡奔牛闸时的情景，下河水低，上河则水势浩渺。开闸时，水流如春雷怒吼般汹涌。嘉嘉鼓声催促船只出发，在百丈长绳的牵引下，船只如鱼群般依次前行。船头在涌起的水波中起伏，顺风时船帆扬起，无法停留。往来行人每日穿梭南北，而唯有那奔牛闸的水流声，历经千古，始终奔腾不息。此诗生动地展现了渡闸的动态场景，以水流的永恒反衬人事的变迁。

8.《宿毗陵驿》明·王鏊

扁舟夜宿毗陵驿，城上乌栖霜月白。

客怀辗转自无眠，何处人家复吹笛。

【解析】王鏊乘扁舟在夜晚投宿运河之畔的毗陵驿，城墙上乌鸦栖息，霜色笼罩下的月亮散发着清冷白光。他因羁旅在外，心事重重，辗转难眠。寂静夜里，不知何处人家传来悠悠笛声。全诗以简洁笔触勾勒出秋夜宿于毗陵驿的清冷场景，借助"乌栖""霜月""笛声"等意象，烘托诗人内心的孤寂与愁绪，尽显羁旅之思。

9.《毗陵舟中》明·郭谏臣

向晚毗陵道，官桥系短篷。水迎风起浪，日射雨成虹。

鬓逐年华白，颜随酒晕红。甘心老空谷，一任笑愚公。

【解析】傍晚时分，郭谏臣行于毗陵水路，将小船系在官桥边。水面上，风涌起层层波浪,日光穿透雨幕,折射出绚丽彩虹。自己的鬓发已随着年华流逝而变白,饮酒后红晕爬上脸颊。他甘心在这僻远之处终老,即便有人嘲笑自己如愚公般愚顽也不在意。诗中描绘了毗陵舟中的所见之景,借景抒情,表达出诗人远离喧嚣、淡然处世的心境。

10.《次奔牛》清·毛奇龄

载过毗陵驿,常州与润州。横帆如快马,荒镇是奔牛。

白杏千村暮,黄茅两岸秋。茫茫何所届,泛彼一舟流。

【解析】毛奇龄刚经过毗陵驿,身处在常州与润州之间。船帆扬起,行进如快马般迅速,途经的荒镇正是奔牛。放眼望去,千村笼罩在白杏的暮色中,两岸黄茅在秋风中摇曳。四周茫茫一片,不知何处是尽头,只有自己乘坐的小船在水中漂流。诗中描绘了从毗陵驿到奔牛镇途中的所见之景,借景抒情,流露出在茫茫天地间,个体如孤舟般漂泊的迷茫之感。

11.《过常州府城》清·爱新觉罗·弘历

毗陵驿口驻飞舻,城郭周巡六辔纡。老幼欢欣称就日,江山风物已勾吴。

勖哉尔牧无胥怠,弱矣斯民未尽愚。户口实繁盖藏少,隐忧水旱岂能无。

【解析】乾隆皇帝乘船抵达毗陵驿口,随后驾车绕城巡视。城中老幼因皇帝到来而欢呼雀跃,此地江山风物尽显吴地特色。乾隆借此告诫当地官员切勿懈怠,百姓虽看似柔弱却并不愚昧。他留意到常州人口众多,但百姓积蓄较少,不禁为可能发生的水旱灾害而暗自担忧。诗中描绘了乾隆皇帝巡视常州的场景,展现出其对民生的关注与忧虑。

无　锡

1.《寄无锡诸蒋》宋·朱塑

夜帆起奔牛,乌竿鸣五两。百年几寒暑,两岁五来往。

竟不到惠山,闲日真难享。闻道山中泉,煮茗蒙珍赏。

当年京浙递,不洗牛李党。故人在邑中,乃汉三径蒋。

欲击月下门,正想鼻雷响。兹山君常到,此约吾又爽。

且复卜后来,归程一阳长。

【解析】朱翌夜晚从奔牛闸沿运河乘船出发,船帆在风中作响。多年来他历经寒暑,频繁往返于常州、无锡两地,可遗憾的是一直未能游览惠山,享受闲适时光。听闻山中泉水煮茶绝佳。往昔为朝廷进贡泉水,却未能洗净朝堂党争。他思念无锡的蒋氏故人,想去拜访,却又怕打扰。惠山是故人常去之地,自己却屡次爽约。只好期待日后,等归程选在阳气渐长之时,再去践约。全诗饱含对惠山及故人的牵挂。

2.《夜过五牧》宋·杨万里

船头更鼓打两声,如何未到常州城。道旁火炬如昼明,道上牵夫如蚁行。

今宵到得荆溪馆,我欲眠时夜还短。明朝拥被窥船窗,百尺柳条垂两岸。

【解析】杨万里乘船夜行,船头的更鼓敲响,船只即将抵达常州城。路旁的火炬将夜色照得如同白昼,道路上牵拉船只的纤夫像蚂蚁般密密麻麻地前行。终于在今夜抵达荆溪馆,可诗人想要入眠时,却发现夜晚短暂。到了第二天清晨,他拥着被子透过船窗向外望去,只见两岸百尺长的柳条低垂摇曳。整首诗描绘了夜间赶路及次日清晨之所见,也展现出旅途的奔波。

3.《晓经潘葑》宋·杨万里

油窗著雨光不湿,东风忽转西风急。篷声萧萧河水涩,牵船不行人却立。

雨中蒿师风堕笠,潘葑未到眼先入。岸柳垂头向人揖,一时唤入诚斋集。

【解析】杨万里清晨行经无锡的潘葑镇,油布做的窗棂沾雨却不见湿意,东风骤然转为强劲的西风。船篷在风中萧萧作响,河水阻滞,纤夫们用力牵拉,船只却难以行进。风雨中,撑蒿之人的斗笠被风刮落。还未到潘葑,其景致已映入眼帘。岸边垂柳低垂,仿若向人作揖行礼。这一切美景,都被杨万里收入他的诗集《诚斋集》中,尽显旅途见闻与自然之趣。

4.《过无锡》元末明初·贝琼

> 水抱新城缺月弯,城头高似九龙山。
>
> 将军已缚山中虎,道上行人日往还。

【解析】贝琼途经无锡,只见运河环绕着新城,河道如缺月般弯曲。无锡城头高耸,好似与九龙山相齐。诗中"将军已缚山中虎",盖是隐喻此地曾有的战事已平定,社会恢复安宁。道路上行人来来往往,一片太平景象。全诗描绘出无锡城的地理风貌,借景暗示战争平息后的和平,展现这座城市在经历变迁后重归宁静的场景。

5.《晓过惠山口号示儿庆》清·赵执信

> 阳乌栖柂送江关,坐尔萍流老未闲。
>
> 貌我龙钟入寒日,荒烟落木九龙山。

【解析】清晨,赵执信乘船沿运河过惠山,朝阳映照船舵,似要送他离开江关。他带着儿子赵庆,一路随波漂流,自己虽已年老却仍奔波未闲。在寒日的映照下,他看着自己老态龙钟的模样,又望向远处笼罩在荒烟中的九龙山,发现山上落木萧萧。此诗描绘了清晨行船过惠山时的景象,借景抒情,表达出诗人对自身漂泊、暮年依旧劳顿的感慨。

6.《黄埠墩》清·爱新觉罗·弘历

> 两水回环抱一洲,不通车马只通舟。到来俯视原无地,攀陟遥吟恰有楼。
>
> 含雨湿云偏似重,隔湖烟屿望如浮。惠山翠色迎眉睫,慢虑沾衣作胜游。

【解析】这是乾隆皇帝描绘黄埠墩的御制诗。黄埠墩被两条水流环绕,形成一座孤立的洲岛,不通车马,唯有舟船可达。踏上黄埠墩俯瞰,仿若置身虚空。登上高处,便能在楼中悠然吟诗。空气潮湿,云层厚重低垂,隔湖相望,烟屿好似漂浮在水面。惠山的翠色映入眼帘,想必乾隆皇帝也是沉浸于美景之中,尽情享受这胜景带来的愉悦游览体验。全诗尽显黄埠墩独特景致与乾隆皇帝游览时的闲适心境。

7.《黄埠墩》清·爱新觉罗·弘历

洲埠无陆路,四面围清波。不知迹贻谁,空传天关罗。

却与伞墩近,否则黄城讹。徒爱结搆佳,往来率一过。

舣舟趁晴明,登阁聊延俄。梁溪湖远练,慧山濯翠螺。

忽忆李青莲,客中此豪哦。美酒郁金香,玉碗朱颜酡。

沧桑几变更,逸韵终不磨。

【解析】乾隆皇帝笔下,黄埠墩是座四面环水、无陆路可达的洲埠。它的来历已无明确说法,空留诸多传说。乾隆皇帝常路过此处,虽喜爱其上建筑的精巧,却只是匆匆而过。这次经过,他趁天晴泊船登阁,稍作停留。只见梁溪如练,惠山似翠螺,此时他忽然想起李白曾在此豪饮赋诗。全诗尽显对黄埠墩的历史联想与游览观感。

8.《黄埠墩》清·爱新觉罗·弘历

埠墩仿佛近黄城,四面清波照槛明。到则维舟纵遥目,坐须把笔畅吟情。

惠山西指九峰麓,吴会南临一宿程。轻舫梁溪溯游进,祇园那可负前盟。

【解析】乾隆皇帝眼中,黄埠墩似乎与春申君黄歇所建黄城相近。黄埠墩四周清波荡漾,映照得栏杆明亮。每次到此,他都会停船凭栏远眺,随即挥笔抒发满怀诗意。向西望去,惠山九峰连绵;朝南看,吴会近在一宿路程之外。他乘坐轻舟沿着梁溪逆流而上,心中想着不能辜负与祇园的前世之约。整首诗描绘了乾隆皇帝在黄埠墩停船观景、吟诗抒情的场景,展现出此地独特的地理位置与诗人的雅兴。

9.《皇甫墩》清·爱新觉罗·弘历

向自惠山荣骑回,遥观波影涌蓬莱。县城竟过此权置,川路非纡兹重来。

绿柳阴成啭莺舌,青蒲丛密闹鱼腮。南巡往返程将半,不觉时光暗里催。

【解析】乾隆皇帝曾从惠山骑马归来,远远望见运河中似有蓬莱仙山浮现,那便是皇甫墩(即黄埠墩)。当时路过县城,匆匆将它搁置未赏,这次特意重来。此时,绿柳成荫,莺啼婉转,青蒲茂密,鱼儿在其间穿梭。乾隆皇帝意识到南巡行程已近半,时光已在不知不觉中悄然流逝。整首诗描绘了他重游皇甫墩时的所见所感,借景抒发对时光飞逝的感慨。

10.《惠山园》清·爱新觉罗·弘历

凤凰墩似黄埠墩,惠山园学秦家园。舟到其他则且置,松岩之下先得门。

水态山光经雨好,墨林书案供清讨。长河两岸绿畴风,径送溪堂惬怀抱。

怀抱惬矣几复闲,新题旧什推敲间。几度南巡宁为此,笑未开颜惭脑颜。

【解析】乾隆皇帝看到惠山园,联想到凤凰墩与黄埠墩相似,而惠山园仿造自秦家园。乘船到此,先弃舟登岸,从松岩下入园门。雨后山水景色宜人,书房案几可供清赏研讨。长河两岸绿田在风中摇曳,径直将人引入溪堂,让人心生快意。快意之中他又陷入闲思,推敲新题旧诗。乾隆皇帝不禁反思,南巡多次难道只为赏景?为此,他未开怀而面露惭色。全诗展现乾隆皇帝游览时复杂的内心活动。

11.《过无锡县》清·爱新觉罗·弘历

得句九龙骋畅观,梁溪顺水下清澜。徘徊因命暂维舫,矍铄依然遂据鞍。

踵接肩摩真是庶,衣丰食足为思难。古稀天子犹乘马,老幼就瞻益抃欢。

【解析】乾隆皇帝在无锡九龙山畅意观景后,乘舟沿梁溪至运河顺流而下。途中,他命人停船稍作停留,随后便精神矍铄地跨上马鞍继续前行。他看到无锡人口众多,也意识到让百姓衣食富足并非易事。身为古稀天子,他仍骑马出行,引得沿途老幼欢呼雀跃。整首诗描绘了乾隆途经无锡县时的见闻,既有对当地民生的关切,也展现了民众对皇帝出行的热情。

12.《浣溪沙·清名桥》朱培学

石础依然卧碧波,新霜不掩旧痕多。几多游客兴婆娑。

岁月无情堕逝水,风光有意壮行歌。古桥伟岸致清和。

【解析】无锡清名桥静静横卧在碧波之上,新霜铺陈也掩盖不住桥身那一道道旧痕,见证着岁月沧桑。众多游客在此兴致益然,沉醉于桥边景致。时光如流水般无情逝去,可桥畔风光却充满意趣,激励着人们高歌前行。古老的清名桥雄伟屹立,散发着清和之气,尽显古朴韵味。诗人感慨岁月变迁,又为古桥的独特魅力所折服,抒发对清名桥的赞美之情。

苏　州

1.《秋风歌》西晋·张翰

秋风起兮木叶飞,吴江水兮鲈正肥。

三千里兮家未归,恨难禁兮仰天悲。

【解析】秋风飒飒吹起,木叶纷纷飘落,吴江之中鲈鱼肥美。张翰离家三千里,却仍未能归去。在这萧瑟的秋风里,望着落叶与江水,他满心的思乡之情难以抑制,只能仰天长叹,悲从中来。诗中描绘出一幅秋意浓浓的画面,借秋风、落叶、鲈鱼等意象,强烈地抒发了诗人张翰漂泊在外、归乡不得的愁苦与悲愤,尽显游子的羁旅情思。

2.《维扬送友还苏州》唐·崔颢

长安南下几程途,得到邗沟吊绿芜。

渚畔鲈鱼舟上钓,羡君归老向东吴。

【解析】友人从长安南下,历经多程,来到邗沟,这里绿芜丛生。崔颢在维扬送别友人,看到友人在渚畔垂钓鲈鱼,不禁心生羡慕:友人即将归乡东吴养老,而自己却还漂泊在外。诗中描绘了维扬送别时的场景,借友人归乡之景,映衬出自己羁旅的落寞,表达对友人归乡的羡慕及自身对故乡的思念。

3.《枫桥夜泊》唐·张继

月落乌啼霜满天,江枫渔火对愁眠。

姑苏城外寒山寺,夜半钟声到客船。

【解析】枫桥景区,在京杭大运河苏州段入古城的北门户,以寒山古寺、江枫古桥、铁铃古关、枫桥古镇和古运河"五古"著称。枫桥镇,因枫桥得名。古桥紧依运河,横跨枫江,为官道(古驿道)必经。唐以前,枫桥称"封桥",官府在此设卡检查过往商旅船只,每晚苏州城的城门关闭后,运河即封航,船舶要在此停泊待旦。这也就有了张继的《枫桥夜泊》一诗。从此,这首诗成了苏州城的一张名片,让寒山寺及整个运河上的古镇声名大噪,响彻全球。

4.《游溪》唐·韦应物

野水烟鹤唳,楚天云雨空。玩舟清景晚,垂钓绿蒲中。

落花飘旅衣,归流澹清风。缘源不可极,远树但青葱。

【解析】"何似姑苏诗太守,吟诗相继有三人。"唐朝中期,三位著名诗人——韦应物、白居易、刘禹锡曾先后出任苏州刺史,担任行政长官,成为苏州史上佳话。他们在任的时间虽然不长,却热爱苏州,为苏州水城规划和建设作出了很大贡献,留下许多名篇佳作。韦应物是诗太守中第一人。《游溪》是韦应物创作的一首五言律诗。诗中"楚天"是指苏州,因苏州战国时期地属楚国。诗中描绘了一幅典型的姑苏水乡烟雨迷蒙的美景。诗中有动有静,有声有色。地上溪水长流,天空云雨迷蒙,清风徐徐,树木青葱。诗人在这烟雨濛濛的诗情画意中,游溪荡舟垂钓,悠闲飘逸,犹如仙人,令人陶醉。

5.《望亭驿酬别周判官》唐·白居易

何事出长洲,连宵饮不休。醒应难作别,欢渐少于愁。

灯火穿村市,笙歌上驿楼。何言五十里,已不属苏州。

【解析】白居易与周判官在长洲短聚,旋即就要分别,于是他们接连几晚饮酒不停。清醒时更觉离别之难,欢乐渐渐被忧愁取代。夜晚登上望亭驿楼,灯火穿过村市,热闹非凡,笙歌悠扬,运河长流。可一想到仅仅五十里之外,便不再属于苏州,心中不禁涌起离情别绪。诗中描绘了从长洲到望亭驿途中的热闹场景,却难掩即将分别的惆怅,以乐景衬哀情。

6.《登阊门闲望》唐·白居易

阊门四望郁苍苍,始觉州雄土俗强。十万夫家供课税,五千子弟守封疆。

阊阓城碧铺秋草,乌鹊桥红带夕阳。处处楼前飘管吹,家家门外泊舟航。

云埋虎寺山藏色,月耀娃宫水放光。曾赏钱唐嫌茂苑,今来未敢苦夸张。

【解析】白居易登上阊门极目远眺,只见四周郁郁葱葱,顿感苏州城之雄伟、风土民情之强盛。这里众多人家承担税赋,大量子弟戍守疆土。阊阓城的碧色与秋草相映,乌鹊桥被夕阳余晖映照着。楼前处处乐声悠扬,家家门外船只停泊。远处虎寺隐于云雾,娃宫在月光下,湖水波光粼粼。白居易曾欣赏钱塘,本嫌苏州稍逊,可如今亲临,眼前之景让他不敢再妄下论断,由衷赞叹苏州的繁华。

7.《白舍人曹长寄新诗有游宴之盛因以戏酬》唐·刘禹锡

苏州刺史例能诗,西掖今来替左司。二八城门开道路,五千兵马引旌旗。

水通山寺笙歌去,骑过虹桥剑戟随。若共吴王斗百草,不如应是欠西施。

【解析】姑苏诗太守第三位是刘禹锡,唐大和六年(832年)出任苏州刺史。在他来苏州的前一年,苏州遭遇特大水灾。刘禹锡到达苏州后,目睹了水灾带来的严重后果。因此,他深入民间,了解灾情,关心百姓疾苦,筹谋救灾之策。在得到朝廷批准后,从常平义仓中拨出12万石大米,按户口数平均分发给饥民,并宣布免除赋税徭役。这些措施安定了民心,为恢复和发展农业生产提供了条件。大灾之后,苏州百姓没有流徙,并且苏州的生产得以迅速恢复和发展。由于政绩突出,刘禹锡很得苏州人民的爱戴。这首诗描绘了以大运河为动脉、以"三横四直"的古城水系为格局的苏州水城。"二八城门开道路"是指苏州早在伍子胥建城时就开设水陆城门各8座,分别是阊、胥、盘、蛇、娄、匠、平、齐。八大城门均水陆并列,既能从陆门走车,又能从水门行船。如此规格为国内仅有,是城市规划和建设的创举。

8.《入半塘》唐·赵嘏

画船箫鼓载斜阳,烟水平分入半塘。

却怪春光留不住,野花零落满庭香。

【解析】史料记载,半塘所处,旧称"新泾",后称"野芳浜",又称"冶坊浜"。半塘位于苏州城外西北部,具体来说,它是山塘街(北环西路万福桥北)的一段河面。京杭大运河苏州段通过上塘河、山塘河和胥江连接太湖和古城。半塘正是山塘河的一部分。半塘因居山塘正中而得名,成为区分东西两段的重要节点。半塘以东,川流阊门,临水民居粉墙黛瓦、鳞次栉比,主要具有商业和居住功能;半塘以西,地接虎丘,自然风光优美,主要具有旅游功能。而半塘本身就是秀美的风景点,不仅有小桥、流水、人家,还有寺庙、花场,景色优美,赢得文人墨客的喜爱。诗人乘坐游船荡漾在山塘河上,水中画舫缓缓而过,水光波影,笙歌悠扬。山塘两岸野花零落,花香宜人。赵嘏的这首诗炼字精工,情味隽永,颇具国画中泼墨山水的意境。

9.《送人游吴》唐·杜荀鹤

君到姑苏见,人家尽枕河。古宫闲地少,水港小桥多。

夜市卖菱藕,春船载绮罗。遥知未眠月,乡思在渔歌。

【解析】苏州古城历史悠久,早在春秋时期,伍子胥受吴王阖闾之命建筑吴国都城时,便充分利用水乡泽国的自然环境优势,扬水之长,以水定形,开创了水陆并行、河街相邻的水城格局。到了唐朝,苏州古城水陆两套相辅相成的交通系统基本定型。纵横交错、四通八达的河流,河上的桥,河里的船,水路交通的便利促进了苏州经济贸易的繁荣昌盛,市井繁华,商业贸易兴隆。因为船运是水乡泽国最为经济的运输方式,因此苏州水城的市镇大都紧挨水港,河道商船如织,市场交易繁忙。《送人游吴》是一首向友人介绍苏州水城秀美风光的送行诗。杜荀鹤送别友人,想象友人到姑苏后的所见。那里人家依河而居,枕河而眠。古老宫城附近空地稀少,水港交错,小桥遍布。夜晚,热闹夜市上售卖着菱角莲藕;春日,游船载着身着绮罗的人们。杜荀鹤料想友人在姑苏的无眠月夜,会因听到渔歌而涌起思乡之情。

10.《吴江》宋·陈尧佐

平波渺渺烟苍苍,菰蒲才熟杨柳黄。

扁舟系岸不忍去,秋风斜日鲈鱼乡。

【解析】陈尧佐乘船泊于吴江,放眼望去,江面平静,水波浩渺,烟雾苍茫。菰蒲已经成熟,杨柳染上金黄。诗人把小船系在岸边,却心生不舍,不忍离去。在秋风轻拂、斜阳映照之下,此地正是盛产鲈鱼的鱼米之乡。

11.《吴江》宋·张先

春后银鱼霜后鲈,远人曾到合思吴。欲图江色不上笔,静觅鸟声深在芦。

落日未昏闻市散,青天都净见山孤。桥南水涨虹垂影,清夜澄光照太湖。

【解析】春日银鱼、霜后鲈鱼,勾起远方来客对吴地的眷恋。吴江景色绝美,想描绘却难以上笔。在芦丛深处静静寻觅,能听见鸟儿啼鸣。落日余晖中,未到黄昏便听闻集市散去的声音。晴朗天空下,远山孤立。桥南河水上涨,彩虹垂影,清朗夜色中,澄澈光辉洒在太湖之上。整首诗描绘了吴江四季不同时段的景致,展现出当地独特的自然风貌与生活气息。

12.《题垂虹桥寄同年叔枨秘校》宋·郑獬

三百栏干锁画桥,行人波上踏灵鳌。插天螮蝀玉腰阔,跨海鲸鲵金背高。

路险截开元气白,影寒压破大江豪。此中自与银河接,不必仙槎八月涛。

【解析】郑獬笔下,垂虹桥有三百栏杆环绕,宛如一幅画作。行人行走其上,仿若踏在灵鳌背上。桥身如螮蝀直插天际,腰如玉般宽阔;又似跨海鲸鲵,金背高耸。它截断前路,元气弥漫,身影倒映江中,寒意似要压破大江的豪迈。诗人认为垂虹桥好似与银河相接,无须八月乘仙槎逐浪,也能感受超凡之境。全诗生动展现垂虹桥的雄伟壮观,尽显诗人对其的惊叹与赞美。

13.《横塘》宋·范成大

南浦春来绿一川,石桥朱塔两依然。

年年送客横塘路,细雨垂杨系画船。

【解析】春天的南浦一带绿水悠悠,河水满川。横跨水面的石桥和红色的宝塔依旧伫立在那里,历经岁月变迁,始终未曾改变。在横塘这条路上,诗人年年都在此送别友人。细雨如丝,轻轻飘洒,岸边垂柳依依,细长的柳枝仿佛想要系住那即将远去的画船,却终究留不住友人离去的脚步。全诗勾勒出一幅饱含惜别之情的春日送别图。

14.《晚入盘门》宋·范成大

人语嘲喧晚吹凉,万窗灯火转河塘。两行碧柳笼官渡,一簇红楼压女墙。

何处采菱闻度曲,谁家拜月认飘香。轻裘骏马慵穿市,困依蒲团入睡乡。

【解析】运河环城自北而南,至此折而东去。范成大夜晚坐船由石湖至盘门,写下了他所见所感的运河水上风貌。傍晚,范成大进入盘门。此时人声喧闹,晚风送凉,河塘两岸,万家灯火闪烁。两行碧绿柳树环绕着官渡,一簇簇红楼高过女墙。耳边传来采菱人唱的小曲,空气中飘散着不知谁家拜月时的香气。范成大本可轻裘骏马在城中潇洒穿行,此刻却困意袭来,靠着蒲团沉沉睡去,尽显旅途劳顿。

15.《垂虹亭》宋·米芾

断云一叶洞庭帆,玉破鲈鱼金破柑。

好作新诗寄桑苎,垂虹秋色满东南。

【解析】米芾在垂虹亭极目远眺,只见一片孤云下,一艘来自洞庭的帆船悠悠驶来。此时鲈鱼肥美,其肉质如玉般鲜嫩,柑橘金黄似金,饱满诱人。他兴致益然,觉得应当创作一首新诗寄给像陆羽(号桑苎翁)那样的雅士。眼前垂虹亭的秋日景色壮美,尽显江南的秀丽,仿佛这迷人秋色充盈了整个东南大地。诗中表现了米芾对垂虹亭秋景的赞美与陶醉。

16.《青玉案》宋·贺铸

凌波不过横塘路,但目送、芳尘去。锦瑟华年谁与度?

月桥花院,琐窗朱户,只有春知处。

飞云冉冉蘅皋暮,彩笔新题断肠句。试问闲情都几许?

一川烟草,满城风絮,梅子黄时雨。

【解析】在苏州横塘,词人望着心仪女子轻盈离去,留下远去的身影。他不禁遐想,她的青春年华与谁共度?那月桥花院、朱户琐窗之中,或许藏着她的踪迹,可这份情思只有春天知晓。天色渐晚,暮云飘飞,词人满怀愁绪写下断肠之句。若问愁绪有多少?就如那满川如烟的青草、满城飘飞的柳絮,还有黄梅时节绵绵不绝的细雨,无尽又难以排解。

17.《次吴江驿》宋·马麟

兰舟东下泊吴江,暂寄邮亭看渺茫。鲁望旧踪追感叹,季鹰前事入思量。

当轩雨过峰峦秀,隔岸风来橘柚香,散发未能归未遂,鲈鱼时节负秋光。

【解析】马麟乘兰舟沿运河东下,将船停泊在吴江,暂且在驿站驻足,眺望远方一片渺茫。他追思陆龟蒙(字鲁望)的旧踪,心生感叹,又对张翰(字季鹰)的往事陷入思量。透过轩窗看去,已雨过天晴,峰峦显得格外秀丽,隔岸微风拂来,飘来橘柚的清香。他本想披散头发归乡隐居,却未能成行,如今正是鲈鱼肥美的时节,也只能辜负这大好秋光了。全诗流露出诗人不得归乡的遗憾。

18.《中秋前二夜步至吴江垂虹桥盥漱湖渚而归倚篷望月清兴翛然因成数语》元·萨都剌

万顷太湖风浪静,玻璨倒浸虹蜕影。

瀼瀼露滴金波流,一筇独立秋云冷。

步回长啸倚篷窗,月华正在青霄顶。

【解析】中秋前夕,萨都剌踱步至吴江垂虹桥,放眼望去,万顷太湖风平浪静,如玻璃般澄澈的湖面倒映着彩虹般的桥影。露水瀼瀼,滴落在波光粼粼的湖面上,他拄着竹杖独自伫立,感受秋云带来的丝丝凉意。漫步返回后,他倚着船篷窗长啸,抬头仰望,只见月华高悬在青霄之顶。整首诗描绘出太湖秋夜的宁静幽美,尽显诗人清逸悠然的兴致与超脱尘世之感。

19.《舟过吴江》元·李孝光

十五女郎可怜生,牵挽百丈踏泥行。

洗脚上船歌白苎,春风吹过阖闾城。

【解析】李孝光乘船经过吴江,看到一幅令人动容的画面。一位年仅十五岁、惹人怜惜的女郎,正牵拉着百丈绳索,在泥泞中艰难地为船前行助力。劳作结束后,她洗净脚上的泥污登上船,随即唱起了《白苎》之歌。歌声伴着春风,飘过阖闾城。

20.《赠朱君复秀士》元·郑元祐

松陵驿里雨骚骚,剪拂谁甄汗马劳?扁石呼儿朝授简,疏棂启帙夜焚膏。

不因圣药无熊胆,每为神山有凤毛。老我江湖读书眼,会看攀桂月轮高。

【解析】沿运河行至松陵驿中,雨正淅淅沥沥下个不停。在这样的环境下,郑元祐想到,谁来提携辛勤如汗马般的朱君复呢?夜晚,朱君复在稀疏窗棂下翻开书卷挑灯夜读,清晨,郑元祐招呼孩子将扁石当作书桌为朱君复送上书写工具。郑元祐感慨,若非朱君复像以熊胆为圣药般刻苦,哪能有如此非凡才学?他期许自己能见证朱君复蟾宫折桂的高光时刻。

21.《过独墅》元末明初·倪瓒

短棹微风窈窕,片帆落日横斜。

舍傍谁开酒肆,牛疲知是田家。

【解析】倪瓒乘船过独墅湖,微风轻拂,短棹悠然划动,小船在水面上自在前行。傍晚时分,片帆于落日余晖中横斜,勾勒出一幅诗意画面。行至近处,见屋舍旁有新开的酒肆。而那疲惫的耕牛,让人知晓周边定是农家。整首诗以简洁笔触,展现了乡村田园生活的质朴闲适,透露出诗人对这般平和生活的欣赏与向往。

22.《盘门》元末明初·虞堪

南两庙前霜柏,阖庐城下寒潮。

风雨扁舟经过,伤心无复吹箫。

【解析】这是元末明初诗人虞堪的一首怀古诗。在风雨中坐船经过盘门,诗人不禁想起从楚国奔吴逃命的伍子胥在吴市乞食吹箫,后为吴国强盛作出了巨大贡献。他规划建设的阖闾城为吴国的强大奠定了稳固的大后方,但其结局悲惨,令人叹息不已。阖庐城,即阖闾城。

23.《将赴金陵始出闾门夜泊二首·其二》元末明初·高启

烟月笼沙客未眠,歌声灯火酒家前。

如何才出闾门外,已似秦淮夜泊船。

【解析】高启,与杨基、张羽、徐贲被誉为明初"吴中四杰"。纪晓岚在《四库全书总目提要》中赞誉高启"天才高逸,实据明一代诗人之上"。高启是明初"吴中诗派"最具代表性的诗人,其诗较为鲜明地表现出吴地文学的传统特点。高启年少时有志于功名,但正逢元末战乱纷起,加之性格孤高耿直,不拘于礼法,对官场生活比较反感。张士诚占据苏州时,赏识他的才华,但高启始终不肯出仕,隐居于吴淞江畔的青丘,做一个自由的文人。入明以后,高启也曾对新王朝抱有期待。这首诗就是高启在亲友的反复劝说下,应召去南京修史,始出闾门夜泊枫桥写下的两首七言绝句之一。诗人才出闾门,就感觉好像已经飘摇在南京的秦淮河上了。离别的思绪如梦如幻,一直相伴到丹阳驿,诗人才在恍然中发现乡关已远,字里行间充溢着思乡之情。

24.《和张东海韵》明·史鉴

墨花成阵醉题诗,宝带桥头客散时。

记得松陵南下路,驿楼听雨鬓丝丝。

【解析】史鉴与张东海等人沉醉之际,挥墨成诗,诗兴大发,众人在宝带桥头吟咏一番后方才散去。这让史鉴忆起曾经沿着松陵南下的路途,那时他在驿站楼阁之中,听着雨声,鬓发已生丝丝白发。诗中既有当下聚会饮酒赋诗、于宝带桥头分别的场景,又有对往昔旅途经历的回忆,通过时空交错,流露出岁月流逝、人生感慨的复杂情绪。

25.《送沈司训之仁和·其一》明·王世贞

> 七百里多平水面,江南大抵是仙官。
>
> 宝带桥头别亲旧,莺花一路到临安。

【解析】江南运河多是广阔平缓的水面,绵延七百里,仿佛是仙人管辖之地。在宝带桥头,沈司训与亲朋好友依依惜别,踏上行程。此后,一路之上,黄莺啼鸣、繁花似锦,景色宜人,他将顺着这样美好的景致前往临安赴任。整首诗描绘了送别场景,以江南运河周边的美景烘托出对友人一路顺遂的祝福,洋溢着明快的氛围。

26.《忆虎丘》明·申时行

> 燕台极目楚天长,遥忆生公旧讲堂。宝塔至今藏舍利,剑池何处觅干将。
>
> 川原历历云千顷,松桧亭亭月一方。为语山灵长好护,予将投绂向沧浪。

【解析】这首《忆虎丘》是明代状元首辅申时行所写的七律。诗中所说的"宝塔",就是著名的"东方斜塔"——虎丘塔。它是苏州现存的最古老且最完整的建筑,也是江南运河沿线最早的建筑遗存、京杭大运河苏州段的地标性建筑之一,堪称苏州古城的"第一代言人"。游船沿着苏州山塘河迤逦而行,夹岸垂柳间,虎丘塔宛如挺拔向上的竹笋,从塔尖到塔身渐次映入眼帘,古朴苍凉,却又清丽动人。漫长的岁月里,虎丘塔一直是大运河进入苏州段的航标性建筑,为南来北往的船只指引方向。

27.《姑苏杂咏》明·唐寅

> 长洲茂苑古通津,风土清嘉百姓驯。小巷十家三酒店,豪门五日一尝新。
>
> 市河到处堪摇橹,街巷通宵不绝人。四百万粮充岁办,供输何处似吴民。

【解析】唐寅笔下的姑苏,风土清新美好,百姓性情温顺。城中小巷里十家就有三家酒店,豪门时常尝鲜。市河四通八达,随处可摇橹行船,街巷通宵热闹,人来人往。姑苏城每年按时缴纳四百万石粮食,在赋税供输方面,没有一个地方能够相媲美。

28.《宝带桥》明·文征明

云开霄汉远,春入五湖深。天外虹飞彩,波心日泻金。

三江自襟带,双岛互浮沉。十里吴塘近,归帆带暝阴。

【解析】文征明望向宝带桥,天空云开,显得霄汉格外辽远,春日气息深入五湖。宝带桥如天外飞虹,绚丽夺目,阳光洒在波心,闪耀如金。此地三江环绕,如同襟带,两座小岛在水中时隐时现。十里吴塘近在眼前,归乡的船帆在暮色阴影中缓缓驶来。

29.《横塘夜泊》清·释宗渭

偶为看山出,孤舟向晚停。野梅含水白,渔火逗烟青。

寒屿融残雪,春潭浴乱星。何人吹铁笛,清响破空冥。

【解析】释宗渭是清朝初年江南著名诗僧,字筼士,号芥山,华亭人。其诗讲究炼字炼句,讲究意境渲染。不用禅语而深含禅理,时名甚高。横塘,位于苏州城西南。昔日的横塘,是苏州城西南的水路要道,胥江、枫江、越来溪在此合流,经贯南北,分流东西,是大运河重要的转运之地。正因为处于水势潆洄之地,四通八达,往来频繁,这里便渐渐发展成为一个人烟稠密的集镇。姑苏现存唯一的驿站建筑横塘驿亭,位于横塘镇北端的彩云桥边,地处大运河与胥江交汇之处。姑苏横塘与枫桥齐名,为历代文人雅士所喜爱,留下许多吟咏诗词。此诗描写横塘水乡早春的夜色。全诗语言精练,情调淡雅,意境隽永。野梅、渔火、残雪、乱星等意象的描写,使得天上水中交织一片,还有清亮悠扬的笛声在夜空中回荡。这一幅秀美迷人的横塘水乡夜色图,在静谧、幽冷之中又透着早春的勃勃生机,让人浮想联翩,令人心向往之。

30.《忆江南》清·沈朝初

苏州好,串月有长桥。桥面重重湖面阔,月光片片桂轮高。此夜爱吹箫。

【解析】沈朝初,康熙十八年(1679年)进士。写有《忆江南》词30余首,均描写吴中风情、山川名胜。江南水乡风光使人流连忘返,苏州文人典型的生活方式也令人称赏不已。其中，看串月是清代民间节日风俗，流传至今。"月到中秋分外明"，中秋之夜，除了吃月饼、赏月，苏州人还有一个十分有趣的"石湖看串月"的民间习俗。苏州上方山东面的石湖有一座行春桥，桥有9孔。农历八月十八，苏州人赏月，月亮倒影入湖，每个桥孔倒映着一个月亮，因此，有"九月一串"的说法。除了行春桥，苏州还有一座桥梁史上的杰作——宝带桥。宝带桥53孔，犹如"长虹卧波"横卧在大运河和澹台湖之间。相传在农历八月十八半夜，明月正中，照在湖上，每一个桥洞都能映出一个月亮。水中的月亮随波起伏，犹如一串明月。

31.《晚过吴江》清·爱新觉罗·玄烨

> 垂虹蜿蜒跨长波，画戟牙樯薄暮过。
>
> 灯火千家明似昼，好风好雨祝时和。

【解析】康熙皇帝乘船夜过吴江，见垂虹桥如长龙蜿蜒，横跨在宽阔的江面上。装饰华丽的船只在暮色中缓缓前行。此时，吴江两岸灯火通明，亮如白昼，呈现出一片繁华热闹的景象。康熙皇帝触景生情，由衷地祝愿国家风调雨顺、百姓生活和谐安乐。

32.《望亭书所见》清·顾嗣立

> 拨剌鱼上叉，咿哑橹相语。
>
> 鸬鹚踏水飞，欲来又忽去。

【解析】在江南运河的节点之一——吴门望亭，诗人目睹了一幅水乡鲜活画面。渔人叉鱼，鱼奋力挣扎发出"拨剌"声响；船桨划动，发出"咿哑"之音，仿佛在相互低语。鸬鹚贴着水面飞行，它们时而像是要冲向水面捕鱼，可临近时又突然改变方向飞走。短短四句，诗人以细腻的笔触，从声音和动作入手，生动展现了望亭水乡的动态与生机，洋溢着浓郁的生活气息。

33.《临江仙·平望驿》清·查慎行

两岸菰蒲闻笑语，人家只隔轻烟。银鱼晓市上来鲜。一湖莺脰水，双橹燕梢船。

屈指邮亭刚第一,眼中长路三千。南风吹梦到江天。故乡桑苎外,无此好山川。

【解析】查慎行身处平望驿,两岸菰蒲摇曳,笑语声隐约传来,人家好似被轻烟相隔。清晨集市上,新鲜银鱼摆满摊位。眼前莺脰湖水波荡漾,燕梢船双橹划动。他屈指算来,平望驿是旅程首个邮亭,前路漫漫还有三千里。南风吹拂,他的思绪飘向远方江天,不禁感慨,故乡虽美,可除了家乡的桑林茶园外,再难有像此地这般秀丽的山川景色。全诗尽显对平望驿风光的赞叹。

34.《过宝带桥有咏》清·爱新觉罗·弘历

金阊清晓放舟行,宝带春风波漾轻。

孔五十三易疏泄,涨痕犹见与桥平。

【解析】清晨,乾隆皇帝从阊门乘船出发,春风吹拂,宝带桥横卧水上,桥下波光轻轻荡漾。宝带桥有53孔,利于水流疏泄。乾隆留意到,桥身与上涨的水痕平齐,可见近日水势之迅猛。全诗在歌颂宝带桥之功绩的同时也表现了对民生的关切。

35.《横塘》清·赵允怀

掠波小艇出吴阊,领受谿风首夏凉。

唱遍贺家青玉案,一天飞絮过横塘。

【解析】在首夏时节,诗人乘坐小艇从阊门出发。溪风轻拂,带来丝丝凉意,令人惬意。此时,船上有人唱起贺铸的《青玉案》,歌声悠悠。伴随着歌声,漫天飞絮飘飘扬扬,一同飘过横塘。诗中描绘出夏日乘船出行,在横塘领略自然风光、听闻歌声、又见飞絮的美好场景,营造出悠然闲适的氛围,尽显诗人对横塘景色的喜爱与陶醉。

36.《廿七日过吴江县》日本·竹添进一郎

长竿插在钓鱼矶,映水鸀鳿立一双。

乱后荆榛锄未尽,荒城残日过吴江。

【解析】日本汉学家竹添进一郎于1877年途经吴江,当时映入他眼帘的场景是:

江边钓鱼台上插着长竿,一双鸬鹚静静伫立,身影倒映水中。然而,此地历经战乱,荆榛丛生,虽有人锄整却仍未除尽。诗人在残阳映照下经过吴江,眼前荒城景象尽显清军与太平军大战后的战争疮痍。

漕　运

1.《献转运使雷谏议》宋·王禹偁

江南江北接王畿,漕运帆樯去似飞。父子才有同富国,君王无事免宵衣。

屏除奸吏魂应丧,养活疲民肉渐肥。还有文场爱恩客,望尘情抱倍依依。

【解析】诗中描绘了江南江北连接京城,漕运船只往来如飞的繁忙场景。雷谏议父子才能出众,助力国家富足,让君王无须为政务操劳至深夜。雷谏议在任时,清除奸吏,使那些心怀不轨者胆战心惊,同时让疲惫的百姓生活渐好,得以休养生息。王禹偁自比文场受恩之人,心中满是感恩与亲近,表达了对雷谏议治政功绩的赞颂以及自身的崇敬之情。

2.《汴渠春望漕舟数十里》宋·宋庠

虎眼春波溢宕沟,万艘衔尾饷中州。

控淮引海无穷利,枉是滔滔本浊流。

【解析】春日的汴渠之水如虎眼般灵动,满满地溢向宕沟。长达数十里的漕舟一艘紧接一艘,浩浩荡荡地为中州运送粮饷。汴渠连通淮河,引入海水,带来无尽的漕运之利。然而,尽管它发挥着如此重要的作用,却因本是滔滔浊流,难以改变水质浑浊的本质。诗中描绘了春日汴渠漕运的宏大场景,在赞叹其运输功绩的同时,也表达了对它先天不足的遗憾。

3.《汴河》宋·黄庶

汴都峨峨在平地,宋恃其德为金汤。先帝始初有深意,不使子孙生怠荒。

万艘北来食京师,汴水遂作东南吭。甲兵百万以为命,千里天下之腑肠。

人心爱惜此流水,不啻布帛与稻粱。汉唐关中数百年,木牛可以腐太仓。

舟楫利今百于古,奈何益见府库瘆。天心正欲医造化,人间岂无针石良。

窟穴但去钱谷蠹,此水何必求桑羊。

【解析】汴京雄伟地矗立在平地之上,宋朝将其视作坚固堡垒。先帝最初开凿汴河颇具深意,以防子孙滋生怠惰荒淫。每日,万艘漕船从南方驶来,为京师输送粮食,汴水也因此成为东南交通要冲。人们珍视汴水,如同布帛稻粱。汉唐时关中富足,如今舟楫之利更胜往昔,可府库却依旧亏空。诗人期望去除钱谷蠹虫,治理好汴河。

4.《汴河》宋·韦骧

通济名渠古到今,当时疏导用功深。源高直接黄河泻,流去遥归碧海浔。

护冢尚存芳草乱,隋舟安在绿杨阴。年年漕运无穷已,谁谓东南力不任。

【解析】通济渠的航运延续已久,当年开凿疏导耗费了巨大心力。其源头地势高,与黄河直接相连,河水倾泻而下,一路流向遥远的碧海深处。如今,守护隋代遗迹的荒冢边,芳草杂乱丛生,而曾经辉煌的隋代船只已不见踪影,只留下绿杨成荫。每年,汴河漕运繁忙,从未停止,谁说东南地区没有足够的力量承担这繁重的运输任务呢? 全诗借汴河今昔场景的对比,感慨历史变迁与漕运的重要性。

5.《高邮道中二首·其一》元·王恽

筑甬馀三百,湾环护漕沟。重桥穿宝应,一岸入高邮。

水陆开亭转,烽烟静塞愁。腰缠无十万,官道上扬州。

【解析】王恽行于高邮道中,看到修筑的甬道绵延三百余里,曲折环绕护卫着漕沟。宝应境内有重重桥梁横跨而过,沿着河岸便进入了高邮。诗人自嘲没有腰缠十万贯,却因官职派遣前往扬州。整首诗描绘出高邮一带漕运要道的地理风貌与安宁局势,又借自身境况表达了宦途奔波之感。

6.《暮雨夜泊》明·程敏政

黑风摧山雨如注,未到下邳无泊处。暗中杂遝人语声,且逐淮南漕舟住。

淮南漕舟三百强,粉字舵楼成堵墙。轮更转箭镇相续,似觉人人嫌夜长。

灭烛悠然倚床坐,远村曙鸡闻一个。前途早有役夫来,岸东相呼岸西和。

【解析】黑风裹挟着暴雨袭来,船在风雨中前行,因未到下邳,难以寻得运河中的停泊之处。黑暗里,嘈杂的人声传来,诗人只能跟随淮南漕舟暂且停靠。淮南漕舟数量众多,粉饰的舱室与舵楼相连,仿若是一堵墙。舟上之人轮流值夜,时间漫长,人人似乎都嫌长夜难熬。诗人灭烛倚床静坐着,听到远处村庄传来一声鸡鸣。天还未亮,前方已有役夫赶来,在岸东与岸西相互呼喊应和,呈现出一幅雨夜漕运停泊的忙碌画面。

7.《天津八景其五·吴粳万艘》明·李东阳

长江西上接天津,万舰吴粳入贡新。漕卒啸风前后应,篙师乘月往来频。

千年国计须民力,百里山灵护水神。秸秅古来先甸服,万方无处不尧仁。

【解析】长江西流连接天津,无数满载吴地粳米的船只前来进贡新粮。漕运士卒迎着风呼啸,前后呼应,篙师趁着月色频繁往来。千年以来,国家大计仰赖民力支撑,百里山川神灵庇佑水神。自古以来,京城周边地区率先缴纳粮草,如今四方各地都沐浴着圣君的仁德。诗中描绘了吴粳漕运至天津的宏大场景,既展现漕运的忙碌,又歌颂了国家对民生的重视与君王的仁德。

8.《送平江伯陈公漕运还淮安二首·其二》明·李东阳

朝廷漕运仰南东,百里关河属会通。胜国封疆还蓟北,西山泉派出城中。

舟车坐惜千金费,畚锸虚劳累岁功。犹有腐儒忧国念,欲将经国问元戎。

【解析】明代朝廷的漕运主要仰赖东南地区,百里关河连接着重要的会通河。前朝的封疆在蓟北,西山的泉水从城中流出。舟车运输耗费千金,百姓终年辛苦劳作。诗人作为一介腐儒,仍怀着忧国之心,想要向陈公这位将领请教治理国家、经营漕运的策略。诗中既有对漕运路线及耗费情况的描述,又表达了诗人对国家漕运事务的深切关注。

9.《漕运参将郭彦和镇苏松时有巨舟张东海名曰海天一碧为赋长句》明·李东阳

将军昔镇东南纪，独驾楼船向江水。天光荡漾海微茫，一碧乾坤秋万里。

画桡绣阁高如堂，朱帘绿浪相悠扬。鱼虾不动蛟龙喜，箫鼓无声歌吹长。

杜甫恍如天上坐，坡老休夸海中过。云影真疑锦绣开，汰痕莫击琉璃破。

巨鳌戴山空崔嵬，阳侯撼地无喧豗。凌风不作苏门啸，泛斗还从汉使回。

君不见清淮上与黄河接，中有漕舟千万叶。将军亟去来勿迟，圣朝正值河清时。

【解析】郭彦和将军曾镇守东南，指挥楼船驶向浩渺江水。秋日里，天光与海色相融，一片微茫，乾坤都笼罩在澄澈的碧色中。楼船华美，画桡绣阁似高堂，朱帘随绿浪轻扬。鱼虾安静，蛟龙欢悦，箫鼓息而歌声悠长。船上之人仿佛杜甫置身天际般安稳，比苏轼渡海还自在。船行平稳，不惧巨鳌驮山、阳侯撼地。而清淮与黄河相连处，漕舟万千。诗人催促将军快去快回，值此河清海晏的圣朝，莫误漕运大事。

10.《送崔指挥谦漕运还大河》明·李东阳

滞雨浓云黯不收，漕歌声动木兰舟。星稀禁阙天初霁，水落长淮地始秋。

国计已随山共积，归心应与水争流。山南后裔声名在，要识清朝有壮犹。

【解析】滞雨浓云阴沉不散，木兰舟在漕歌声中启航。京城上空，雨过天晴，星辰渐稀，而长淮一带水位下降，秋天悄然来临。国家大计依赖漕运，物资如山般累积。崔指挥归心似箭，其急切程度如同水流奔腾。他作为山南后裔，声名远扬，在这清平之世，更要展现出卓越的才能与壮志，以完成漕运重任。诗人借此表达对他的期许。

11.《送都宪高先生总督漕运》明·湛若水

飞挽地僵仆，海运天翻波。圣皇制国计，全功在漕河。

河水亦有竭，民力岂云多。榜卒晨告痛，及暮靡啸歌。

妻孥终岁别，生死在网罗。去年千里赤，十室九蓬科。

骨肉且相食,他人将若何。根蠹花不实,生理宁有他。

君子秉明德,调剂使平和。干禄有恺悌,刚柔无僭差。

如何民物遂,国祚同无涯。

【解析】往昔运河输运漕粮时,民夫受累,海运则波涛汹涌,危险异常。圣皇制定国计,漕河肩负全功。可河水会枯竭,民力也有限。漕运士卒清晨诉苦,夜晚难有欢歌。他们终年与妻儿分别,生死悬于一线。去年大旱千里,十室九空,甚至出现骨肉相食惨象。病根不除,民生难安。湛若水希望朝廷可以秉持明德,调剂漕运事务,让一切平和。

12.《送灵璧汤五侯督运漕河四首·其二》明·欧大任

大淮东下接黄河,功比当年瓠子多。

治粟舳舻衔尾入,黄旗珠纛照烟波。

【解析】淮河水滔滔东流与黄河相连接,如今疏浚整治漕河的功绩,比当年治理瓠子决口还要大。运送粮食的船只一艘接着一艘,紧密相连地驶入河道,船舰上黄色的旗帜和饰有珠玉的大旗在烟波中高高飘扬,光彩夺目。诗中通过对漕河与黄河相连的描写,以及对运粮船只和旗帜的刻画,既赞颂了汤五侯督运漕河的功绩,也展现出漕运时壮观的场面。

13.《送灵璧汤五侯督运漕河四首·其三》明·欧大任

岁岁江南百万来,飞帆扬子急如雷。

太仓红积纲头雪,又报均输一度回。

【解析】诗中指出每年都有数量达百万石的粮食从江南运往北方。船只扬起风帆,在扬子江上疾行,速度快如雷鸣。大仓中堆积的粮食,红的似火,白的如雪,尽显丰收囤积之景。刚完成一批粮食的运输,又传来消息,新一轮的均输任务即将开启。此诗生动展现了漕运规模的宏大与繁忙,年年持续不断,凸显江南粮食对充实太仓、保障国家粮食供应的重要性。

14.《堤上偶成》清·爱新觉罗·弘历

运河转漕达都京，策马春风堤上行。

九里岗临御黄坝，曾无长策只心惊。

【解析】乾隆皇帝于春风中策马，沿着运河堤岸前行。运河承担着转漕重任，源源不断地将物资运往都城。当行至九里岗，临近御黄坝时，诗人满心忧虑。御黄坝关乎漕运与水利，而面对相关难题，乾隆自觉尚无良策应对，只能徒感心惊。诗中描绘了乾隆皇帝巡视漕运沿线的场景，在展现运河重要性的同时，也流露出对水利漕运事务的忧心与思考。

15.《庚戌元日日食一百二十韵》（节选）清·李惺

无米入漕运，何以实京仓。

灾民极可悯，苦况不可详。

【解析】在庚戌年元旦发生日食的特殊背景下，李惺忧心漕运现状。粮食匮乏，难以充实京城的粮仓，而灾民的处境更是令人怜悯。他们生活困苦不堪，具体情形难以详尽描述。诗中虽未直接展现画面，但这寥寥数语，将当时漕运受阻、粮食短缺，以及灾民遭受悲惨境遇所构成的严峻社会场景生动呈现，表达出诗人对民生艰难的深切关怀。

榜人行船

1.《初入淮上》宋·韦骧

汴水方穷到淮水，大船寨寨拒风行。不知静里千帆过，唯喜空中一派清。

秋气已残山态老，夕阳未尽浪花明。牧儿随队闲无事，强作歌声和橹声。

【解析】诗人乘船从汴水行至淮水尽头，换乘的大船逆风艰难行驶。虽自身船行受阻，却见无数船只在平静河面上轻快驶过，天空清朗，让人心生欢喜。此时秋意渐浓，山峦尽显老态，夕阳余晖下，浪花闪烁。岸边，一群牧童悠然无事，随性地哼唱着歌谣，与船橹声交织在一起。整首诗描绘出诗人初入淮上时，漕运繁忙与秋日河景相融,再添牧儿歌声的生动场景。

2.《听航船歌十首·其一》宋·方回

北来南去雁还飞,四十年间万事非。

惟有航船歌不改,夜深老泪欲霑衣。

【解析】大雁在天际南北往返,自由高飞,而这四十年间,世间万事已发生翻天覆地的变化。唯有航船的歌声依旧,一如往昔在夜色中飘荡。在这夜深人静之时,诗人听着熟悉的船歌,忆起过往岁月的沧桑变迁,心中满是感慨,不禁老泪纵横,泪水几乎打湿了衣裳。诗中借大雁、航船歌等场景,以今昔对比,抒发了诗人历经世事变迁后的深沉悲叹。

3.《听航船歌十首·其二》宋·方回

莫笑船家生事微,新红米饭绿蓑衣。

一声欸和一声乃,谁识人间有是非。

【解析】诗中描绘了一幅航船人家的生活场景。船家生计虽看似微小,却自得其乐,吃着新煮的红米饭,身着绿蓑衣。在航行时,船桨划水,发出"欸乃"之声,节奏悠然。船家沉浸在这样简单纯粹的生活之中,外界的是是非非似乎都与他们无关。方回通过此景,展现船家远离尘世纷扰的悠然,也暗示世间复杂的是非在这种质朴生活面前的微不足道,表达了对船家自在生活的欣赏。

4.《听航船歌十首·其三》宋·方回

家住斜塘大户边,时荒米贵欠他钱。

从此驾船归不得,无钱且驾小航船。

【解析】诗中主人公本家在斜塘大户旁,却因时势荒乱、米价昂贵,欠下大户钱财。由于无力偿还债务,他无法像往常一样驾船回家,无奈之下,只能暂且驾着小航船四处营生。诗中生动呈现了在灾荒之年,普通百姓因经济困窘而有家难归、被迫漂泊的无奈场景,深刻反映了社会动荡给底层人民生活带来的沉重打击,饱含对民生艰难的同情。

5.《听航船歌十首·其四》宋·方回

四千五百魏塘船,结拆船牙解半千。

一千修柁贯三米,三日盘缠无一钱。

【解析】诗中描写了航船交易的景象。有四千五百艘来自魏塘的船,在交易时,中介能得五百钱。然而,修理船舵花费一千钱,仅能换得三石米,这般开销下,船家连维持三日的盘缠都凑不出。诗中以具体数字直观展现了航船交易背后船家艰难的经济状况,反映出当时航运业的成本高昂与从业者的生存不易,饱含对船家生活困境的深切同情。

6.《听航船歌十首,其五》宋·方回

十千债要廿千偿,债主仍须数倍强。

定是还家被官缚,且将贯百寄妻娘。

【解析】诗中描写了一个负债船夫的艰苦生活场景。船夫欠下十千钱的债务,债主却要求他偿还二十千,且手段强硬。负债者深知若回家定会被官府捉拿,于是只能将仅有的少量钱财寄给妻子。通过这一场景,生动地展现了当时社会底层人民在债务和官府压迫下的悲惨境遇,深刻地揭示了社会的黑暗与不公,饱含诗人对这类弱势群体的深切同情。

7.《听航船歌十首·其六》宋·方回

南到杭州北楚州,三江八堰水通流。

牵板船篙为饭碗,不能辛苦把锄头。

【解析】诗中展现了一幅航船往来的漕运场景。从南方的杭州到北方的楚州,三江八堰水系相连,船只畅通无阻。众多船家以牵板、撑篙行船作为营生手段,靠着漕运这碗饭讨生活。他们早已习惯水上奔波,无法再像普通农夫那般辛苦地拿起锄头耕种田地。此诗生动描绘出漕运从业者的生活轨迹,凸显了航运在南北交

通中的重要性,以及船家独特的生存方式。

8.《听航船歌十首·其七》宋·方回

雇载钱轻载不轻,阿郎拽牵阿奴撑。

五千斤蜡三千漆,宁馨时年欲夜行。

【解析】这首诗描绘了航船载运货物的场景。船家接下的雇佣运输,费用低廉,

所运货物却十分沉重。航船上,男子们分工协作,有的拉纤,有的撑船。所载货物
有五千斤蜡和三千斤漆,分量极重。天色渐晚,为了按时送达货物,船家即便在夜
晚也要趁着好时辰赶路。诗中生动展现了船家辛苦劳作的画面,凸显了他们为谋
生计而日夜奔波的不易。

9.《听航船歌十首·其八》宋·方回

南姚村打北姚村,鬼哭谁怜枉死魂。

争似梢工留口吃,秀州城外鸭馄饨。

【解析】诗中呈现出两村争斗的悲惨场景,南姚村与北姚村发生冲突,一片混
乱,无辜枉死之人的魂魄在哭泣,却无人怜悯。与之相比,船家梢工虽生活清苦,却
能自得其乐,在秀州城外品尝着名为"鸭馄饨"的特色美食,享受片刻口腹之欢。方
回通过这一对比,展现出人间残酷争斗与平凡生活的反差,在对残酷争斗批判的同
时,也流露出对船家平凡生活中微小幸福的珍惜。

10.《听航船歌十首·其九》宋·方回

赌钱输了阿侬哥,黄草单衫破孔多。

相趁缩砂红豆客,霜风九月上淮河。

【解析】诗里刻画了一位落魄船家的形象。主人公因赌博输钱,变得穷困潦倒,
身上的黄草单衫满是破洞。为了生计,他只能跟着贩卖缩砂、红豆的客商,在九月
霜风瑟瑟之时,一同前往淮河。诗歌通过描绘人物的窘态和行程,生动展现出底层
船家在生活重压下无奈奔波的场景,反映出当时社会部分人群生活的艰难,饱含对

其不幸遭遇的同情。

11.《听航船歌十首·其十》宋·方回

船头船尾唱歌声,苏秀湖杭总弟兄。

喝拢喝开不相照,阿牛贼狗便无情。

【解析】诗中描绘了航船行驶在苏、秀、湖、杭一带运河水域的场景。船头船尾传来阵阵歌声,船家们好似一家人,亲如弟兄。然而,一旦涉及船只避让等实际事务,呼喊指挥时,船家们只关注自家船的行进,丝毫不理会他人。哪怕平日里交情不错,此时也会变得无情。方回借此展现了船家在日常相处与实际行船中的复杂状态,揭示出生活现实对人际关系的影响,颇具生活哲理。

12.《出宝应雪中舟行》元·王恽

避冷乘官舸,风篷去若奔。两陂云影黑,一片雪花繁。

景与诗相会,寒无酒可温。泥桥投宿处,寒日暮鸦昏。

【解析】王恽为避寒登上官船出行,风鼓起船篷,船如奔马般在水上疾驰。两岸陂塘上空,云影暗沉,大片雪花纷纷扬扬地飘落。如此雪景,与诗人心中的诗意不期而遇,可舟中寒冷,却无酒来温暖身心。天色渐晚,抵达泥桥准备投宿,只见寒日西沉,昏暗中有乌鸦飞旋。

13.《浪淘沙三首·其一》明·汤珍

淮河一道达清河,如此风波可奈何。

东岸沙崩西岸长,南船来较北船多。

【解析】淮河浩浩荡荡一路通向清河,河面上风波汹涌,令人无奈。河岸两边,东岸泥沙崩塌,西岸却不断淤长,地貌在自然作用下持续变化。而在这淮河之上,南来的船只明显比北往的多,川流不息。诗中描绘了淮河独特的地理风貌与繁忙的航运场景,借淮河的风波与两岸变迁,从侧面反映出当时漕运的兴盛,也流露出对自然力量和世事变化的感慨。

14.《捉船行》清·吴伟业

官差捉船为载兵,大船买脱中船行。中船芦港且潜避,小船无知唱歌去。
郡符昨下吏如虎,快桨追风摇急橹。村人露肘捉头来,背似土牛耐鞭苦。
苦辞船小要何用,争执汹汹路人拥。前头船见不敢行,晓事篙题敛钱送。
船户家家坏十千,官司查点候如年。发回仍索常行费,另派门摊云雇船。
君不见,官舫鬼峨无用处,打鼓插旗马头住。

【解析】官府为运兵捉船,大船靠行贿逃脱,中船躲进芦港,小船因不知情照常前行。差吏如虎,持郡符催逼,用桨橹快速追捕,村民被抓来拉船,即便苦苦哀求也无用,路人围观争执不断。前头船见状不敢前行,只得凑钱行贿。船户损失惨重,即便被放回,官府仍索要费用,另行摊派雇船钱。而官船却空耗资源,停在码头无所作为,尽显官府对百姓的欺压。

钞　关

1.《至洪泽》宋·杨万里

今宵合过山阳驿,泊船问来是洪泽。都梁到此只一程,却费一宵兼两日。
政缘夜来到渎头,打头风起浪不休。舟人相贺已入港,不怕淮河更风浪。
老夫摇手且低声,惊心犹恐淮神听。急呼津吏催开闸,津吏叉手不敢答。
早潮已落水入淮,晚潮未来闸不开。细问晚潮何时来,更待玉虫缀金钗。

【解析】杨万里本应当晚抵达山阳驿,泊船询问才知到了洪泽湖。从都梁到洪泽湖本不远,却因行程波折耗费多日。夜里船至渎头,遭遇狂风巨浪。舟人庆幸入港避风,杨万里却怕惊扰淮神,忙摇手低声。他催促津吏开闸,津吏却叉手不回应。原来早潮已退,水流入淮,晚潮未到,按规闸不能开。再问晚潮时间,得到的回复是还要等很久。本诗生动展现出诗人急切赶路却受阻的无奈场景。

2.《南京户部主事王君彦奇作浮桥于上新河之钞关》明·程敏政

上新河畔结新梁,南国争夸粉署郎。涉险不劳忧竞渡,行人何止便征商。

凌风画鹢冲舻近,锁岸晴虹亘水长。有志济川身更壮,远期功业重鹓行。

【解析】上新河畔新架起一座浮桥,众人纷纷夸赞其建造者——身为粉署郎的王彦奇。此桥建成后,人们涉河无须再担忧竞渡的危险,不仅方便了行人往来,对经商者更是利好。画着鹢鸟的船只凌风靠近浮桥,岸边的浮桥仿若晴日长虹横跨水面。诗人赞扬王彦奇有济世之才,身体康健,期望他未来凭借此等功绩,在官场能更上一层楼,在朝官行列中建立更大的功业。

3.《过闸简莫水部》明·杨廉

疏闸密闸连一带,南船北船此关隘。往年水小谨启闭,十日五日闸边待。
今年济水偶然溢,雪浪奔腾复砰湃。下如落井上登天,三老无功神是赖。
谁移两山作一门,管束千流与万派。当初本为畜水设,岂知水大亦为阂。
世间未有无敝法,十利未免兼一害。人言月河且缓筑,不然水势无由杀。
闸官恨不高于山,设心措意或有在。冬官先生大气力,能令驽钝追骥快。
征夫自是怀往途,见月望弦今已再。履霜又恐阻冰冻,帝乡尚在红云外。
噫嘻水大莫怨迟,还胜从前水小时。

【解析】诗中呈现出闸口漕运场景,疏闸、密闸相连,是南来北往船只的关键关隘。往年水浅时,谨慎启闭,船只常需等待多日。今年济水猛涨,雪浪奔腾,船行上下艰难,全靠神灵庇佑。闸本为蓄水,水大时却成阻碍,印证世间法有利有弊。有人提议缓筑月河以减水势,闸官也各有考量。乘船的人们仍忧心行程,担心冰冻封路。

4.《送黄子和主事赴扬州钞关》明·陆深

潮弄船声发建康,计程明日到维扬。官桥夜锁初来客,辇道春摇故国杨。
傍斗五云常捧日,横空一剑独飞霜。政成不隔来年路,儒雅风流日绕肠。

【解析】诗中想象了黄子和从建康出发前往扬州钞关的场景。船在潮声与桨声中驶离建康,按行程估算第二日便能抵达扬州。初来乍到,官桥在夜间锁住,似乎在迎接新客。辇道旁,故国的杨树在春风中摇曳。扬州地势高,天空中彩云环绕红日,随即天亮,钞关门开像一道剑芒。全诗表达了对友人离别的不舍和对未来的美好期许。

5.《过杭州北关主正陈君浒墅钞关主正朱君俱未会面各惠程仪口占志之》明·饶与龄

两向关头驻短艘,寒篷宁比拥旌旄。

荷君不谴讥津吏,更把兼金贲小舠。

【解析】饶与龄乘船行至杭州,先后在北关与浒墅钞关停留。他所乘的简陋船只,与官员出行时威风凛凛的拥旌旄场面形成鲜明对比。令人意外的是,北关主正陈君、浒墅钞关主正朱君虽未与诗人谋面,却并未如津吏一般苛责,反而各自馈赠盘缠。诗人以"荷君不谴讥津吏,更把兼金贲小舠",表达对二位官员善举的感激,生动展现出这一受惠场景。

6.《水关行》(节选)清·田雯

水关发船如走马,伐鼓张旗坐其下。山光破碎天蔚蓝,石栅荦确崩湍泻。

两行堤柳摇晴空,长条短叶花冥蒙。布帆无力欸乃发,疑在五湖三泖中。

【解析】船只如骏马疾驰般从水关驶出,船下众人击鼓张旗,场面热闹。举目四望,山光在动荡中似要破碎,天空湛蓝,石栅处湍急的水流倾泻而下。两岸堤柳在晴空下摇曳,枝条长短不一,柳花朦胧。船帆因风力不足,船桨"欸乃"划动,船行其间,诗人恍惚觉得置身于五湖三泖那般清幽的水乡之中,尽显行船途中景色的壮美与心绪的悠然。

7.《扬州四章·其三》清·姚燮

唇齿津梁同白下,挈提冲要是朱方。渠通甓社堪储涨,地拓平山拟种桑。

指北天艘劳浙运,临南关隘重江防。应多善策师韩范,但说风流笑谢王。

【解析】姚燮笔下,扬州与南京(白下)唇齿相依,是交通要冲,与镇江(朱方)联系紧密。这里沟渠连通,甓社湖可蓄洪,平山一带地势开阔,似可种桑。来自浙江的漕运船只一路向北,为朝廷运输物资。扬州南面临江,关隘在江防中至关重要。诗人认为,扬州应借鉴韩琦、范仲淹的善政良策,而非只空谈谢安、王羲之式的风流,应更注重实际治理。诗歌表现出诗人对扬州地位及发展的深刻思考。

8.《水关》清·毛澄

哑哑水关乌白颈,一叶随波舞渔艇。临风喝问神扬扬,贾客书生本平等。

闻说看山例无税,振衣起舞私自幸。只有羁愁税亦佳,关吏摇头偏不肯。

未到夔巫双鬓斑,一重滩是一重关。蒲帆椎牛望白帝,瓜皮畏虎穿乌蛮。

谁始抽厘饷军府,今日江淮念雷祖。闽粤海关多漏厄,梁益一隅亦何补。

榷盐分卡纷如麻,青山缺处皆官衙。今年八辈入孙水,蜡虫利厚人无哗。

蜀民好义自天性,但令涓滴归公家。君不见绿衣奴子面如玉,胡琴当关弹啄木。

后房糊槅剪春罗,东浦花雕香出屋。烧兰翠釜驼峰熟,貂锦壁衣宵度曲。

岂知忧乱杜陵翁,瑟缩津头肌起粟。离愁满载下吴天,端然自向南云哭。

【解析】毛澄行至水关,目睹水关边乌白颈鸦哑哑啼叫,渔艇随波摇曳。他临风喝问,感慨商贾书生本应平等,听闻看山无税而暗自欣喜,却因羁愁无税可纳而无奈。诗中描绘了水关处各类人物、景象,联想到夔巫多关、各地税卡繁杂,感慨税收对民生的影响。又见关吏奢靡,而自己满怀忧愁南下,表达出对世道不公、民生艰难的愤懑与悲伤。

9.《舟泊浒墅关梦得两绝句晓起仅记野烟句因足成一绝》清·曹家达

昨宵灯落梦还家,关路鸡鸣径转差。

梦里有诗还记省,野烟和月落梅花。

【解析】昨夜的灯火熄灭后,睡梦中诗人梦到自己踏上了归家的路途。行至浒墅关时,传来鸡鸣声,诗人便从梦中醒来。梦里吟成的诗句,醒来还记得分明,原野的薄雾伴着月光,洒在飘落的梅花上,徒留羁旅的哀伤。

10.《过洪泽湖》陈毅

扁舟飞跃趁晴空,斜抹湖天夕阳红。

夜渡浅沙惊宿鸟,晓行柳岸雪花骢。

【解析】1943年11月下旬,陈毅赴延安参加整风运动和党的第七次代表大会,途中经过洪泽湖。诗中,他乘坐轻舟趁着晴朗的天气飞速前行,夕阳斜照,将湖天染成一片火红,景色壮美。夜晚,船只在浅滩边划过,惊扰了栖息的鸟儿;拂晓时分,湖边柳岸,他骑着骏马继续赶路。

11.《题扬州诗》茅盾

万福闸边气象雄,运河新辟舰艨艟。

春风十里扬州路,从此年年庆岁丰。

【解析】这是现代文学大家茅盾写的一首诗。万福闸边气势雄伟壮观,新开辟的运河上,舰艇往来穿梭,展现出一派繁忙且充满力量的景象。这里让人联想到杜牧笔下"春风十里扬州路"的美好,如今有了新的水利工程和交通工程,预示着从此扬州每年都能庆贺丰收。

运 河 行 旅

1.《丁督护歌》唐·李白

云阳上征去,两岸饶商贾。吴牛喘月时,拖船一何苦。

水浊不可饮,壶浆半成土。一唱督护歌,心摧泪如雨。

万人凿盘石,无由达江浒。君看石芒砀,掩泪悲千古。

【解析】诗中展现了长江边的繁重劳役场景。从云阳逆水而上,两岸商贾众多。酷夏时,吴地的牛热得喘气,纤夫们拖船更是苦不堪言。江水浑浊难以下咽,壶里的水都混着泥土。船工唱起《督护歌》,内心悲痛,泪如雨下。无数人开凿磐石,却难以将其运至江边。看着那巨大的石头,诗人不禁为千古以来受此劳役之苦的百姓掩面悲叹。全诗深刻反映出底层人民的艰辛与苦难。

2.《水夫谣》唐·王建

苦哉生长当驿边,官家使我牵驿船。辛苦日多乐日少,水宿沙行如海鸟。

逆风上水万斛重,前驿迢迢后森森。半夜缘堤雪和雨,受他驱遣还复去。

夜寒衣湿披短蓑,臆穿足裂忍痛何!到明辛苦无处说,齐声腾踏牵船出。

一间茅屋何所直,父母之乡去不得。我愿此水作平田,长使水夫不怨天。

【解析】诗歌刻画了水夫悲苦的生活。生长在驿站边的水夫,被迫为官府牵拉驿船。他们日夜辛劳,如海边的鸟般漂泊,逆水行舟时船似有万斛重。半夜在风雪交加的堤岸边,仍被驱赶劳作。衣湿夜寒,蓑衣难御,身体多处受伤却只能忍痛。天亮后辛苦难言,只能齐声唱歌继续拉船。水夫虽想逃离,却因茅屋难舍、故土难离而无奈留下,只盼河水变田,不再受此折磨。

3.《梅市书事》宋·陆游

赢马孤愁不可胜,小诗未忍付蕾腾。

一声客枕江头雁,数点商船雨外灯。

【解析】陆游骑在瘦马上,满心孤独忧愁,难以承受。本不想让这情绪在昏沉中消散,于是写下小诗。他客居异乡,夜宿江畔,在枕上听到一声大雁的鸣叫,更添寂寥。望向窗外,只见细雨笼罩中,几盏商船的灯火闪烁摇曳。此景此声,描绘出一幅孤寂清冷的雨夜客居图。

4.《初入淮河四绝句·其三》宋·杨万里

两岸舟船各背驰,波痕交涉亦难为。

只余鸥鹭无拘管,北去南来自在飞。

【解析】诗中呈现出淮河两岸截然不同的景象。南宋与金以淮河为界,河面上,南北两岸的舟船各自朝着相反方向行驶,即便水波相互交融,两岸却因政治阻隔难以相通。在这压抑的氛围中,唯有鸥鹭不受拘束,它们自在地在淮河上空往返飞翔,南北来去毫无顾忌。

5.《送范仲讷往合肥三首·其一》宋·姜夔

> 壮志只便鞍马上,客梦长到江淮间。
>
> 谁能辛苦运河里,夜与商人争往还。

【解析】范仲讷满怀壮志,钟情于驰骋疆场,在鞍马间实现抱负。而其客居他乡时,梦境常萦绕在江淮一带。姜夔不禁感慨,有谁能如范仲讷这般,甘愿在运河里辛苦奔波,于深夜还与商人一同在运河上往来忙碌?

6.《水仙子·咏江南》元·张养浩

一江烟水照晴岚,两岸人家接画檐,芰荷丛一段秋光淡。看沙鸥舞再三,卷香风十里珠帘。画船儿天边至,酒旗儿风外飐。爱杀江南!

【解析】这首元曲描绘出江南水乡的迷人景致。江水与运河水悠悠长流,烟雾缭绕,与晴日山林的雾气相互映照。两岸人家屋舍相连,飞檐雕花精美如画。芰荷丛生,在秋日里散发着淡雅的气息。沙鸥在空中欢快舞动,微风卷起,十里珠帘随风飘拂,香气四溢。远处,画船仿若从天边驶来,酒旗在风中招展。

7.《南旺湖夜泊》明·宗臣

落日孤舟下石梁,蒹葭寒色起苍茫。青天忽堕大湖水,明月长流万里光。
中夜鸩鹕回朔气,南来鸿雁乱边霜。他乡岁暮悲游子,涕泪时时满客裳。

【解析】落日时分,孤舟沿运河缓缓驶下石梁,四周蒹葭苍苍,寒色弥漫,一片苍茫之景。青天仿佛坠入大湖,明月的光辉洒向万里湖面。夜深时,鸩鹕在寒风中回旋,南来的鸿雁在边霜中乱飞。在这他乡岁末,身为游子的宗臣满心悲戚,思乡之情难以抑制,泪水常常沾湿衣裳。诗歌生动展现出孤独游子漂泊在外的凄凉心境。

8.《宿迁入舟作》明·黄淳耀

笨车羸马倦归程,乍入舟航似醉醒。天落黄河无日住,云浮吴会有时停。
冯夷缥缈亲椒酒,风伯招摇过塔铃。目送波澜成独笑,一杯吟与白鸥听。

【解析】黄淳耀结束了车马劳顿的归程，换乘舟船，顿时如醉醒般感到轻松。黄河奔腾，水流似永不停歇，而吴地的云朵虽飘浮不定，却终有停歇之时。船行运河上，他仿佛看到水神冯夷在缥缈间享用着椒酒，风神路过，塔铃作响。诗人望着滔滔波澜，独自微笑，酌起一杯酒，将心声吟给白鸥听。诗歌展现出在舟行途中，诗人对自然的敬畏与超脱尘世、独与天地精神往来的心境。

9.《广陵竹枝词》清·李国宋

> 吴沟遥接汴河开，江上春潮日日回。
>
> 夜半桨声听不住，南船才过北船来。

【解析】李国宋的这首诗描绘了扬州独特的水运景象。邗沟与汴河遥相连接，浩荡开阔，江水春潮每日如期往返，气势磅礴。到了夜半，江面也不平静，划船的桨声此起彼伏，不绝于耳。一艘艘南方驶来的船只刚经过，北方的船只又接踵而至。

10.《河堤远眺·其四》清·蒲松龄

> 湖外含烟烟似水，湖中凝水水如烟。滩平细浪移沙岸，日落孤村系客船。
>
> 渔艇暮灯犹泛泛，桃花春色自年年。长河北去帆无数，低尽寒空绿接天。

【解析】蒲松龄站在河堤远眺，只见湖外烟雾弥漫，湖中的水仿佛凝结般，又似烟般缥缈。日落时分，孤村旁停泊着旅人船只。暮色里，渔艇上的灯火闪烁，随波泛动，运河向北流去，无数船帆在天际穿梭，远处天空与湖水相接，呈现出一片幽绿之景。

11.《自宿迁解缆一日夜达山东境》清·爱新觉罗·玄烨

> 千里南程几日回，轻舟直下溯潆洄。
>
> 天风更假帆樯便，一夕山东境上来。

【解析】康熙皇帝乘船踏上南巡的返程之旅，轻舟沿着曲折的运河溯流而上。一路上，上天仿佛助力，强劲的天风让船帆鼓起，航行极为顺畅。在这风顺水畅的情况下，仅仅经过一个昼夜，便快速地从宿迁到了山东境内。

12.《运河舟中二首·其一》清·爱新觉罗·胤禛

扈跸乘文舸,沿流阅运河。晓窗飘白絮,夜岸沐金波。

酒慢篱边扬,渔舟苇畔歌。长途看美景,偏觉此中多。

【解析】雍正皇帝随护驾队伍乘坐装饰华美的船只,沿着运河顺流而下视察。清晨,窗外白絮飘飘,夜晚,河岸沐浴在金色月光下。船行途中,可见酒旗在篱边飞扬,渔船在芦苇旁,渔夫歌声悠扬。雍正皇帝不禁感叹,这漫长旅程中,运河一带的美景众多,让人应接不暇。

13.《夜航船诗》清·袁景澜

长宵归客趁吴艒,杂沓乡音聚短窗。宛守庚申同不寐,争歌子夜并无腔。

瑰奇互说黎丘鬼,欢笑时惊断岸厖。柔橹咿呕相酬答,乌啼月落过寒江。

【解析】袁景澜描绘了一幅夜航船中的生动画面。夜间,归家的旅客乘坐吴地小船,不同乡音在狭小窗边交织。大家都无睡意,随性唱起《子夜歌》,曲调不成章法。众人兴致勃勃,讲述着如黎丘鬼般的奇异故事,欢声笑语不时惊到岸边的水獭。船外,柔橹声咿呕相应,不知不觉间,乌鸦啼叫,月亮西沉,小船静静划过寒江,尽显夜航途中的热闹与独特氛围。

驿 站 渡 口

1.《扬子津望京口》唐·孟浩然

北固临京口,夷山近海滨。

江风白浪起,愁杀渡头人。

【解析】孟浩然站在扬子津,遥望着京口方向。北固山雄踞京口,夷山临近海滨。江面上,狂风劲吹,白浪汹涌翻腾。眼前风浪大作的景象,令渡口的行人满心忧愁。诗人借景抒情,以江风白浪营造出的艰险氛围,烘托出运河摆渡人面对风浪无法顺利渡江的焦急与无奈,也隐隐流露出自己内心的烦忧,情景交融,尽显羁旅之愁。

2.《题金陵渡》唐·张祜

> 金陵津渡小山楼,一宿行人自可愁。
>
> 潮落夜江斜月里,两三星火是瓜州。

【解析】在金陵渡的小山楼上,张祜作为羁旅行人在此借宿一夜,满心都是无法排遣的愁绪。夜深之时,江潮渐渐退去,江水在斜月的映照下波光粼粼。诗人凭栏远眺,在那茫茫夜色里,闪烁着两三点微弱的星火,那便是对岸的瓜洲。全诗通过描写夜宿金陵渡所见之景,以景衬情,生动地展现诗人漂泊在外的孤寂与忧愁,营造出静谧又略带凄凉的氛围。

3.《经炀帝行宫》唐·刘沧

> 此地曾经翠辇过,浮云流水竟如何。香销南国美人尽,怨入东风芳草多。
>
> 残柳宫前空露叶,夕阳川上浩烟波。行人遥起广陵思,古渡月明闻棹歌。

【解析】刘沧行经隋炀帝行宫,遥想此地曾有帝王翠辇驶过,可如今浮云飘荡、流水东去,往昔繁华已消逝。宫中美人不再,只余怨恨融入东风,催生出无尽芳草。行宫前的残柳在露水中孤零零地摇曳,夕阳映照下,河川浩渺,烟雾弥漫。行人在此不禁涌起对广陵的思绪,在古渡明月下,传来悠悠的棹歌声。全诗尽显对历史兴衰的深沉感慨。

4.《吴门道中二首·其一》宋·孙觌

> 数间茅屋水边村,杨柳依依绿映门。
>
> 渡口唤船人独立,一蓑烟雨湿黄昏。

【解析】孙觌行至吴门途中,见到一幅宁静的水乡图景。几间茅屋错落于水边村落,杨柳轻柔,绿意映照着屋门。在渡口处,一人独自伫立,正呼喊着渡船。此时天色渐晚,黄昏时分,烟雨飘洒,将他的蓑衣渐渐打湿。

5.《书愤五首·其一》宋·陆游

早岁那知世事艰,中原北望气如山。楼船夜雪瓜洲渡,铁马秋风大散关。

塞上长城空自许,镜中衰鬓已先斑。出师一表真名世,千载谁堪伯仲间!

【解析】陆游回忆早年,那时不知世事艰难,北望中原,收复失地的豪情壮志如山般高昂。他想起雪夜中宋军楼船在瓜洲渡奋勇抗击金兵,秋风里战马嘶鸣于大散关的激战场景。他曾自诩能捍卫国家的"塞上长城",如今却壮志未酬,鬓发早已斑白。他感慨诸葛亮的《出师表》名垂青史,千年以来,无人能与之媲美,也抒发了自己报国无门、壮志难酬的悲愤。

6.《过京口》元·王冕

瓜洲正对西津渡,金山焦山江水中。过客放船忌险阻,何人击楫问英雄?

白云渺渺生秋树,黄叶萧萧落晚风。铁瓮城头一登眺,天南天北思无穷。

【解析】王冕行至京口,只见瓜洲与西津渡隔江相对,金山和焦山矗立在江水中。过往行船的人都忌惮水途险阻,却鲜有人如祖逖般击楫中流、追问英雄壮举。抬眼望去,秋树上白云悠悠,晚风中黄叶萧萧飘落。登上铁瓮城头远眺,王冕的思绪在天南天北间飘荡,无穷无尽。诗中既有对京口地理风貌的描绘,更借景抒情,抒发对英雄不再的感慨与内心的万千思绪。

7.《渡口》明·薛瑄

两崖陡起束狂澜,南去沙平势渺漫。

长有扁舟依渡口,行人莫道往来难。

【解析】诗中呈现出渡口的独特景象,两侧悬崖陡然耸立,紧紧约束着汹涌的狂澜。往南望去,沙滩平整,水流渐渐平缓,水面辽阔,浩浩渺渺。渡口边常有小船静静停靠。薛瑄借此景告诉行人,别看此地形势险峻,有了这扁舟,就不必担忧往来艰难。

8.《宿迁早发》明·程敏政

驿店萧萧雨落,水村喔喔鸡鸣。

推枕偶然梦觉,沿河已有人行。

【解析】程敏政借宿在宿迁的驿站旅店中,清晨时屋外下起了小雨,水村也传来阵阵鸡鸣。他从睡梦中醒来,偶然间推开枕头,发现天色已明。往窗外沿河望去,已有行人在走动。

9.《柳枝词》明·章士雅

长淮渡头杨柳春,长淮市上酒旗新。

系船沽酒折杨柳,还是去年西渡人。

【解析】在长淮渡头,运河悠悠,杨柳在岸边展现盎然生机,长淮市镇上酒旗随风招展,崭新醒目。诗人将船系好,上岸买酒,顺手折下一枝杨柳。此时他惊觉,自己竟还是去年从西边渡口而来的那个人,却又不全是那个人,不禁有时光流逝、物是人非之感。

10.《宿迁客舍作》清·彭孙遹

系马长堤草似烟,黄炉重问浊河边。孤城自枕桃花水,迟日难消谷雨天。

逆旅光阴为客老,多情酒盏向人妍。不知避席缘何事,湖海逃名已十年。

【解析】彭孙遹将马系在宿迁运河畔的长堤旁,堤边春草如烟般轻柔。河水中有桃花漂过,春日迟迟,谷雨时节的寒意也难以消散。客居他乡,岁月让他渐显苍老,唯有那多情的酒盏依旧对人展现美好。他不禁疑惑自己因何总是避席,回想起来,发现自己已在湖海间避世逃名长达十年之久。

附录二　江苏省交通船闸一览表

序号	设区市	船闸名称
1	南京市	秦淮河船闸
2		下坝船闸
3		杨家湾船闸
4		玉带船闸
5		洪蓝船闸
6	镇江市	谏壁船闸
7	常州市	前黄船闸
8		丹金船闸
9		魏村船闸
10	淮安市	杨庄船闸
11		朱码船闸
12		高良涧船闸
13	连云港市	新沂河船闸
14		盐灌船闸
15		云善船闸
16		善南船闸
17	南通市	南通船闸
18		九圩港船闸
19		海安船闸
20		焦港船闸
21		吕四船闸
22	苏州市	张家港船闸
23		杨林船闸
24		虞山船闸
25	宿迁市	成子河船闸
26		大柳巷船闸
27		元兴船闸
28	泰州市	口岸船闸
29		周山河船闸
30	无锡市	江阴船闸
31	徐州市	蔺家坝船闸
32		沙集船闸

序号	设区市	船闸名称
33	徐州市	刘集船闸
34	盐城市	刘庄船闸
35		滨海船闸
36		运盐河船闸
37	扬州市	芒稻船闸
38		宝应船闸
39		运西船闸
40		运东船闸
41		樊川船闸
42		盐邵船闸
43	苏北航务管理处	施桥船闸
44		邵伯船闸
45		淮安船闸
46		淮阴船闸
47		泗阳船闸
48		刘老涧船闸
49		宿迁船闸
50		皂河船闸
51		刘山船闸
52		解台船闸

附录三　江苏运河城市水运交通谚语俗语

徐　州

1.日过桅杆千杆,夜泊舟船十里。

此俗语形容徐州的窑湾镇商业繁荣、航运发达之景象。

2.大运河里的蛤蟆——干鼓肚。

流行于邳州地区,据说与乾隆皇帝下江南有关。形容人生气时说不出话来或指人容易生闷气。

3.二只小船上江南,一船竹子一船柴,一船都是花秫秸。

选自民歌《五只小船》,描写了徐州与江南地区的贸易往来。

4.铜盘烂了斤两在,大船破了钉子多。

以铜器与航船比喻事物本质,即使外表破损,内在价值或隐患犹存。此谚语警示不可轻视事物根基。

5.井深不怕旱,河宽好行船。

徐州多井泉河道,此谚语反映当地人通过深挖水井、疏通河道应对旱情与航运需求的生存智慧,强调基础设施的重要性。

6.熟水路才能好划船。

徐州运河纵横,船工需熟知暗礁、水流。此谚语暗含"熟能生巧"的实践哲学,认为行船需熟悉水文环境,引申为做事要掌握规律。

7.顺风驾起篷来淌,无风驾起橹来摇。

徐州风向多变,运河中的船工需灵活切换风帆与橹桨,体现适应自然的生存之道。此谚语展现因势利导的行船智慧。

8.把舵的不慌,乘船的稳当。

强调领导者的重要性。运河漕运中,舵手是否镇定关乎全船安危。此谚语引申为社会治理需稳定核心力量。

9.船头驾不住。

形容事物失控。有些河道狭窄处易发生船难,船头难控常致事故,引申为对突发状况的预判与防范。

10.不是撑船手,休拿竹篙头。

强调专业分工。运河船工需经长期训练,外人贸然操作易生危险,反映徐州航运业对技术传承的重视。

宿　迁

1.骆马湖的蛙子——干鼓。

与徐州邳州地区的"大运河里的蛤蟆——干鼓肚"相似,指爱生闷气的人,同与乾隆皇帝南巡相关。

2.石狮子的疙瘩,数不清。

源自皂河龙王庙门前的石狮。石狮造型端庄大气,雕工精美,头上的螺状发髻被认为是数不清的。人们用这句话来形容事情复杂难辨。

3.叶家烧饼没吃到,枉到皂河绕一绕。

叶家烧饼又名"乾隆贡酥"。据传,乾隆皇帝第二次下江南时,经过皂河镇,吃了这种烧饼,觉得香酥可口,遂传旨把叶老大召进行宫,封为御厨,专为皇上做饭,并将烧饼命名为"贡酥"。

4.四月十二下一点,快上窑湾买大碗。

宿迁在每年的农历四月十二都会举行盛大的庙会,乞丐可以在此时出门讨饭,提高成功率。徐州的窑湾又以"八大碗"闻名,运河经过此地,经济贸易繁荣。

5.船在湖心怕风浪,船泊码头怕流氓。船靠山头怕老虎,船到滩头怕滩主。

此谚语形容当时行船者面临各方困难,举步维艰。

6.船儿飘,船儿摇,民主政府实在好,家由渔民当,各种捐税没得了。

选自《洪泽湖渔民谣》,展现了新中国成立后宿迁地区渔民对政府的歌颂。

7.船头站得稳,不怕浪来颠。

此谚语以行船喻处世智慧。在宿迁运河漕运中,船头是直面风浪的关键位置,船工需稳立其上把控方向。引申为基础扎实、立场坚定者,方能抵御外界冲击。

8.早起下扬州,天亮还在锅后头。

此谚语以宿迁和扬州为背景,描绘旧时的出行场景。"下扬州"指前往扬州城(或码头),但因河道蜿蜒、航程漫长,即便早起出发,天亮时仍在家中("锅后头"指厨房,代指未启程)。引申为谋事需周全,不可盲目乐观。

9.大王庙的石狮,大众的爷。

大王庙指皂河龙王庙,其门前有一对石狮,石狮孔武有力,是皇家御赐之物,当地有认石狮作干爷的习惯,意在与皇家、佛门结缘,保佑富贵与平安长寿。

10.三天不听拉魂腔,吃饭睡觉都不香。

"拉魂腔"是指宿迁柳琴戏的腔调。皂河龙王庙内有古戏楼,宿迁的柳琴戏即是以皂河为中心发展起来的。

淮　　安

1.眼一瞎,跳大闸。

大闸是指清江浦闸。这句俗语形象地描述了清江浦清江大闸段水流之湍急,一旦不注意就可能陷入危险。

2.甘露棚讲理——一头怪。

甘露棚是淮安运河沿岸的小镇,解放后改名甘露村。相传有诸多商旅在此处停留整顿,商业活动众多,免不了一些纠纷,但由于有权势的人买通帮闲,欺压百姓,无钱的人有理也讲不通,于是坊间便传出这句话。

3.车行一条线,船走八面风。

车在陆上沿固定轨迹行驶,船则可借八面来风灵活转向。淮安地区航运发达,此谚语既体现船运的机动性,也暗含"顺势而为"的生存策略。

4.车到无恶路,船到无恶江。

车能抵达之处皆非险途,船可航行之江必有航道。淮安作为古代漕运枢纽,此谚语反映船工对航道的熟悉与自信,也引申为"事到临头自有解决之道",饱含乐观态度。

5. 能走吸沙一尺,不走开河一指。

此谚语是指宁愿在吸沙(自然淤积的浅滩)中缓慢航行,也不愿冒险进入新开凿的河道,体现船工规避未知风险的经验,暗含"稳妥胜过冒进"的理念。

6. 逢桥须下马,过渡莫争船。

过桥时需下马步行以防危险,乘船时不可争抢以免翻船。淮安水网密布,桥梁与渡口众多,此谚语源自对过往事故的总结,强调秩序与安全的重要性。

7. 过渡莫争先,搭舟坐中舱。

过渡时勿拥挤抢位,登船后应坐于中舱保持平衡。淮安渡口繁忙,此谚语既符合船舶载重原理,也反映水乡社会的协作精神,避免因个人莽撞引发群体危机。

8. 行船莫捞鱼,走路莫多嘴。

行船时不可分心捕捞,走路时勿多言惹事,船工在运河航行中需全神贯注。此谚语引申为"各司其职,避免节外生枝",体现劳动纪律与社会规范。

9. 千桨万篙,比不上破篷撑腰。

即便划桨无数,不如一张破帆借风省力。淮安位于季风气候区,船工深谙"顺风行船"之道,此谚语以夸张手法强调自然力的关键作用,暗含"巧干胜蛮干"的智慧。

10. 世上三件拼命事,引船走马荡秋千。

淮安运河漕运兴盛时,拉纤是苦力活,驿马需长途奔驰,杂技表演则具危险性。此谚语既表达对底层劳动者的同情,也警示世人谨慎选择职业。

扬　州

1. 波斯献宝。

波斯是古代丝绸之路上的重要文明古国,与中国(尤其是扬州)的贸易往来频繁。唐代扬州作为国际港口，聚集了大量波斯商人，他们沿运河带来香料、宝石、玻璃器等奇珍异宝。民间逐渐用"波斯献宝"形容某人过分展示自己的财物或才能，暗含"自夸""显摆"之意。

2. 大河里撒盐——邗(咸)江。

邗江因春秋吴王夫差筑邗城、开邗沟而得名，邗江区现为江苏省扬州市下辖区。

3. 船头上挂镰刀——刮舟(瓜洲)。

瓜洲在扬州市邗江区，瓜洲古渡风景区是国家水利风景区，润扬长江公路大桥、镇扬汽渡、扬州港与其毗邻相接。

4. 大门西开——东关(东门关闭)。

东关街是扬州城内最具有代表性的一条历史老街，东至古运河边，西至国庆路。

5. 金焦二山断航——江都(堵)。

江都区是江苏省扬州市下辖区，南濒长江，西傍扬州市广陵区、邗江区，东与泰州市接壤，北与高邮市毗连。

6. 大姑娘搽粉——邵伯(少白)。

邵伯镇地处江苏省扬州市江都区。

7. 小船歇在大船边，三日不要买油盐。

小船停靠在大船旁，三天不用买油盐等生活物资。扬州运河上，大船常搭载小船或提供补给，体现船民互助精神。大船载货量大，小船依附可节省成本，暗喻"大树底下好乘凉"的生存策略。

8. 船小好掉头，船大能压浪。

小船灵活易转向，大船稳重抗风浪。扬州运河弯道多、水情复杂，小船适应狭窄河道，大船则适合长途运输。

9. 东风刮一年，船主不会嫌；西风刮一天，船民活抽千。

东风持续有利航行，船主不嫌久；西风短暂却让船民辛劳万分。扬州地处长江北岸，东风顺流而下，西风则逆风逆水，增加航行难度。船民依赖自然条件，逆风航行需人力拉纤,体力消耗极大。

10.船是活屋,走南到北。

扬州作为运河枢纽,船只连通南北,此谚语凸显航运对经济文化交流的作用。船既是居所,也是纽带,暗含"行万里路"的豁达与漂泊感。

镇 江

1.船头上打鼓——镇江。

"镇江"与"震江"谐音,借船头打鼓的声势,暗喻镇江作为长江要冲的险要地位。镇江曾是漕运枢纽,船工擂鼓助威的场景常见,此谚语亦体现码头文化的热闹与豪迈。

2.三弯抵一闸。

镇江的运河中经常裁截河道,使之弯曲,增加船只转弯弯度,减低坡降,减缓河水走泄的水流速度,其效果可比水闸的调节作用。

3.船到桥前自落篷。

镇江古运河桥洞低矮,船工需提前落篷避免碰撞,引申为"事到临头自有解决办法",强调顺其自然,不必为未发生的困难过度焦虑。

4.破船好揽载。

破旧的船只反而容易招揽货物。旧船维护成本低,船主愿以低价揽货,暗喻"薄利多销"的生存策略,也形容贪多好事。

5.骑驴上金山,坐船上焦山。

金山、焦山均为长江中的岛屿,旧时金山与陆地相连后可骑驴登顶,焦山则需乘船,凸显两地交通方式差异。

6.顺船下篙,见机行事。

船工需根据水流、风向调整撑篙力度,引申为"顺势而为,随机应变"。

7.行船走马三分命,吃饭睡觉命三分。

行船骑马有三分风险,吃饭睡觉也占三分性命。镇江航运繁忙,船工常面临风浪威胁,此谚语之意是生死无常,需珍惜当下。

8.船在水里走,车在路上行。

镇江"江河交汇"的地理特征催生水陆并行的交通格局,此谚语体现对自然规律的尊重,强调事物各有其运行轨迹,不可强求。

9.十日造船,一日过江。

造船耗时费力,渡江却转瞬即逝,比喻"长期积累只为短暂辉煌"。

10.好老大难撑顺风船。

经验丰富的船工也难以驾驭顺风行驶的船。顺风时船速快易失控,需精准控帆,暗喻"越是有利条件越需谨慎"。

常　　州

1.陈渡桥的酱油,一蘸(赞)就坏。

陈渡桥是横跨京杭大运河常州段的一座桥。原指陈渡桥地区用手蘸自制的酱油品尝,容易导致酱油变质。后用来形容经不起表扬、容易骄傲自满的人。

2.上勿到横林,下勿到洛社。

横林在京杭大运河的上游,洛社在下游,船到这两地当中的五牧时,不上不下,比喻处在尴尬的境地。

3.火烧排门——焦店。

焦店是千年古镇焦溪的别称,位于京杭大运河常州天宁段旁边。

4.牛脚踏勒畚箕里——奔(畚)牛。

奔牛镇,是一个有着2000余年历史的古镇,也是乾隆皇帝六下江南到过的唯一一个常州古镇,有奔牛闸闻名于世。

5.粪船翻勒河里——丫河(垩河)。

丫河,现属于牛塘镇,因孟津河、武宜运河在此交汇,形如"丫"字而得名。

6.水没田埂——潞城(路沉)。

此处的"潞城"是指潞城街道,山西长治也有潞城。因山西长治潞城的地主豪绅大举南迁,在常州圈地造城,为纪念家乡,故名潞城。

7.筲箕吭没攀——横林(横拎)。

京杭大运河常州段由奔牛入境,至横林出常州流入无锡。

8.桥勿勒河上——蠡河桥(离河桥)。

京杭大运河常州段又称南运河,后用武进、宜兴两市首字为名,故名武宜运河或武宜漕河,为战国时期越国大夫范蠡伐吴时开凿的漕河,古名西蠡河。桥以河名,又名礼河桥。

9.船头上跑马——走投(头)无路。

"走投"与"走头"谐音,借方言强调"无路可走"的绝境感。讽刺不切实际的冒险行为,提醒人需量力而行。

10.三日六夜上杭州,明朝转来还勒田埂头。

借杭州与常州运河之关联,讽刺光说不练的拖延症。"田埂头"象征原地踏步,暗指性格怯懦、缺乏闯劲的人,用夸张的时间跨度("三日六夜")强化反差,凸显空想与现实的矛盾。也指行事拘谨,胆小怕事。

无　　锡

1.江尖渚上团团转。

无锡人用来形容束手无策急得团团转。江尖渚地处古运河中,三面环水处处是码头,水上运输非常便利,本是无锡古芙蓉湖中的一个渚岛,即水中一小块陆地,旧名"芙蓉尖""蓉湖尖",后来芙蓉湖治理,水势大减,湖中江尖渚面积变大,渚上居民也逐渐多了起来。

2.身无三千,不上江尖。

古时江尖渚因四面环水,是水中孤岛,交通不便,乘船到江尖渚船费昂贵,因此坊间调侃,没有三千铜钱是上不了江尖渚的。

3.无锡北塘,爿爿粮行。

北塘大街是一条依运河而建的街道,东起莲蓉桥,西至老三里桥,全长1.5千米。依运河的走向,北塘大街在运河的东(北)岸,又称里街,此地商业繁荣,船只于运河中鱼贯而行,经常在此停留。

4.上塘十里尽开店,下塘十里尽烧窑。

上塘即南上塘街,在今无锡市梁溪区南长街,京杭古运河西岸。下塘即下塘街,在今无锡市梁溪区南长街跨塘桥堍,京杭古运河东岸。

5.船行千里,掌舵一人。

无锡地处长江、太湖、运河交汇处,历史上航运业发达。此谚语强调舵手对船只航向的决定性作用,暗喻领导者的关键地位。

6.过仔龙山到锡山,梁溪溪水水万千。

无锡西郊的九龙山(惠山余脉),传说因九龙戏锡珠得名,象征无锡的自然灵气。锡山与龙山相望,因历史上产锡而得名,后锡矿枯竭,地名却保留至今。梁溪是无锡的母亲河,连通运河与太湖,此地水系发达,也喻指无锡的繁荣商贸因水而兴。

7.宝善桥相对昭忠祠,黄埠墩兮在水当中。

宝善桥架于无锡惠山古镇寺塘泾上,始建于明万历年间(1573—1620年),原为单孔石拱桥。其选址紧邻惠山浜,地处京杭大运河支流,曾是古镇水路交通的重要节点。昭忠祠即大同殿。同治二年(1863年),清军与太平军作战时,惠山寺大同殿被焚毁,后李鸿章在废墟祠上建昭忠祠。黄埠墩位于京杭大运河无锡段北端,为无锡市的一处胜迹,引得众多帝王将相、文人墨客题诗于此。

8.白乘则航船,还要嫌桐油臭。

这句俗语讲的是航船,特别是浙江的乌篷船。新船使用桐油装饰,味道浓烈,但有些乘客免费乘航船却嫌弃桐油味。此谚语形容有些人对好处无所谓,却对相对较小的不便表示不满。

9.船底有水好行路。

这句俗语比喻行事需要有足够的资金支持,就像行船需要水一样。没有经济基础,事情就难以推进。

10.船到桥头直瞄瞄。

这是一句形容做事有把握、胜券在握的俗语。当船过桥时，经验丰富的行船者会直接对准桥洞，顺利通过，不需要有多余的担心。

苏　州

1.吴淞江，两头航，好风摇不到。

吴淞江作为苏州与上海间的重要水道，历史上因河道弯曲、潮汐复杂，常导致船只滞留。此谚语以行船受阻比喻做事徒劳无功。

2.摇仔半日船，缆匣勿解。

"缆匣勿解"（缆绳未解开）用苏州话强调"表面忙碌却无进展"，比喻做了半天事情动也没动，与吴语区"吃力勿讨好"的市井表达异曲同工。

3.船头浪跑马——走投无路。

太湖风浪大时，船只颠簸如马奔，因水域复杂陷入困境。"浪跑马"谐音"难跑马"，与"走投无路"形成俏皮呼应，展现吴语的幽默。

4.打听枫桥价，买米不上当。

明清时期，枫桥镇已经是著名的商业市镇。清乾隆、道光、同治年间，先后多次将枫桥列为市，将其指定为全国性米粮市场，承担东南各省米粮调运。枫桥米市之繁荣远超其他大镇。清中叶，枫桥镇已成为全国最大的米豆集散中心，当时枫桥镇有米店200多家，其米价行情影响各地，成为苏南一带的标准，因此形成此谚语。

5.长洲县前——难过。

长洲县（今苏州市吴中区）为明清苏州附郭县，县衙位于今观前街附近，因商贸繁荣导致交通堵塞，车马难以通行。

6.西津桥格团子——双档。

西津桥横跨苏州市吴中区木渎镇西的胥江上，此谚语比喻人或事物成双成对。

7.寒山寺钟声——懊懰来。

张继《枫桥夜泊》中"夜半钟声到客船"奠定寒山寺钟声的愁绪基调。旧时苏州人认为午夜钟声易扰人清梦，此谚语引申为"事后追悔莫及"。

8.唐伯虎叫船——叫到哪里是哪里。

唐伯虎以放浪不羁著称,此谚语借其形象比喻随性而为的生活态度,也比喻做事没有计划和目标。

9.船装万斤舵为主。

船只载重万斤,全靠舵手掌控方向。此谚语强调舵手在航行中的核心地位,与无锡谚语"船行千里,掌舵一人"异曲同工。

10.船到湾头自有路。

苏州水网密布,河道弯曲,船工习惯"遇湾则转"。比喻困境中不必焦虑,保持乐观终能解决问题。

编纂后记

当最后一行文字在稿纸上落定，当最后一个标点在电子文档中敲定，历经无数个日夜的努力与付出，《诗词里的运河——江苏运河交通史话》即将付梓。此刻，是我们乘着"水运江苏"建设的东风完成了对江苏运河交通史的诗意书写。

江苏，作为中国大运河的重要发源地和核心区域，运河交通在这里留下了浓墨重彩的一笔。从春秋时期的吴王夫差开凿邗沟，到隋唐时期的大运河全线贯通，再到明清时期运河漕运的鼎盛，江苏运河见证了中国古代交通运输的辉煌历程。它不仅是一条沟通南北的水上通道，更是经济、文化交流的纽带，孕育了独特的运河文化和灿烂的文明。

在诗词的世界里，江苏运河更是被赋予了无尽的诗意与浪漫。诗人们用生花妙笔描绘着江苏运河的壮丽景色，抒发着对运河的深情眷恋。回首过往，江苏运河交通建设取得了举世瞩目的成就。新中国成立以来，特别是改革开放以来，江苏加大了对运河的整治和开发力度，运河的通航条件得到了极大改善，运输能力显著提升。如今，江苏运河已成为连接南北、贯通东西的重要水上交通干线，承担着大量的煤炭、矿石、建材等物资的运输任务，为江苏乃至全国的经济发展作出了重要贡献。2023年，省政府出台《江苏省干线航道网规划（2023—2035年）》，其中将京杭运河苏南段从三级航道规划提升为二级航道，作为"水运江苏"建设的开篇之作。2023年率先开工关键节点谏壁船闸，建成后将成为世界内河最大单梯级船闸。2024年全线开工京杭运河苏南段二级航道整治工程，确保2025年底全面消除碍航因素，实现京杭运河江苏段全线2000吨级船舶畅行，在江苏形成长江干线横穿东西、京杭运河纵贯南北的二级航道十字形主轴,进一步提升京杭运河航运功能,使"舟楫之利以济天下"的京杭运河江苏段成为培育新时代大运河文化的最好活态载体。同时,运河两岸的生态环境也得到了有效保护和修复,运河文化旅游产业蓬勃发展,古老的运河焕发出新的生机与活力。

然而,我们深知,江苏运河交通建设依然任重道远。随着经济的快速发展和社会的不断进步,对运河交通的需求也在不断增加。如何进一步提高运河的通航能力,如何更好地保护和传承运河文化,如何实现运河交通的高质量发展,这些都是我们需要面对和解决的问题。展望未来,我们对江苏运河交通的发展充满信心。在新时代的征程中,江苏将继续贯彻习近平总书记"大运河文化是中国优秀传统文化的重要组成部分,要在保护、传承、利用上下功夫,让古老大运河焕发时代新风貌"[①]的重要指示精神,加大对运河交通基础设施建设的投入力度,推进运河航道的升级改造,提高运河的运输效率和服务水平。同时,我们将深入挖掘运河文化的内涵,将"水运江苏"建设与"水韵江苏"品牌打造共生融合,加强大运河文化遗产的保护和传承,打造具有江苏特色的运河文化品牌。我们相信,在不久的将来,江苏运河将成为一条更加绿色、更加智慧、更加人文的水上通道,为江苏的经济社会发展注入新的动力,为实现中华民族伟大复兴贡献新的力量。

编纂此书,实非易事。我们要感谢所有为本书编纂提供支持和帮助的单位和个人。感谢江苏省委宣传部和交通运输部政策研究室的领导,是你们的关心和指导让我们有了前进的方向;感谢江苏省地方志工作办公室、南京大学、南京师范大学以及上海交通大学等部门、高校、科研院所的各位专家学者,是你们的宝贵意见和建议让本书更加完善;感谢江苏交通文联、大运河文化带建设研究院以及沿线的各分院,是你们的热情和支持让本书的内容和视觉变得更加精彩;感谢人民交通出版社,是你们的专业和耐心让本书能更好地呈现给读者。苏州市职业大学石湖智

---

① 《习近平在浙江考察时强调　始终干在实处走在前列勇立潮头　奋力谱写中国式现代化浙江新篇章》,《人民日报》2023年9月26日。

库和苏州城市学院太湖研究院具体承担了本书的编纂工作,感谢编纂团队认真负责、科学严谨的学术态度和高素质的科研能力。感谢所有为运河交通事业默默奉献的人们,是你们的辛勤付出让江苏运河焕发勃勃生机。

"京口瓜洲一水间,钟山只隔数重山。"让我们沿着诗词的脉络,追寻运河的足迹,共同书写江苏运河交通史的新篇章,让这千年古运河在新时代绽放出更加绚烂的光彩!

是为记!

图书在版编目(CIP)数据

诗词里的运河:江苏运河交通史话 / 江苏省交通运输厅"江苏古代交通历史文化"丛书编委会著. — 北京:人民交通出版社股份有限公司, 2025. 5. — ISBN 978-7-114-20071-7

Ⅰ. I207.2;F552.9

中国国家版本馆 CIP 数据核字第 2024Z46S12 号

Shici li de Yunhe——Jiangsu Yunhe Jiaotong Shihua

书　　名:**诗词里的运河——江苏运河交通史话**
著 作 者:江苏省交通运输厅
　　　　　"江苏古代交通历史文化"丛书编委会
责任编辑:齐黄柏盈
责任校对:龙　雪
责任印制:张　凯
执行主编:陈　璇
文　　案:(排名以姓氏笔画为序)
　　　　　王　淼　朱元吉　刘召禄　李超逸
　　　　　张　健　唐约翰　蔡　斌　潘文琦
出版发行:人民交通出版社
地　　址:(100011)北京市朝阳区安定门外外馆斜街 3 号
网　　址:http://www.ccpcl.com.cn
销售电话:(010)85285857
总 经 销:人民交通出版社发行部
经　　销:各地新华书店
印　　刷:北京市密东印刷有限公司
开　　本:787×1092　1/16
印　　张:24.75
字　　数:380千
版　　次:2025 年 5 月　第 1 版
印　　次:2025 年 5 月　第 1 次印刷
书　　号:ISBN 978-7-114-20071-7
定　　价:128.00元

(有印刷、装订质量问题的图书,由本社负责调换)